CARA ELLIOTT

Tentații periculoase

Too Dangerous to Desire
Cara Elliott

Ediție publicată prin înțelegere cu Grand Central Publishing
New York, New York, SUA.

Alma este marcă înregistrată a Grupului Editorial Litera
O.P. 53; C.P. 212, sector 4, București, România
tel.: 021 319 63 93; 0752 101 777

Tentații periculoase
Cara Elliott

Editor: Vidrașcu și fiii
Redactor: Mira Velcea
Corector: Emilia Achim
Copertă: Flori Zahiu
Tehnoredactare și prepress: Ioana Cristea

Descrierea CIP a Bibliotecii Naționale a României
ELLIOTT, CARA
Tentații periculoase / Cara Elliott.
trad.: Graal Soft – București: Litera, 2016

ISBN 978-606-33-1278-6

I. Soft, Graal (trad.)

821.111(73)-31=135.1

CARA ELLIOTT

Tentații periculoase

Traducere din limba engleză
Elena Arhire/Graal Soft

Alma

Pentru fratele meu, Cam

În ciuda tuturor nebuniilor și buclucurilor în care ne-ai băgat în copilărie, te iubesc din tot sufletul.

Prolog

Vocea îi trezi o mulțime de amintiri... *nici una frumoasă.*

Suavă și senzuală ca soarele de vară, vocea îi gâdilă urechile, o șoaptă chinuitoare care îi învălui mintea într-un vârtej seducător de căldură plăcută și dulceață aurie.

Un alt cuvânt pluti prin ușa întredeschisă și, într-o clipită, senzațiile deveniră ca un șarpe care își desena alunecarea sinuoasă pe carnea dezgolită doar ca să își înfigă, mai apoi, colții scânteietori ca diamantele.

O, da, cunoștea bine vocea aceea – și era venin pentru liniștea lui sufletească.

Și totuși, Cameron Daggett nu putu să nu se apropie mai mult de intrarea învăluită în umbră și să aplece o ureche ca să asculte.

Abia intrase cu câteva clipe înainte în clădire, și cum era unul dintre puținii care aveau voie să folosească intrarea personală a proprietarului, nimeni nu era încă la curent cu sosirea lui. Aruncă o privire prin crăpătură și abia dacă putu să identifice cele două siluete aflate în lumina difuză a sfeșnicelor de pe pereții holului. Flăcările erau intenționat mai slabe – clienții obișnuiți ai stabilimentului preferau să vină și să plece în deplină discreție. Totuși, după cum o indicaseră și șoaptele, pâlpâirile aurii ale luminii arătau că persoanele oprite într-o discuție concentrată erau femei. Una dintre ele era faimoasa Sara Hawkins, cea care deținea Vizuina Lupului. Iar cealaltă era...

– Este *extrem* de nepotrivit, domnișoară Lawrance, spuse Sara într-o șoaptă slabă și încordată. De regulă, nu le permit soțiilor, surorilor sau altor femei să îi deranjeze pe domnii care sunt clienți ai acestui loc. Nu e bine pentru afaceri, dacă înțelegeți ce vreau să spun. Ei se așteaptă la discreție și intimitate.

– Înțeleg, răspunse Vocea din Trecut.

Nu, nu se înșelase. Cameron încercă să respire, dar plămânii parcă i se umplură cu plumb. *Era* Sophie.

– Chiar înțeleg, continuă domnișoara Sophie Lawrance. Iar dacă n-ar fi fost o chestiune de maximă urgență, nici n-aș fi visat să formulez o asemenea rugăminte. Dar adevărul este că... sunt chiar disperată.

Disperată? Știa că nu trebuia să-i pese, și totuși Cameron încremeni pe loc, încercând să audă mai mult.

– Da, observ, spuse Sara și oftă șovăitor. O clipă de tăcere rămase suspendată în întuneric. Și de aceea, am să fac o rară excepție. Așteptați aici. Arătă spre un salon micuț. Mă duc să-l caut pe domn. Dar vă rog să fiți rapidă – și pentru numele lui Dumnezeu, să păstrați și liniștea. Fără lacrimi, fără țipete, fără scrâșnit din dinți sau am să fiu nevoită să îi cer portarului să vă dea afară.

– Nu voi face o scenă, promise Sophie, șoapta ei serioasă se înfășură și se strânse în inima lui Cameron, care bătea să îi sară din piept.

– Iar, de îndată ce ați terminat, trebuie să plecați cât se poate de repede, adăugă Sara. Nu e nimic personal, domnișoară, dar cu cât plecați mai repede de aici, cu atât mai bine.

Vocea interioară a propriului lui Instinct de Autoapărare urlă aceeași avertizare. „Întoarce-te și dă bir cu fugiții. Și nu te uita înapoi".

La urma urmei, reușise cu mult timp în urmă să stăpânească arta de a fi mereu cu un pas înainte propriilor demoni – ca să nu mai vorbim de amenințările mai banale, precum executorii judecătorești și copoii de pe Bow Street.

Și totuși...

Și totuși, în clipa aceea lui Cameron i se păru imposibil să asculte de glasul rațiunii. În loc să se retragă, se strecură printr-unul din pasajele secrete pe care le folosea personalul bordelului și așteptă ca Sara să se întoarcă alături de domnul căutat de Sophie.

Voci șoptite. O ușă se deschise și se închise. Sunetul scos de tocurile Sarei când reveni în biroul ei.

Mișcându-se tăcut asemenea unei pantere, Cameron ieși din ascunzătoarea lui și se apropie de salon.

Ce motiv, se întrebă el, o adusese pe evlavioasa Sophie într-unul din cele mai notorii bârloguri ale păcatului? Adăpostită în inima mahalalelor periculoase din Southwark, Vizuina Lupului era o casă de pariuri și un bordel în care își făceau veacul depravații și derbedeii care jucau și pierdeau în fața regulilor societății.

Și de ce trebuia, după atâția ani, să îi pese?

„Pentru că sunt un smintit uitat de Dumnezeu", se gândi Cameron cu un fior de scârbă față de sine.

Ușa era bine închisă, cu zăvorul tras. Cameron scoase din cizmă o tijă subțire de oțel și deschise cu ușurință încuietoarea. Atingerea ușoară a degetelor lui înmănușate convinse ușa lambrisată să se miște o idee.

Chipul lui Sophie era acoperit bine cu un voal, și plasa întunecată îi înăbușea glasul și așa șoptit. Cel care o însoțea vorbea la fel de încet, astfel că era aproape imposibil să le audă cuvintele. Totuși, observă un pachețel care fu schimbat dintr-o mână în alta.

Domnul scoase un râs ușor, învăluit în aburii coniacului atunci când vârî pachețelul în buzunar.

Cameron se retrase în ascunzătoarea lui și se uită cum Sophie plecă în grabă pe coridor, cu pelerina ei indigo fluturând în întuneric până ce fu cu totul înghițită de umbre. După o clipă, domnul ieși din salon continuând să chicotească ușor. Se întoarse spre sălile de joc, și pâlpâirea unei lămpi îi surprinse arcuirea gurii și pașii ușor legănați. Cameron îl recunoscu pe lordul Dudley, un viconte desfrânat cu un apetit fantastic pentru plăceri nesăbuite.

Dudley și Sophie? Ce cuplu ciudat, dacă putea să existe așa ceva. Sophie Lawrance pe care o cunoștea el era orice mai puțin nesăbuită. Era cu capul pe umeri – mult prea cu capul pe umeri ca să dea vreodată frâu liber pornirilor.

„Dar oamenii se schimbă", se gândi Cameron ironic. Nu trebuia decât să se uite la el – nu mai exista nici cea mai mică asemănare între personalitatea lui de acum și tânărul neisprăvit care...

Alungă din minte amintirile dureroase și o luă pe urmele lui Dudley spre sala de jocuri. Își sincroniză perfect pașii cu ai lui și se lovi ușor de viconte chiar în clipa în care acesta dădu să se așeze la una din mesele de joc.

– Vii să joci o mână cu noi, Daggett? îl întrebă unul dintre jucători.

– Nu în seara asta, răspunse Cameron. Am o întâlnire cu un vechi prieten.

Bărbatul îi aruncă o privire lascivă.

– Prietenul e o *doamnă*?

– Și cine e, rogu-te? întrebară în cor amicii bărbatului.

– Onoarea de gentleman îl obligă pe Daggett să păstreze sub tăcere răspunsul la această întrebare, sublinie baronetul pe jumătate afumat care făcea cărțile.

Cameron zâmbi, făcu o plecăciune zeflemitoare și se îndepărtă agale, cu pachetul Sophiei bine ascuns în buzunar.

„Din fericire pentru mine, n-am spus niciodată aș avea vreo pretenție la onoare."

Trăgând adânc în piept aerul răcoros al nopții, Sophie Lawrance încercă din răsputeri să își înăbușe greața.

„Ușor, ușor." Nu putea să șovăie acum – trebuia să ignore mirosurile pestilențiale și întâlnirea îngrozitoare.

Și totuși, gustul amar al bilei îi reveni în gât și simți cum pământul umed de sub picioare începu să se clatine.

„Respiră." Nu avea – *nu putea* – să cadă pradă fricii. Tâlharii se năpusteau la cel mai mic semn de slăbiciune, și mahalaua aceea uitată de Dumnezeu era poate cel mai sălbatic loc din întreaga Anglie.

– Permiteți-mi să vă ajut. O mână o prinse brusc de braț ca să o susțină și o batistă albă ca zăpada, parfumată plăcut cu note citrice și picante, flutură înaintea chipului ei acoperit de voal.

Primul ei impuls fu să țipe și să încerce să fugă. Dar ceva în atingerea lui ușoară și în vocea liniștită o vrăji.

– Păreți cam necăjită.

– Eu... eu... Simți un nod în stomac. Vă mulțumesc, domnule.

Sophie trecu peste mândrie și apucă batista din mătase de la străinul cufundat în întuneric, apoi o duse la nas. Ciudat, parfumul părea să liniștească zvâcnirea agitată dinăuntrul ei. Inspiră adânc de mai multe ori, savurând aroma cu nuanțe bogate.

– E mai bine? o întrebă.

– Mult mai bine. Acum că mintea îi era limpede, Sophie era dornică să scape de întuneric, de aleea acoperită de mâzgă și de coșmarul oribil al acelei serii. O indispoziție de moment, doar atât. Se eliberă din prinsoarea lui și îi întinse batista. A trecut.

Străinul nu se obosi să o ia înapoi.

– Mai bine o păstrați dacă vreți să umblați prin cartierul ăsta.

Aleea era întunecată, luminată numai de licăririle intermitente ale stelelor care străpungeau norii, așa că Sophie nu reușea să-și facă decât o impresie vagă despre persoana lui. Înalt. Cu umeri lați. Mâini puternice, surprinzător de delicate și calde.

Dar vocea lui era cinică și rece.

– Totuși, v-aș recomanda să optați pentru mijloace de protecție mai eficiente dacă aveți de gând să intrați în locuri precum Vizuina Lupului. Să zicem, un pistol sau un pumnal. Virtutea unei doamne n-are să dureze mult fără o astfel de armă. O pauză, apoi vocea căpătă o notă și mai sarcastică: Dar poate intențiile nu vă sunt prea virtuoase.

– Eu... vă asigur, domnule, spuse apăsat Sophie. Nu obișnuiesc să vin în... locuri depravate precum acesta.

– Oh? Vocea îi era umbrită de scepticism. Atunci ce anume vă aduce aici astă-seară, dacă nu dorința de pericol?

– Acest lucru nu vă privește, domnule.

Ridică bărbia și îi aruncă o privire, încercând să surprindă vreo trăsătură prin care să îl recunoască. „Te cunosc?" Era absurd, desigur, dar ceva la el părea nespus de familiar...

Însă străinul avea pălăria trasă peste ochi, iar borul lat îi umbrea chipul. În vârtejul de umbre întunecate, Sophie nu reuși să surprindă decât liniile vagi ale unui nas drept, o gură senzuală. Nu putea să vadă clar decât părul negru ca pana corbului și licărirea îndrăzneață a unui cercel de aur.

Pericol. Ultimul lui cuvânt păru o provocare voit șicanatoare și sarcastică. Sophie trase aer în piept, conștientă deodată că fiori stranii îi cuprinseseră corpul, de parcă vârfuri de pumnal dansau pe fiecare părticică de pe corpul ei.

– În câteva minute, am să fiu departe de pericol. Asta... O altă privire spre cercel... dacă nu am ghinionul să mă întâlnesc cu vreun pirat, spuse ea și încercă să își ascundă emoțiile printr-un ton la fel de cinic precum al lui.

Un zâmbet arcui colțurile gurii lui, pe jumătate batjocoritor, pe jumătate...

Sophie nu reuși să identifice pâlpâirea aceea de emoție. Dispăru într-o clipită, așa că poate și-o imaginase.

– Un pirat? repetă el și o făcu să se simtă absurd. Ca o școlăriță care leșina emoționată după romane cu eroi cutezători care salvau domnițe aflate în primejdie. Apoi vocea lui căpătă o nuanță mai tăioasă: Ăsta nu e doar un nume romanțios pentru un ucigaș necrutător și un tâlhar mincinos?

Sophie înghiți în sec și simți un fior rece pe șira spinării.

– Cine sunteți, domnule? întrebă ea.

– De ce întrebați? i-o întoarse el. Credeți că poate ne cunoaștem? Întrebarea tremură pentru o clipă în aerul rece al nopții. Prieteni de demult, poate?

– Imposibil, șopti ea. Nu pot să-mi închipui că ne mișcăm prin aceleași lumi. Amețeala păru să revină, cu mai multă înverșunare. Tulburată, adăugă: Și totuși... îmi amintiți de un om pe care l-am cunoscut cu multă vreme în urmă.

– Vorbiți despre el de parcă ar fi mort. Fără să îi aștepte răspunsul, scoase un râset straniu. Poate că eu sunt fantoma lui.

Sophie se întrebă dacă nu cumva era beat. *Sau nebun*.

Făcu un pas în spate și se uită la aleea care ducea spre strada pe care o aștepta birja ei.

– Vreți un nume, doamnă sau domnișoară oricum-v-ar-chema? continuă el. Eu și cei doi prieteni ai mei suntem numiți Cerberii. Scoase un lătrat gutural și sarcastic. Mi se spune Copoiul pentru că mă pricep de minune la mirosit necazurile de la o poștă.

– Sunt surprinsă că acceptați așa un nume îngrozitor, răspunse ea ușor.

– Nu mi-e jenă de cine sunt, spuse el încet. Dar dumneavoastră? Își lăsă capul în jos, apoi îl ridică iar, ochii lui nevăzuți desenând o urmă fierbinte pe trupul ei. Îmbrăcămintea dumneavoastră spune că sunteți o respectabilă doamnă din provincie. Dar faptul că vă aflați aici, vizitând o casă rău famată din mahalalele din Southwark, transmite un cu totul alt mesaj.

Sophie simți cum obrajii începeau să îi fie cuprinși de flăcări pe sub vălul care îi acoperea chipul. Faptul că el avea dreptate nu făcea decât să întețească flăcările și mai aprig.

– Sunteți insolent, domnule.

– Nu, nu sunt decât un bun observator. O pauză. Mult mai bun decât ați crede. Într-adevăr, din câte am văzut, aș spune că jucați un joc foarte periculos. Să nu uitați că, făcând afaceri cu cei care frecventează Vizuina Lupului, înfruntați cei mai necruțători bărbați din Londra.

– Inclusiv dumneavoastră? îl provocă Sophie, chiar dacă inima îi bătea gata să îi sară din piept.

– O, eu mă regăsesc printre cei mai răi.

– Trebuie să plec. Sophie alunecă pe lângă el și se îndreptă țintă spre deschizătura îngustă dintre clădirile dărăpănate.

Dar, spre uimirea ei, piratul se mișcă odată cu ea.

– Permiteți-mi să vă conduc la trăsura dumneavoastră. Nu e prudent să umblați singură pe aleile astea.

– Nu trebuie să vă deranjați. Tresări ușor când auzi undeva prin apropiere zgârieturi de gheare. Am să îmi încerc norocul.

– Cred că ați riscat destul în seara asta, rosti el tărăgănat. În plus, sunt dispus să pun pariu că nu v-ați dori să puneți piciorul acolo unde sunteți cât pe ce să călcați.

Sophie se opri brusc când fu asaltată de un miros oribil.

– Neplăcut, nu? murmură el.

– Eu...

Deodată, mâinile lui îi cuprinseră talia și o ridică în brațe de parcă era ușoară ca un fulg. Pe sub faldurile de lână, Sophie era foarte conștientă de încordarea ușoară și mlădioasă a mușchilor lui.

„O, ce nebunie a pus stăpânire pe mine?"

Mintea i se întunecă și i se împrăștie. Cum să își explice altfel de ce momentul i se părea atât de ciudat de familiar? Atât de chinuitor de mângâietor.

„Nebunie", își repetă în gând. Întâlnirea cu lordul Dudley trebuia să îi amintească îndeajuns că tinerețea și inocența ei apuseseră de mult. Doar un nebun ar fi tânjit să se întoarcă și să își recupereze trecutul.

Sophie strânse pumnii și încercă să se elibereze.

– Vă rog să mă puneți jos, domnule!

– Cum doriți. Botinele ei atinseră ușor noroiul de pe jos. Am trecut de ce a fost mai rău. Suntem aproape de locul în care așteaptă trăsurile închiriate. Veți ajunge în curând în partea respectabilă a orașului.

Alunecând, Sophie se grăbi stângaci spre licărirea slabă a luminii uleioase din fața lor. Piratul i se alătură cu pași ușori și tăcuți.

Își zări birja oprită în apropiere de colțul pieței pavate, ocoli calul care pufnea, apoi deschise iute portiera.

– Vă mulțumesc. Chiar dacă nu trebuia să vă deranjați... O rafală de vânt se învolbură peste pietre, îi prinse pelerina și ridică voalul fin chiar în clipa în care se întoarse să își ia rămas-bun.

– N-a fost nici un deranj, răspunse piratul. Veni mai aproape ca să o ajute să urce treptele de fier, iar acum fețele lor se aflau foarte aproape una de cealaltă. Doar v-am spus că am un nas care adulmecă necazurile imediat.

Și o gură pentru păcat.

Pentru că brusc buzele lui puseră stăpânire pe ale ei cu un sărut rapid și înfocat.

Sărutul se încheie într-o clipită. El se retrase atât de repede încât Sophie rămase convinsă că sclipirea verde a ochilor lui trebuie să fi fost o simplă plăsmuire a imaginației ei înflăcărate.

– Fir-ar să fie, domnule! N... nici un gentleman...

Protestul ei bâlbâit fu liniștit de un râset jos. *Râsul unui pirat, parfumat de notele primejdiilor din iad și ale mării învolburate de furtună.*

– Ah, dar cine a spus că sunt gentleman?

Capitolul 1

– Doamne, ce noapte!

Sara ridică privirea din registrele ei și scoase un oftat chinuit.

– Sună mai degrabă amenințător. Cameron așteptă o clipă, cu umărul proptit de cadrul întunecat al ușii, apoi își încrucișă brațele la piept și intră în biroul ei. Care-i problema?

Chipul ei se crispă într-o grimasă îndurerată.

– Pentru început, la masa de faraon, Machrie și Frampton au ajuns să se bată pe teme politice și am fost nevoită să-l trimit pe Rufus ca să îi dea afară – mare păcat pentru profitul meu din moment ce pierdeau din greu.

– Trebuia pur și simplu să o trimiți pe Maggie să îi ia locul lui McTavish pe post de crupier, răspunse el, apoi se duse spre bufet și își turnă o băutură dintr-una din carafele de sticlă. Orice conflict dintre conservatori și liberali se uita de îndată – ambele tabere sunt atrase cu ușurință de sânii voluptuoși.

– Am să îmi amintesc de asta data viitoare. Un alt oftat. Că tot veni vorba de profit, ai ales să te îmbeți cu cel mai scump coniac al meu.

– Compania mea nu merită măcar atât? glumi Cameron, în vreme ce îi turnă Sarei un pahar de sherry pe care, mai apoi, i-l duse la birou.

Sara râse.

– Ei, trebuie să mărturisesc că lucrurile au fost teribil de liniștite pe aici, acum că ceilalți doi Cerberi s-au retras la țară.

În ochii înaltei societăți, Cameron și prietenii lui, lordul Killingworth și lordul Haddan, erau niște domni periculoși și flușturatici. O matroană indignată le inventase porecla și rămăsese bătută în cuie – în parte pentru că trioul încurajase zvonurile sălbatice despre isprăvile lor care circulau prin saloane. În realitate, poveștile erau cu mult exagerate, dar fiecare dintre ei încurajase bârfele, căci aluziile răutăcioase împiedicau cercetări amănunțite ale adevăratelor secrete personale.

– Nu e frumos să te gândești că-și trăiesc fericirea conjugală? continuă Sara, și gura i se arcui într-un zâmbet visător. Cine s-ar fi gândit că vom vedea nu una, ci două nunți în decurs de șase luni?

Cameron flutură o mână într-un gest ușor grosolan.

– Ei bine, să nu te aștepți ca și a treia labă să fie prinsă prea curând în capcana pastorului.

– Tu nu crezi în romantism? întrebă ea.

– Draga mea Sara, poți să fii sigură că n-am nici un oscior de romantism în mine. Bău coniacul dintr-o înghițitură și puse paharul deoparte. Scoase pachețelul din buzunar și începu să dezlege șnurul. Cât despre mâini iscusite la furtișaguri, asta e o cu totul altă poveste.

Ea pufni în paharul de sherry.

– Nu-ți faci niciodată griji din pricina copoilor?

– Doamne Sfinte, pentru nerozii ăia? Dezlegă nodurile și slăbi învelișul pachetului. Dacă nu reușesc să fiu mereu cu câțiva pași înaintea lor, atunci merit să-mi petrec restul zilelor în închisoarea Newgate.

– Sper ca picioarele să-ți rămână la fel de ușoare ca degetele. Ți-aș simți lipsa.

– Sunt extrem de... Cuvintele i se stinseră când hârtia dinăuntrul pachețelului căzu într-o parte și dezvălui o pereche de cercei cu perle în formă de lacrimi. Montura lor avea un model simplu clasic și era făcută din aur strălucitor, și fiecare era împodobit cu câte un smarald fațetat. Erau eleganți, discreți – incredibil de cunoscuți.

I se puse un nod în gât. Bijuteriile aparținuseră mamei Sophiei și fuseseră singurul bun de valoare pe care i-l lăsase fiicei ei.

Pierdut într-o încruntare, Cameron continuă să privească lung, mut de uimire. Știa că pentru Sophie valoarea sentimentală a cerceilor era mai importantă decât orice sumă de bani. Nu și-o putea imagina despărțindu-se de ei de bunăvoie. Ceea ce însemna că...

„Probleme“, șopti cel mai gălăgios dintre Demonii dinăuntrul lui. Dar nu e o surpriză – Sophie Lawrance însemnase întotdeauna Probleme.

Curioasă, Sara se ridică și veni spre el ca să vadă ce anume redusese la tăcere discuția lor persiflatoare.

– Ooo, ce frumoși sunt! Lumina lămpii învăluia și dansa peste perlele absolut identice. Se uită pieziș la expresia de pe chipul lui, apoi șovăi și întrebă: Ce-i? Ai hotărât că nu-ți mai plac?

Cameron întoarse încet cerceii în palmă, iar ei pâlpâiră în scântei de lumină și întuneric atunci când reflectară lumina de la lumânarea din apropiere. Străluceau într-o nuanță neobișnuită de verde fumuriu, exact așa cum și-i amintea el.

– De fapt, se potrivesc de minune cu ochii tăi, spuse Sara cu admirație. De ce nu păstrezi perechea pentru tine mai degrabă decât să îi vinzi?

Cameron se trezi din reverie și se chinui să vorbească.

– N-am decât o ureche găurită și doi ar fi exagerat, chiar și pentru mine. Strânse ușor degetele în jurul cerceilor. Perlele erau reci la atingere și totuși ardeau ca flăcările iadului pe pielea lui.

„Nu", își spuse în gând. „Nu ațâța jăraticul din trecut."

– Atunci, dacă sunt de vânzare, poate mă gândesc eu să-i cumpăr. Nu prea-mi plac bijuteriile sclipitoare, dar ăștia au un foc interior neobișnuit.

– Nu m-am hotărât încă. Începu să împacheteze la loc bijuteriile. Fii bună și mai toarnă-mi un pahar! Poți să-l pui în contul meu.

– Nu c-ai plăti vreodată. Sara scoase un oftat mâhnit, dar apucă paharul lui gol și se duse spre bufet.

Clinchetul slab punctă șoapta diafană a hârtiei când Cameron desfăcu încet bilețelul ascuns alături de cercei. Nu erau decât câteva rânduri, notate cu scrisul îngrijit al Sophiei. Le citi de mai multe ori și simți cum o grimasă gânditoare îi strâmbă buzele. Mesajul în sine era lipsit de sens, dar tonul era destul de clar.

Ceva dubios era pe cale să se întâmple.

„Un motiv cu atât mai puternic ca să fugi mâncând pământul", râse răutăcios Demonul lui interior. „Sophie Lawrance a ales să-ți întoarcă spatele și să plece de lângă tine cu ani în urmă. Indiferent de problema în care s-ar afla, nu e treaba ta."

Cameron își schimbă poziția și își spuse că Demonul avea dreptate. Ar fi fost o nerozie să se abată de la calea pe care o alesese. Se învățase să fie un prădător singuratic și rătăcitor – un Cerber neînduplecat căruia nu îi păsa decât de propria lui supraviețuire. Printr-o experiență amară, învățase cum să lase în spate trecutul, să se miște rapid și să nu lase în urma lui decât o dâră de umbre în întuneric.

„Așa că, da, ar trebui să fug mâncând pământul. Am ajuns prea departe ca să mă împiedic acum."

Cameron mototoli hârtia și o îndesă la loc în buzunar.

– Poftim. Dar, data viitoare, ai să primești vin roșu ieftin. Sara se opri, cu băutura în mână și ciuli urechea la ecoul unui strigăt indignat care veni dinspre sălile de joc. Fu urmat, un moment mai târziu, de un tropot de pași grăbiți pe coridor.

– Îmi pare rău că vă întrerup, domnișoară Sara. Rufus, mulatrul masiv care era ușier, strecură capul întunecat prin deschizătura ușii. Dar lordul Dudley face totul harcea-parcea în jurul lui. O pâlpâire în privirea lui ciocolatie fu singurul semn că prezența lui Cameron nu scăpă neobservată. Susține că i-a furat cineva din buzunar un pachet cu obiecte de valoare.

Sara înjură.

– Vin să discut cu el. Îngâmfatul ăsta pompos sigur l-a scăpat în vreunul din multele locuri prin care a bântuit înainte. Oftatul ei se încheie cu un cuvânt pe care nici o doamnă bine-crescută nu l-ar fi știut. Mai bine te duci înapoi și îl împiedici să facă țăndări masa de faraon. Vin într-o clipită.

– Dacă mă gândesc mai bine, lasă baltă băutura. Văd că ești ocupată, așa că plec. Cameron își ridică gulerul de la haină când Rufus plecă valvârtej. Dudley ar trebui să aibă mai multă grijă de lucrurile lui.

Sara îi aruncă o privire bănuitoare înainte să toarne coniacul la loc în carafă.

– Da, mahalalele sunt locuri periculoase. Nu știi niciodată când sare vreo fiară din umbră și te mușcă de unde te doare mai tare.

– Cât adevăr!

– Hm. Paharul gol se lovi ușor de tava de argint. Și totuși, mi se pare o coincidență destul de stranie că o tânără doamnă agitată a cerut o întâlnire secretă cu lordul Dudley mai devreme și acum i s-a furat din buzunar ceva de valoare.

Privirile li se întâlniră.

– Viața e plină de coincidențe neprevăzute, spuse Cameron și afișă o expresie binevoitoare. Asta o face atât de suportabil de interesantă.

Sara refuză să fie distrasă de remarca lui zeflemitoare.

– Nu pot să nu mă-ntreb... Își atinse ușor bărbia cu degetul și îl scrută din priviri. Aveai o expresie tare stranie când te uitai la cercei. Spune-i cum vrei, dar am avut una din senzațiile alea sâcâitoare în pântec...

– Intuiție feminină? spuse el tărăgănat.

– Da. Și m-a făcut să mă întreb dacă nu cumva, din motive *neprevăzute,* ai decis să devii cavalerul în armură strălucitoare al domniței?

– Doamne ferește! Mă cunoști mai bine de-atât.

– Ha! pufni ea. Adevărul este că nu prea te cunosc cu adevărat. Până și pentru cei care ar trebui să te știe cel mai bine ești un mister, o... enigmă. De exemplu, Haddan, unul din cei mai buni prieteni ai tăi, spune că, din câte știe el, ai apărut ca din fum, din vreo lampă de alamă dintr-un basm ciudat de pe alte meleaguri.

– *Puf!* Cu un râs sarcastic, Cameron flutură mâinile în aer și proiectă licăriri de cenușiu fantomatic pe pereții lambrisați.

– Cine naiba ești?

O dorință fără nume se născu înăuntrul lui. Se întoarse și își ascunse slăbiciunea de moment în întuneric.

– Sunt doar un prieten, Sara. Hai s-o lăsăm așa! Anumite secrete trebuie lăsate îngropate în trecut.

Nu e de mirare că pirații se numără printre cele mai periculoase creaturi care rătăcesc pe fața Pământului.

Sophie își atinse buzele sărutate, degetele erau minunat de reci pe pielea încă înflăcărată. *Un sărut.* Doamne sfinte, trecuse atâta vreme de când nu mai fusese sărutată, că senzația focului lichid ce mai sfârâia încă prin sângele ei o lăsase absolut pârjolită.

Într-o clipită, flăcările purpurii și mirosul sulfuros de pucioasă aveau să umple trăsura, se gândi ea. Ca să îi aducă aminte că dorințele necurate erau rele.

Trăsura se clătină când coti dinspre pod și se îndreptă spre împrejurimile mai binevoitoare din cartierul în care locuiau unchiul și mătușa ei, lângă Red Lion Square.

– Și totuși, murmură ea și îndrăzni să o spună cu voce tare, pentru o clipă mi-am dorit să mă ia pe sus și să mă ducă departe ca să navigăm pe ape sălbatice și nesăbuite.

Norii ascundeau acum așchia lunii și stelele. Sophie era recunoscătoare, nu doar pentru că întunericul o lăsa să se strecoare neobservată pe ușa bucătărioarei, dar și pentru că ferestrele negre înghițeau orice reflexie a dorințelor ei desfrânate. Era periculos – și necugetat – să tânjești după ce nu puteai să ai.

La urma urmei, ea era Sophie Lawrance cea formală, prudentă, rațională. Cuvintele tăioase răsunară în mintea ei asemenea roților care zăngăneau pe caldarâm. Poate că o dată se complăcuse într-un moment de sălbăticie, dar se întâmplase cu multă, prea multă vreme în urmă. Nu putea să își permită ca primejdia să i se pară ademenitoare.

„Trebuie să fiu liantul care îmi ține familia împreună“, își spuse ea în gând. Apăsă pe obraz batista parfumată a piratului și își înăbuși lacrimile. „Nu contează că inima mea s-a făcut țăndări cu multă vreme în urmă, atunci când am hotărât ca Rațiunea să treacă înaintea Iubirii.“

În realitate, nu existase nici o alegere reală. Tatăl ei era prea bolnav, iar tânărul prea sălbatic. Prea volatil, prea năvalnic. Și o dovedise când o părăsise fără ca măcar să își ia rămas-bun. O, cât de mult o duruse...

Ploaia începu să răpăie în geamul birjei și, pentru o clipă, aproape că se lăsă pradă autocompătimirii. Dar după ce se smiorcăi de câteva ori, colonia picantă păru să pătrundă înăuntrul ei și să se învolbureze în membrele ei, dându-i puterea să se descotorosească de asemenea gânduri sumbre. Se lăsă pe spate și își propti umerii de pernele pline de cocoloașe.

Trecutul era trecut și prezentul era ocupat de o problemă mult mai urgentă. Trebuia să existe un mod prin care să îl împiedice pe lordul Dudley să îi distrugă familia, și își promise că avea să îl găsească.

– *Nu* am să cad pradă disperării.

Cuvintele păreau foarte cutezătoare și sfidătoare când erau spuse cu voce tare. Dar pe măsură ce minutele se scurgeau și nu îi venea nici o idee strălucită în minte, începură să sune goale de conținut.

La urma urmei, cum putea să riposteze? Nu era decât fiica unui preot de la țară. Iar el era...

Un șarpe. Un șarpe târâtor, o viperă veninoasă – chiar dacă însemna să jignească reptilele.

O descriere urâtă, dar șantajul era o treabă urâtă, urâtă de tot.

Îl cunoscuse pe viconte în urmă cu aproape șase luni la adunările locale de lângă casa ei din Norfolk. El și prietenul lui, onorabilul Frederick Morton, fuseseră găzduiți de arogantul marchiz de Wolcott, a cărui vastă proprietate se învecina cu proprietatea modestă a familiei sale. Iar, în vreme ce stăpânul conacului era prea înalt în rang ca să se întrețină la întâlniri cu mica nobilime de la țară, Dudley și Morton își făcuseră apariția, chiar dacă în prima oră pur și simplu se uitaseră și nu dansaseră.

Apoi, destul de ciudat, Dudley o invitase la o gavotă, chiar dacă Sophie stătuse cuminte la locul ei dintotdeauna, alături de celelalte fete bătrâne și doamne respectabile, cu ochii pe fetele mai tinere și mai îndrăznețe.

De la prima atingere a mâinii lui, bărbatul i se păruse respingător. Zâmbetul lui avea ceva glacial, iar ochii, o plictiseală reptiliană care îi trimisese fiori pe șira spinării.

Și instinctul ei nu se înșelase. Sophie simți o strângere de inimă. O da, știuse că era rău – doar că nu ghicise *cât* de rău.

Mesajele de amenințare de la Dudley începuseră să apară după două săptămâni. Cererile fuseseră mici la început, și reușise să strângă bani din câteva ore de muzică în plus. Totuși, situația degenerase repede. Strânse din dinți. Cerceii aveau să îi dea puțin răgaz. Dar după aceea, nu mai avea ce să ofere. Nu mai avea bani, nu mai avea bijuterii. Nu mai avea scuze.

„Am să mă gândesc la ceva atunci“, își zise Sophie și încercă să pună ceva tărie în afirmație.

Birja se opri deodată și o salvă de alte gânduri sumbre. Își trase gluga peste cap, se strecură pe portieră afară și se repezi pe alee, rugându-se ca nici unul dintre vecini să nu observe cum o umbră se grăbea prin vălul întunecat al nopții.

Ușa de la bucătărioară, atent unsă cu ulei, se deschise fără vreun scârțâit și Sophie își croi iute drum pe scările din spate, spre dormitorul ei cu vedere spre mica grădină.

– Slavă Domnului pentru micile favoruri, mormăi ea în barbă, apoi scutură burnița de pe pelerină și o agăță înăuntrul dulapului pictat. Totuși, ușurarea că absența ei trecuse neobservată se nărui în clipa imediat următoare, când se auzi o șoaptă dinspre fotoliul acoperit cu postav, de lângă fereastră.

– Unde naiba ai fost?

La naiba! Sophie blestemă în șoaptă și își scoase cu grijă voalul și boneta înainte de a se întoarce.

– Nu spune „naiba", Georgie. Nu este un limbaj adecvat pentru o domnișoară cuviincioasă.

Georgiana îi răspunse cu un cuvânt și mai urât.

– Ar trebui să-ți fie rușine! Ești fiica unui preot, o certă Sophie cu cea mai aspră voce de soră mai mare.

– Și ție, sublinie Georgiana. Și îndrăznesc să spun că să te furișezi afară, la miezul nopții, pentru o întâlnire secretă în Capitala Păcatului e o încălcare mult mai gravă decât dacă iei numele Satanei în deșert.

– Se poate să încep să fiu mai atentă cu ce citești, răspunse Sophie aspru. Se pare că Lady Vere a avut dreptate când m-a avertizat că romanele gotice le provoacă gânduri necuviincioase domnișoarelor ușor impresionabile.

– Încerci să schimbi subiectul.

În ciuda vârstei fragede, Georgiana avea o minte ascuțită. Lucru foarte bine-venit de cele mai multe ori, dar care, în momentul acela, se dovedea extrem de incomod.

Sophie aprinse o lumânare și o duse spre masa ei de toaletă.

– Dacă nu te furișai pentru vreo întâlnire secretă, atunci ce făceai la ora asta? insistă sora ei.

Clinchetul delicat al acelor de păr care cădeau pe măsuța de lemn părea să amplifice tăcerea ce se așternu după întrebare.

– Apropo, adăugă Georgiana după ce așteptă să mai cadă câteva ace de păr. N-ar fi un lucru așa de rău dacă te-ai furișa pentru vreo întâlnire secretă. Ți-ai petrecut cea mai mare parte din viață asumându-ți toate responsabilitățile din familia noastră. Din când în când, ar trebui să-ți permiți să te simți liberă, chiar dacă asta înseamnă să te lași pradă câtorva plăceri interzise înainte... înainte...

– Să mă transform într-o fată bătrână ofilită? Sophie zâmbi crispată. Stau pe bară, Georgie, cu picioarele ascunse cuviincios sub fuste. Apucă o perie de păr și porni să își aranjeze cârlionții neascultători. Zilele mele de plăceri interzise sunt pierdute în negurile trecutului.

– Vorbești de parcă ai fi de-o seamă cu Matusalem, bombăni sora ei. La douăzeci și șapte de ani nu ești așa bătrână.

În ciuda îngrijorării ei, Sophie izbucni într-un râs sec.

– Ești extrem de drăguță, căci știu că pentru cineva care are doar șaptesprezece ani, trebuie să fie o vârstă extrem de *înaintată*.

– Ba chiar deloc. Te-ai menținut destul de bine. Eu nu trebuie decât să te mai curăț de pânzele de păianjen, o dată sau de două ori pe săptămână.

Ochii li se întâlniră pentru o clipă în licăririle tulburi ale oglinzii, apoi Sophie coborî privirea.

– Te rog să te uiți la mine, spuse Georgiana.

Fără tragere de inimă, Sophie se întoarse pe scaunul ei.

– Poate că mă mai vezi ca pe o școlăriță de-o șchioapă, dar nu mai sunt un copil. Ca să își accentueze afirmația, Georgiana se ridică de pe fotoliul de la geam, iar lumina difuză a lunii sublinie trupul cu picioare lungi și subțiri și forme feminine. În cazul în care ai uitat, sunt logodită.

„O, fii sigură că nu mi-a ieșit din minte." Amenințările lordului Dudley îi reaminteau constant de faptul că fericirea surorii ei depindea de cineva care trebuia să fie suficient de curajos și de abil ca să riposteze și să găsească un mod de a-i învinge pe el și pe prietenul său, Morton, partenerul lui de șantaj, i se spusese. „Și acel cineva trebuie să fiu eu."

– Anthony mă consideră suficient de matură ca să-mi împărtășească îndoielile și visurile lui. Mi-ar plăcea să ai mai multă încredere în mine, continuă blând Georgiana. Te porți ciudat de când am venit la Londra. Și e limpede că nu e ceva în regulă. De ce nu mă lași să te ajut?

– Eu... nu pot.

Anthony Wilder, stegar în Regimentul Cavaleriei regale, era fiul unui baron care deținea o proprietate mare în Oxfordshire. Familia lui credea că partida cu Georgiana era sub rangul lui, dar tânărul izbutise să câștige consimțământul lor șovăitor. Totuși, cea mai mică adiere de scandal ar fi schimbat cu siguranță situația într-o clipită.

– Nu mă întreba de ce.

Georgiana se încruntă și își arcui marțial sprânceana stângă.

Era o privire care spunea „Păzea, bătălia tocmai a început". Și apărea atât de rar că provocă în pieptul Sophiei încă o încleștare de neliniște. În mod normal, întruchiparea perfectă a bunei dispoziții și a bunului-simț, Georgiana putea să fie înspăimântător de încăpățânată – ca să nu mai spunem extraordinar de curajoasă – când i se trezeau pasiunile. Dacă ar fi știut de amenințarea cu șantaj, i-ar fi cerut să i se alăture ca să contraatace împreună, chiar dacă asta însemna să își sacrifice viitorul.

Și așa ceva nu putea – nu trebuia – să se întâmple. Sophie știa că nu putea să spere să o vadă pe Georgiana măritată și fericită decât dacă se ocupa de problema aceea singură, în liniște și cu discreție.

Sora ei întrerupse în cele din urmă duelul tăcut al privirilor cu un mormăit înfuriat.

– Ai privirea aia odioasă de „nu te certa cu mine că eu sunt sora mai mare și știu mai bine".

– Eu *sunt* sora ta mai mare și, în cazul ăsta, chiar știu mai bine, răspunse Sophie. Ca să își îndulcească răspunsul categoric, adăugă: Promit că am să-ți explic totul când pot. Nu era chiar o minciună, ci doar o soluție de mijloc. Dar între timp, te rog să ai încredere în mine.

Flacăra lumânării pâlpâi când Georgiana oftă cu putere.

– Foarte bine. Pentru moment, așa rămâne.

„Am mai evitat un pericol", se gândi Sophie crispată. „Dacă eram pisică, cele nouă vieți ale mele ar fi fost probabil epuizate de aceste aventuri nocturne."

– Te-ai simțit bine la recitalul doamnei Hartwell? întrebă ea repede, bucuroasă pentru șansa de a trece la un subiect mai sigur.

Georgianei îi plăcea teribil muzica și era foarte talentată la pian.

– Da, a fost foarte frumos. Fiica ei, Marianne, are o voce minunată și am cântat câteva duete, inclusiv câteva dintre baladele scoțiene preferate de mătușa Hermione.

– Pare că a fost o seară frumoasă, murmură Sophie.

– Poate data viitoare n-ai să mai ai o teribilă durere de cap care să necesite liniștea absolută a dormitorului tău întunecat, spuse sora ei pe un ton sec.

– Georgi, nu e nevoie să-mi scoți ochii.

– O, prea bine. Am să cad la pace. Georgiana era prea blândă ca să rămână supărată prea multă vreme. Dar trebuie să-mi promiți că n-ai să încerci să găsești scuze pentru ieșirea noastră de joi seară. Unchiul Edward a cumpărat bilete pentru toți ca să mergem la un concert în grădinile Vauxhall.

– Vauxhall?

Grădinile erau un faimos loc de agrement care atrăgea oameni din toate cercurile societății – ceea ce făcea parte din farmecul lor. Veneau să ia masa, să socializeze și să se bucure de aura de aventură pe care o asigurau umbrele frunzelor sale.

– Da, nu-i minunat? Vom degusta faimosul lor jambon într-unul din separeurile speciale pentru cină și vom asculta arii italiene. Apoi vom avea timp să explorăm aleile și pavilioanele, înainte să privim spectacolul de focuri de artificii de pe cer!

– Divin, spuse Sophie și încercă să pară suficient de entuziasmată.

– Nu ți se pare că sună nebunesc de romantic? Vocea Georgianei deveni un susur. Se pare că unele doamne și unii domni vin mascați ca să se furișeze prin tufișurile întunecate și să se implice în... activități necuviincioase. Tăcerea fu umplută de un oftat tulburat. O, cât mi-aș dori să fie și Anthony în Londra, nu să alerge în galop peste dealurile din Dartmoor. Cred că a fost josnic din partea comandantului lui să nu îi acorde permisie de la manevrele regimentului.

Sophie îi mulțumi colonelului în gând. Și așa avea destule pe cap ca să mai fie nevoită să stea și cu ochi de vultur pe cei doi porumbei.

– Răbdarea este o virtute, draga mea. Veți fi împreună în scurtă vreme – fără să fiți nevoiți să riscați un scandal pentru câteva sărutări furate.

Georgiana deschise gura ca să se împotrivească.

– În plus, mă îndoiesc că lui Anthony i s-ar părea romantice cumpărăturile. Motivul principal pentru călătoria lor la Londra fusese cumpărarea trusoului Georgianei. Gândește-te numai! Dantelă, mănuși, muselină, corsaje – sărmanul s-ar fi plictisit de moarte.

– Ai dreptate.

– Vezi tu, surorile mai mari pot, din când în când, să ofere un dram de înțelepciune.

– O, Sophie... O îmbrățișare aprigă îi stoarse deodată tot aerul din plămâni. Sigur crezi că sunt o gâsculiță înfumurată și egoistă căreia nu îi pasă decât de propriile plăceri. Ai fost atât de bună cu mine și cu Penelope, te-ai sacrificat pentru fericirea noastră ca să ne fii și soră, și mamă.

– Nefericită? Cum aș putea să fiu nefericită când am în viața mea două ștrengărițe cu capetele pătrate?

– Destul de ușor, îmi închipui. Georgiana scoase un chicot printre lacrimi. Știu că suntem o pacoste pe cinste. Dar sper că știi cât de mult te iubim.

– Sigur că știu. Sophie șterse ușor cu mâneca obrazul surorii ei. Acum, șterge-te la ochi și nu mai plânge! Mâine la prima oră, mergem la una dintre cele mai de lux croitorese și nu vrem să te vadă cu fața plină de pete.

– Chiar așa.

În realitate, pe Sophie nu o interesau deloc moda și zorzoanele, dar știa că Georgianei, care avea ochi bun și gusturi excelente, îi plăcea să aleagă țesături și accesorii.

– Și de acolo mergem la bazarul de pe Bond Street și la magazinul de mătăsuri preferat al mătușii Hermione.

Expresia de pe chipul surorii ei deveni visătoare.

– Știu exact culoarea pe care trebuie să o aibă noua ta rochie. Este o nuanță profundă ca marea, undeva între albastru și verde, învăluită de o urmă de mister.

– Întâi de toate, nu mai cheltuim bani pe rochii pentru *mine*.

Unchiul lor, un bancher prosper, insistase să îi facă Georgianei cadou toată zestrea. Dar, în ciuda propunerii amabile de a-i oferi și Sophiei câteva veșminte noi, ea nu avea de gând să folosească nici un bănuț din generozitatea lui.

– Pentru că, în al doilea rând, n-aș avea unde să o port.

– Ha! Dacă nu te-ai mai îmbrăca în saci de cereale și nu ți-ai mai ascunde frumusețea printre toate femeile alea în vârstă, ai avea o mulțime de pețitori după tine.

– N-am nevoie de rochii noi ca să-mi atrag pețitori. Am unul, spuse pe un toc sec Sophie. Cu toate astea, nu-mi doresc să mă mărit cu Neddy, fierarul. Este un băiat foarte bun, dar sunt absolut convinsă că nu ne-am face deloc fericiți unul pe celălalt.

– Recunosc, opțiunile de prin regiunea noastră lasă de dorit. Georgiana se opri pentru un timp ca să reflecteze la posibilități. Poate că ai să întâlnești un necunoscut înalt și chipeș în grădinile Vauxhall.

Sophie inspiră ușor când gândurile îi fură invadate de imaginea involuntară a unui pirat zvelt, cu un cercel de aur care strălucea în încâlceala unui păr negru ca păcatul.

– Un gentleman cu putere și poziție, continuă sora ei înflăcărat de idee. Bineînțeles, trebuie să fie deștept și fermecător. Și să își dorească să ucidă balauri în numele tău.

– Da, bineînțeles. Totuși, mă îndoiesc că un asemenea model de perfecțiune există în afara unui basm – evident, cu excepția lui Anthony.

– N-ai de unde să știi sigur. La urma urmei, nici n-ai căutat prea mult.

Sophie închise ochii pentru o clipă.

– Sunt încântată că ți-ai găsit cavalerul în armură strălucitoare, Georgie. Dar nu suntem toate sortite unui asemenea noroc. Dacă există balauri care trebuie uciși, mă tem că va trebui să îmi ascut propria sabie.

Capitolul 2

Deci Sophie Lawrance urma să își petreacă următoarea seară în grădinile Vauxhall.

După ce îi dădu micului vagabond câțiva bănuți, Cameron plecă din Green Park și se plimbă gânditor pe Piccadilly Street, înainte să o cotească pe Bond Street. Fusese simplu să dea de urma birjei închiriate și să afle unde fusese lăsată Sophie cu o noapte înainte. De-a lungul anilor, țesuse prin toată Londra o rețea elaborată de informatori. O folosea mai ales pentru propriile lui afaceri – el era, ca s-o spunem pe șleau, un hoț, chiar dacă unul foarte exigent și care nu fura decât cele mai de preț bijuterii și obiecte de artă de la oamenii care își permiteau să le piardă. Dar, din când în când, rețeaua îi era utilă și pentru alte scopuri.

Firește, mai aflase o mulțime de lucruri despre șederea Sophiei în oraș. Servitorii erau cu ușurință încurajați să bârfească, mai ales că ea și sora ei erau marile favorite ale celor care lucrau în casa mătușii și a unchiului lor.

O nuntă. Se aflau la Londra ca să facă toate cumpărăturile pentru o nuntă. Nu nunta Sophiei – Cameron resimțise o tresărire inexplicabilă de ușurare când aflase vestea. Cu toate că nu insistă să se gândească de ce i-ar fi păsat.

Se opri și privi lung pe una din vitrinele unui magazin de modă, observând în reflexia din geam forfota cumpărătorilor ocupați. I se mai spusese că toate cele trei doamne aveau să se oprească la o modistă în vogă care își avea magazinul chiar la următorul colț. Curios, Cameron zăbovi un pic mai mult și pretinse că își aranja pliurile lavalierei – care era, ca de obicei, o fâșie exotică de mătase cu modele, nu clasica pânză apretată.

O doamnă mai în vârstă cu trei tinere după ea se încruntă și îl ocoli cu mare atenție. Cameron surprinse cuvântul „periculos" când pufni în dreptul lui. Se întoarse și le făcu cu ochiul tinerelor care încetiniră ca să îi arunce o privire furișă. Îmbujorate, se grăbiră să își prindă din urmă doamna de companie.

„Un alt exemplu al metodelor mele teribil de desfrânate", se gândi Cameron ironic. „Gâsculițele credeau că o să-mi arăt colții..." Sarcasmul i se stinse când o trăsură se opri chiar înaintea lui și trei doamne coborâră pe scăriță.

O recunoscu fără vreo problemă pe mătușa Sophiei. Poate că Hermione Hillhouse mai albise un pic și devenise ceva mai corpolentă. Totuși, zâmbetul ei blând rămăsese neschimbat. Era urmată de o tânără subțirică și înaltă, cu bucle mătăsoase de culoarea aurului care ieșeau în valuri de sub bonetă.

– Să ai grijă, Georgiana, îi spuse Hermione. Pavajul e inegal.

Aceea era Georgiana?

Cameron și-o amintea pe sora mai mică a Sophiei ca pe o copilă durdulie și micuță care avea mereu o dungă de noroi pe vârful nasului. „Dar oricum, îndrăznesc să spun că ne-am schimbat cu toții de atunci."

Chiar dacă nu întotdeauna în bine.

Totuși, Sophie era incredibil mai frumoasă față de cum și-o amintea. În urmă cu o noapte, întunericul și voalul gros îi ascunseseră chipul. Acum, în timp ce pășea pe trotuar, soarele după-amiezii picta fiecare nuanță a profilului ei într-o lumină aurie blândă.

Râse la ceva ce spuse mătușa ei, și Cameron simți cum i se strânge inima.

Simțindu-se ușor amețit, se strecură prin mulțime, iar în jurul lui forfota banală a vocilor păli și deveni neclară. Lumina păru să devină difuză și deodată singurul punct stabil deveni Sophie, care se întoarse și intră în magazin.

Sunetul ușii care se închise îl făcu să revină din iadul acela ciudat. Cameron coborî privirea și descoperi dezgustat că se sprijinea de balustrada decorată a unui magazin, în care erau expuse mănuși din piele de ied într-o varietate uluitoare de culori.

„Vino-ți în fire“, își impuse printr-un mormăit tăcut. Cât ar fi fost de stânjenitor dacă cineva îl vedea pe cel mai sardonic dintre Cerberi redus la un scâncet patetic.

Se întoarse dinspre aranjamentul în nuanțe blânde de roz și violaceu, cu intenția clară de a se grăbi spre sala de box de la Jackson. Nu exista refugiu mai bun – în mijlocul zgomotelor de piele lovită și al mormăielilor de durere, putea să-și stăpânească din nou emoțiile dacă transpira serios la sacii grei de box.

Dar, spre groaza lui, picioarele se împotrivirā răzvrătite. Încetiniră, apoi se opriră în fața unei vitrine arcuite și ornamentate, plină de bonete cu panglici și turbane împodobite cu pene.

„Am să mă opresc doar pentru o clipă“, își promise și se uită peste o pană de struț ca să vadă mai bine înăuntrul magazinului.

Georgiana încerca o pălărie nostimă de paie festonată cu cireșe mici și roșii. Sophie zâmbi și scutură din cap, ceea ce atrase o observație din partea mătușii lor. Urmă o bonetă mai potolită, în nuanțe pale de piersică și frișcă...

O încruntare trecu pe chipul Georgianei când se întinse să dea la o parte o panglică din jurul urechii.

– De ce se uită domnul acela la noi?

– Unde? Sophie ridică privirea din caietul de modele.

– Acolo. Chiar dincolo de fereastră.

Sophie își schimbă poziția și surprinse o siluetă întunecată care se îndepărtă cu o repeziciune viguroasă. Se grăbi înspre ușă, dar o privire aruncată prin geam nu îi arătă decât vârful unei pălării înalte care se pierdu iute în mulțime.

– Ce ciudat, spuse Georgiana.

– Chiar așa, zise Sophie și continuă să se uite pe stradă. Și mai ciudați erau fiorii care îi tachinau ceafa. Era o prostie să își lase imaginația să zburde. Erau mii de pălării negre în Londra, cu boruri late și grogrenă.

Da, dar câte dintre ele sunt trase peste ochi într-un stil atât de pur șmecheresc?

Ignoră întrebarea care i se păru mult prea fantezistă ca să primească un răspuns și se întoarse ca să se uite la panglici.

– O, uite! exclamă Georgiana și ridică dintr-o cutie o bonetă de o eleganță simplă. Nu s-ar potrivi de minune cu noua rochie indigo a Sophiei?

– De minune! repetă Hermione.

– Vă rog, n-am nevoie de asemenea extravaganțe. Sophie se strâmbă, căci se simți vinovată pentru că ruda ei comandase nu una, ci două rochii noi pentru ea, alături de o alegere minunată pentru sora ei. E o zicală din bătrâni care zice că din coadă de câine sită de mătase nu se poate face. În plus, ai fost și așa mult prea generoasă.

– Prostii! Fă-mi pe plac, draga mea! Este o mare plăcere să fac cumpărături cu nepoatele mele. Mi-aș dori să-mi permiți să o fac mai des.

Hermione era sora răposatei lor mame, iar ea și soțul ei făcuseră cu tact tot posibilul ca să sporească veniturile neîndestulătoare ale tatălui lor. Și-o permiteau, dar Sophiei nu îi plăcea să profite de bunătatea lor.

– Mulțumesc, dar... Boneta era cu adevărat fermecătoare. Dar nu am nevoie...

– O luăm pe asta, spuse ferm Georgiana și i-o înmână iute vânzătoarei din spatele tejghelei.

– Și luăm și boneta aia olandeză minunată ca să completeze rochia ta nouă de zi din muselină cu model de crenguțe, adăugă Hermione. Acum, trebuie să căutăm o chivără cu un ciucure de mătase pentru hainele tale de călărie...

Trăsura era ticsită de cutii după ce trioul încheiase vizitele pe la magazinele de pe Bond Street.

– Ce distractiv a fost! exclamă Hermione și își făcu vânt cu evantaiul. Deși mărturisesc că să alegi dintre atâtea materiale și stiluri necesită o cantitate mare de energie. Ne oprim la Gunter să ne răcorim?

Georgiana, căreia îi plăcea foarte mult înghețata de căpșune de la faimoasa ceainărie, veni iute în susținerea ideii.

– Să mergem pe jos? adăugă ea. Nu facem decât o scurtă plimbare până în Berkeley Square și așa putem să ne și uităm prin vitrinele magazinelor.

Sophie o luă pe urma celor două, dar atenția îi zbură în scurt timp de la vitrinele extravagante. „De ce, o, Doamne, de ce mă chinuie senzația asta ciudată de déjà-vu?“ se întrebă ea, incapabilă să nu se gândească la pirat și la amintirile tulburătoare din trecut. „Nu trebuie să te uiți niciodată înapoi, ci numai înainte.“ Mai ignoră încă o înfiorare ciudată la ceafă și își păstră privirea ațintită înainte.

Fustele i se încolăciră în jurul gleznelor când grăbi pasul. Și totuși, o presimțire îi însoțea pașii.

Următoarea vitrină prezenta o sumedenie strălucitoare de inele și coliere. Soarele pieziș adâncea culorile vii ale pietrelor prețioase, și licăriri de rubin, smarald și safir dansau prin sticla transparentă.

Sophie se răsuci pe loc când o sclipire aurie străfulgeră reflexia.

Dar, încă o dată, bărbatul – năluca – se îndepărtă cu o repeziciune înnebunitoare. Sophie nu reuși să surprindă decât fluturarea trecătoare a mătăsii cu modele vii.

– Ți-e rău, Sophie? Georgiana îi atinse îngrijorată mâneca. Ești îngrozitor de palidă.

– Sunt doar obosită, atâta tot, răspunse ea și se frecă la ochi.

Sora ei o fixă cu o privire prelungă.

– N-ai dormit destul în ultima vreme. În seara asta, te duci devreme la culcare. Vizita de mâine în grădinile Vauxhall promite să fie o adevărată aventură.

– Aventura e ultimul lucru de care am nevoie în viața mea, mormăi Sophie.

– Ha! pufni Georgiana. Recunoaște – viața ta a fost teribil de plictisitoare pentru mult prea mulți ani. Se uită la nuanța pământie a țesăturii din care era făcută rochia de zi a Sophiei și strâmbă din nas. A venit timpul să adaugi niște sare și piper în rutina ta monotonă.

Capitolul 3

Sare și piper. Nu încăpea nici o îndoială că vastele grădini de agrement de la Vauxhall erau o lume cu totul diferită de micul oraș Terrington. Sophie se uită peste marginea paharului ei de vin la esplanada centrală, fascinată de parada de oameni care veneau dinspre malul râului. Vânzătoarele și negustorii îmbrăcați în stambă și pânze ieftine se amestecau cu aristocrații și tinerele frumoase învăluite în mătase și lână merinos scumpe, iar limbajul universal al râsului și al glumelor plutea peste talmeș-balmeșul de dialecte.

– Ooo, este atât de incitant. Georgiana se aplecă peste balustrada separeului lor pentru cină, hotărâtă să nu rateze nici măcar unul dintre detaliile împrejurimilor. În următoarea mea scrisoare, trebuie să îi descriu totul cu lux de amănunte lui Anthony.

Hermione zâmbi tandru.

– Sunt convinsă că veți veni aici împreună după ce vă căsătoriți.

Sora ei scoase un oftat drăgăstos.

– Da, și nu va trebui să complotați ca să furați un sărut în tufișuri, spuse unchiul lor, cu o licărire în ochi. Un cuplu căsătorit are dreptul la un pupic sau două.

– Dar să faci ceva puțin necuviincios adaugă un plus de încântare.

Sophie ridică o sprânceană.

– Nu că aș avea vreo experiență în domeniu, adăugă Georgiana în grabă. Eu... doar am auzit despre asta.

– Să nu crezi tot ce auzi, murmură Sophie și își reținu un zâmbet.

Sora ei se întoarse pe scaun ca să ascundă îmbujorarea care începea să îi coloreze obrajii. După ce se uită la felinarele decorate care înconjurau separeul, întrebă:

– Putem să facem o plimbare prin grădini înainte de focul de artificii?

– Hai, Edward, fetele trebuie neapărat să vadă Pavilionul Oriental, spuse Hermione și împinse în față farfuria goală. Și, desigur, sunt dornice să exploreze aleile.

– Prea bine. El se ridică și își îndreptă vesta. Mai întâi, aruncăm o privire la clădiri și apoi... Le făcu cu ochiul. ... ne îndreptăm spre aleile întunecate unde domnișoarele trebuie să se ferească de tentația de a păși pe calea spre pierzanie.

Georgiana își înăbuși un chicotit.

– O, încetează cu tachinatul și ia-o înainte, Edward, spuse mătușa lor. Îndrăznesc să spun că nepoatele noastre cuminți se află destul de departe de calea păcatului.

Păcat.

Sophie gustă cuvântul pe limbă atunci când îi urmă supusă pe unchiul ei și pe Georgiana. Suna absolut seducător, ca fluturarea unei adieri de vară prin ierburile de pe o pajiște. *Păcat.* Șoapta trezi o amintire undeva în adâncul ei – parfumul de fân proaspăt, textura păiușului pe pielea goală, gustul sărutărilor înfierbântate de soare...

– Sophie? Hermione își drese glasul. Te pândește vreo răceală cumva?

– Nu, nu, mă simt foarte bine. Eram doar distrată, se scuză ea. Sunt atâtea lucruri care stimulează simțurile.

– Unchiul Edward sugerează să trecem pe lângă Salonul cu Coloane și să ne îndreptăm spre statuia lui Händel de pe esplanada sudică, sugeră încântată Georgiana. De acolo putem să ne întoarcem în grădini.

– Ar fi minunat.

În realitate, priveliștile erau învăluite într-o ceață amorfă. Mintea îi zbura în altă parte.

Să navigheze pe o mare azurie alături de un pirat exuberant, la cârma unei corăbii făcute din aur pur.

– Ți s-a urcat vinul la cap? întrebă sora ei în șoaptă, apoi o prinse de braț și ocoli cu ea una dintre coloanele exotice.

Ea scutură din cap.

– Nu-ți stă în fire să fii aiurită. Mi-ar plăcea să-mi spui ce se întâmplă.

„O, de unde să încep?" Amenințările lui Dudley și Morton, nebunia tatălui lor, năluca întunecată ce îi bântuia liniștea sufletească – în ciuda cârpelilor ei grăbite, părea că viața ei începea să se destrame.

– Haideți, fetelor, și rămâneți aproape, le spuse Hermione. Lăsând gluma la o parte, nu vrem să vă pierdem. Grădinile atrag tot felul de personaje dezgustătoare care dau târcoale pe-aici după lăsarea întunericului, în căutare de necazuri.

Recunoscătoare pentru bine-venita întrerupere, Sophie i se alătură iute mătușii ei. Pentru cele câteva ore ce urmau, avea să lase deoparte problemele și să se bucure de atmosfera lipsită de griji de la Vauxhall.

– La urma urmei, oftă ea încet, problemele mele vor fi și mâine tot aici.

Cameron își aranjă masca din mătase și se strecură afară din nișa dintre coloane. Cizmele lui din piele, cu tălpi moi plutiră fără zgomot peste iarba umezită de rouă când se furișă pe nesimțite printre tufișurile dese. Dinspre băncuțele ascunse se ridicau râsete, murmurul lor devenind ușor fumuriu în licăririle slabe ale felinarelor.

Sophie și familia ei se plimbau agale pe aleea principală, chipurile fiindu-le luminate de torțele aprinse de-a lungul drumului. Părea amuzată și totuși zâmbetul nu i se citea în ochi. Sub genele înflăcărate erau suspendate umbre delicate.

Tristă? Poate gânditoare era o alegere mai bună, hotărî Cameron. Sophie avea tendința să se lase condusă mai degrabă de rațiune decât de inimă.

Pentru o clipă, el se trezi gândindu-se la o vreme în care împărtășiseră zâmbete, speranțe, visuri, săruturi și... inimile.

„Sau poate doar mă amăgeam gândindu-mă că inima ei mi-a aparținut vreodată."

Erau tineri. Prea tineri – ea avea șaisprezece ani, iar el era doar cu un an mai mare – și era prea naiv. La vârsta aceea, credea nebunește că iubirea putea să învingă tot...

Un râs răgușit răsună dinspre umbrele apropiate și îl aduse înapoi în prezent. Mai avea timp să își ia tălpășița. Se pricepea să nu lase vreo urmă, vreun semn cum că nu era altceva decât o umbră care se pierdea în întuneric.

Nesiguranța se lupta înăuntrul lui și se simți slab, vulnerabil. Amintirea trecătoare a imaginii lui de demult era incomodă – nu era prea înclinat spre introspecție. Încercase din greu să trăiască în prezent, să nu aibă încredere decât în istețimea și în propriul lui simț al umorului acid ca să supraviețuiască.

– Și lucrurile vor rămâne așa, își jură el în șoaptă. Nu este decât o întâlnire de moment.

Două corăbii care se îndreptau spre direcții diferite, dar care se întâlneau în noapte pentru o fracțiune de secundă.

Grupul lui Sophie se opri la intrarea Cărării Întunecate, o alee neluminată cunoscută drept loc de întâlnire pentru aventuri romantice interzise. După o scurtă discuție, Edward cedă rugăminților Georgianei de a se aventura câțiva pași printre umbrele negre ca smoala. Îi oferi ei un braț și Sophiei pe celălalt, dar ea se trase câțiva pași înapoi și insistă ca mătușa ei să aibă prioritate.

– Nu sunt atât de curioasă ca Georgie. N-am nevoie să mă avânt în necunoscut, îi anunță ea. Vă aștept aici.

Hermione șovăi.

– Singură?

– Doamne sfinte, e aproape la fel de luminat ca ziua și sunt o mulțime de oameni prin apropiere. Sophie îi îndemnă să plece. N-am absolut nici un motiv să-mi fac griji.

O adiere dinspre râu legănă frunzele de deasupra ei, iar foșnetul ușor păru să îmbie flăcările roșii-aurii într-un dans unduitor și sinuos.

Sophie își strânse șalul un pic mai mult în jurul umerilor și se apropie de tufișuri, parcă fermecată de modelele sclipitoare de lumină pe care le proiecta focul.

– Ăsta, draga mea, intonă Cameron printre dinți, este cel mai greșit lucru pe care poți să-l spui atunci când un prădător stă ascuns prin apropiere și nu așteaptă decât momentul potrivit în care să atace.

– *Ssssss.*

Sigur, doar imaginația ei mult prea înfierbântată transforma șoaptele vântului în murmurul numelui ei. Sophie se retrase, apoi încremeni când sunetul se auzi din nou, de data aceea puțin mai tare.

– *Sssssssophie.*

Se uită în stânga și în dreapta, de-a lungul liniei tufișurilor.

– Cine-i acolo?

Nici un răspuns, doar un fâșâit slab dinspre rododendronii cu frunze lungi.

– Că ești vreun demon sau vreun duh, refuz să fiu luată de proastă. Trase adânc aer în piept și dădu la o parte frunzișul, apoi se adânci printre tufișuri, hotărâtă să dea de vocea care o tachina și o necăjea.

Poate că vinul era cel care îi stimula îndrăzneala, dar se simți deodată sătulă să fie prudentă, sătulă să fie timidă.

O mână într-o mănușă din piele neagră o prinse de încheietură.

– Ce fată curajoasă!

Sophie reuși cumva să își înăbușe țipătul.

– Curajoasă, repetă vocea, dar nesăbuită, în ciuda opiniilor dumneavoastră contrare. Aș putea să fiu un criminal nebun. Cu membrele lui lungi și suple înfășurate în lână scumpă, piratul – da, era piratul ei – se ridică în picioare. Sau mai rău.

Primul semnal de frică se risipi când îl recunoscu – atingerea, parfumul și ceva ce nu putea să numească exact.

– Ce-ar fi mai rău decât moartea? întrebă ea și încercă să îi egaleze nota de cinism rece din voce.

– A, sunt unele care își prețuiesc virtutea mai mult decât orice, răspunse el.

O adiere de foc – sau poate de gheață? – o fulgeră pe șira spinării.

– Virtutea mea se află într-un pericol de moarte?

Chicotitul lui gutural agită frunzele.

– Depinde.

– Răspunsurile vă sunt mereu atât de criptice? replică ea.

– Am crezut că a fost destul de evident ce-am vrut să spun. Trebuia să întrebați „de ce anume?"

– Prea bine. Mai trase încă o dată adânc aer în piept ca să se întărească. De ce anume?

– De mai multe lucruri.

– A, of! Râdeți de mine, domnule, și nu mi se pare amuzant. Sophie încercă să se retragă, dar rămase prinsă în strânsoarea lui. Dați-mi drumul... pirat crud ce sunteți!

Îi eliberă încheietura, își scoase pălăria și făcu ironic o plecăciune.

– Prefer „corsar". Are o notă mai elegantă, nu credeți? Adierea vântului îi ciufuli părul lung și, când își îndreptă spatele, câteva fire mătăsoase se încurcară în cercelul de aur care se legăna în urechea lui.

Își dădu seama că era o sabie micuță.

– Și în treacăt fie zis, adăugă el, permiteți-mi să vă spun că minunatul dumneavoastră gât rămâne absolut intact.

Sophie își duse mâna eliberată la gât, iar el râse din nou.

Miji ochii când pâlpâirea unei torțe îndepărtate trecu peste chipul lui și îi confirmă prima impresie de negru profund. Părul, masca, haina, până și batista de la buzunar erau făcute din mătase neagră ca noaptea. Totuși, licărul de lumină surprinse și o pată de culoare.

Bond Street – sclipirea de roz de sub haina neagră a unui domn.

– Dumneavoastră, spuse ea apăsat și arătă spre lavaliera lui înnodată neglijent, m-ați urmărit, și vreau să știu de ce.

– Așa am făcut? Se apropie cu o jumătate de pas, și deodată aerul răcoros al nopții deveni foarte cald. Cine știe, poate că există o legiune de flăcăi credincioși care se țin după dumneavoastră.

– N... nu fiți absurd, se bâlbâi Sophie. Sunt un nimeni. Sunt doar o simplă fată bătrână de la țară, fără legături, bani sau frumusețe. Sunt cu greu genul de femeie care să atragă atenția.

– Și totuși, vă știu numele și totul despre trecutul dumneavoastră, domnișoară Sophie Lawrance din Terrington, un orășel de pe coasta din Norfolk.

Ea înghiți cu greu în sec.

– Asta vă sperie?

„Nu, mă intrigă, deși nu pot să explic de ce."

Piratul păru să îi ia tăcerea ca pe o invitație să se apropie și mai mult.

– Nu, murmură el, am observat că, în ciuda felului dumneavoastră liniștit de a fi, nu vă speriați prea ușor.

Își așeză mâinile pe umerii ei și alunecară ușor spre interior până ce degetele lui mari atinseră suav scobitura gâtului ei.

Sophie simți cum pulsul i se accelerează și începe să-i bată nebunește. Trupul începu să vibreze în pielea de culoarea untului.

– Aș putea să țip, șopti ea.

– Adevărat. Dar nu cred c-o veți face. Gura lui batjocoritoare se afla la un milimetru de gura ei. Cred că sperați să vă sărut din nou.

– E... este absurd.

– Pentru ce alt motiv v-ați plimba pe Cărarea Întunecată dacă nu pentru a vă îndeplini cele mai sălbatice dorințe?

– Eu... Sophie nu reuși să continue.

Minciunile și dorurile erau toate păcătos de greșite.

Piratul parcă îi citi gândurile.

– Sunteți derutată? Viața oferă rareori răspunsuri în alb și negru, Sophie. De cele mai multe ori e formată dintr-un amestec de griuri diforme. Doar tu poți să decizi ce formă îți dorești să îmbrace.

– De ce mă urmăriți? întrebă ea din nou.

– Spune-i curiozitate. E clar că ești băgată în niște afaceri foarte periculoase și, cum sunt profund familiarizat cu înșelăciunile, nu pot să nu mă întreb de ce. Lordul Dudley nu este o alegere bună de prieten.

– Doamne sfinte, *nu* îmi este prieten, spuse ea crispată.

Mâinile se mutară în sus și îi încadrară chipul.

– Poate că ai nevoie de unul.

Nevoie. Întreg trupul i se cutremură deodată.

– O, îmi doresc... Îmi doresc...

Un sărut pluti pe buzele ei, la început ușor, dar apăsarea dulce stârni o căldură feroce înăuntrul ei. Toate simțurile – și mințile – păreau să se ducă pe apa sâmbetei.

Sophie gemu sub gura lui și se prinse de umerii puternici și aplecați spre ea, lăsându-și trupul să se topească pe al lui. Sub straturile străvezii ale hainelor, putea să simtă conturul sculptural al mușchilor.

Un râs răgușit se transformă într-un geamăt sălbatic în gâtul piratului când limbile li se atinseră și se împletiră. Prin fantele măștii lui, Sophie zări străfulgerarea unui foc de un verde-auriu.

„Doamne sfinte! Doamne sfinte!“ Simți că se îneacă în adâncuri învolburate. Disperată de nevoia să se prindă de ceva solid, își împinse brusc șoldurile și îl sili să depărteze picioarele. Degetele i se încolăciră în părul lui și îl trase în jos, mai în jos.

Fără să întrerupă sărutul, piratul o întoarse și, deodată, trupul lui cald o țintui de trunchiul unui copac. O înflăcărare fluidă se zvârcoli înăuntrul Sophiei când mădularul lui întărit se împinse în pântecul ei.

„Oh, asta e ceva atât de desfrânat“, se gândi Sophie chiar în clipa în care se abandonă în îmbrățișarea lui excitantă. *Desfrânat*. Cum să explice dulceața impetuoasă a gurii lui, capitularea nebunească în brațele unei dorințe primare? Trebuia să fie o vrajă puternică de pirat, o poțiune făcută de corsar din rom sărutat de flăcări și dorințe demonice.

Adevărata Sophie Lawrance nu s-ar fi lăsat niciodată pradă ispitei...

„Deci trebuie să fiu altcineva."

– Sophie... Rază de soare.

Cuvintele abia dacă fură rostite ca o șoaptă, și totuși o loviră cu putere, cu toată forța unei palme. O singură persoană din lume o alintase așa. Un băiat în pragul maturității, plin de pasiuni ce nu puteau să fie ținute în frâu.

Doamne Sfinte, nu se putea... Mintea începu să i se învârtă și gâtul i se uscă deodată. Sophie privi șocată și fără cuvinte pentru un moment îndelungat și amețitor, înainte să fie în stare să scoată un sunet.

– *Cameron?*

– Ah, în sfârșit ai elucidat misterul. Începeam să cred c-ai uitat și c-am existat vreodată.

– N... niciodată, șopti Sophie.

El se dădu în spate și o privi într-o tăcere solemnă.

Sophie se întinse, îi dezlegă încet masca și o lăsă să cadă.

– Niciodată să nu spui niciodată. Cameron făcu o pauză. Adevărul este că omul pe care îl știai tu nu mai poate fi recunoscut.

– Niciodată, repetă ea. Nu te-am uitat niciodată. Chiar dacă ne-am despărțit cu cuvinte aspre în noaptea aia de demult. Chiar dacă ai dispărut fără măcar să-ți iei rămas-bun.

– Eram supărat, Sophie.

– Știu. Ea oftă. Știu. Te-am rănit. „Și tu m-ai rănit pe mine."

El se întoarse și, în licăririle lunii, trăsăturile lui sculpturale părură reci și ferme asemenea marmurei șlefuite.

Sophie își apăsă palma pe obrazul lui, căci avea nevoie să îi simtă din nou căldura.

– Îmi pare rău!

Gura lui se schimonosi într-un zâmbet sardonic.

– Să nu-ți fie. A fost cel mai bine. Vâlvătaia pasiunii tinerești ardea prea tare. Ne-am fi distrus unul pe celălalt.

Parcă subliniindu-i cuvintele, o bubuitură adâncă se răsfrânse printre copaci, iar un proiectil țâșni pe cer și coloră catifeaua neagră de deasupra cu o explozie luminoasă de culoare.

Sunetul îi aminti că nu mai îndrăznea să rămână acolo.

– O, Doamne, trebuie să plec. Sophie începu să își aranjeze hainele la loc. Unchiul și mătușa mea își vor ieși din minți de îngrijorare.

– Așteaptă. Cameron scoase din buzunar o punguță din piele de capră. M-ai întrebat de ce te-am urmărit – iată motivul. Dezlegă șnururile. Întinde mâna!

Ea șovăi, apoi făcu ce îi ceru.

– Cam... Rămase fără suflare când el scutură ușor mâna și cerceii ei cu perlă îi căzură în palmă.

Bum! Cerul se umplu cu o puzderie de scântei verzi și strălucitoare. Simțindu-se amețită, Sophie își strânse cu atenție degetele în jurul bijuteriilor. O mulțime de întrebări îi explodau în minte.

– Du-te înainte să trimită potera după tine!

El se retrase și își ridică gulerul.

– Te rog, nu poți să dispari pur și simplu! strigă ea. Trebuie să te revăd. Sunt prea multe întrebări rămase fără răspuns.

Un mușchi zvâcni în maxilarul lui.

– Foarte bine. Ne întâlnim mâine după-amiază în Green Park. Îi descrise locul. La trei.

Sophie coborî privirea spre pumnul ei bine strâns.

– La trei, repetă ea. Dar când ridică privirea, el se făcuse deja nevăzut.

– O, Cameron, șopti ea și clipi ca să nu lăcrimeze în timp ce privea lung la umbrele mișcătoare. O altă bubuitură izbucni în aer și o îndemnă, în cele din urmă, să se miște. Își ascunse cu mare grijă comoara, își croi drum printre crengile încâlcite și reveni pe aleea principală.

– Draga mea Sophie! Slavă Cerului că ești bine! strigă Edward. Eram așa îngrijorați!

– Îmi pare rău, se scuză ea. N-am vrut să vă alarmez. M-am îndepărtat de alee și m-am rătăcit.

Hermione îi veni înțelegătoare în ajutor.

– E vina mea. Trebuia să-ți spun că labirintul de alei întortocheate poate fi cam năucitor. Mulți se dezorientează.

– Nu s-a întâmplat nimic, murmură Sophie și evită privirea sfredelitoare a Georgianei. Haideți să uităm povestea asta și să nu stricăm plăcerea spectacolului de artificii.

– Pe aici, spuse unchiul ei și îi oferi brațul. Avem o vedere mai bună de pe promenada sudică.

Sophie nu era sigură dacă bubuitul înfundat era scos de artificiile de deasupra sau de bătăile inimii ei. Arboră un zâmbet supus pe chip, ridică privirea spre cer și își adăugă vocea la corul de o-uri și a-uri. Dar, în realitate, nu vedea decât chipul gravat în mintea ei. Un chip subțire și rafinat. Mai aspru, trăsături mai conturate decât își amintea. Când plecase din Terrington, Cameron era un adolescent rebel.

Iar acum?

Erau atât de multe întrebări. De-ar fi început să apară la lumină și câteva răspunsuri! Începând cu motivul pentru care perlele ei ajunseseră în posesia lui Cameron.

Mai tulburat de întâlnirea cu Sophie decât și-ar fi dorit să admită, Cameron se îndreptă spre Vizuina Lupului, în loc să revină în locuința lui solitară. Pălăvrăgeala prietenoasă a Sarei – ca să nu mai vorbim de coniacul ei vechi – ar fi fost un balsam bine-venit pentru starea lui de spirit.

De fapt, avea mare nevoie de o băutură.

Compania ei nu era pretențioasă, biroul ei era un refugiu, un loc în care nervii lui se puteau destinde. Grăbi pasul și traversă aleea întunecată, apoi se strecură înăuntru prin intrarea din spate.

– Ia te uită, ne întrebam dacă ai să te întorci.

Cameron încremeni când auzi vocea guturală a contelui Killingworth, apoi își aruncă neglijent pălăria pe un bufet.

– Ce faci înapoi în oraș, Connor? întrebă el. Să nu-mi spui că te-a plictisit viața de crescător de capre. Cu un partener precum Lady K., aș fi crezut că plăcerile câmpenești nu-și vor pierde în veci farmecul.

Prietenul lui – care era fostul proprietar al Vizuinii – scoase un râset lătrat.

– Nici nu și l-au pierdut. Sunt foarte mulțumit cu soția și cu lâna mea, dar, din când în când, omul trebuie să se mai ocupe de afaceri și la oraș.

– Țesătoria lui Lady K. merge ca pe roate, rosti vioi o a doua voce din întuneric. O scânteie de cremene și oțel aprinse lampa de pe vitrina veche și lumină chipul marchizului de Haddan.

Connor *și* Gryff? „Mii de tunete și fulgere!“ Cameron tresări în sinea lui. Nu avea nici un chef să îi întâlnească pe ceilalți doi Cerberi. Ei, dintre toți oamenii, erau cei mai în măsură să observe starea fragilă a stării lui de spirit.

Și ei, dintre toți oamenii, erau cei în fața cărora Cameron nu voia să fie văzut atât de dezbrăcat de mijloacele lui de apărare. Atât de vulnerabil.

– Înalta societate își rupe șalurile din cașmir mai repede decât reușesc să le producă Lady K. și Connor, continuă Gryff.

Alexa Hendrie, o tânără foarte inteligentă, se dovedise partenera perfectă pentru Lupul Irlandez și împreună prosperau atât în dragoste, cât și în afaceri.

– Așa că trebuie să cumpere mai multă lână. O tuse. Precum și alte diverse lucruri ca să aducă la zi camera copiilor de la Linsley Close.

– Felicitări, Connor, mormăi Cameron și își turnă un pahar mare de coniac. Iar pe tine ce anume, rogu-te, te aduce la oraș? îl întrebă tăios pe Gryff. Ultimul lucru pe care l-am auzit era că săpai fericit pământul la moșia ta de la țară.

Gryff era expert în amenajări peisagistice și abia începuse să îmbine teoria cu practica la moșia familiei lui.

– Grădinile înfloresc superb, spuse Gryff cu un zâmbet satisfăcut. Și el își luase de curând nevastă. Cu toate astea, editorul nostru a avut nevoie să verific niște ultime corecturi la eseurile mele înainte de tipărirea cărții.

Proaspăta lui soție, Eliza, era o artistă botanică de un talent remarcabil și împreună creaseră un superb compendiu despre grădinile clasice din Anglia.

Faptul că viața în cuplu părea să li se potrivească atât de bine prietenilor lui nu făcu decât să accentueze și mai tare starea urâcioasă pe care o avea Cameron. Ridică paharul și lăsă ca un rânjet să îi arcuiască buzele.

– În cinstea speranței ca dragii mei tovarăși de răutăți să nu se transforme pe de-a-ntregul în niște încuiați.

Connor ridică o sprânceană și se uită lung la Gryff.

– Mi se pare mie sau ai și tu impresia că acest copoi are un spin înfipt în labă?

– Aș spune că s-a fixat într-altă parte din anatomia lui, spuse tărăgănat Gryff. Lumina lămpii se jucă peste rânjetul lui neastâmpărat. Care-i problema, Cam? Să nu ne spui că talentul tău de a adulmeca necazuri s-a pierdut prin mărăcini?

– Nemernicilor – amândoi, mârâi Cameron în coniacul lui. Unde dracu' e Sara? Am venit aici să caut o discuție plăcută și ce aflu?

Că tovarășii mei Cerberi au ajuns teribil de domesticiți. Țes șaluri, scriu cărți despre grădini... Ridică din umeri a bătaie de joc. Doamne sfinte, presupun că, data viitoare când o să vă văd, o să purtați fuste.

Foșnetul de satin cu volănașe risipi deodată tăcerea atunci când Sara își făcu apariția în încăpere.

– Ce tot lătrați pe aici? întrebă ea și se încruntă spre Cameron. Nu te bucuri să-i vezi pe vechii tăi prieteni?

Îi răspunse cu un cuvânt obscen.

– E într-o dispoziție proastă, murmură Gryff. Habar n-am de ce.

Connor, a cărui mânie se declanșa cu ușurință, ridică privirea cu o scânteiere de argint-viu în ochi.

– Nici eu, dar dacă îmi mai insultă bărbăția – sau soția – din nou, o să-și pescuiască dinții din gâtlej.

– Dacă stau să mă gândesc, se poartă groaznic de ciudat de când femeia cu voal a venit aici ca să-l întâlnească pe lordul Dudley.

Oricât de mult ar fi plăcut-o pe Sara, Cameron ar fi vrut s-o strângă de gât în clipa aceea.

Gryff își îndreptă spatele.

– Ce doamnă?

– Hmm, stai să văd... Leighton, Lightbourne... Lawrance. Aha, asta era. Domnișoara Lawrance.

– Și cine anume este, rogu-te, această misterioasă domnișoară Lawrance?

Întrebarea îi era adresată lui Gryff.

– De ce mă-ntrebi pe mine? Cameron se încruntă amenințător. Sara e cea care pare să cunoască toate detaliile murdare.

Fără să aștepte vreo altă invitație, Sara începu să turuie:

– Păi, mi-aș dori să vă spun mai multe, dar întreaga poveste este dubioasă. Tânăra doamnă a venit, spunând că era foarte important să îi vorbească lordului Dudley.

– Scenariul îmi sună oarecum cunoscut, spuse Gryff.

Atât el, cât și Connor își întâlniseră inițial viitoarele soții la Vizuina Lupului în circumstanțe similare.

Observația zeflemitoare provocă o privire dojenitoare din partea lui Connor.

– Ei, hai! Gryff, dintotdeauna cel mai voios dintre cei trei, schiță o grimasă. Nimeni nu mai are pe aici simțul umorului?

– Ia seama, Haddan! Prietenii tăi par gata să-ți smulgă căpățâna. În semn de avertizare, Sara flutură un deget în aer. Acum, tacă-ți fleanca și lasă-mă să termin!

Gryff făcu un semn de încuviințare din cap și își umplu din nou paharul.

– N-ai de ce să fii bosumflată. Spre deosebire de Cam, eu îmi achit întotdeauna nota de plată.

– O, pe-a lui mereu o adaug la nota ta, din moment ce-ți permiți. Sara zâmbi dulce, apoi continuă: Revenind la tânăra doamnă, nu s-a întreținut cu Dudley prea multă vreme – un minut, două cel mult. A plecat valvârtej, exact cum am rugat-o... Și acum, acum vine partea stranie. Se opri pentru un efect dramatic. Dudley s-a întors în sala de jocuri și arăta ca un motan cu smântână pe mustăți. La scurtă vreme după, domnul Daggett vine și joacă o mână la aceeași masă, apoi pleacă de acolo ca să-mi facă o vizită aici – și atunci se dezlănțuie iadul. Dudley începe să urle că i s-a furat din buzunar o bijuterie foarte valoroasă. Dar când am insistat, vicontele a refuzat să mi-o descrie.

– Interesant, murmură Connor.

– Nu văd de ce, i-o întoarse tăios Cameron. Nu orice fleac care dispare în Londra ajunge în mâinile mele. Din nefericire, aș adăuga.

Gryff puse deoparte paharul și își împreună vârfurile degetelor.

– Ți-a intrat ceva sub piele și înțeapă un loc sensibil. Părerea mea este că-i o femeie.

– Categoric o femeie, fu Connor de acord. Și, la naiba, era și vremea ca sarcasmul tău aprig la adresa cercurilor iubirii să se întoarcă împotriva ta și să își înfigă colții acolo unde te doare cel mai tare.

Gryff scoase un chicotit ușor.

Cameron simți un fior de fierbințeală în obraji. Era obișnuit să fie cel care făcea cele mai caustice observații și era al naibii de incomod să devină ținta tachinărilor lor.

– Ha, ha, foarte amuzant, replică el. Iubirea n-are nici o treabă cu povestea asta. Dar, la cum vă văd pe voi, ca pe niște cățeluși de salon, care nu scheaună decât despre asta, cred că voi căuta o companie mai jovială în altă parte.

Dădu să se întindă după pălărie, dar un gând îl făcu să șovăie.

Sophie avea probleme și, oricât de mult detesta să dezvăluie în fața prietenilor fisura din cinismul lui aprig, nu putea să permită ca mândria să împiedice șansa de a o ajuta. Așa că, oricât i-ar fi plăcut să pară distant și indiferent despre toți și toate, se sili să vorbească.

– Apropo, murmură el și încercă să pară nepăsător. Ce știi despre Dudley, Connor? Din moment ce este client al Vizuinii de mai mulți ani, probabil nu ești străin de obiceiurile lui.

Gryff scoase un sunet gutural, dar Connor îi făcu semn să tacă.

– La ce fel de obiceiuri te referi?

Cameron trase adânc aer în piept.

– Pariază mai mult decât are? Are vicii secrete... genul ăsta de lucruri.

– Pe scurt, vrei să știi dacă este un escroc?

Connor clătină din cap.

– Dudley este în întregime o mizerie de om, răspunse Connor. După cum sunt și bunul lui amic Morton, și cercul lor de prieteni. Sunt deștepți și tare dornici să întoarcă slăbiciunile altor oameni în propriul lor interes. N-ar îndrăzni să îl tragă pe sfoară pe unul ca tine – preferă țintele mai slabe. Cu toate astea, eu nu i-aș subestima. Sunt periculoși.

Periculoși. Cameron se uită la jocul de umbre de pe perete. Cum de ajunsese Sophie să se încurce cu asemenea oameni?

– Mulțumesc. Își ridică pălăria.

– Rămânem la mine acasă încă vreo câteva zile, spuse Gryff. Vino pe la noi să luăm cina mâine-seară.

– Poate, răspunse el absent, căci gândurile îi erau ocupate de întrebări neliniștitoare.

– E de la sine înțeles, Cam, adăugă încet Connor, dar, dacă ai nevoie de vreo mână de ajutor de la noi, nu trebuie decât să ne spui.

Capitolul 4

– Mai e ceva ce ți-ai dori să cumpărăm pentru tine? Sophie băgă capul în salonul de dimineață, unde mătușa ei se sfătuia cu menajera despre meniurile zilei.

– Nu, firele de brodat sunt toate, draga mea. Georgie are mostrele de culoare, răspunse Hermione. Sunteți sigure că nu vă deranjează să vă faceți treburile fără mine?

– O, chiar deloc, o asigură Sophie, care menționase dinadins că o vizită la prăvălia cu cărți Hatchards se afla pe lista ei. Hermione nu era o cititoare prea înfocată.

– Recunosc că sunt puțin obosită după ieșirea noastră, așa că sunt tare fericită că rămân acasă cu broderia mea. Hermione ridică vesta la care lucra. Fac progrese mari cu surpriza mea pentru ziua lui Edward.

– E minunată! Sophie înnodă sub bărbie panglicile bonetei, ușurată că trecuse de primul obstacol din calea planurilor ei. Ne vedem mai târziu.

Sora ei era o altă piatră de încercare, una care necesita niște manevre ceva mai susținute ca să fie înlăturată. Dar avea să se ocupe de ea la momentul potrivit.

Totuși, Georgiana avea propriile opinii legate de subiect. De îndată ce trăsura o luă din loc spre Bond Street, se răsuci pe banchetă și își puse o mână în șold.

– Ai de explicat o groază de lucruri.

Sophie își îndreptă privirea afară pe fereastră.

– Despre?

– Știi prea bine despre ce – despre noaptea trecută și dispariția ta pe Cărarea Întunecată.

– Ți-am spus că m-am pierdut pur și simplu prin tufișuri. O pauză. Era întuneric totuși.

– Era întuneric, repetă sora ei. Ha! Și bănuiesc c-ai să-mi spui și că tufișul de rododendron ți-a făcut mușcătura aia senzuală de pe gât.

– Nu fi absurdă – plantele n-au dinți. Apoi Sophie ripostă iute cu o întrebare: Și rogu-te, de unde ai tu habar de mușcăturile senzuale și despre cum arată?

Hârtia trosni când Georgiana desfăcu în grabă lista ei de cumpărături.

– Tocmai mi-am amintit că mătușa Hermione ne-a rugat să cumpărăm o pereche de butoni, pe lângă firele ei de broderie. Trebuie să ne oprim și la magazinul doamnei LaForge ca să luăm dantelă...

Restul drumului trecu fără vreo altă mențiune legată de grădinile Vauxhall.

Din fericire, atenția surorii ei fu acaparată de cumpărături. Sophie făcu tot posibilul să întrețină o pălăvrăgeală veselă, dar propriile ei griji secrete erau cu mult mai întunecate decât panglicile colorate și garniturile de îmbrăcăminte.

Date fiind amenințările tot mai evidente ale lui Dudley și întrebările lui Georgie, se simțea prinsă între ciocan și nicovală.

Și mai era și Cameron.

Cameron.

Sophie simți cum o îmbujorare înfierbântată îi colora obrajii și trase un pic mai sus de marginile șalului. Doamne sfinte, când îl văzuse, când îl simțise, când îl gustase, inima i-o luase la goană de bucurie. Ceea ce era, și o știa, o reacție nesocotită. Își mai păstra încă aura neîmblânzită.

O urmă sălbatică și impetuoasă care prevestea probleme.

Și totuși, împotriva oricărei rațiuni, trupul ei diabolic și nesupus răspundea încă la farmecul lui arzător.

– Am luat decizia corectă acum mulți ani, șopti ea, sperând că dacă spunea cu voce tare cuvintele avea să le dea crezare.

– Ai spus ceva? Georgiana o privi de după o vitrină cu trandafiri din mătase.

– Eu... mă întrebam dacă ești gata să plecăm la Hatchards, răspunse Sophie.

– Da, stai doar să-mi împacheteze vânzătoarea cumpărăturile.

O plimbare scurtă le conduse la librărie.

– Cauți ceva în mod special? o întrebă sora ei după ce intrară.

– O, mă gândeam să frunzăresc sectorul de grădinărit... Sophie aruncă o privire la pendula înaltă de vizavi de scările centrale. Un ghid pentru creșterea trandafirilor ar fi un cadou minunat pentru *papa*.

– O sugestie excelentă, spuse Georgiana. Vin cu tine și te ajut să cauți.

– Nu ți-ar plăcea mai degrabă să cercetezi cu atenție rafturile cu revistele de modă Ackermann de la etaj?

– Nu, se auzi răspunsul ferm. Și uite, sectorul de grădinărit e gol, lucru care ne oferă ocazia perfectă ca să avem o discuție privată ca între surori.

Sophie își înăbuși un oftat chinuit. Părea că într-o fracțiune de secundă, surioara ei drăgălașă și ciufulită ca o pisicuță se transformase într-o creatură cu o minte hotărâtă și gheare ascuțite.

– Simte-te liberă să mi-l pictezi în nuanțe poetice pe Anthony, spuse Sophie și pretinse că studia atent cel mai apropiat raft. Ești mereu bine-venită să-mi destăinui sentimentele tale.

– De fapt, aș prefera să vorbesc despre tine, nu despre mine.

Sophie scoase un volum subțire de piele și începu să frunzărească paginile.

– Mă tem că este un subiect plictisitor. În afară de salvarea din iaz a mopsului doamnei Addison de luna trecută, n-am cine știe ce povești interesante în viața mea.

Georgiana își înclină ușor capul într-o parte.

– Ce faci? întrebă Sophie.

– Mă uit cum nasul ți se face din ce în ce mai mare... știi, ca în povestea pe care obișnuiai să ne-o citești mie și lui Penelope, când ne avertizai despre consecințele minciunilor. O altă înclinare a capului. Apropo, aceea e o carte de apicultură și o citești cu susul în jos.

Sophie închise cartea într-o clipită și o puse la loc.

– Sincer, dacă nu te cunoșteam mai bine, te-aș fi întrebat dacă nu ai – vocea Georgianei deveni un murmur – o aventură amoroasă secretă.

– Eu? Cuvântul semănă periculos de mult cu un chițăit. Își recăpătă vocea și adăugă iute: Doamne sfinte, ai înnebunit?

– Știu, știu, e ridicol! Ha, ha, ha!

– Ha, ha, ha, repetă Sophie slab.

Zâmbetul fugitiv al surorii ei se risipi la fel de repede.

– Dar asta nu afectează cu nimic faptul că n-ai prea fost tu în ultima vreme. Incursiuni la miezul nopții, haine nearanjate, răspunsuri vagi. Georgiana aținti asupra ei o privire scrutătoare. Și mai ales, expresia aia de vinovăție care îți umbrește ochii. Ceva nu e foarte în regulă. De ce nu-mi povestești și mie? Poate pot să te ajut.

„Doamne ferește!" Încă o dată, gândul că Georgiana putea să fie implicată într-o poveste sordidă de șantaj îi trimise Sophiei un fior rece pe șira spinării. Părinții lui Anthony se opuneau deja relației lor de iubire. O umbră de scandal...

– Nu, nu, e ceva de care trebuie să mă ocup personal.

Sophie se dădu înapoi și își înălță capul ca să se uite la pendulă. Timpul era esențial din mai multe motive. În mai puțin de o lună, Anthony și părinții lui veneau la Terrington pentru Balul anual de vânătoare. Avea să fie începutul oficial al festivităților de dinaintea nunții, iar nunta urma să aibă loc în săptămâna de după. Cumva, știa că trebuia să evite ca amenințările lui Dudley și Morton să îi distrugă viitorul Georgianei.

– Dar nu-ți face griji, adăugă ea. Sper să rezolv repede.

Sora ei se încruntă.

– Nasul ți-a mai crescut cu un centimetru.

– Nu ești amuzantă. Sophie se întoarse ca să scape de examinarea minuțioasă a Georgianei și se duse câțiva pași mai departe de-a lungul rafturilor.

Mătasea foșni încet pe podeaua prăfuită, când Georgiana se ținu scai de ea.

– Nici tonul ăsta odios de Ești-prea-tânără-ca-să-înțelegi. La naiba, nu mai sunt un copil, Sophie!

– Nu vorbi urât, spuse automat Sophie.

– Atunci nu mă provoca.

– Eu... O altă privire înspre pendulă. Îmi pare rău, dar putem să ne certăm un pic mai târziu? Eu... trebuie să plec.

– Unde te duci? întrebă Georgiana.

– Nu contează. Nu durează mult. Sophie ura să lingușească, dar timpul era esențial. Te rog, Georgie! Îți cer o favoare – lasă-mă să plec fără să-mi faci morală. E teribil de important.

Încruntătura surorii ei se îmblânzi.

– Atunci e de la sine înțeles că poți să te bazezi pe mine.

– Mulțumesc. Sophie scoase un oftat de ușurare. Promit că nu stau mult.

Își strânse fustele, se întoarse și se îndreptă grăbită spre ușă.

Traversă Piccadilly cât putu de repede și se repezi spre intrarea în Green Park, apoi tăie potecile cu pietriș care duceau spre capătul pajiștilor. După cum îi descrisese Cameron, un crâng retras de castani se afla dincolo de un rând de tufișuri, umbrele frunzelor lor promițând un minimum de intimitate.

– Pe aici. Vocea cunoscută se auzi ușor din spatele trunchiurilor groase.

Sophie grăbi pasul, iar un iureș nedorit de încântare îi furnică prin fiecare fibră din corp.

„O, sigur e greșit să răspund ca o ușuratică neobrăzată – eu sunt Sophie Lawrance cea cumpătată și cu capul pe umeri", își reaminti ea în gând. „Cea care rămâne mereu de partea prudenței."

Dar văzând că oricum viața ei se îndrepta deja spre iad cu o viteză uluitoare, ce mai conta dacă se mai trecea încă un păcat pe răbojul ei?

Cercetând cu atenție de după perdeaua mișcătoare și verde, Cameron văzu cum Sophie își ridică fustele și traversează iarba. Avea o grație de care nu-și dădea seama, ușoară și diafană asemenea fâlfâitului de aripi ale unui fluture, și când o privi apropiindu-se simți cum inima începe să îi bată nebunește. *Amintiri, amintiri*... Scutură din cap și încercă să alunge trecutul chinuitor.

–Nu te uita în urmă, murmură el și privirea i se lipi de buclele aurii ca mierea, care dansau în adierea vântului. Mai tare, el o strigă din nou: Pe aici.

Ea șovăi o clipă înainte să se afunde printre ramuri. Obrajii îi erau ușor îmbujorați, răsuflarea întretăiată.

–Ai venit. Un zâmbet tremurător. Am crezut că poate noaptea trecută nu a fost decât... o născocire a imaginației mele, adusă de prea mult vin.

–Aveai gust de șampanie, murmură el. „Și o dulceață eterică dincolo de cuvinte."

Culoarea din obraji i se accentuă.

–Mă tem că bulele ei mi-au încețoșat mințile. Nu obișnuiesc să... să...

–Să te săruți prin tufișuri cu bărbați mascați? sugeră el.

–Exact. Și știi că eu sunt Sophie cea cumpătată și cu capul pe umeri. Poate că urma de regret din vocea ei nu fu decât o iluzie a propriei lui minți încețoșate.

Cameron trase adânc aer în piept, și notele florale ale parfumului ei trimiseră prin venele lui un val brusc de înfierbântare îmbătătoare.

„Nu – o, nu." Rațiunea căuta să se facă auzită dincolo de iureșul asurzitor din mintea lui.

Prea târziu. Ceva se frânse înăuntrul lui și eliberă o dorință sălbatică și primitivă pe care o crezuse îmblânzită atâta amar de vreme.

– Dar ești și Sophie cea senzuală și păcătoasă, șopti el și o cuprinse în brațe. Sau ai uitat cumva de momentele magice îmbăiate de soare?

– Cum aș putea să le uit vreodată? Mâinile ei plutiră ușor de-a lungul bărbiei lui, buzele îi atinseră obrazul – înfometate sau poate doar așa i se păru lui. Dar păcatul nu mai are ce căuta în viața mea.

– Nu? Limba lui îi tachină buzele.

Ea își înăbuși un geamăt.

– Nu. Familia mea depinde de mine. Un oftat. Au nevoie de mine. Acum, ca și atunci.

– Și cu nevoile tale cum rămâne, Sophie? Cameron îi eliberă ușor trupul din brațe. Când picioarele ei atinseră pământul, îi cuprinse fața între mâini. Cum rămâne cu dorințele tale?

– Eu... Pulsul de pe gâtul ei scăpase nebunește de sub control.

– Nu-mi spune că nu ai dorințe, șopti el și linse carnea care trepida.

Mângâierea înflăcărată păru să îi zguduie complet autocontrolul. Scăpă un sunet – ceva între un râs și un suspin – când mâna ei alunecă sub cămașa lui și se lipi de pielea goală.

– Nu... pot să neg. Palma ei atinse sfârcul lui încordat, apoi se trase deodată înapoi. Dar...

Nevoia se dezlănțui înăuntrul lui și, pentru o clipă, frânse orice cinism atent cultivat cu care își înfășurase inima. O, cât de mult îi lipsiseră căldura și râsul ei mângâietor pe pielea lui.

Cu un mormăit disperat, Cameron îi cuprinse sânii în mâini simțind perfecțiunea lor catifelată și suplă sub corset. Să mă ajute Dumnezeu, dar vreau să sfâșii blestematul ăsta de material... Degetele lui prinseră marginea corsajului ei și aruncară șalul pe pământul acoperit de mușchi. Și să rup panglicile.

– Cam... Cam. Sophie se cutremură și întrerupse sărutul. Oricare mi-ar fi dorințele, nu pot să mă las pradă pornirilor sălbatice. Este prea periculos. Se trase înapoi și clipi ca să îndepărteze mărgelele lacrimilor de pe gene.

– A, da. Pericol, spuse el calm și se forță să își țină emoțiile în frâu. Până la urmă, el ne-a adus din nou împreună. Nu știu cum ai ajuns să te încurci cu lordul Dudley, dar fii sigură că este periculos.

– Știu, șopti ea. Știu.

El îi ridică bărbia.

– Să înțeleg că n-ai căutat de bunăvoie să faci cunoștință cu el?

– Doamne sfinte, nu! Ochii ei se strânseră pentru o clipă. Dar cum Dumnezeu ai descoperit legătura... și cerceii mamei?

– Vin des în vizită la Vizuina Lupului – nu pentru ce motive ai crede tu, ar trebui să adaug. Fostul proprietar îmi este prieten. La fel și Sara, actuala proprietară. Din pură întâmplare, am auzit schimbul tău de replici cu Dudley și am văzut când i-ai dat pachețelul. Să spunem că și curiozitatea face parte din multele mele defecte. I l-am șterpelit din buzunar...

Suspinul ei adânc îi întrerupse cuvintele.

– Tu vorbești de pericol! Doamne, Dumnezeule, n-ar trebui să-ți asumi un risc atât de teribil.

– Crede-mă, Sophie, am o relație strânsă cu pericolul. Nici n-ai idee ce pericole teribile și alte lucruri groaznice am făcut de când ne-am despărțit, răspunse Cameron.

Culoarea se prelinse de pe chipul ei și o lăsă palidă ca un fir de fum.

– Dar acum vorbim despre Dudley. Și întrucât el este neglijent, iar eu sunt inteligent, n-a existat nici măcar o clipă vreun motiv de îngrijorare, continuă el. Totuși, mă tem că nu se poate spune același lucru despre legătura ta cu năpârca aia. Acum e rândul tău să explici ce și cum.

Oftatul ei greu agită frunzele din jur.

– Acum cam șase luni, lordul Dudley și prietenul lui, domnul Morton, au venit în vizită la... O urmă de șovăială. ... la marchizul de Wolcott.

Cameron înțepeni la auzul numelui. Wolcott. Cel mai implacabil dușman al lui.

– M-a căutat la una dintre adunările locale. Vocea ei deveni o șoaptă încordată. Și mi-a amenințat familia cu distrugerea publică dacă nu plătesc prețul cerut de el.

O grimasă arcui gura lui Cameron.

– N-are nici un sens. De ce să șantajeze un pastor necunoscut de la țară? Sigur trebuie să știe că tatăl tău nu are decât un venit foarte modest.

– Și vai, nimic altceva decât mințile pierdute. Sophie își mușcă buza. Tata a pierdut rău contactul cu realitatea. Chiar dacă și-ar fi dorit să răspundă la întrebările lordului Dudley, n-ar fi putut.

– Mai întâi, ce informații caută? întrebă Cameron.

Sophie îi evită privirea.

– Are de-a face cu un document foarte vechi de la biserică.

Rămăsese tot o mincinoasă foarte puțin talentată. Ezitarea din vocea ei îi spunea că îi ascunde ceva. Dar pentru moment o trecu cu vederea.

– Mai important de-atât, ce secret foarte întunecat dețin Dudley și Morton despre familia Lawrance? Nu vă pot închipui implicați într-un complot de șantaj.

Sophie se chinui să schițeze un zâmbet.

– Nici eu nu pot. Dar se pare că acum vreo șase ani, tata a semnat niște documente de la biserică care lăsau să se creadă că furase bani din fondul privat de caritate al episcopului. Începuse deja să piardă contactul cu realitatea și, în calitate de cap al familiei, te asigur că nici măcar un bănuț nemeritat nu a ajuns în mâinile noastre.

– Sigur secretarul episcopului poate să garanteze pentru cinstea lui.

– Din păcate, domnul Perkins a murit acum un an, iar înlocuitorul lui este un zbir care urmărește întocmai litera legii. Nu mă aștept la nici un fel de înțelegere de la el.

– Ești absolut sigură că Dudley deține documentele incriminatoare? întrebă el, după ce se gândi o clipă.

– Da. Mi le-a arătat. După cum am spus, sensul lor e deschis interpretării. Iar cea mai mică urmă de scandal, chiar dacă nefondată, probabil că ar distruge logodna Georgianei. Chipul ei se încreți de neliniște. Dacă e părăsită, probabil va fi condamnată la o viață de fată bătrână la Terrington. Iar Penelope – și ea ar avea puține speranțe pentru viitor. Nu pot să permit una ca asta.

– Așa că i-ai mituit pe Dudley și pe prietenul lui ca să păstreze tăcerea?

Ea încuviință nefericită din cap.

– Da, am încercat să câștig timp.

– Ca să faci ce? întrebă încet Cameron.

– Nu... nu știu. Tot încerc să mă gândesc la ceva. Îți înălță capul, în ochii ei sclipind mai curând hotărârea decât lacrimile. Sophie cea puternică și fermă – chiar și când era o mână de fată – avusese același curaj calm. Cererile au sporit și mă tem că, odată cu pierderea cerceilor, îmi va fi imposibil să onorez următoarea plată pe care o va cere. Iar cum nunta se apropie cu pași repezi... Genele ei tremurară. Dar cumva am să găsesc o cale de a riposta.

În ciuda seriozității subiectului, Cameron aproape schiță un zâmbet. Indiferent ce pretenții ar fi avut cum că era un suflet precaut, Sophiei nu îi era frică să se dezlănțuie. Pe când erau adolescenți, împărtășiseră o serie de aventuri nebunești.

– Sunt foarte conștient de firea ta. Dar să ripostezi... începu Cameron, dar tăcu auzind niște pași care se apropiau.

– O, la naiba, șopti Sophie când o siluetă își făcu apariția dintre tufișuri.

Georgiana făcu alarmată ochii mari.

– N... nu e ce crezi, se bâlbâi Sophie, care încercă, în același timp, să se desprindă din brațele lui Cameron și să își aranjeze hainele.

– Da?

– Serios. Pot să-ți explic.

– Chiar te rog, spuse Georgiana și se uită atentă la corsajul răvășit al Sophiei. Ar trebui să fie peste măsură de interesant.

Cameron făcu un pas înapoi și își netezi liniștit haina.

– Natura chiar funcționează în moduri miraculoase. N-aș fi ghicit niciodată că gâsculița durdulie și mititică pe care o știam ca Georgie-Porgie avea să se transforme într-o lebădă superbă. Zâmbi când ea rămase cu gura căscată. Permite-mi să te felicit pentru nunta care urmează, domnișoară Georgiana.

– Cameron? Ești chiar Cameron Fanning?

– În carne și oase, răspunse el și îi făcu cu ochiul. Deși din motive diverse, acum port numele de Daggett.

– Doamne, cu toții am presupus că ai murit! izbucni Georgiana. Adică... Înghiți vizibil în sec, iar culoarea din obrajii ei se transformă într-un roșu-aprins. Scuze, cât de groaznic de nepoliticos!

– Ba chiar deloc, răspunse Cameron. Orice om cu capul pe umeri ar fi ajuns la aceeași concluzie. La vârsta ta, eram hotărât să încalc orice regulă din lume chiar dacă ducea la propria-mi distrugere.

Georgiana se uită la el cu o curiozitate sinceră, observându-i umerii lați, talia zveltă și picioarele lungi și puternice.

– Ei bine, se pare că ai scăpat nevătămat din tinerețea ta rebelă.

– Viața își lasă mereu amprenta chiar dacă unele sunt mai subtile decât altele, murmură el. Văzu încruntarea de pe fruntea ei și adăugă: La un moment dat ai să înțelegi ce vreau să spun.

Nedumerirea ei se transformă într-o încruntare.

– Este o remarcă detestabil de condescendentă, domnule Daggett.

– Așa este, recunoscu el. Dar asta nu o face mai puțin adevărată.

– Că veni vorba de adevăruri... Sophie se dădu înapoi când sora ei o fixă cu o privire tăioasă. Erai pe punctul să-mi explici de ce voi doi v-ați întâlnit aici în secret și în plină zi.

– Nu este o întâlnire secretă, se grăbi Sophie să-i explice. Este...

– O întâlnire de afaceri, completă Cameron cu ușurință. Sora ta are nevoie de cineva care să facă niște investigații discrete și, date fiind abilitățile mele de a mă mișca prin umbrele întunecate ale societății, m-am oferit să accept sarcina asta.

– Ha! Știam eu că sunt probleme! exclamă Georgiana.

– Sunt, recunoscu Sophie. Totuși, doar atât am de gând să-ți spun pe tema asta.

Cameron ridică întrebător o sprânceană.

– Crezi că e înțelept? Din experiența mea, asemenea ascunzișuri fac mai mult rău decât bine. Persoana care e menținută la distanță poate să se simtă obligată să ia măsuri nesăbuite ca să descopere adevărul.

– Am să revin asupra deciziei dacă apar informații noi, răspunse Sophie. Cameron încă nu știa toate dedesubturile depravării lui Dudley și Morton, iar ea încă nu hotărâse cât anume să îi spună. Dar pentru moment, e tot ce pot să promit.

– De acord, răspunse el și primi o privire rănită de la Georgiana.

– Credeam că ești de partea mea, mormăi ea. Când eram mică, îmi luai mereu apărarea.

– Haideți să clarificăm un lucru, doamnelor. Zâmbetul lui deveni deodată sardonic. Nu căutați la mine vreun idealism nobil pentru că, dacă o veți face, veți fi groaznic de dezamăgite. Nu urmăresc decât un interes de-al meu. Dacă vi se pare crud, așa este.

Georgiana își mușcă buza.

– Dar tocmai ai spus că o vei ajuta pe Sophie.

– N-a spus asta, interveni Sophie. A spus că e dispus să accepte sarcina. Este o mare diferență.

Sora ei nu avu ce să răspundă, în afara unui pufnet mâhnit.

– Și ce anume am întrerupt? O discuție de afaceri despre ce onorariu dorește să primească pentru serviciile lui?

– E prea de tot, Georgie. Te porți ca un copil, i-o tăie Sophie. Te rog să te întorci la Hatchards. Vin după tine de îndată ce eu și domnul Daggett încheiem de discutat afacerea noastră.

Lacrimile se înșirară pe genele Georgianei când își apucă fustele în mâini.

– Foarte bine. Se aplecă pe sub o ramură care atârna și trecu pe lângă Cameron. Dar și eu vreau să clarific un lucru. Dacă o mai rănești o dată pe sora mea, am să-l pun pe Anthony să îți taie ficatul într-o mie de bucățele.

Cameron așteptă până ce pașii nu i se mai auziră.

– Cine e Anthony?

– Logodnicul ei, răspunse Sophie. Se pricepe de minune la mânuit sabia.

– Ah. El prinse între degete cercelul rotund, din abanos, incrustat cu perle. Din fericire, și eu.

– Asta înseamnă că ai fost soldat?

– Am fost o mulțime de lucruri la viața mea, inclusiv soldat. O pauză. Și un nebun.

– Și acum ce ești? Hainele îți sunt croite atât de frumos... Sophie se uită la cercelul lui. Și micile tale bijuterii sunt scumpe. Așa că presupun că ai câștigat ceva bani. Deodată i se năzări un gând oribil. Poate te-ai însurat cu o moștenitoare?

Expresia lui rămase de nepătruns.

– Nu, mă întrețin singur, spuse el ușor. Deși îndrăznesc să spun că ai fi șocată să afli cum. Frunzele moarte trosniră sub cizmele lui când își schimbă poziția. Mă furișez prin conace frumoase și moșii de la țară ale aristocrației și sustrag obiectele lor de valoare. Mai ales bijuterii, dar din când în când mai iau și tablouri și alte obiecte de artă.

– Un hoț? spuse ea încet și încercă să descifreze subînțelesurile care pâlpâiau în ochii lui.

– O, am ceva scrupule. Nu iau decât de la cei care își permit cu ușurință pierderea. Dar dincolo de asta, ai dreptate să pari atât de îngrozită. Sunt un bastard fără inimă.

Sophie tresări la cuvântul „bastard".

– Da, un bastard, repetă el. Amândoi știm urâtul adevăr al moștenirii mele.

– Nu ești, șopti ea. Adevărul este că...

Se grăbi să o întrerupă:

– Nu contează care este adevărul. Nu pot s-o dovedesc, și pe cine are să creadă societatea – pe mine sau pe ilustrul meu frate vitreg?

Sophie își întoarse privirea, știind că el nu aștepta un răspuns. În schimb, îi puse o întrebare:

– De aceea ai ales să duci o astfel de viață lipsită de onoare? Ca să pedepsești societatea pentru că te-a nedreptățit?

El râse răgușit.

– Am învățat că onoarea există doar în povești. Așa că, asemenea unui pirat, trăiesc după propriile mele reguli. S-a dovedit că este stilul perfect de viață pentru un bărbat nesăbuit ca mine.

– Nu cred asta, spuse Sophie.

– Ah, îmi pare rău să te dezamăgesc, dar este adevărat. Sunt un escroc care nu regretă nimic. Zâmbetul lui nu avea nici o urmă de căldură. Dar indiferent ce crezi despre moralitatea mea, eu pot să te ajut.

Sophie se aplecă să își ia șalul de pe jos și profită de răgaz ca să facă față emoțiilor contradictorii.

– Ce i-ai spus Georgianei a fost o povestioară deșteaptă, dar chiar dacă mi-aș dori să apelez la serviciile tale, nu mi-aș permite să te plătesc. Înfășură mătasea peste umeri, căci i se făcuse deodată frig, în ciuda razelor de soare care se furișau printre copaci. Îți mulțumesc că mi-ai înapoiat cerceii mamei, îți sunt recunoscătoare – cu adevărat recunoscătoare. Însă...

Sophie șovăi și își spuse că îl refuzase pe bună dreptate în urmă cu atâția ani. După cum recunoscu chiar el, devenise un om nedemn de admirație.

– Însă cred că e mai bine să lăsăm lucrurile așa cum sunt. Mă întorc acasă poimâine, și e greu de crezut că drumurile noastre se vor mai întâlni vreodată. Dar sunt fericită să știu că ești în viață și că ești bine.

– Sophie, ai fi înțeleaptă dacă te-ai mai gândi la oferta mea, spuse Cameron. N-am făcut-o din pur altruism, adăugă el la repezeală. Am propriile motive pentru care îmi doresc să-i cercetez mai atent pe Dudley și pe acoliții lui.

Ea scutură din cap. Indiferent de viața pe care o alesese pentru el, ea nu era dispusă să îl atragă într-un pericol mai mare.

– Ți-ai asumat deja suficiente riscuri pentru mine. N-aș putea să trăiesc în pace dacă ar fi să suporți vreo consecință din cauza mea.

O licărire a dinților, un zâmbet enigmatic.

– Te asigur, mă pricep de minune să-mi port singur de grijă. Dacă i-ai întreba pe prietenii mei, ți-ar spune același lucru.

– O, Cameron, n-are să meargă niciodată. Amândoi ne-am schimbat prea mult. Sophie își atinse buzele umflate de sărut. De altfel, trebuie să-mi păstrez rațiunea și se pare că nu pot să gândesc limpede în preajma ta.

– Poate că ar trebui să ai încredere în instinctele tale.

Sophiei i se puse un nod în gât. Era atât de ispititor. Umerii aceia lați păruseră atât de solizi, în vreme ce ai ei își pierduseră puterea.

– Nu, șopti ea. Nu pot să risc.

Cameron se întoarse ușor și păru să examineze atent firele de praf care dansau în aer. O adiere de vânt îi ciufuli părul, iar șuvițele lungi îi ascunseră chipul.

– Atunci, la revedere, murmură el și, înainte ca ea să poată răspunde, dispăru, o umbră întunecată care se pierdu printre copaci.

– La revedere, răspunse Sophie locului gol dintre frunzele ce se legănau. O lacrimă i se prelinse pe obraz, dar o șterse iute. Numai un nebun ar fi încercat să încerce să recupereze trecutul. Cameron, cel pe care îl cunoscuse ea cu multă vreme în urmă, nu mai era decât o fantasmă. Bărbatul în care se transformase era un străin nemilos. La revedere.

Capitolul 5

Cameron se opri pentru o clipă în ușa bibliotecii frumos mobilate și inspiră adânc mirosul bogat de ceară de albine, pergament și piele veche. Lumina lămpii arunca o strălucire discretă peste dulapurile sculptate și copertțile aurite care umpleau sala masivă, căci în ciuda impresiei pe care voia să o dea, de frivol amator de distracții, Gryff era un colecționar de carte serios ale cărui eseuri lirice despre peisagism câștigau respectul experților în domeniu.

Inspirând din nou adânc, Cameron intră în cameră.

Prietenii lui erau aplecați peste unul dintre birouri și răsfoiau o mapă de acuarele botanice. La auzul pașilor lui pe covorul oriental, cei doi ridicară privirea.

– Te gândești să te apuci de crescut trandafiri, nu doar capre, Connor? rosti el tărăgănat. Nici în cele mai nebunești visuri nu mi-am imaginat că Lupul ar putea să devină atât de... moale.

– Sunt cele mai noi acuarele ale Elizei, spuse Gryff. Care au fost acceptate pentru o expoziție la Academia Regală. Proaspăta lui soție obținea cu rapiditate aprecierea criticilor din lumea artei pentru talentele ei extraordinare. Și eu sunt cel care cultivă trandafiri. Picturile surprind noua grădină cu ziduri pe care am creat-o lângă atelierul ei. Zâmbi. În limbajul florilor, trandafirii înseamnă iubire.

– Nu-i de mirare că parfumul lor îmi face rău, spuse Cameron și se îndreptă spre bufet, unde își turnă un pahar de coniac.

– Se pare că acest Copoi mai are încă un afurisit de spin înfipt în fund, spuse Connor, fără să bage în seamă zeflemeaua de mai devreme.

Gryff ridică din umeri.

– Date fiind văgăunile spurcate prin care își face veacul, nici nu e de mirare. Apoi adăugă spre Cameron: Dacă ai venit doar ca să mârâi și să scrâșnești din dinți, de ce mai bine nu-ți iei tu tălpășița în altă parte până ce-ți trece indispoziția?

Cameron sorbi pe îndelete din băutură înainte să răspundă:

– De fapt, am venit să cer o favoare.

Cuvintele nu ieșiră cu ușurință. De multă vreme aflase că cheia supraviețuirii era să devii insensibil la emoții. Ura să arate vreo breșă în cinismul său până și în fața tovarășilor lui Cerberi.

– Ah! Spre ușurarea lui, Gryff nu răspunse cu o glumă usturătoare. Proptindu-și un șold pe birou, prietenul său arcui pur și simplu o sprânceană. Ei bine, continuă!

După ce își reumplu paharul, Cameron se uită la Connor.

– Talentele tale de joc au rămas la fel de abile?

– Poți să mă crezi un cățel domesticit, dar dinții mei nu și-au pierdut de tot ascuțișul, răspunse Lupul. În trecut, păstrase Vizuina

Lupului pe linia de plutire prin norocul lui nefiresc la cărți. Bănuiesc că vrei să tunzi niște oi, nu?

– Într-un fel. Cameron răsuci paharul între degete. Speram să accepți să joci câteva mâini cu unul sau poate cu doi dintre clienții fideli ai Vizuinii.

– Cu cine? întrebă Connor.

Nu era posibil să evite răspunsul.

– Dudley este prima mea alegere. Dacă el nu este acolo, atunci Morton, mârâi el.

– Dudley – individul încurcat cu misterioasa domnișoară Lawrance?

După cum se temea Cameron, Gryff se năpusti asupra informației, asemenea unui câine înfometat care simte miros de carne.

– Ha, ha, ha! Un chicotit scăzut se auzi după întrebare. Se pare că, în ciuda tuturor declarațiilor sale contrare, ironicul nostru Copoi a fost, în cele din urmă, mușcat de dragoste.

– Dragostea nu are *nimic* de-a face cu asta, mormăi Cameron. Am propriile motive pentru care doresc să știu mai multe despre ce pun la cale cei doi.

Râsul lui Gryff se auzi mai tare, dar expresia de pe chipul lui Connor rămase gravă.

– Ce anume ai în minte?

– Aș vrea să câștig – și să câștig serios. Potrivit surselor mele, jocul lor este nechibzuit și datoriile lor cresc pe zi ce trece.

Connor își lovi ușor vârfurile degetelor.

– Asta s-ar putea să nu fie ușor. Cu toată modestia, reputația mea îi face pe cei mai mulți dintre clienții obișnuiți ai Vizuinii să nu fie dispuși să riște să joace împotriva mea.

– Am să mă ocup eu de asta, răspunse Cameron.

– Și ce trebuie să fac cu polițele lui Dudley de îndată ce le câștig? Să-mi hrănesc caprele cu ele?

Cameron își permise să schițeze un zâmbet.

– Mi le dai mie.

– Și după aceea? întrebă Gryff.

– Și după aceea am să-l fac pe Dudley să plătească cu vârf și îndesat.

– Ce-a făcut ca să-ți câștige mânia? insistă Gryff. În afară de a-i da bătăi de cap domnișoarei Lawrance.

– Aș prefera să nu dezvălui încă motivul. Se întoarse spre celălalt prieten al lui. Ce zici, Lupule?

– Foarte bine. Connor ridică propriul pahar în semn de salut. Trebuie să spun că viața la țară este idilică, dar ideea de a dezlănțui un pic iadul pe pământ, alături de prietenii mei Cerberi, este foarte atrăgătoare.

Bătaia ușoară în ușa dormitorului ei nu veni pe neașteptate. Sophie puse deoparte peria de păr și oftă privind în oglindă. Georgiana rămăsese neîndurător de tăcută în legătură cu întâlnirea din Green Park pe drumul de întoarcere acasă și la serata de jocuri de cărți cu prietenii mătușii ei.

Dar nu-și făcea vreo iluzie că întâmplarea era uitată.

– Intră, murmură ea, chiar dacă în realitate nu își dorea decât să se strecoare între așternuturi și să își tragă pătura peste cap.

Nu că o cuvertură matlasată ar fi ținut la distanță visele cu tulburătorul pirat.

Georgiana traversă tiptil covorul și se trânti pe fotoliul cu pernuțe de la fereastră. Își drese glasul cu o tuse ușoară.

– Nu ești încă îndrăgostită de el, nu?

– Nu. „Da." Nu. Absolut deloc.

Un curent de aer agită draperiile când sora ei se foi și își strânse genunchii la piept.

– Cameron Fanning – sau mai degrabă Daggett – a fost o dragoste nebună din tinerețe, continuă Sophie. Dar am ajuns să-mi dau seama că el era prea sălbatic, prea impetuos ca să ne potrivim vreodată. „Și acum știu că am avut dreptate – așa că de ce inima mea refuză să asculte de mintea mea?"

– De asta a plecat?

Sophie se uită lung la reflexia ei neclară, dorindu-și ca lacrimile să îi fi estompat dorul din privire. Clipi ca să înlăture durerea ascuțită, apoi luă peria și începu să își pieptene din nou părul.

– Va trebui să-l întrebi pe el de ce, răspunse ea. Ne-am certat și am schimbat niște cuvinte dure. Apoi el... a dispărut pur și simplu.

Lemnul scârțâi atunci când sora ei se foi din nou.

– A fost cel mai bine, continuă Sophie, repetând afirmația lui Cameron. Poate că, dacă o spunea de suficiente ori, avea să și simtă că era adevărat. Ne-am fi rănit doar unul pe celălalt. El era prea pătimaș, eu eram prea realistă.

Liniște, apoi deodată brațele Georgianei se înfășurară în jurul ei și o învăluiră într-o îmbrățișare puternică.

– Ești o mincinoasă teribilă, Sophie! Ca să nu mai vorbim că uneori mai ești și o cloșcă mult prea protectoare. Un pufnet. Dar eu te iubesc atât de mult.

– Of, Georgie! Sophie simți cum gâtul i se strânge prea tare ca să mai spună ceva.

– Nu este nevoie să-ți ascunzi sentimentele față de mine, continuă Georgiana. Eu și Pen ți-am văzut privirea pierdută la Highborn Hill când credeai că nu eram atente. Amândouă recunoaștem iubirea adevărată atunci când o vedem.

Sophie își înăbuși un râs înlăcrimat.

– Dumnezeule, Penelope are doar treisprezece ani – ce știe ea despre dragostea adevărată?

– Mai multe decât crezi, îi răspunse Georgiana. A citit în secret colecția ta de romane, inclusiv pe cele neobrăzate, precum *Tom Jones*.

– O, Doamne! Sophie se strâmbă. Să-mi aduci aminte să-i dau două la fund când ajungem acasă.

Sora ei zâmbi larg.

– Le punem sub cheie pe cele noi. Abia aștept să încep *Groaznicul secret al lui Lady Avery*.

– Când ai mai cumpărat-o și pe *asta?*

– În timp ce tu te sărutai cu Cameron Daggett în Green Park, răspunse sora ei. Și dacă tot veni vorba de diavol, ce-ai de gând să faci cu el?

– Nimic, spuse Sophie. S-a oferit să mă ajute, dar am refuzat. Așa că a plecat. Se forță să schițeze un zâmbet. Măcar de data asta și-a luat la revedere.

– Există vreun motiv pentru care l-ai refuzat? Mi s-a părut că vă înțelegeați foarte bine.

– Prea bine. Nu pot să neg că există o atracție între noi. Dar este complet greșită – el e prea periculos ca să mi-l doresc, șopti Sophie. Mintea mea nu funcționează cum trebuie când este prin preajmă. Ca un magnet, pare să exercite o forță stranie care dă peste cap busola rațiunii mele.

– Poate că busola ta are nevoie să-și modifice direcția, spuse liniștită Georgiana.

Sophie răsuci între degete marginea șalului.

– Anthony este ca o stea aprinsă care strălucește pe cer, o lumină stabilă și călăuzitoare care îți permite cu ușurință să trasezi o linie dreaptă pe mările învolburate. Cameron este mult mai schimbător. Ea trase furioasă aer în piept și se gândi la ochii lui întunecați, de culoarea verde a mării. El este mai curând ca sclipirea fulgerelor care strălucesc în furia furtunii.

– Furtunile pot fi periculoase, încuviință sora ei. O licărire poznașă îi strălucea în ochi. Dar și captivante.

Un râs scăpă de pe buzele Sophiei.

– Doamne, Dumnezeule, trebuie să tai și din lecturile tale? O singură romantică înflăcărată în familie e îndeajuns de înfricoșătoare.

Georgiana schiță un zâmbet, apoi strânse din buze de îngrijorare.

– La modul cel mai serios, Sophie, am discutat cu Anthony despre viitor și, ei bine, amândoi am fost de acord că n-ar trebui să porți de una singură toată povara grijii pentru familia noastră, după ce ne căsătorim. *Papa* și Pen pot veni să locuiască la noi, ceea ce-ți va oferi libertatea...

– Hai să discutăm despre deciziile astea cruciale după ce vă căsătoriți, o întrerupse Sophie. „Dacă vă căsătoriți." În clipa de față, trebuie să ne concentrăm asupra mulțimii de detalii pentru nunta perfectă.

– Bine, încuviință sora ei. Dar fii sigură că am de gând să mă asigur că ai ocazia să-ți urmezi busola, indiferent că ar putea să te poarte spre ape neexplorate și mări învolburate de furtună.

– În clipa asta, mă mulțumesc să navighez prin restul listelor noastre de cumpărături. Sophie o mai îmbrățișă o dată pe Georgiana, apoi îi făcu semn să plece. Hai, la culcare – ai nevoie de somn! Mâine este ultima noastră zi în oraș, și ai o mulțime de lucruri de făcut.

Sora ei îi depuse un sărut apăsat pe obraz și se întoarse spre ușă. Totuși, când trecu pe lângă masa de toaletă, privirea i se opri pe micul vas de porțelan de lângă oglindă.

– N-am știut că ai adus cu tine cerceii mamei. Trase vasul din umbră. De ce nu i-ai purtat la serata doamnei Griffin?

– A... am uitat, murmură Sophie.

Georgiana arcui o sprânceană.

– Ei bine, nu contează. O să se potrivească de minune cu rochia nouă. Dantela bej pe care am ales-o le va pune în evidență strălucirea.

Flăcările lumânărilor dansară pe perle.

– Sunt frumoase, nu? Mă bucur atât de tare că ai refuzat să-i vinzi. Valoarea lor nu poate să fie măsurată în bani.

– Nu, nu poate. Se ridică. Noapte bună, Georgie. A fost o zi lungă și sunt gata de culcare.

Dar, după ce ușa se închise, Sophie nu făcu nici o mișcare spre pat. În schimb, reveni la masa de toaletă și luă cerceii. Îi ținu în palmă vreme îndelungată și privi cum flăcările pâlpâitoare le învăluiau finețea argintie în licăriri de aur. Apoi, din impuls, îl prinse pe unul în urechea stângă și îl așeză pe celălalt la loc în vas.

„Poate că ar trebui să nu mai țin seama de prudență și să devin și eu pirat. Aș putea să mă avânt departe, spre necunoscut, pe o corabie prădătoare“, își spuse ea gânditoare și se strâmbă în oglindă în timp ce își înclina capul într-o parte și în alta. Comentariile Georgianei îi stârniseră o stare ciudată.

Cercelul dansa în umbrele jucăușe, de parcă simțea neliniștea din emoțiile ei.

– Poate că Georgie are dreptate și am permis ca viața mea să devină prea serioasă. Nu mi-a fost întotdeauna frică să fiu îndrăzneață. Mi-am asumat riscuri. „Și mi-a plăcut cum înflăcărarea îmi involbura sângele.“

O urmă de vinovăție îi împunse conștiința. Propria nebunie din trecut era cu mult mai scandaloasă decât greșeala involuntară a tatălui ei bolnav. Se întâmplase într-o după-amiază de vară, în iarba moale din lunca de la Highborn Hill. Îmblânzită de căldura soarelui și de o sticlă de bere furată din pivnița lordului Wolcott, îi permise cu nerușinare lui Cameron să o sărute, să o atingă...

O, virtutea ei de fecioară era încă intactă. Dar fusese pe-aproape.

Norocul fusese de partea ei în acea zi. Dacă cineva ar fi asistat la interludiu, reputația familiei sale ar fi fost complet distrusă. Conștientă de cât de mult se apropiase de dezastru, Sophie își întărise hotărârea de a fi puternică și cu capul pe umeri.

„Poate că nu îmi este frică doar de Cameron, dar îmi este frică și de mine și de propriile mele dorințe primejdioase.“

Sophie se duse la fereastră și își apăsă fruntea pe geam, lăsând ca aerul rece și umed al nopții înnegurate să îi răcorească pielea înfierbântată. Aburi ușori de ceață se ridicau dinspre micuța grădină înconjurată de ziduri. O privighetoare scoase triluri de undeva din tufișuri, cântecul dulce abia tulburând tăcerea cețoasă.

Sophie închise ochii și simți cum gândurile încep să îi alunece într-un vârtej lent de imagini – un fulger, o mare învolburată de furtună zdrobindu-se de un țărm stâncos...

Cioc! Cioc! Cioc!

Îi trebui o clipă ca să își dea seama că sunetul nu venea dinăuntrul minții ei, ci din afara ferestrei.

Deschise pleoapele și se pomeni față în față cu un zâmbet viclean. Deasupra dinților strălucitori se găsea o eșarfă de mătase neagră, prinsă ca la un pirat peste părul încurcat de ploaie. Un cercel – care semăna leit cu al ei – licărea în întuneric.

Clipi și deschise gura ca să țipe.

– Sophie, deschide fereastra, îi ceru Cameron. Înainte să iscăm vreun scandal.

Deschise geamul și făcu un pas înapoi ca să îl lase să se strecoare în cameră.

– E... ești ud, se bâlbâi ea.

– Tu ești goală. Zâmbetul lui trimise un frison de căldură prin trupul ei. Sau aproape goală.

– Un motiv în plus ca să nu fii aici.

El își scoase pânza de pe cap, trimițând o ploaie de picături pe covor.

– Asta, în cazul în care eu aș urma regulile cuviincioase ale societății. Un râs gutural, scăzut precum un tunet îndepărtat. Dar tu mă cunoști mai bine de-atât.

În clipa aceea, Sophie nu se gândea la reguli, ci la cât de păcătos de seducătoare arăta gura lui cu mărgelele de ploaie care i se înșirau pe buza de jos.

– Ești ud, repetă ea, apoi, parcă atrasă de forța învolburată de ceață a unui demon al furtunii, se aplecă să le șteargă cu un sărut ușor.

– Tu ești goală, murmură el și o trase cu putere în brațele lui.

Umezeala lui îi pătrunse prin halat și îi declanșă flăcări calde și reci prin tot trupul. Cameron avea dreptate – era aproape goală. Distrasă de tumultul de peste zi, Sophie se dezbrăcase și pusese pe ea un halat simplu și subțire, fără să mai fi căutat în dulap cămașa de noapte. Iar acum, bumbacul subțire se lipea de fiecare bucățică de piele.

Sophie se agăță de el pentru încă o clipă și, înainte să îl îndepărteze, savură senzația puternică a mușchilor sculpturali pe moliciunea trupului ei.

– N... nu ar trebui să fii aici.

– Ai mai spus asta, răspunse Cameron. O sclipire răutăcioasă de amuzament se aprinse în ochii lui. Dar, după cum ți-am spus, eu nu sunt un domn. Un domn nu ar da năvală în odaia ta. Privirea lui alunecă în jos pe chipul ei. Iar un domn cu siguranță că nu s-ar uita la imaginea tentantă a sfârcurilor tale roz care se întrezăresc prin țesătura subțire.

Ea își încrucișă iute brațele la piept și se simți...

Necuviincioasă. Destrăbălată.

Fiica unui pastor nu trebuia să simtă un iureș de plăcere când întrezărea dorință în ochii unui bărbat.

Își întoarse privirea, smulse un șal și îl înfășură în jurul umerilor.

– Nu prea acoperă priveliștea ademenitoare dintre coapse, spuse Cameron. Dar promit să nu mă uit.

Căldura se zvârcoli în cercuri în pântecul ei. Un pic supărată pe ea însăși pentru că permitea ca șicanarea lui să îi provoace asemenea reacții nedorite, Sophie făcu un semn înspre fereastră.

– N-ai să te uiți pentru că ochii tai vor fi ocupați să găsească locuri de sprijin prin iederă. Am să număr până la trei...

El schiță un rânjet.

– Și după aceea?

– După aceea am... am să te azvârl de aici.

– O, asta ar trebui să fie teribil de interesant. În loc să se retragă, el făcu un pas mai aproape. A mai existat o contesă în Italia care a făcut aceeași amenințare. Din câte-mi amintesc, ne-am luptat până pe balcon – un ungher minunat din fier forjat cu vedere la Marea Tireniană –, dar odată ajunși acolo, puterea i-a slăbit și am convenit că încetăm ostilitățile, ca să zic așa.

– Ești mai incorigibil decât ai fost vreodată, i-o întoarse ea, iar chipul îi fu invadat de o îmbujorare când încercă să nu și-l închipuie pe Cameron cu brațele în jurul unei italience voluptuoase.

– Iar tu, spuse el încet, ești mai frumoasă ca niciodată.

Murmurul îi făcu pielea de găină pe brațe.

– Nu sunt. Își înfășură șalul mai strâns și își spuse să nu răspundă. Cameron era, după cum chiar el recunoscuse, un ticălos care nu regreta nimic. Georgie este adevărata frumusețe, în vreme ce eu sunt... doar Sophie cea simplă.

El nu spuse nimic, dar continuă să se uite lung la ea printre genele întunecate.

Umezeala i se prelingea acum printre sâni și se răspândea în jos, între picioarele ei. Sophie scutură din cap ca să își limpezească mintea și se mișcă din nou.

– Nu înțeleg... Nimic nu mai avea vreun sens – nici prezența lui neașteptată, nici dorul ei cumplit. Dar am să mai întreb încă o dată – de ce ești aici?

– Pentru că ultima dată când m-ai refuzat, am dispărut din viața ta.

Deodată, să respire începu să doară.

– Ai fost îndreptățită să faci asta, desigur. Să-ți cer să fugim în Scoția a fost o idee pripită și nesăbuită. Cameron îi aruncă un zâmbet autoironic. Eram un bastard fără nici un ban, fără perspective, fără viitor. Am fost teribil de egoist ca să mă aștept să ai încredere că puteam să am grijă de tine.

– N-a fost așa de simplu, Cam. Sophie nu îndrăzni să îi întâlnească privirea. Nu puteam să-mi părăsesc familia. Surorile mele erau atât de mici, iar moartea mamei îl schimbase pe *papa*. Începuse deja de dinainte să se retragă în propria lui lume, dar moartea ei părea să-l fi trimis și mai adânc în ea.

– Ah, da. Nota ascuțită de ironie din vocea lui o răni. Viața nu e niciodată simplă.

– Ai fi putut să-ți iei rămas-bun.

– De fapt, n-aș fi putut. N-am avut de ales decât să părăsesc locurile alea în grabă ca să nu ajung la spânzurătoare.

Un suspin adânc i se ridică în gât.

– Ce vrei să spui?

– Wolcott intenționa să mă vadă spânzurat. Vezi tu, îl prinsesem pe unul dintre invitații lui bătând o chelneriță în spatele grajdurilor de la Coroana de Aur. Ea îi cerea taxa convenită pentru serviciile ei, iar el nu voia să plătească. Gura lui Cameron se strânse într-o linie sumbră. Așa că i-am luat punga și i-am dat-o fetei, după care el a alergat înapoi la conacul Wolcott și a spus că l-am furat.

– Lordul Wolcott l-a crezut pe prietenul lui?

– Mai e nevoie să-ntrebi? Vocea lui Cameron era dură ca piatra. Fratele meu vitreg m-a urât întotdeauna. Faptul că semețul lui tată concepuse un copil cu un nimeni era o contaminare a sângelui prețios al familiei, pur și simplu insuportabilă pentru Excelența Sa.

– O, Cam. N-am știut niciodată toate astea.

– Wolcott este foarte bun să ascundă toate secretele murdare de familie, răspunse el. M-a chemat la conac să mă confrunte în legătură cu incidentul și mi-a spus că intenționa să mă vadă spânzurat pentru furt. Așa că l-am pus la pământ și am furat o sumă destul de mare de pe biroul său când mă îndreptam spre ușă. După cum vezi, n-am pierdut timpul până să aleg calea spre pierzanie. O ridicare nepăsătoare din umeri. Mișelul înfumurat trebuie să fi fost prea mândru ca să anunțe autoritățile, dar fii sigură că i-a trimis pe copoi pe urmele mele.

– Abia dacă erai un băiat. Cum de-ai supraviețuit?

– Am învățat rapid să fiu mai puternic și mai deștept decât bărbații care mă urmăreau. Cameron își dădu pe spate șuvițele ondulate de pe frunte. Dar gata cu trecutul, Sophie! Am venit să vorbim despre prezent.

Ea nu îndrăzni să îi întâlnească privirea.

– Nu se poate să te ocupi de oameni ca Dudley și Morton singură. Ai nevoie de ajutorul meu.

– Nu, nu, nu pot să te las să te implici, se împotrivi ea. E prea periculos pentru tine. Oamenii ăia sunt prieteni cu marchizul, iar Wolcott sigur nu a uitat de pica pe care ți-o poartă.

Un râset înfundat și cam tăios.

– Draga mea Sophie, asta o să fie o joacă de copii în comparație cu unele dintre lucrurile pe care le fac. Oricât ar fi de răi oamenii ăștia, exista o bandă de criminali flamanzi pe care i-am cunoscut acum câțiva ani care erau cu mult mai răi. Erau cunoscuți pentru că le retezau membrele tuturor celor care îndrăzneau să calce pe teritoriul lor. Totuși, exista un tablou deosebit de frumos al lui Botticelli pe care pusesem ochii și am așteptat până într-o noapte furtunoasă... Cameron se uită la fereastră. Zidurile castelului erau cu mult mai mari decât astea, iar acoperișurile cu turnuri erau perfid de abrupte.

Din fericire, am un simț extraordinar al echilibrului. Urmăritorii mei nu au fost atât de norocoși.

Întinse mâna și răsuci încet în jurul degetelor franjurii șalului ei.

– Deci vezi, pericolul nu mă sperie. Nu m-a speriat niciodată.

Pulsul ei începea să se întețească pe măsură ce Cameron se apropia.

– Dar tu? Răsuflarea lui îi gâdilă obrazul. Recunoaște – în adâncul tu, nici tu nu te temi de pericol. Gândește-te la toate aventurile noastre și la riscurile pe care ni le-am asumat împreună.

– Ai mult prea multă încredere în curajul meu, îi răspunse ea. Acelea au fost pățaniile tinereții. În cea mai mare parte, sunt Sophie cea prudentă și chibzuită.

– Așa zici tu. Eliberându-și degetele din firicelele de mătase, Cameron îi cuprinse sânul. Dar eu știu mai bine.

Doamne, Dumnezeule! Doamne, Dumnezeule!

Cameron își coborî capul, răsuflarea fiindu-i fierbinte pe țesătura umedă.

– Da, ai fost întotdeauna un model de bun-simț, o voce a rațiunii calme, care mă împiedica să scap de sub control. Dar nu-ți nega propria îndrăzneală, propriile pasiuni.

Sophia rămase fără suflare când limba lui dansă agale peste sfârcul ei. Atingerea bumbacului fin o făcu să se simtă cuprinsă de flăcări.

– Ai nevoi fizice, dorințe fizice. O linse din nou. Și din nou. Și din nou.

Corpul ei se încordă.

– Dar e greșit. E necuviincios.

– Nu-i greșit, este, oh, atât de bine. Buzele lui se închiseră peste vârful proeminent și îl mușcă blând.

Un strigăt i se opri în gât.

– Mătușa mea... unchiul meu...

– Dorm într-o altă parte a casei.

– Cam...

– Liniștește-te, scumpo! Nu vorbi, nu te gândi, simte pur și simplu.

O altă zvâcnire de căldură vibră înăuntrul ei, în vreme ce el o îmbia către o excitare aprigă.

Uluită, amețită, Sophie se prinse de umerii largi ca să își păstreze echilibrul.

Cameron își înălță capul și scoase un sunet răgușit, ceva între un râs și un geamăt.

– Îți amintești de după-amiaza aia din Highborn Hill? Lumina soarelui era caldă ca mierea topită, iarba era strălucitoare ca aurul curat, iar tu m-ai lăsat să îți descătușez pasiunea cu atingerile mele?

O căldură lichidă se strecură între picioarele ei. O dată, doar o singură dată, se lăsase purtată de dorința arzătoare. Dar momentul acela i se imprimase în corp. I se întipărise în suflet.

– Da, șopti ea, nesigură dacă vorba rostită era un răspuns sau o rugăminte. Da.

– Depărtează picioarele, Sophie. O sărută. Te rog!

Picioarele ei alunecară pe covor.

Cu un geamăt, Cameron găsi deschizătura de la halatul ei, iar mâna îi alunecă înăuntru. Palma se plimbă peste buclele ei crețe, apoi degetele se cufundară și pătrunseră printre pliurile feminității ei.

Sophie își lipi fața de cămașa lui și strânse din buze ca să nu țipe.

– Sophie! El îi găsi perla ascunsă și dezmierdările se întețiră. Rază de soare.

Val după val de plăcere vibră prin corpul ei. Își lăsă capul pe spate, vag conștientă de dansul flăcării de la lumânare și de ploaia care bătea ritmic în geamuri.

Oh, era posibil să mori de plăcere?

Un geamăt aspru, ecou al propriei tensiuni care se îndrepta spre culmile extazului.

Se arcui sub atingerea lui și își luă zborul cu un strigăt înăbușit.

Cameron o strânse aproape și așteptă ca ea să revină cu picioarele pe pământ. Propria lui respirație era o gâfâială aspră când îi șopti:

– Dumnezeu mi-e martor, autocontrolul meu – judecata mea – dansează pe marginea tăioasă a unui brici. Nu vreau nimic mai mult decât să mă îngrop în căldura ta dulce. Dar, pentru prima dată în viață, voi încerca mă comport onorabil.

El se retrase, iar Sophie simți că rămăsese fără o parte din ea.

– O, Cam! Îi atinse mâneca. Ești onorabil în toate modurile care contează cu adevărat.

– Nu. El îi prinse mâna și o apăsă tare pe mădularul extrem de întărit. Nu sunt.

Sophie simți cum căldura lui îi pulsa în palmă.

– N-am fost vreun sfânt. Sau vreun călugăr. Mi-am făcut o viață din furt – bani, bijuterii, opere de artă, ca să nu mai vorbim de plăcerile oferite de doamnele binevoitoare.

Sophie nu se clinti din loc.

– Nu mă sperii.

– Mă sperii eu pe mine.

Rămaseră în picioare pentru o clipă, nemișcați și tăcuți, până când, în cele din urmă, Cameron își slăbi strânsoarea.

– Iartă-mă – n-am venit aici ca să îmi pun labele pe tine ca o bestie lacomă, continuă el șovăielnic. O forță stranie pare să pună stăpânire pe mine. Nu știu cum să o numesc. Făcu o grimasă. Magie neagră sau poate chiar nebunia diavolului.

Sophie putea să se gândească la o altă explicație, dar ea nu îndrăzni să o spună cu voce tare.

– Ar fi mai bine să plec, murmură Cameron întorcându-și fața dinspre lumina lumânărilor. Înainte ca ultimele fărâme ale autocontrolului meu să se transforme în foc păcătos și pucioasă.

Îl privi îndreptându-se spre geam și își dori să plângă pentru cât de tare voia ca el să rămână, în ciuda dezvăluirilor lui nebunești.

O fluturare de umbre. Un vârtej de aer rece.

– Dar ai să mă mai vezi. Pentru moment, interesele noastre sunt comune împotriva lui Dudley și a prietenului său, Morton. Așa că n-ai să-i înfrunți singură.

Capitolul 6

– O cană de cafea proaspătă, te rog, îi ceru Cameron lacheului când, a doua zi, intră agale în salon pentru micul dejun de la reședința elegantă a lui Gryff. Și să-mi aduci niște scorțișoară în loc de frișcă.

– Fă-te comod, îi spuse tărăgănat Gryff când ridică privirea din farfuria cu omletă și șuncă.

– Sper că-mi oferi niște mâncare decentă, îi răspunse Cameron. Sunt lihnit. Luă o farfurie de pe bufet și începu să ridice capacele celor patru tăvi de argint. Of! Mă așteptam la mai multă creativitate din partea ta. Cred că am să cer o omletă *à la grec*.

– Ai gusturi extrem de originale, răspunse prietenul său. Nimeni nu mănâncă măsline în ouă.

– Eu da.

– Atunci angajează-ți propriul bucătar. Al meu e francez și e foarte pătimaș. Gryff termină ultima îmbucătură din micul dejun și împinse farfuria deoparte. Jur că dacă îl superi cu solicitări ciudate și își dă demisia, am să-ți frig boașele pe cuptorul din bucătărie.

Connor chicoti când Gryff, în continuare mormăind, luă un creion și se apucă să citească teancul de pagini de corectat pe care le avea lângă el.

– Ține-ți în frâu sarcasmul tipic, Cam. Nu e în apele lui în dimineața asta. Editorul său a modificat data-limită pentru finalizarea corecturilor la eseurile lui.

Gryff mormăi în barbă câteva epitete bine alese despre tipografii.

– O, foarte bine, declară Cameron cu un oftat îndurerat. Am să rămân la pâine prăjită și un foarte plictisitor rinichi fript.

Luă loc la masă și își înfulecă mâncarea în tăcere. Fusese o noapte lungă și animată. Într-adevăr, încă nu ajunsese în pat. După ce părăsise camera Sophiei, făcuse alte câteva vizite, ultima necesitând o cursă rapidă pe întinderea alunecoasă a acoperișurilor din ardezie. Tresări, apoi lăsă jos furculița și își frecă mâna învinețită.

– Să îndrăznesc să te întreb ce-ai făcut? se interesă Connor, uitându-se la încheieturile lui zgâriate.

– Am fost un pic în recunoaștere. Mi se pare că este întotdeauna util să știi cât mai mult posibil despre un adversar. Cameron se opri ca să își toarne o ceașcă din cafeaua proaspătă și fierbinte care le fusese adusă și sorbi din ea încântat de mai multe ori. Ahhh, excelent... e la fel de neagră ca inima diavolului. Indiferent de alte defecte, bucătarul tău știe cum să coacă boabele, Gryff.

Prietenul său doar mârâi. Cameron se întoarse spre Connor și îi spuse:

– Am aflat că Dudley o să fie la Vizuină astă-seară. Va fi singur, căci prietenul lui Morton are altă treabă. Sper că nu te-ai răzgândit?

– Dimpotrivă. De-abia aștept.

– La fel ca mine. Mai bău o ceașcă din cafeaua gustoasă și aromată, apoi se ridică.

– Unde te duci așa în grabă? întrebă Connor.

– Nu contează.

– Sper că la tine acasă ca să-ți schimbi hainele. Hârtia trosni când Gryff întoarse o nouă pagină. Ai o gaură în cracul drept al pantalonilor, iar cizmele îți sunt acoperite cu mâzgă verde.

Cameron se opri în fața ferestrei arcuite și făcu o plecăciune batjocoritoare.

– Nu-ți face griji, astă-seară am să revin la splendida și extravaganta mea ținută dintotdeauna.

Connor se uită pieziș în lumina soarelui.

– Apropo, ăla este un cercel nou?

– Da. Pipăi perla în formă de lacrimă. Era o replică perfectă a cerceilor Sophiei, pe care o comandase la un bijutier din lumea interlopă și care se pricepea de minune să realizeze cu mare viteză copii exacte ale bijuteriilor de lux. Are o poveste interesantă... și nu, nu întreba, pentru că n-am de gând să îi divulg în nici un fel secretele. Este suficient să spun că mă bazez să-mi fie talisman în demersul ăsta.

– Talisman? O sclipire de oțel fulgeră în ochii cenușii ai lui Connor. Eu sunt cel care joacă și, nu contează cât de bun prieten ești, să fiu al naibii dacă am să permit să mi se găurească urechea.

– Nici eu n-am fost teribil de încântat să primesc un glonț în picior pentru tine, răspunse Cameron. Salvarea miresei Lupului din ghearele unui dușman isteț necesitase atât pumni, cât și focuri de armă. Dar m-ai auzit urlând?

Connor se foi stânjenit în scaunul lui.

– Of, la naiba...

– Totuși, adăugă el, frumoasa ta soție s-ar putea să nu fie de acord, așa că am să contez pe abilitățile tale, mai degrabă decât pe noroc.

– Dacă nu pot să-l bat pe Dudley la cărți, îți mănânc cercelul... cu un platou de ouă crude și măsline, mârâi Connor.

– Ei bine, oricât de mult aș vrea să te văd obligat să înfuleci chestiile astea, sper că nu se va ajunge la așa ceva.

– Nu se va ajunge, spuse Gryff. Când s-a întâmplat vreodată ca unul din noi să nu-l ajute la nevoie pe un tovarăș Cerber?

Connor se strâmbă.

– De fapt, mă pot gândi la o situație...

– Oh, termină cu lătratul! Gryff respinse remarca printr-o fluturare scurtă a mâinii. În cele din urmă, m-am revanșat cu vârf și îndesat pentru neglijența mea.

– Așa este.

– Am să vă las să vă mușcați între voi, spuse Cameron. Dar păstrați-vă dinții ascuțiți pentru jocul din seara asta, de la Vizuină.

Ieși în stradă, dar în loc să se ducă spre casa lui de la marginea de est a Mayfairului, își continuă drumul pe jos, traversă piața și coti pe Duke Street.

Somn. Își dorea ca și el să fie în formă pentru seara aceea. Dar înainte să caute câteva ore de somn, nu putea să nu facă încă o scurtă oprire.

– La naiba, cum s-ar tăvăli Cerberii pe jos de râs dacă m-ar vedea comportându-mă ca un cățeluș îndrăgostit, mormăi Cameron. Dumnezeu mi-e martor, eu nu le-am arătat nici o urmă de milă când am simțit un loc sensibil pe pieile lor tăbăcite de flăcările iadului.

Pașii i se întețiră pe caldarâm. Ura să se simtă vulnerabil. Era o greșeală îngrozitoare, și învățase cu mult timp în urmă că, pentru a supraviețui, nu își putea permite să arate nici un semn de slăbiciune.

„Sophie este o slăbiciune", șopti demonul din capul lui.

„Nu, Sophie nu este o slăbiciune", răspunse el în gând. „Este..."

„O făclie de lumină pură și dulce în viața mea furtunoasă."

Un surâs disprețuitor îi arcui buzele. „Diavolul să mă salveze.... încep să vorbesc ca un poet sentimental."

Ridică privirea și văzu cum o doamnă în vârstă și fiica ei trecură în grabă de cealaltă parte a străzii.

Nu era de mirare. Date fiind hainele șifonate și barba nerasă, sigur părea un om de proastă reputație. Un pirat primejdios care isca probleme pe oriunde își făcea apariția.

Cufundat în gânduri, Cameron se opri la colțul Berkeley Square, neștiind sigur ce să facă. Să rămână sau să se ducă... știa care era alegerea unui prost sentimental.

Totuși, decizia fusese deja luată pentru el.

– Domnule Daggett?

„La naiba!" Cumpărăturile trebuie să fi început cu întârziere.

– Cât de minunat să te întâlnesc, continuă Georgiana. Mă întâlnesc cu Sophie și cu mătușa Hermione la Gunter. Zâmbi și mută cutia pentru pălărie dintr-o mână într-alta. Slujitoarea de lângă ea mai ținea vreo câteva. Eu și Gorman am fost nevoite să așteptăm ca modista să facă ultimele retușuri la bonetele astea. Mâine, la prima oră, plecăm acasă și am vrut să le luăm cu noi.

– Sunt sigur că sunt foarte fermecătoare, murmură el și se uită lung la mănunchiurile de cireșe roz, micuțe care împodobeau boneta pe care o purta în ziua aceea. Anthony este pasionat de fructe?

Georgiana râse.

– Ești oribil... și ai fost întotdeauna. Chiar nu știu ce vede Sophie la tine.

„Nici eu."

– Cu toate acestea, nu vrei să ni te alături? O sclipire neastâmpărată se aprinse în ochii ei căprui. Cu toții avem de gând să comandăm înghețată de căpșune.

– Mă tem că reputația mea ar suferi foarte mult dacă aș fi observat la o ceainărie, în vreme ce mănânc înghețată la ora asta din zi.

– Ba dimpotrivă, sunt convinsă că nu ar face decât să sporească aerul tău misterios. Ea îi împinse cutia în brațe. În plus, un domn trebuie întotdeauna să îi ofere ajutorul unei doamne.

– Dar amândoi știm că n-am pretenții la onoare sau la spirit cavaleresc, murmură el și i se alătură atunci când slujitoarea rămase din nou în spate ca să îi urmeze.

– N-am să spun nimănui, răspunse Georgiana.

El îi aruncă o privire piezișă.

– Știi, ai devenit dintr-un copil plictisitor și jucăuș o tânără foarte interesantă.

– Îți mulțumesc, spuse ea. Cred.

Traversară grădina centrală și se apropiară de Gunter. Se făcuse destul de cald, și o mulțime de oameni erau adunați la intrarea ceainăriei, atrași de promisiunea rece a bunătăților gustoase.

– O, ce minunat! exclamă Georgiana și le făcu semn cu mâna surorii și mătușii ei. Au reușit să prindă una dintre mesele de afară.

Cameron oftă în gând și traversă fără tragere de inimă printr-o învălmășeală de fuste pastelate. Venise acolo doar ca să o observe pur și simplu pe Sophie de la depărtare. Dar, după cum prea bine știa, până și cel mai iscusit dintre planuri putea să meargă prost.

– M-am întâlnit cu un vechi prieten pe drum până aici și s-a oferit să mă ajute cu cutiile, îi spuse Georgiana mătușii ei. Cu siguranță îți aduci aminte de prietenul Sophiei, Cameron. El era cel care obișnuia să arunce cu mere stricate în trăsura ta când încerca să-i dea pălăria jos de pe cap vizitiului.

– Nu mai folosesc fructele pe post de armă, spuse el și făcu o plecăciune peste mâna Hermionei.

– Ah. Sunt ușurată să aud că nu mai sunteți periculos, domnule...

– Daggett, continuă Cameron fără probleme.

Sophie tuși, apoi ridică privirea și obrajii i se colorară ușor când își murmură salutul.

– Vă rog să vă alăturați, domnule Daggett, continuă politicos Hermione. Ați dori niște înghețată?

– Vă mulțumesc, dar abia am mâncat.

– Atunci poate ați dori o ceașcă de cafea în timp ce noi ne mâncăm dulciurile. Georgiana zâmbi mieros. Insist.

– Georgie, ești nepoliticoasă! Poate că domnul Daggett are alte treburi mai urgente, spuse Sophie. Încă nu îl privise în ochi.

– Așa este, domnule Daggett?

– Eu... Cameron zări doi domni pe cale să ocolească gardul din fier forjat. „Mii de tunete și fulgere!“ De fapt, chiar trebuie să fug. Am întârziat deja...

Prea târziu.

– Ca să vezi, ce plăcere să te întâlnesc aici, Daggett! Gryff duse mâna la pălărie înspre doamne, apoi adăugă: N-aș fi ghicit că ai așa o pasiune secretă pentru dulciuri.

– De fapt, tocmai plecam, răspunse morocănos Cameron.

Strălucirea dinților lui Connor avea o scânteiere de răpitor.

– O, serios! Nu putem să te lăsăm să te grăbești fără să ne prezinți fermecătoarelor tale companioane.

Nu avu de ales decât să se conformeze.

Hermione păru un pic emoționată să fie prezentată unui conte și unui marchiz.

– Domnii ar dori să ni se alăture? Sau încalc vreo regulă de protocol?

– Nu vă temeți, eu și Killingworth nu ținem la etichetă, spuse Gryff. Dar, din păcate, avem o întâlnire stabilită deja în cartier.

Cameron uitase că editorul lui Gryff se afla la doar câteva străzi distanță. „O greșeală de gândire... Ar trebui să spun una groaznică.“

–Poate altă dată, continuă prietenul său. Nu locuiți în Londra, doamnă Hillhouse?

–Ba da, domnule, răspunse Hermione. Dar nepoatele mele locuiesc în Norfolk.

–Satul Terrington, în apropiere de mare, răspunse iute Georgiana. Sophie și domnul Daggett erau prieteni în copilărie.

Cameron se văzu obligat să își înăbușe nevoia de a smulge cireșele false de pe bonetă ca să i le îndese pe gât.

–Chiar așa? Zâmbetul lui Connor deveni și mai șiret.

Gryff scoase un chicotit răutăcios.

–Mărturisesc, m-am întrebat de multe ori dacă nu cumva, asemenea uneia dintre zeițele din mitologia greacă, nu a ieșit pur și simplu din fruntea lui Zeus.

–Sau din vreun blestemat de ou de dragon, adăugă Connor.

–Dumnezeule, cu siguranță, domnii au o imaginație foarte bogată, ha, ha, ha, spuse Hermione.

Cameron le aruncă o privire tăioasă.

–Da, nu-i așa?

–Ha, ha, ha, repetă Georgiana. Observă teancul de hârtii scrise la mașină de sub brațul lui Gryff și își întinse gâtul ca să vadă mai bine. Nu cumva, din întâmplare, scrieți romane, Lord Haddan?

–Îmi pare rău să vă dezamăgesc, dar nu.

–Le ador pe cele cu lanțuri zăngănitoare, temnițe înfiorătoare și canalii lașe. Deși mi se pare un pic prostesc ca eroinele să tot leșine de fiecare dată când se confruntă cu un pericol. O pauză. Sora mea este mult mai îndrăzneață. Ea nu leșină în situații primejdioase.

–Da? Gryff ridică o sprânceană.

–Georgie, iar ești insolentă, spuse Sophie într-o șoaptă încordată.

–Sper că nu vă regăsiți deseori în situații primejdioase, domnișoară Lawrance, spuse Gryff.

–Sora mea are o imaginație foarte bogată, domnule, răspunse Sophie. Duc o viață foarte liniștită...

–Ha! Tu și Cam erați întotdeauna prinși în vreo aventură interesantă. Îți aduci aminte când a trebuit să te strecori într-o peșteră plină ochi de lilieci ca să-l salvezi? După aceea, ați mirosit amândoi... a lilieci toată săptămâna.

–Mănâncă-ți înghețata, Georgie, o întrerupse Cameron când Connor își înghiți un pufnet de râs.

– E mai distractiv să discut cu prietenii tăi.

Gryff se apropie de scaunul Sophiei.

– Reîmprospătați-mi memoria, domnișoară Lawrance, spuse el nepăsător. Domnul Daggett a părăsit Terrington ca să meargă la universitate? Sau a făcut-o ca să... Își lăsă vocea să se stingă ușor.

Cameron își drese glasul, sperând ca ea să treacă peste atacul subtil și să păstreze tăcerea despre trecutul său.

– Vadă lumea? termină Sophie. Domnul Daggett a avut întotdeauna un spirit aventuros și independent. Indiferent de ce ar fi făcut, sunt convinsă că a fost foarte interesant.

„O, minunat răspuns!" Cameron o felicită în gând. Sophie era isteață, atentă și loială peste măsură când era vorba să își apere prietenii. În situații-limită, puteai întotdeauna să contezi pe ea.

Motiv pentru care, că se dezlănțuia iadul sau se năpustea potopul, el avea de gând să o salveze din urzeala josnică pe care o puneau la cale Dudley și Morton.

Dar, mai întâi și fără alte formalități, trebuia să dispară de la întâlnirea aceea stânjenitoare. Prietenii săi aflaseră deja mult prea multe.

– Oricât ar fi de interesantă această discuție, eu trebuie să plec. Și voi – îl apucă de mânecă pe Gryff – riscați să întârziați la întâlnirea voastră. Așa că, să mergem!

Connor, care rareori se deranja cu asemenea amabilități, făcu o plecăciune elegantă spre doamne.

– A fost o plăcere să vă cunosc, doamnele mele! Abia aștept să ne revedem.

– Daggett... am crezut că numele îmi pare familiar și acum știu de ce. Hermione oftă în timp ce îi privi pe cei trei bărbați plecând. Oh, când te gândești că i-am întâlnit pe Cerberi, cei mai notorii trei crai din Londra.

– Crai! Georgiana făcu ochii mari.

Sophie se înecă aproape cu o linguriță din înghețata ei de căpșune.

– Oh, Doamne Sfinte, da. Ziarele sunt întotdeauna pline cu bârfe despre pungașii ăștia și faptele lor scandaloase. Gânditoare, Hermione își țuguie buzele. Deși poveștile par să se fi potolit. Poate pentru că atât contele, cât și marchizul s-au însurat de curând.

– Și cum rămâne cu domnul Daggett? întrebă Georgiana după un scurt moment de șovăială.

– Nu-mi amintesc să fi citit ceva despre nunta lui. Dar oricum, nu acordă prea multă atenție bârfelor din înalta societate, răspunse Hermione. Nu că s-ar menționa prea multe despre viața personală a domnului Daggett în rubricile din ziar, dacă nu are titlu și nu este bogat.

– Nu are nici una, nici alta, declară Sophie cu voce joasă.

– Mă întreb, oare cum de a ajuns să fie prieten cu lordul Haddan și cu lordul Killingworth? rosti mătușa ei, căzută pe gânduri.

„Și eu."

– Îmi imaginez că povestea e sigur fascinantă, spuse Georgiana.

Sophie lăsă jos lingurița.

– Imaginația ta – ca să nu mai vorbim de limba ta – devine mult prea exuberantă pentru o tânără bine-crescută. Trebuie să-ți ții pasiunile în frâu, Georgie, altfel ai putea să aterizezi într-o mocirlă.

Sora ei se încruntă, dar avu inspirația să nu se certe.

„Ha! Cine sunt eu să vorbesc despre ținerea pasiunii în frâu?" Se rugă ca roșeața grăitoare din obraji să nu o dea de gol și coborî privirea, simțindu-se ușor ipocrită.

Hermione scoase o pereche de ochelari din săculețul ei și își verifică lista de cumpărături, frumos scrisă cu creionul.

– O, Doamne! Scoase un sunet ușor și pițigăiat. Avem ceva mai multe opriri de făcut decât mi-am dat seama, fetelor. Dacă v-ați terminat bunătățile, ar fi cel mai bine s-o luăm din loc.

După ce pachetele fură înghesuite în trăsura care le aștepta, Sophie rămase în urmă cu slujitoarea lor, fericită să le lase pe Georgiana și pe mătușa ei să o ia înainte și să sporovăiască despre cele mai noi stiluri de catarame de pantofi.

Discuția despre modă se stinse rapid într-un zumzet îndepărtat în timp ce ea cugeta la subiectul interzis al crailor și al escrocilor. Doamnele bine-crescute nu trebuiau să știe că existau astfel de bărbați.

Cu atât mai puțin să li se pară fascinanți.

Sophie încetini ritmul și o lăsă pe slujnică să o ia înainte cu un pas sau doi. Deci afirmația lui Cameron cum că era un bărbat cu multă experiență avea ceva adevăr. Gândul provocă o tresărire înăuntrul ei. Asta însemna că sărutase și alte femei până le lăsase fără suflare? Le făcuse trupul să vibreze de dorințe păcătoase?

„Gâsculiță ce ești, evident că da", își șopti ea în gând. Plăcerile din Londra erau acolo ca să le culegi. Și menționase clar că nu avea scrupule când venea vorba de luat ce îi plăcea.

– Inclusiv pe mine, adăugă ea cu voce tare.

– Ce-ai zis? Georgiana se întoarse, cu sprâncenele arcuite a întrebare.

– Ei, nu mă includeți și pe mine în planurile voastre de la serata muzicală a doamnei Putney, nu?

– Am crezut că ți-au plăcut cântecele fiicei sale, spuse Hermione.

– Mi-au plăcut, dar dacă nu te superi, aș prefera să mă retrag devreme. Avem drum lung până acasă și mă simt un pic obosită.

Georgiana îi aruncă o privire bănuitoare, care promitea o chestionare mult mai detaliată de îndată ce aveau să rămână singure.

– Desigur, draga mea, zise Hermione, și chipul ei candid fu cuprins de îngrijorare. Orașul poate să fie un pic copleșitor.

– Da, o să mă întorc bucuroasă la liniștea de la țară.

Deși atât cu Cameron, cât și cu lordul Dudley care îi bântuiau gândurile, era greu de crezut că avea să își găsească liniștea sufletească în împrejurimile familiare de acasă.

Capitolul 7

Cameron își aprinse o țigară de foi și folosi pâlpâirea scânteilor ca să ascundă scrutarea rapidă prin camera de joc încețoșată. Alesese intenționat să ajungă mai târziu, ca să evite orice întâlnire în privat cu prietenii săi, înainte ca planul lor să fie pus în acțiune. Discutaseră toate detaliile în timpul scurtei lor plimbări spre tipograful lui Gryff. Connor știa exact ce anume se aștepta de la el.

Și Cameron era încrezător că Lupul nu avea să rateze.

Intuiție, logică rece, nervi de oțel – Connor avea o stranie abilitate de a câștiga la cărți. Susținea că nu avea nimic de-a face cu Doamna Șansă, ci mai degrabă cu studierea atentă a adversarilor săi și cu înțelegerea slăbiciunilor lor.

Cameron inspiră adânc aerul cu miros de nădușeală umedă, fum cu parfum de coniac și ascultă loviturile ușoare ale cărților pe mesele de joc acoperite cu postav, huruitul rapid al zarurilor pe lemnul zgâriat. Nu își făcea iluzii că ar fi cruțat de ochii scrutători de culoarea oțelului ai lui Connor. Cât despre Gryff, probabil urma să fie și mai perseverent în încercarea lui de a săpa după adevăr.

„La naiba!" Până atunci, reușise să-și păstreze trecutul bine îngropat. Dar acum, că prietenii lui aveau un indiciu ca să caute mai departe, urmau să adulmece și să scormonească până când adevărul ieșea la lumină.

Simți o atingere ușoară pe umăr, care îi întrerupse gândul caustic.

– Hei, hei! Vocea joasă trăda umor. Observ că prietenul tău, Lupul Risipitor, a revenit pentru o seară.

Cameron întoarse privirea și schiță din cap un salut tăios. Onorabilul Caine Oswald era unul dintre puținii oameni al căror cinism se potrivea cu al lui.

– A venit să-i înghită pe mielușeii de la oraș, fără îndoială. Oswald își coborî capul. Ai de gând să te alături jocului de la masa lui?

Cameron scutură din cap.

– Astă-seară, cred că mă mulțumesc doar cu privitul.

– O mișcare înțeleaptă. Oswald era el însuși un cartofor șiret. Ceva din aspectul Lupului în seara asta îmi spune că dinții îi sunt pregătiți să ucidă.

Își îndreptă spatele și ridică nepăsător din umeri.

– Poate că e dornic să le arate cățelușilor de aici că dulăii bătrâni mai pot fi periculoși.

– Într-adevăr. Oswald îl mai privi lung pentru o clipă, apoi se întoarse să aprindă o țigară de foi de la una din făcliile ce pâlpâiau pe perete. Umblă vorba că Cerberii au cam fost domesticiți.

Cameron râse ușor.

– Nu crede tot ce auzi.

– O, sunt mult prea sceptic pentru asta. Altfel, aș tremura în preajma ta, Daggett. O scânteie portocalie se aprinse în umbră când Oswald trase din tutunul lui picant. Apropo, ai auzit că tabachera de aur a ducesei de Merton a fost furată de la reședința ei de la țară, împreună cu o pereche de cercei cu diamante?

– Nu mai spune! Cameron îi făcu semn uneia dintre chelnerițe pentru un pahar de coniac. Este îngrozitor cât de neglijente pot fi femeile cu fleacurile lor în zilele noastre.

– Da, nu-i așa? Dar ducesa este cunoscută ca fiind obsedată de siguranță, deci, fără îndoială, s-a simțit bine păzită de încuietorile duble și de lacheii care fac din conacul Merton o adevărată fortăreață. Un fuior palid de fum se ridică înspre căpriori. Ideea este că hoțul, ca să ajungă la apartamentele ei private, a reușit să escaladeze unul din turnurile laterale și să își croiască drum pe marginea subțire ca lama de cuțit a acoperișului extrem de înclinat, acoperit de ardezie.

– După cum am spus, nu crede tot ce auzi, murmură Cameron. Am văzut conacul. Ar trebui să fii nebun de-a dreptul ca să încerci o asemenea ispravă.

– Sau, mai degrabă, îndrăzneț. Oswald scutură puțin scrum din țigara de foi. Jocul la masa Lupului pare să devină interesant. Mi te alături ca să aruncăm o privire?

– Poate mai târziu.

– Cum poftești. Arcuirea unui zâmbet dezvălui o licărire a dinților. Adulmec sânge și, ca orice animal de pradă, nu pot să rezist la parfumul ăsta.

În vreme ce Oswald se strecură printre mese, Cameron se retrase mai adânc în umbră ca să se uite și să aștepte. Seara părea să se desfășoare exact așa cum fusese pusă la cale.

– Nu se poate spune același lucru și despre tot restul vieții mele, mormăi Cameron. O voce, o simplă răsuflare șoptită și am rămas dintr-odată fără cinismul meu îndelung exersat. O urmă de aversiune față de propria persoană îi arcui gura. Sunt ca împăratul ăla patetic din vechea parabolă, defilez pe străzi în veșminte imaginare, când de fapt sunt gol ca în ziua în care m-am născut.

– Vorbești singur? Gryff i se alătură în alcov. Ori ești beat, ori delirezi. O pauză deliberată. Ori, poate, oi fi posedat de vreun alt demon?

– Fii bun și lasă sarcasmul deoparte, i-o întoarse el. Trebuie să mă concentrez asupra jocului de cărți. E nevoie de o sincronizare perfectă ca să declanșezi capcana.

– Departe de mine gândul să-ți distrag atenția, rosti tărăgănat Gryff. Se pare că ai destule probleme în răfuiala ta cu Cupidon și cu tolba lui cu săgeți.

– Dobitocule!

Cameron își păstră privirea pe masa Lupului. Mizele păreau să crească pentru că începea să se adune lumea.

Lăsând la o parte înțepăturile, Gryff se uită tăcut câteva clipe.

– Ești pregătit? murmură el. Se pare că ar trebui să fim gata să ne facem mișcarea dacă norocul lui Connor continuă și câștigă mâna următoare.

Cameron scutură un fir de praf de pe mânecă.

– Mă bazez pe Lup și pe vicleniile lui, nu pe Doamna Șansă, ale cărei favoruri se știe că sunt nestatornice.

– Nu ești într-o stare de spirit grozavă din cauza femeilor, nu?

De cealaltă parte a încăperii se auzi o înjurătură sălbatică. Lăsându-se pe spate în scaun, Connor zâmbi și se trase de lobul urechii stângi.

– Lasă starea mea de spirit, spuse iute Cameron. Ăsta-i semnalul nostru. Ia-o tu înainte! Te urmez.

Gryff ocoli mesele de faraon, mișcându-se nepăsător prin aerul îmbâcsit de sudoare masculină, vin și glume deocheate.

Connor își ridică privirea când se apropie.

– Hai, încheie jocul, Lupule! Trebuie s-o ștergem, spuse Gryff. Ai uitat că avem o întâlnire?

– Vin mai târziu, răspunse Connor.

Gryff se lăsă în jos și îi șopti ceva la ureche.

– Ei, drăcia dracului! Adăugând un mârâit, Connor se ridică și își trase câștigurile de la mijlocul mesei. Domnilor, va trebui să mă scuzați!

– A... așa de repede? Cameron rămase ascuns în umbră și se apropie atât cât să audă nota de îngrijorare din vocea lui Dudley. Nu mi se oferă șansa să-mi iau revanșa?

– Nu în seara asta, răspunse Connor categoric. Își culese nepăsător cambiile. Și, cum plec din oraș poimâine, i-aș ruga pe cei care au pierdut să aibă amabilitatea de a-și plăti până atunci datoriile. Trimiteți bani la reședința lui Haddan.

– Eu... eu... Dudley își umezi buzele când ochii ca argintul-viu ai lui Connor îi aruncară o privire aspră. Se poate să am nevoie de câteva zile în plus, Killingworth.

– Chiar așa? Lupul schiță un rânjet. Toți cei care joacă la Vizuină știu că nu prelungesc termenul de plată. Dacă nu-ți permiteai miza, n-aveai ce să cauți la masa de joc.

Cameron zâmbi în sinea lui. Cu abilități ascuțite în ani de practică, Connor îi manipulase cu ușurință mândria, astfel încât să se alăture jocului. Iar acum, ca un iepure nefericit, Dudley era prins în fălcile de oțel ale onoarei între gentlemeni. Nerespectarea unui pariu însemna să riște să fie exclus din înalta societate.

Flacăra unduitoare de la suportul de pe perete surprinse licăririle sudorii ce se forma pe fruntea lui Dudley. Cameron lăsă ca frica să se prelungească încă o clipă, apoi ieși din umbre.

– Ah, am auzit că ești în oraș, Lupule. Făcu din cap un salut sarcastic către prietenul său. Văd că-ți place în continuare să te înfrupți cu miei, nu?

Connor schiță un zâmbet de prădător.

– Dieta cu carne de capră devine, după o vreme, nesatisfăcătoare.

– Și se pare că Lupul nu și-a pierdut pofta pentru cotlete, chicoti Gryff. Ha, ha, ha!

Ceilalți bărbați prezenți la masa de jos îi repetară slab râsul.

– Ei bine, mă bucur să văd că fălcile tale nu și-au pierdut iscusința. Cameron îl trase ușor de manșetă. Dacă-ți amintești, mi-ai rămas dator cu o sumă măricică pentru flecușteţul pe care l-ai cumpărat pentru mireasa ta. Dacă tot ai aici o sumă frumușică, ce-ai zice să ne reglăm conturile?

– Cum poftești. Connor căscă plictisit și frunzări prin garanțiile de joc. Poftim, asta acoperă cu mult suma. Bucățica de hârtie ce purta semnătura lui Dudley ateriză pe masă cu o fluturare șoptită. Sunt fericit să plătesc în plus dacă preiei corvoada de a te descurca direct cu vicontele în privința plății.

Cameron scoase un oftat îndurerat.

– Știi că prefer plata pe loc, dar ca pe o favoare pentru un prieten, am să accept hârtia.

– Ascultă, Daggett... Dudley își drese glasul în clipa în care Cameron apucă hârtia și o strecură în buzunarul de la vestă. Aș rămâne tare recunoscător dacă mi-ai da ceva timp ca să-mi plătesc datoria.

– Spre deosebire de filfizonii tăi cu titlu, eu n-am averi seculare sau domenii pe care să contez. Trebuie să-mi câștig existența, murmură el. Totuși, cum acum stau binișor cu banii, cred că pot să-mi permit să am răbdare. Oricum, o să-mi dai dobândă pe împrumut.

– Desigur, desigur. Dudley își șterse fruntea.

Connor se ridică și, fără vreun alt cuvânt, plecă împreună cu Gryff. Un murmur scăzut se auzi în jurul mesei când ceilalți bărbați se pregătiră să reia jocul. Cameron zăbovi o clipă, apoi se întoarse și se îndreptă agale spre saloanele particulare de la Vizuină.

– O clipă, Daggett!

Așa cum sperase, Dudley i-o luă pe urme pe coridorul slab luminat.

– Am auzit că ești un om iscusit când vine vorba de afaceri, continuă vicontele. Pe lângă faptul că nici nu ești prea pretențios în legătură cu modul cum se desfășoară ele. O pauză. Dacă accepți să mă amâni până când sunt gata să plătesc, îți promit că o să merite.

„Interesant." Propunerea dădu o întorsătură neașteptată planurilor lui, și Cameron se gândi cu atenție înainte să răspundă.

– O ofertă interesantă! Dar, după cum spui și tu, sunt atent când vine vorba de banii mei. Începu să vorbească mai încet: Se întâmplă să știu că fondurile tale sunt, ca să spunem așa, limitate momentan...

– D... de unde naiba știi asta? îl întrerupse Dudley.

– O, am sursele mele. Sunt foarte puține lucruri care să se întâmple în lumea ascunsă a înaltei societăți și despre care eu să nu știu. Cameron se jucă absent cu lănțișorul de la ceasul de buzunar și urmări cum chipul cărnos al contelui tresare de frică. Deci, de ce ar trebui să cred că situația se va îmbunătăți suficient cât să-mi plătești un bonus frumos?

Dudley aruncă o privire furișă de-a lungul coridorului întunecat.

– Nu pot dezvălui toate detaliile, dar am un prieten foarte bun care se așteaptă să câștige o mare sumă din bani în scurtă vreme. Am să primesc o parte din ea.

– De ce?

Un râs dogit.

– Nu contează. Ajunge să spun că va fi mai mult decât suficient ca să te facă fericit.

– Despre cât timp vorbim? întrebă Cameron.

– Nu pot să spun exact, răspunse Dudley. Dar, dacă totul merge bine, ar trebui să nu dureze mai mult de o lună.

– Foarte bine, răspunse Cameron încet. Accept riscul și sunt de acord cu termenii tăi.

– N-ai să regreți.

„Ah, dar eu nu pot să spun același lucru despre tine, Lord Dudley."

Cameron înclină zeflemitor capul.

– Eu îndrăznesc să spun că nu. Nu obișnuiesc să fac afaceri care nu se încheie cu o recompensă binemeritată.

– Georgie, te rog, e târziu și n-am nici un chef de discuții ca între surori. Sophie își trase cuvertura până sub bărbie. Du-te la culcare!

– Am să mă duc. Georgiana se așeză pe marginea saltelei și își strânse picioarele sub fuste. Într-o clipă.

Sophie scoase un oftat.

– Reține că n-am de gând să vorbesc despre asta.

– Despre el, vrei să spui, murmură sora ei cu un zâmbet răutăcios. Nu știu de ce nu. Nu ești câtuși de puțin curioasă să știi cum de-a ajuns Cameron să fie unul dintre infamii Cerberi?

– Nu, minți ea. Și chiar dacă aș fi, n-are nici un rost să tot rumeg întrebarea. Nici una dintre noi nu are nici cea mai vagă idee despre viața pe care a dus-o de când a plecat din Terrington. Nu era tocmai adevărat, dar îi era din ce în ce mai ușor să spună jumătăți de minciuni. Deci orice discuție ar fi doar speculație inutilă.

– Ce e în neregulă cu asta?

O pernă o lovi pe Georgiana în piept cu un zgomot înăbușit. Ea căzu pe spate și izbucni în râs.

– Of, hai, recunoaște! Te roade curiozitatea să afli toate detaliile captivante.

Sophie întrezări o rază de lună sclipind în geam. Dispăru într-o clipă, o pâlpâire de argint-viu care reveni în întuneric.

– Vreau să spun, cum a reușit un bast... hmm, un băiat lefter și fugar să aibă asemenea prieteni puternici? continuă Georgiana.

– După cum am spus, n-are nici un sens să încercăm să descifrăm enigma, răspunse ea.

Georgiana ignoră tentativa Sophiei de a încheia orice discuție despre Cameron, ridică privirea spre tavan și scoase un oftat.

– Părerea mea este că a călătorit în cele mai îndepărtate colțuri ale globului. Nu trebuie decât să te uiți la cercelul lui ca să-ți dai seama că a trecut prin tot felul de aventuri exotice. Alt oftat ușor. Apropo, crezi că aș putea să-l conving pe Anthony să-și facă o gaură în ureche? Ar arăta foarte îndrăzneț cu un cerc strălucitor de aur.

– Dacă aș fi în locul tău, nu m-aș avânta să visez cu ochii deschiși la farmecele domnilor cu cercei în urechi, replică sec Sophie.

S-ar putea să fie mai tentat să străpungă ficatul lui Cameron decât propria lui ureche.

– Crezi că s-ar putea simți gelos? Georgiana cugetă la idee. Nu mi-a trecut prin minte. Cât de... interesant!

– Georgie, zise Sophie, făcând apel la tonul ei de Nu-îți-face-idei-înflăcărate.

Sora ei alungă cu o mână avertismentul.

– Te tachinam. De parcă aș face eu ceva care să-l supere pe Anthony.

– Ăsta este primul lucru rezonabil pe care l-ai spus în seara asta, glumi Sophie. Aruncă și ultima pernă rămasă. Acum, dacă nu te superi...

– Revenind la povestea lui Cameron, continuă Georgiana. După ce s-a întors din călătoriile lui misterioase, i-a întâlnit cumva pe lorzii Haddan și Killingworth, cu care a creat o puternică prietenie. Mătușa Hermione spune că rubricile de bârfe se refereau la ei ca la „tovarăși apropiați", dar, din păcate, nu-și amintește alte detalii.

„Slavă Domnului", se gândi Sophie. Imaginația Georgianei era și așa suficient de înflăcărată, fără să se mai pună paie pe foc.

– Ah, bine. O ridicare din umeri, apoi un zâmbet în timp ce sora ei continuă:

– O, știu – probabil se va dovedi că a fost făcut pe ascuns prinț în India și că este fabulos de bogat. Se va întoarce în Terrington călare pe un tigru alb și te va duce într-un castel făcut din rubine și smaralde.

Sophie izbucni în râs.

– Sau ai prefera un elefant alb?

– Îți apreciez intenția, Georgie, dar încerci să fabrici un basm fermecat dintr-o poveste foarte comună. Nici Cameron, nici eu nu suntem eroi de romane. Suntem oameni din carne și oase, care trebuie să facem tot posibilul ca să supraviețuim capriciilor vieții de zi cu zi.

Sclipirea ironică din ochii surorii ei se îmblânzi într-o nuanță mai gravă.

– Tu meriți un final fericit.

Sophie își drese glasul și avu nevoie de un moment ca să își stăpânească emoțiile.

– Sunt atât de bucuroasă că tu ți-ai găsit prințul din vis, draga mea. Dar, doar pentru că eu nu am tigri albi sau cavaleri în viața mea, nu înseamnă că nu voi fi fericită. Vă am pe tine și pe Pen.

– Îmi doresc...

– Dacă dorințele erau bani, eram cu toții putred de bogați. Se strâmbă. Acum, du-te la culcare, Georgie! Și dimineața, te rog să uiți de poveștile nemuritoare. Pe drumul înapoi spre casă, să ne concentrăm asupra planurilor pentru nunta ta din viața reală. Trebuie să alegem florile, să examinăm cu atenție modelele, să facem listele cu oaspeții și să decidem o mulțime de alte detalii.

Georgiana își înăbuși un căscat și alunecă de pe pat.

– Cred că ai dreptate.

– Bineînțeles că am dreptate. Vârsta și înțelepciunea merg mână în mână.

– Noapte bună, spuse Georgiana și se îndreptă spre ușă. Adăugă în șoaptă: Dar, dacă tu crezi că voi uita de poveștile nemuritoare, te înșeli amarnic. Nu-i nevoie de cerneală și hârtie ca să scrii un final fericit. Zău, dacă ești creativ, orice se poate întâmpla.

Capitolul 8

O rafală de vânt, ascuțită de frigul tăios impregnat cu sarea mării din apropiere, flutură gulerul ridicat al hainei de călărie a lui Cameron, trezindu-i un fior de neliniște. Cameron își opri calul, aruncă o privire lungă spre poiana micuță și descălecă ușor.

Iarba înaltă foșni sub cizmele lui când se apropie de coliba micuță de piatră. Foșnetul ei era oare un avertisment că revenirea în trecut era o greșeală gravă?

– O greșeală gravă, spuse el cu voce tare, și sunetul brusc sperie o potârniche ascunsă în grozamă.

Aripi zumzăiră – „pleacă, pleacă departe!"

– Lașule, murmură el. Nu sunt decât un neisprăvit, un laș fricos dacă nu pot să mă confrunt cu demonii tinereții mele și să-i trimit înapoi în iad.

Croncănitul unei ciori nu fu cel mai liniștitor dintre răspunsuri.

Cameron păși peste un pâlc de spini și apucă zăvorul ruginit, apoi îl împinse. Balamalele gemură, și ușa bătută de vreme se deschise.

Firele de praf dansară în lumina tulbure. Își băgă capul înăuntru și văzu că majoritatea geamurilor de la singura fereastră erau încă intacte, chiar dacă crăpăturile din sticlă proiectau modele ciudate și mișcătoare pe peretele opus. Aerul mustea a neglijare... și a amintiri vechi. Un adăpost îndepărtat al pădurarului, locul fusese deja abandonat de ani buni când îl descoperise, pe vremea când era un băiat. Devenise refugiul lui, sanctuarul lui atunci când avea nevoie să evadeze și să se gândească.

„Dar, în mod cert, mintea mea era un talmeș-balmeș", se gândi el crispat și scrută din priviri podeaua de pământ și cele câteva piese de mobilier. Își trecu un deget prin stratul de funingine care acoperea masa mică. „Poate sunt mai în vârstă, dar numai Dumnezeu știe dacă am devenit mai înțelept."

Încremeni, cufundat pentru o clipă în tăcere, apoi se întoarse brusc și se grăbi să iasă înapoi la lumina soarelui.

Întuneric și lumină... o metaforă potrivită pentru propria lui existență contradictorie.

După ce își duse calul în grajd, Cameron își cără proviziile în căsuță și încercă să facă spațiul locuibil. Nu avea de gând să rămână pentru mult timp, dar date fiind răsturnările de situație neașteptate pe care viața lui le suferise în ultima vreme, cel mai bine era să fie pregătit.

Scutură praful de pe pelerina cu glugă, o atârnă pe un cuier și se schimbă în hainele groase de țară pe care le adusese în sacul lui. În trecut, Sophie avea obiceiul să se plimbe pe dealurile colțuroase chiar la ora aceea din zi, luându-și o oră sau două de răgaz solitar, departe de sarcinile familiale. Oare îi mai plăcea încă să rătăcească pe aceleași cărări?

Sau alesese o nouă direcție?

Avea să afle în curând. O luă pe o potecă îngustă ce urca printre rocile sculptate de vânt, ajunse în vârful dealului și examină atent împrejurimile.

Pajiștile înclinate, ierburile care scânteiau în auriu și verde în lumina după-amiezii lăsau loc crângurilor mai întunecate de copaci îndepărtați. Doi șoimi pluteau deasupra, puncte negre pe lunecarea albă a norilor. O vulpe țâșni din vizuina ei și dispăru în păiușul înalt.

O clipă mai târziu, Cameron reperă o siluetă care se ivi dinspre o curbă a cărării.

Zâmbi. Fața era încă prea departe ca să se vadă clar, dar recunoscu într-o clipită mersul, înclinarea umerilor.

– Sophie, șopti el. „Întotdeauna o făclie luminoasă în întuneric." Se urcă pe pietrele netede și coborî spre cărare. Sophie, o strigă cu o voce mai tare.

Ea își înălță capul și se împiedică, scăpând tulburată din mână coșul pentru plante.

– Îmi pare rău dacă te-am speriat. Se aplecă și strânse bulbii cu tije lungi de usturoi sălbatic.

– C... Cameron, se bâlbâi ea, încă puțin dezorientată.

Expresia ei tulburată trăda mai mult decât o uimire de moment la apariția lui.

– Ce s-a întâmplat? întrebă el.

Ea nu răspunse imediat.

El se ridică și o apucă de braț ca să o echilibreze.

– Ai primit amenințări noi de la Dudley?

– Da, recunoscu Sophie după un moment îndelungat. Am primit o scrisoare azi-dimineață. Dacă nu-i dau ce vrea până la balul vânătorilor, el și prietenul său, domnul Morton, o să facă public acolo, în fața lui Anthony și a părinților lui, furtul tatei. Dacă ei doi confirmă faptele, familia mea va fi compromisă, iar fericirea Georgianei, distrusă. Își coborî privirea spre ghetele acoperite de praf. Nu pot să-i dau ce îmi cere.

– Când e balul? întrebă Cameron.

Sophie spuse o dată.

– Asta ne dă o lună ca să punem capăt intrigilor lor, spuse Cameron îngândurat. Trebuie să o terminăm o dată pentru totdeauna cu puterea pe care o au asupra ta.

Speranța alungă frica de pe chipul ei, dar numai pentru o fracțiune de secundă.

– N... nu văd cum.

– Tocmai de aceea trebuie să te ajute un ticălos nemilos ca mine, răspunse el. Mai spune-mi o dată ce-și doresc.

– Un document vechi de la biserică, răspunse ea încet. Care poate există, poate nu. Nu știu nimic despre el, iar *papa* nu e sigur în stare să-și amintească.

– Ce document? întrebă Cameron.

Sophie clătină din cap și refuză să-i întâlnească privirea.

– O, te rog! Nu mă întreba asta. Ceea ce contează este că nu pot să dovedesc că nu-l avem.

Dată fiind agitația ei, Cameron decise să nu insiste pentru moment.

– Atunci, e bine că am venit pentru că e timpul să schimbăm strategia și să ieșim la atac.

Cuvintele lui stârniră altă învolburare de îndoieli în ochii ei.

– Și că tot veni vorba, ce Dumnezeu faci aici?

– Ultima noastră întâlnire m-a făcut să cred c-a venit vremea să revin pe plaiurile tinereții mele răzvrătite.

Remarca, deși rostită pe un ton nepăsător, doar adânci spaima Sophiei.

– N-ar fi trebuit să vii aici. E prea periculos. Trase, iute și neliniștită, aer în piept. Lordul Wolcott mai deține încă o putere enormă în comitat, și după cum am discutat, nu și-a uitat dușmănia. Dacă te descoperă, o să pună să te aresteze.

Cât de tipic pentru Sophie, se gândi Cameron, să fie atât de protectoare cu alții atunci când ea însăși era în pericol.

– Mai întâi, Rază de Soare... Vechiul alint trezi un fior de emoție care trecu rapid pe chipul ei. Sursele mele mă asigură că Wolcott pleacă mâine-dimineață într-o călătorie pe iahtul lui de agrement. Apoi eu sunt foarte iscusit când vine vorba să trec neobservat. Ai încredere în mine, marchizul nu va fi la curent cu prezența mea aici, în Norfolk, decât dacă vreau ca el să afle.

Ea își îndepărtă o șuviță de păr rătăcitoare de pe obraz și o dădu cu grijă pe după ureche.

– Dar de ce să-ți asumi riscul?

– Pentru că... Erau o mulțime de motive, o mulțime de dorințe. Pentru că ai nevoie de mine. „Și pentru că, împotriva oricărei rațiuni, eu am nevoie de tine."

Lumina soarelui desenă mărgeluțe pe genele ei plecate care sclipiră ca niște picături micuțe de miere chihlimbarii.

– Pentru că, adăugă Cameron, știi că riscul pare să aprindă o scânteie ciudată în sângele meu. Nu mă pot abține... focul fierbe și clocotește prin venele mele, iscând tot felul de porniri necugetate.

Sophie se cutremură când el își plimbă palma de-a lungul maxilarului ei.

– Precum asta. Îi ridică bărbia și o sărută.

Buzele ei tremurară sub gura lui, apoi se întredeschiseră cu un geamăt întretăiat. Pentru o clipă amețitoare, nevoia ei păru la fel de arzătoare ca a lui.

Dar dulceața se risipi mult prea repede.

– Doamne sfinte! Ea se desprinse din îmbrățișarea lui. Trebuie să fim atenți. Nu trebuie să fii descoperit.

– Nu-ți face griji pentru mine, rosti el răgușit. Dar, ai dreptate, trebuie să fim atenți. Nu trebuie să-ți distrug reputația.

Sophie întoarse iute privirea și își ascunse reacția printr-o mișcare a șalului, pe care îl netezi înainte de a-i răspunde:

– Nu pot să nu-mi fac griji când tu îți asumi asemenea riscuri îngrozitoare, Cam. Unde stai? Hanurile de pe coastă nu sunt sigure. Precis cineva o să te recunoască.

– M-am schimbat foarte mult în ultimii zece ani, Sophie. Și, chiar dacă multe dintre schimbări nu sunt tocmai în bine, aspectul meu fizic de acum aduce prea puțin cu tinerelul slab și imberb care a dispărut cu cutia de bani a lui Wolcott.

Ultimele lui cuvinte atraseră în cele din urmă un zâmbet slab.

– Adevărat. Te-ai înălțat cu cel puțin douăzeci de centimetri și ai mușchi mai sculpturali decât ai statuilor grecești ale lordului Elgin de la British Museum. Se încruntă. Totuși, cauți necazuri.

– Nu te nelinişti, spuse Cameron. Mi-am aranjat vechea colibă a pădurarului, unde obișnuiam să ne întâlnim noi și să visăm la viitor.

O îmbujorare rozalie îi coloră obrajii.

Cameron nu reuși să-și rețină un chicotit slab.

– Din câte îmi amintesc, ne-am dedat și la un comportament groaznic de necuviincios acolo. Îți aduci aminte când am șterpelit o sticlă de coniac de la petrecerea în grădină a lui Wolcott?

– O, te rog! Sophie făcu o grimasă. Tu și ideile tale diabolice. Am fost bolnavă ca un câine bătut a doua zi.

– Am fost un adevărat diavol, încuviință Cameron. Râsul lui se stinse. Cu toate astea, acum am de gând să mă revanșez.

– Cum...

–Nu mă întreba asta chiar acum, o întrerupse, apăsându-și degetul pe buzele ei. Am o idee sau două. Dar înainte să mai spun ceva, vreau să arunc o privire prin biroul lui Wolcott.

O răsuflare șuierată.

–Adică să intri cu forța în conacul Wolcott?

–Draga mea Rază de Soare, nu sunt atât de neîndemânatic încât să forțez ceva. Într-adevăr, abilitățile mele de a pătrunde într-un loc, oricât ar fi de bine păzit, sunt foarte bine cizelate.

–Dar, de când ai plecat, marchizul a instalat cele mai noi încuietori cu cifru din Prusia.

–Pfff! Cameron își trosni degetele.

–Servitorii...

–Dorm buștean, continuă el. În plus, nu fac niciodată zgomot.

Sophie nu se dădu bătută:

–Are un câine... un mastif imens și păros care bântuie proprietatea noaptea.

–Un câine? Cameron se lovi ușor cu degetul în bărbie. Hmmm! Poate ar trebui să cumpăr un flacon de laudanum ca să îl pun într-o chiftea.

–Nu, n-am să te las să îl droghezi pe sărmanul Rufus. Este un scump atunci când ajungi să-l cunoști. Își puse o mână în șold. Vântul îi desprinsese părul, iar cu buclele sclipitoare care dansau în toată splendoarea lor în jurul chipului ei încruntat, Sophie semăna leit cu Boadicea, legendara regină războinică. Din acel punct de vedere, ea nu se schimbase. Întotdeauna se lupta să îi apere pe alții, ignorându-și propria siguranță.

–La mine n-are să latre, așa că mai bine vin cu tine.

–Sophie, îți admir curajul, dar n-am să-ți permit să te expui la un asemenea risc. Am o experiență mult mai mare în chestiunile astea, dar tu nu.

–Ba dimpotrivă, l-am învățat pe Rufus să fie docil ca un mielușel în jurul meu, lucru care n-a fost deloc ușor. Îmi mănâncă din palmă, așa că aș putea să fiu de mare ajutor ca să-l țin liniștit. O pauză. Latră foarte tare.

Chiar dacă nu era dispus să recunoască, argumentul ei era bun. Dar nu suficient de bun. Până și ticăloșii cu inima de piatră aveau anumite scrupule.

– Uite, s-ar putea să fii în stare să reduci la tăcere bestia, dar ar fi o nebunie din partea mea să te las să te apropii de conac.

– Și de ce, mă rog? Pentru că ar putea să fie *periculos?* rosti ea cu mai mult decât o nuanță de sarcasm în voce.

– Da, răspunse el și încercă să nu se simtă ca un ipocrit.

Cum naiba reușise să îi provoace o reacție defensivă?

– Din câte îmi amintesc din trecut, am înfruntat pericole alături de tine și n-am tremurat niciodată de frică. Îți amintești de camera de arme a moșierului Allen? Și de poneiul pictat al domnului Kensington?

– O joacă de copii, răspunse el printre dinți.

– Ah, om odios și insuportabil ce ești! Flăcări scăpărară în ochii ei. Nu vorbi cu mine în felul ăsta condescendent, de parcă aș mai fi o școlăriță pătată cu cerneală. Tu ai crescut, și eu la fel.

Drăcia dracului... de când învățase Raza de Soare să își transforme lumina într-un asemenea fulger? Cameron se replie rapid și încercă alt argument.

– Fii rezonabilă, Sophie! Nu știi nimic despre cum se mânuiesc încuietorile sau cum să te cațări pe ziduri.

Colțurile gurii Sophiei se arcuiră.

– Atunci, învață-mă.

– Poftim?

– Atunci, învață-mă, repetă Sophie. În clipa asta, m-am săturat de sentimentul că n-am nici un control asupra propriului meu destin. În trecut, nu mi-a fost frică să-mi asum riscuri și trebuie să recunosc că eram bună la asta.

– Nu mai vorbim despre pozne copilărești, Sophie.

– De parcă n-aș ști, i-o întoarse ea. Eu sunt cea amenințată de un dușman puternic. Vreau să învăț cum să ripostez.

– Ce gând înfricoșător, glumi Cameron. O femeie furioasă este mai înspăimântătoare decât o hoardă de derviși rotitori înarmați cu pumnale.

Șocul revederii îi întinsese nervii la maximum, iar tonul lui spori senzația. Pentru ea nu era nimic amuzant.

– Să nu îndrăznești să râzi de mine, Cameron Daggett! exclamă.

Buzele lui se subțiară, privirea îi deveni indescifrabilă.

– Este nedrept din partea ta să râzi de dorința mea de a fi un pic mai curajoasă, un pic mai îndrăzneață. O, da, știu că tu crezi că am devenit un șoarece serios și prudent, prea timid ca să las deoparte prudența.

– Sophie...

– Lasă-mă să termin! îi ceru ea și simți cum ochii începură brusc să fie înflăcărați de o furie fierbinte. Dar, spre deosebire de tine, eu n-am fost liberă să-mi urmez vocea inimii. Asta nu înseamnă că nu am coloană vertebrală.

– Sophie! Ea încercă să se ferească de prinsoarea lui, dar Cameron se mișcă prea iute. O cuprinse în brațe și o strânse la piept într-o îmbrățișare feroce. Căldura corpului lui, simțită prin lâna aspră, trimise fiori de foc care dansară, vrând-nevrând, pe carnea ei.

– Sunt foarte conștient că ai coloană vertebrală, Rază de Soare. Degetele lui o tachinară încet de-a lungul șirei spinării. Alături de alte câteva părți ale corpului la fel de impresionante, șopti el mușcând-o ușor de lobul sensibil al urechii.

– Tu... încerci să-mi distragi atenția, se împotrivi Sophie, încercând să evite transformarea mâniei într-o emoție cu totul diferită. Cameron avusese întotdeauna un efect înnebunitor, înflăcărat asupra părții raționale din mintea ei. Uneori, nu știa dacă să râdă sau să plângă.

– Ah, dar, bineînțeles, spuse tărăgănat Cameron. Ți-am mai spus că sunt un escroc lipsit de scrupule, care va folosi tot felul de trucuri viclene ca să obțină ce vrea.

– Da, mă consider avertizată. Totuși, avu nevoie de un mare efort mental ca să alunge fiorii încântători care îi gâdilau interiorul. Revenind la câine...

– Nu cumva tocmai vorbeam despre Cerber?

Sophie îl înghionti ușor, iar Cameron făcu un pas înapoi.

– Fii serios, Cam. Refuz să fiu mângâiată pe cap, de parcă n-aș fi decât un spaniel care este trimis să se așeze cuminte lângă vatră. Sophie își impuse să se concentreze mai degrabă asupra cercelului turcoaz din urechea lui, decât asupra nuanțelor de verde ce sclipeau în ochii lui. Cer să fac parte din indiferent ce planuri ai fi făcut. N-am să fiu o piedică.

Nici un răspuns.

Inima îi bătu cu putere în piept, o dată, de două ori, de trei ori, făcând-o să inspire întretăiat. Mai multă tăcere, și dezamăgirea o lovi din nou, făcând-o să se simtă rănită.

Respingerea, oricât de indirectă, durea ca naiba.

Sophie își strânse pumnii și încercă să-și liniștească sentimentele contradictorii. Pe de o parte, își dorea să lovească înapoi. Stupid, desigur. Ar fi fost ca și cum catifeaua ar fi izbit o piatră. Pe de altă parte...

– Foarte bine.

La început, ea crezu că nu fusese decât o șoaptă adusă de vânt, dar Cameron o spuse din nou, mai tare, și cu mai multă hotărâre.

– Foarte bine, dacă îți dorești cu adevărat să vii cu mine, n-am dreptul să spun nu. Cu toate astea, îți cer să te gândești bine la decizia finală. Nu-ți face iluzii... există riscuri mari, iar eu nu pot să răspund pentru consecințe.

Sophie încuviință din cap, căci nu avea încredere în vocea ei.

– Indiferent de cât de atent sunt făcute planurile, ele pot – și se întâmplă – să ia o altă turnură, continuă el.

– Înțeleg.

– Chiar?

Tăcerea se lăsă înfiorată între ei, dar Sophie rămase fermă.

– Există reguli, o avertiză el. Și singura promisiune pe care ți-o cer este să le asculți fără discuție.

– Tu urăști regulile, sublinie ea.

– Nu pe cele care asigură supraviețuirea. Cameron își trecu o mână prin părul ciufulit de vânt, arătând pentru o fracțiune de secundă de parcă era prada, nu vânătorul. Apoi privirea lui se făcu dură, devenind impenetrabilă asemenea granitului erodat din jurul lor. Da, îmi asum riscurile, dar nu și pe cele nebunești. Sunt momente în care cel mai bine este să-mi reduc pierderile și să-mi iau tălpășița.

Totul devenea din ce în ce mai contrariant.

– Totul sună foarte profesionist. Faci lucrul ăsta des?

– Să-mi asum riscuri?

Din nou, distragerea atenției. Se descurca de minune la asta.

– Nu, să te strecori în spații private. Să cauți secrete, fără să lași vreo urmă.

– Atât de des că mi-a devenit a doua natură, răspunse Cameron. Și cu cât locul este mai păzit, cu atât mi se pare mai interesantă provocarea. Nu cu mult timp în urmă, am auzit de la informatorii mei de la docuri că exista un subguvernator al Companiei Indiilor de Est care falsifica evidențele pentru transporturile de diamante ce veneau din Golconda. Am mai aflat – nu contează cum – că își avea biroul pentru afacerile lui într-o clădire mică de pe o stradă laterală la est de Catedrala St. Paul. Așa că, într-o noapte cu ploaie torențială, m-am strecurat înăuntru, știind că gardienii Sikh nu erau obișnuiți cu zgomotele unei furtuni din Londra. Din documentele lui, am descoperit unde se afla depozitul în care își ascundea câștigurile necinstite până când le cumpăra un comerciant de bijuterii din Anvers. Zâmbi. Mărturisesc, satisfacția de a păcăli un alt hoț este teribil de dulce.

Intrigată, ea întrebă:

– Cu ce altceva te mai ocupi?

– Nu vrei sa știi fiecare detaliu murdar despre viața mea, Rază de Soare. Sunt crevase întunecate în care nici măcar lumina ta nu poate să pătrundă.

– Ba da, vreau. „Vreau să mă cufund în cunoaștere, să-mi frec fiecare centimetru de piele de texturile ei tari și moi." Vreau să știu totul.

– Nu acum, mârâi el. Sunt lucruri pe care trebuie să le fac ca să mă pregătesc pentru vizita în sanctuarul lui Wolcott.

– Ce anume? insistă Sophie.

– Provizii, recunoaștere, răspunse Cameron după un timp. Toate lucrurile mici care înclină balanța în favoarea mea.

Băiatul de care își amintea Sophie își purtase pasiunile – fiecare durere, fiecare triumf, fiecare sfidare – scrise deschis pe chipul lui. Omul din fața ei învățase precauția. Era imposibil să știe la ce anume se gândea cu adevărat.

– Oi fi foarte bun la jocurile astea, Cam, dar poți să pariezi pe un singur lucru, spuse ea încet. Dacă îți schimbi planurile și te duci fără mine, am să mai fac alte câteva găuri pe trupul tău... și nu în lobul urechii.

Privirea lui dansă și o ocoli pe a ei, refuzând să dezvăluie mai mult decât o pâlpâire frumoasă de verde.

– N-ai încredere în mine?

Ea ridică o sprânceană.

– Ar trebui să am?

Drept răspuns, el scoase un râs sarcastic, dar ochii lui, oricât de evazivi, îi dădură de gol minciuna. Cameron Daggett putea să fie un maestru al manipulării, dar erau unele lucruri pe care nu putea să le ascundă.

– Nu, nici măcar pentru o secundă. În acest fel, n-o să fii dezamăgită. Își schimbă poziția. Din nou.

Deodată, vântul se învolbură într-o rafală, șuierul lui scăzut și pătrunzător răsunând pe deasupra pietrelor.

– Hai să fim siguri că ne înțelegem, Sophie, adăugă el, cu o voce aproape prea scăzută ca să fie auzită.

„Eu te-am înțeles întotdeauna, Cam. Mai mult decât crezi."

– După cum am spus mai înainte, Sophie, am propriile motive egoiste care mă fac să-i urmăresc pe oamenii ăștia, așa că nu face greșeala să crezi că sunt motivat doar de vreun altruism nobil.

– Poți să stai fără grijă în privința asta, răspunse ea. Ai făcut eforturi mari ca să-mi spulberi iluziile mele de copilă.

Cameron păru să studieze atent șoimul singuratic care plutea sus, pe cer. Un vânător, rotindu-se în cercuri de răpitor. Întotdeauna în alertă, întotdeauna la pândă.

– Dar, după cum am spus, nu mai sunt de multă vreme o copilă, așa că termenii ofertei tale sunt perfect acceptabili. Se aplecă să ia coșul de plante. Căzuse și acum zăcea pe pământ, verdețurile din el fiind pudrate cu un praf nisipos. Unde ar trebui să ne întâlnim? Și când?

Cameron se ghemui și începu să o ajute să adune ierburile.

– La poarta de nord a grădinilor, cea dinspre livezi.

Avea mâini abile, cu degete lungi și subțiri, care pluteau peste pietricele cu o grație mlădioasă. Atrasă de vreun fel de vrajă misterioasă, privirea ei rămase fascinată de mișcările lui. Blânde, atente... în contrast cu cuvintele lui aspre.

– La miezul nopții, să spunem, continuă. Ora fermecată la care întunericul ne va acoperi faptele rele.

Un zâmbet își croi drum spre buzele ei.

– Lui Georgie i-ar plăcea asta. Pare parcă scos din ultimul roman pe care l-a cumpărat de la Londra. Care, apropo, se numește *Groaznicul secret al lui Lady Avery.*

El suflă ușor peste un mănunchi cu flori albastre de limba-mielului, agitând o boare ușoară și palidă de fire de nisip. Un râset? Sunetul păru să ușureze tensiunea dintre ei.

– Georgiana, spuse el, a devenit o tânără foarte interesantă. Nu se întâmplă des să întâlnești... Șuvițele întunecate ale părului fluturară în vânt și dezvăluiră o urmă de haz în ochii lui. ... un astfel de entuziasm și o asemenea exuberanță plină de viață.

– Nu te-ai întâlnit cu Penelope, murmură Sophie.

Un chicotit, sec precum praful.

– Zânuța aia rotofeie?

– Acum este aproape la fel de înaltă ca Georgie. Și aproape la fel de enervantă. Oftă. Mă mir că nu am albit.

Rapid și în tăcere, Cameron adună restul de ierburi și le puse în coș.

– Gândește-te, Sophie, și dacă vrei să te avânți într-un asemenea joc periculos.

Periculos. Din nou, cuvântul acela.

– Dacă îți folosești rațiunea, n-ai să vii mâine-seară. El se ridică. Mă voi ține de promisiune și voi fi acolo mâine la miezul nopții. Dar, dacă întârzii o secundă, merg fără tine.

– Voi fi acolo, îl asigură ea. Nu mă sperii.

Privirea lui se întoarse, chiar mai impenetrabilă decât înainte.

– Oh, dar ar trebui.

Capitolul 9

A doua zi păru să treacă mai lent decât o țestoasă care se târa prin melasă. Cu nervii încordați ca un arc întins de apariția lui Cameron și de noua amenințare a lui Dudley, Sophie își găsi diverse ocupații, inventând sarcini care să o împiedice să se uite la ceas din sfert în sfert de oră. Vasele cositorite fură curățate până ce căpătară o strălucire argintie, rafturile din cămară erau imaculate, soba curățată de cenușă.

– Doamne sfinte, zici că stai ca pe ace, declară Penelope, cea mai mică dintre surorile Lawrance, când își ridică privirea de la broderia ei. Este a doua oară în după-amiaza asta când ștergi polița de praf. Aștepți musafiri în seara asta?

– Nu, bineînțeles că nu, mormăi Sophie. Figurinele Staffordshire păreau își dea peste cap ochii din porțelan atunci când Sophie își trecu pentru ultima oară cârpa peste lemnul pictat, iar ticăitul micului ceas placat cu argint adăugă un reproș sonor. Lucrurile au întotdeauna nevoie de un plus de atenție de fiecare dată când lipsesc mai mult timp.

– Doamna Hodges nu s-ar bucura să te audă spunând așa ceva, glumi Penelope. O, să dea boala în Lucifer și în legiunile lui, adăugă ea când văzu că scăpase un ochi.

– O tânără n-ar trebui să folosească un asemenea limbaj, o certă Sophie, fericită că atenția îi era distrasă de la propriile gânduri capricioase. Mai ales dacă are doar treisprezece ani.

– Da și, în plus, o tânără n-ar trebui să citească scrisori personale din care ar putea să capete un asemenea limbaj, interveni Georgiana din colțul îndepărtat al salonului. Mai ales dacă are doar treisprezece ani.

– Ai lăsat deschisă pe birou ultima scrisoare de la Anthony, protestă Penelope. Cu un foșnet teatral al șosetelor vechi din mâini, scoase un oftat stins. Și oricum, folosește fraze *mult* mai interesante decât asta. Mai ales la sfârșit, unde declară...

Georgiana o reduse la tăcere cu un cuvânt care l-ar fi făcut și pe un husar Cap de Mort să roșească.

– Dacă te mai aud *vreodată* repetând asta, Pen, o avertiză Sophie, o să golești oalele de noapte timp de o lună. O pauză. Sau, mai rău, o să pun sub cheie toate romanele din casa asta.

Penelope puse repede din nou ață în ac și se întoarse la muncă.

Sophie își lăsă surorile la ale lor, se strecură afară și își căută refugiu în curățarea cotețului.

În cele din urmă sosi ora cinei, deși masa păru să dureze la nesfârșit. Prea nervoasă ca să ia vreo îmbucătură, Sophie făcu bucățele friptura de porc, apoi pur și simplu o plimbă prin farfurie.

Din fericire, tatăl ei păru mai pierdut decât de obicei în propriile lui gânduri, iar surorile ei fură prea ocupate să discute despre cele mai recente tendințe în modă la Londra ca să observe.

Cumva, reuși să rămână până când fură luate și farfuriile de budincă, iar scaunul tatălui lor se retrase de sub masă. Spuse în gând o rugăciune de mulțumire și se ridică iute.

– Sophie, vom citi următorul capitol din *Groaznicul secret al lui Lady Avery*, murmură Georgiana, în vreme ce domnul Lawrance reveni în biroul lui. Vrei să vii și tu în salon? Chiar este foarte distractiv.

– Din păcate, cred că am să mă lipsesc de plăcerile primejdiilor lui Lady Avery, răspunse Sophie. Le am pe ale mele cu vârf și îndesat. Sunt obosită și simt că mă apucă o teribilă durere de cap. Așa că, dacă mă scuzați, vreau să mă retrag mai devreme.

– Îmi pare rău. Știu că nu-ți place să mergi la cumpărături, așa că Londra a fost un exercițiu de voință pentru răbdarea ta. Vrei să-ți fac un ceai? întrebă Georgiana îngrijorată. Avem mușețel proaspăt în cămară.

– Nu, nu. Vă asigur, o noapte de pace și liniște va fi cel mai bun remediu pentru mine.

– Somn ușor, spuse Penelope. Strâmbă din nas. Arăți cam epuizată.

– Fără îndoială, începe să se arate vârsta mea înaintată, răspunse Sophie sec. Bucurați-vă de aventurile eroinei voastre.

Penelope scoase un oftat și își pipăi coada împletită.

– Nimic aventuros nu i s-a întâmplat vreodată uneia dintre noi. Mi-aș dori...

Sophie își înăbuși o tresărire și începu să urce scările. „O, ai grijă ce-ți dorești, Pen!“

Frânghie, cârlige de prindere, o varietate de tije subțiri din oțel, pene mici de lemn ca să țină ușile și sertarele deschise... Cameron verifică din nou obiectele din rucsacul de piele pentru ultima oară înainte să stingă lumânarea și să deschidă ușor ușa de lemn de la coliba lui.

Rotocoale subțiri de ceață umezită de mare se strecurau printre copaci. Aerul era greu de umezeală și înăbușea adierile brizei printre ierburile înalte. Rămase încremenit, lăsându-și toate simțurile să se obișnuiască din nou cu nuanțele unei nopți de la țară. Mahalalele din Londra nu erau tocmai obișnuite cu trilurile privighetorilor sau cu mirosul de iarbă-neagră. Simfonia de sunete și de parfumuri era ascuțită și pătrunzătoare ca un pumnal – străpungea intestinele unui om.

Aici pericolele erau mai subtile.

Norii alunecau pe cer, jucându-se de-a v-ați ascunselea cu lumina stelelor. Umbrele se adânceau pe măsură ce Cameron începu să coboare pe cărare, dar, în ciuda beznei, se mișca iute și cu siguranță peste pietrele netede.

– Sunt o creatură a întunericului, murmură el, simțind cum degetele reci ale nimfelor nopții îi gâdilau obrajii și se înfășurau prin părul lui. Un bărbat a cărui inimă era acum sculptată în cărbune. Negru, o... atât de negru și de rece la atingere. Connor și Gryff or fi Lorzii Tărâmului, dar eu sunt un Duh al Miezului nopții. O fantomă al cărei loc în lume era acolo, prin tărâmul Lunii.

Luna, și nu Soarele.

Era greșit că o lăsa pe Sophie să pună piciorul în acest tărâm întunecat. Egoist. „Și totuși, i-am spus clar că nu sunt vreun sfânt", își spuse el.

Dar cumva nu era absolvit de vină.

O mișcare fugară înaintea lui îi atrase atenția. Acolo, în întuneric, printre ramurile cu frunze se afla o siluetă, care trăgea de faldurile pelerinei.

Cât de tipic pentru Sophie să ajungă mai devreme la o întâlnire.

Nu știa dacă să râdă sau să geamă.

Cameron ajunse în spatele ei și o bătu pe umăr. Măcar se gândise să poarte haine de culoare închisă.

– Pfff!

Mâna lui îi acoperi iute gura și îi înăbuși strigătul.

– Șșșt, eu sunt.

– Aproape că m-ai speriat de moarte, mormăi Sophie, odată eliberată.

– Măcar dacă ți-aș băga un pic mințile în cap, i-o întoarse el. Aroma de verbină, încălzită de căldura trupului ei, îi gâdilă nările. Dulceața ei îl indispuse și mai tare. Trebuie să fii mai atentă! Data viitoare s-ar putea să fie un dușman, nu un prieten, care să se furișeze printre copaci și o să te trezești cu minunatul tău gât tăiat.

– Îți mulțumesc pentru prima lecție în ale înșelătoriei. Îmi voi nota cu atenție.

– Ai face bine să te rogi să înveți iute. Tonul lui fu intenționat dur. Fusese o greșeală din partea lui, decise Cameron, să îi permită să vină. O slăbiciune. Iar supraviețuirea, își repetă el în gând, depindea de o tărie neînduplecată în lupta aceea pe viață și pe moarte. Sophie, dacă mă gândesc mai bine, eu...

Veni rândul ei să îl întrerupă:

– Nu te obosi. Nu mă duc acasă. Așa că poți să continui cu mine sau să renunți la planurile tale. Am un urlet chiar mai răsunător decât al lui Rufus și îți jur că o să trezesc tot comitatul dacă încerci să mă dai la o parte.

– Când ai devenit atât de afurisită? mormăi Cameron.

– Asta sună a râde ciob de oală spartă, răspunse ea.

Un foșnet de lână și un pachet mic apăru din buzunarul pelerinei ei. Un miros ciudat pluti dinspre hârtia unsă cu ulei.

– Ce-i aia?

– Pui crud și anșoa. Rufus adoră combinația.

Un câine care iubea peștele și puiul, o doamnă încăpățânată și hotărâtă... incursiunea se transforma cu pași repezi într-o farsă.

„Ah, dar am fost întotdeauna propriul nebun al diavolului."

Forțele naturii păreau aliate împotriva lui, așa că, cu un oftat, cedă în fața inevitabilului.

– Și unde se presupune că întâlnim această fiară epicuriană?

– Sub arcada care duce în grădina de trandafiri, spuse Sophie. Este cea de la stânga fântânii cu lebădă, ascunsă în spatele gardului de mălin.

– Știu locul, spuse Cameron tăios. O luă de mână. Hai, până nu mă răzgândesc!

De sub gluga mantiei, chipul ei nu era decât un amestec de nuanțe sidefii și de licăriri întunecate de cărbune. Dar scânteierile din ochii ei ascunși aproape că se auzeau.

Focul dinăuntrul Sophiei se lupta să se elibereze?

Iarba se înclina sub ghetele ei când Sophie se avântă înainte cu pași mari.

– Ce așteptăm?

– Nu așa de repede. O ținu pe loc și o ocoli ca să o ia înainte. Urmează-mă și încearcă să pășești cât mai ușor. De acum încolo, trebuie să fii mai tăcută ca un mormânt.

– Ai putea să alegi o metaforă mai puțin sumbră, murmură ea.

– Eu cred în a spune lucrurilor pe nume. Zăvorul de la poarta din incintă se deschise cu un sunet ruginit. Să sperăm că aventura nu se va sfârși îngropându-ne într-o gaură foarte adâncă și murdară.

Și astfel, orice discuție se încheie. Traversară peluza aplecați și se ținură aproape de umbrele piezișe ale tufișurilor. La capătul îndepărtat al parcului englezesc, conacul impunător se ridica dintr-o mare de ceață argintie, silueta lui întunecată și crestată de turnulețe și turnuri având un aer ușor amenințător pe cerul nopții.

Un monstru adormit, gata să devoreze pe oricine îndrăznea să îi încalce teritoriul sfânt.

Pentru o clipă, Cameron simți că i strânge pieptul. Redevenise un băiat, sfâșiat între teamă și dezgust.

Mrrrrrrr! Huruitul înfundat părea să răsune direct din măruntaiele pământului.

Se adăposti în spatele unei urne decorative și o lipi pe Sophie de marmura netedă.

– Un prieten de-ai tăi, cred?

Silueta zburlită care se îndrepta spre ei era mare ca un urs.

– Da, șuieră ea.

Câinele – cel puțin, bănuia Cameron că era un câine, și nu vreun viking păros care înviase dintr-una dintre străvechile movile funerare de prin apropiere – avea o nuanță mai deschisă a blănii.

– Rufus. Vino aici, scumpule, și lasă-mă să te scarpin pe fiecare părticică din tine unde îți place să fii atins.

Până în clipa aceea, Cameron nu își închipuise niciodată că putea să fie gelos pe o fiară cu patru picioare.

– Dacă mă pun în patru labe și îți ling mâna, primesc și eu același tratament? întrebă el.

Ea îi aruncă o privire tăioasă.

– Ignoră-l, Rufus, șopti ea și îi mângâie urechile pleoștite. Ți-am adus bunătăți.

Mârâitul semăna deja mai mult cu un tors.

– Uite, dragule!

Fălcile masive se deschiseră și lăsară la vedere colții strălucitori, mari ca de dragon. Un hăpăit ușor fu urmat iute de un lătrat mulțumit.

– Acum, culcă-te! Și șezi! Cuvintele îi fură adresate lui Rufus. Apoi Sophie i se adresă lui: Acum putem să ne apropiem de casă în siguranță. Te-ai hotărât pe unde intri?

Cameron privi pieziș fațada. Nu se vedea lumină la nici una dintre ferestre. Deci toate bune până în clipa aceea. Putea să își urmărească planul inițial.

– Există o ușă laterală care dă spre foaierul de lângă sala armelor, răspunse el. Se află într-un colț al aripii de est și este ferită printr-un portic din ardezie, așa că voi fi bine ascuns de priviri nedorite.

Sophie se întoarse brusc și i se puse în drum. Mâna ei îi apucă gulerul de la haină, luminat pe întuneric de razele difuze ale lunii.

– Ești sigur, Cam? Fierarul de aici – îți amintești de Neddy Wadsworth, cred – a ajutat la montarea încuietorilor noi. Mi-a spus că n-a mai văzut niciodată mecanisme atât de complicate.

– Sigur Neddy n-a călătorit nici pe departe la fel de mult ca mine. Văzând expresia tulburată a lui Sophie, el îi zâmbi. Ți-am spus să nu-ți faci griji. Acum că am trecut de Paznicul Tunetului... Rufus sforăia deja. ... restul va fi o simplă joacă de copii.

Cuvinte alese prost, căci chipul ei se încordă și pielea palidă se întinse tensionată pe pomeții delicați.

– Wolcott te urăște, Cam. Dacă te prinde, te strivește ca pe un gândac.

– Nu sunt un gândac pentru el. Sunt o scursură urât mirositoare, o formă mult mai joasă de viață. Dar problema cu scursura este că e alunecoasă și, în mod surprinzător, se pricepe de minune să supraviețuiască. Nu e ușor să omori o scursură.

Sarcasmul lui o făcu să tresară.

„Bun." Poate că reușea să îi sfărâme hotărârea încrezătoare. Să o facă să îl vadă așa cum era, necolorat de iluziile trecutului.

– Ei bine, aș prefera să nu pun la încercare ipoteza provocându-i pe servitorii Excelenței Sale să te împuște, răspunse Sophie.

– Dacă ai vorbi încet, s-ar putea să am o șansă de a evita o ploaie de gloanțe.

Ea se strâmbă, dar răspunse în șoaptă:

– Poate că ar trebui să ne retragem și să revenim asupra planurile noastre.

– După spusele tale, timpul este esențial. Nu putem să ne permitem să pierdem nici măcar o clipă.

De data asta, Sophie nu ripostă.

– Stai aici și continuă să îl scarpini pe Rufus. El își eliberă haina din strânsoarea ei. Mă întorc în scurt timp.

– La naiba!

Rufus se zvârcoli sub degetele ei, dar nu se trezi. La naiba, la naiba, la naiba! Așezată din nou pe genunchi, Sophie căută vreun semn de viață în conac. Nimic. Nu exista decât un întuneric tăcut care se potrivea perfect cu propria stare de spirit sumbră.

De ce? De ce se încăpățâna Cameron să își asume asemenea riscuri blestemate?

O întrebare stupidă. Ea știa ce foc ardea înăuntrul lui. O, da, îl ascunsese cu iscusință în ultimele zile sub o carapace de cinism cutezător. Chipul și vocea lui spuneau aceeași minciună atent controlată. Numai căldura pielii lui trăda cărbunii aprinși dinăuntrul lui, fierbinți ca focurile iadului, sfârâind, mocnind chiar sub suprafață.

Marchizul de Wolcott fusese inamicul aprig al lui Cameron de când îl cunoștea ea.

Wolcott. Stăpânul conacului. Era un aristocrat fără inimă, care refuza să recunoască faptul că împărtășea măcar vreo picătură din sângele lui prețios și de rang înalt cu un amărât de copil din flori.

În trecut, pasiunea tinerească îl făcuse pe Cameron să scormonească în ochiul diavolului cu o furcă roșie și fierbinte. Atacul lui era mult mai abil acum, armele, mult mai sofisticate.

Ceea ce nu făcea pericolul mai puțin înfricoșător.

– Dacă stăpânul tău îl prinde pe Cam, îl omoară, îi murmură ea lui Rufus.

Câinele răspunse cu un mârâit satisfăcut, dând dovadă de o desăvârșită lipsă de empatie canină.

Nu și-ar fi închipuit niciodată că acceptarea ajutorului lui Cameron avea să îl atragă iarăși spre pericolele propriului său trecut.

– Ham!

– Da, știu. Am fost o gâsculiță cu voința slabă. Se ridică. El trebuie să plece. Să fugă. Să nu se mai întoarcă niciodată.

În acel moment, Rufus își înălță capul uriaș.

– Nu tu. Șezi!

Sophie plecă, iute și în tăcere, ocoli cărarea cu pietriș și se furișă printre stâlpii de piatră ai balustradei care mărginea terasa salonului de muzică. O arcadă deschisă îi permise să traverseze o curticică pietruită. Iedera atârna greu pe pereții înalți, murmurul înăbușit al frunzelor fiind amplificat de calcarul vechi.

O cotitură o aduse spre colțul aripii de est.

Sophie se opri și își ținu respirația, încordându-se să audă vreun sunet. El era bun – foarte bun. Nici cea mai mică șoaptă nu îi trăda prezența.

Își trase mantia și fustele mai strâns pe lângă corp, apoi traversă tiptil iarba moale.

– Ți-am spus să rămâi cu câinele!

Șoapta fără trup a lui Cameron pluti din nișa întunecoasă. Abia când ajunse sub streașină Sophie reuși să îi întrezărească umerii lați, aplecați în fața ușii. Cameron nu se întoarse.

Un pas șovăitor o aduse un pic mai aproape.

– Spre deosebire de Ruf, eu nu sunt dresată să ascult de porunci.

– Poate c-ar fi trebuit să te hrănesc cu pui crud și pește împuțit.

– Nu e amuzant.

– Scuză-mă... simțul meu al umorului nu este întotdeauna în cea mai bună formă atunci când încerc să mă concentrez. Se mișcă doar o idee. Te rog frumos să te miști... de preferință pe drumul înapoi spre casa ta. Blochezi și puțina lumină care este.

Ea veni și îngenunche lângă el. Era întuneric beznă în zona ușii încastrate și, în afară de un scârțâit ușor – un sunet ca zgârieturile de gheare ale vreunui demon pe metalul nevăzut –, o tăcere grea plutea în aer.

Sophie se sili să respire, aproape așteptându-se ca plămânii să i se umple de mirosul sufocant de pucioasă. Pe măsură ce ochii i se obișnuiră cu întunericul, observă că el avea două tije subțiri de oțel introduse în încuietoare și că le mânuia cu o atenție extraordinară.

– Ce... dădu ea să spună.

– Șșșt. Am nevoie să ascult țăcănitul.

Sophie plecă urechea și rămase nemișcată. Trecu un minut, apoi altul. Putea să simtă că trupul lui subțire și mlădios era cu totul în alertă, fiecare mușchi și tendon, asemenea unui arc încordat, gata să sară într-o clipă. Și totuși, avea și un aer de calm rece. Tânărul înfierbântat învățase să tempereze focul cu gheața.

– Ah!

Și ea îl auzi. Un țăcănit aproape imperceptibil, care sugera că piedicile mecanismului se deschiseseră.

Zăvorul se deblocă, și ușa se mișcă, probabil un sfert de centimetru afară din cadrul de piatră.

Contrar oricărui bun-simț, Sophie era impresionată. Când fuseseră instalate, Neddy fierarul îi explicase în detaliu de ce noile încuietori ale marchizului erau impenetrabile.

– Cum ai făcut asta? șopti ea.

– Anii de practică.

În mod cert, piratul ei străbătuse oceane de aventuri interesante de când își ridicase ancora din Terrington. Curiozitatea îi înfioră șira spinării.

– Unde?

– În mult prea multe locuri mizerabile ca să-ți povestesc în detaliu, Rază de Soare.

– A fost greu să înveți? insistă ea.

El deschise ușor ușa înainte să răspundă.

– Se pare că am un talent pentru lucrurile astea. Poate că mâinile mele au fost făcute pentru păcat.

Fiorii se transformară într-o senzație mult mai profundă când privi cum Cameron își strecoară un deget înăuntru ca să verifice zăvorul.

Împreună cu toate celelalte prăzi ale lui, oare câte inimi nu furase el în drumul său?

Sophie alungă gândul neliniștitor în compartimentul tainic al creierului ei pe care îl închise repede cu cheia. O avertizase că maturizarea îi ștersese orice urmă de gentleman din el. Așa că trebuia să îl creadă pe cuvânt. Dar detaliul acela nu schimba propriul simț al binelui și al răului. Un fior brusc de vină îi împunse inima.

Se ridică și își încrucișă brațele la piept. Dacă îl privea de sus, rămânea cu iluzia că reușea să preia într-o anumită măsură controlul asupra situației.

– Priceperea ta este extraordinară. Dar, oricum ar fi, nu te pot lăsa să continui.

El se întoarse, și unul din colțurile gurii i se arcui discret.

– Interesant. Și cum ai de gând să mă oprești?

– Am să țip.

– Ba n-ai să țipi, Rază de Soare. Ești mult prea loială și curajoasă ca să-ți trădezi un prieten.

„Blestemat fie piratul ăsta afurisit care mă cunoaște atât de bine."

Hotărârea ei, pe care doar cu o clipă în urmă o simțise la fel de puternică precum dalele de granit de sub picioare, se sfărâmă deodată într-un amestec de cioburi ascuțite.

– La naiba, Cameron Fanning-Daggett! Mă faci să mă simt atât de confuză. Se simțea de parcă mergea pe ace. Se pare că nu pot să mă hotărăsc dacă bravada ta mi se pare atrăgătoare sau îngrozitoare.

– Dacă te consolează cu ceva, și prietenii mei își exprimă de multe ori aceeași exasperare. Cameron ascunse tijele de oțel la loc în cizmă. Sunt adesea dificil și dizgrațios înadins. Și nu dau doi bani pe asta.

Sophie nu putu să nu își amintească de una dintre replicile preferate din *Hamlet* ale unchiului ei – „Cred că regina face prea multe jurăminte".

– Este unul dintre motivele pentru care am ales să trăiesc singur, continuă el. Așa răspund doar în fața mea.

– Aranjamentele personale nu mă privesc, răspunse ea tăios. Dar, în aventura din seara asta, o să fii însoțit. Își ridică fustele și le adună strâns într-un singur pumn ca să le țină deasupra pământului. Dacă insiști să încalci domeniul Wolcott, vin cu tine.

Vârful alb al bărbiei ei ridicate în semn de sfidare fu singurul pe care Cameron reuși să îl întrezărească în beznă.

– Sophie, ești în continuare la fel de încăpățânată precum purcica neagră cu pete cafenii a domnului Lawrie. Cea care rupea gardul de la coteț de câteva ori în fiecare toamnă ca să se delecteze cu merele căzute.

– Isabelle, răspunse ea. Numele ei era Isabelle, și ar fi trebuit apreciată pentru că nu permitea nici unui obstacol s-o împiedice să-și atingă scopul. O pauză. Chiar dacă îndrăznesc să spun că n-ai zis-o ca pe un compliment. Dar oricum, mulți bărbați se referă la mine ca la o joimăriță, deci faptul că sunt comparată cu un porc este o îmbunătățire.

– *Cine* te face joimăriță? întrebă el încet. Individul o să își fluiere în curând cuvintele prin gaura lăsată de dinții din față scoși.

– Nu contează, răspunse ea. Cameron auzi iar materialul foșnind. Doamne sfinte, femeile erau împovărate de suficient material cât să faci vele pentru o fregată. Nu avem toată noaptea la dispoziție.

– Exact la asta mă gândeam. Faptul că aripa aceea a conacului era pustie fusese singurul motiv pentru care Cameron lăsase discuția să se prelungească. În mod normal, își încheia intruziunea din doi timpi și trei mișcări. Esențialul era să intre și să iasă. Tărăgănarea era periculoasă.

– Sophie... Cum să facă un apel la logică? Sophie, fii realistă! Îmbrăcată cu fustele alea foșnitoare, o să dezlănțui iadul dacă încerci să te strecori printr-o casă necunoscută. Mese căzute, porțelan spart... și Dumnezeu să ne ajute dacă ar trebui să te miști cu adevărat mai repede.

– Data viitoare, o să fac rost de o pereche de pantaloni și de o cămașă, mormăi ea, netezindu-și materialul întunecat de pe șolduri.

Imaginea cu Sophie îmbrăcată în haine bărbătești strâmte pe corp trezi atenția părții lui intime. Problema era că de acolo nu îi trebui decât un infim exercițiu de imaginație ca să și-o închipuie fără nimic pe ea.

„Rămâi concentrat! Un bărbat care gândește cu mădularul ajunge în ștreang."

– Nu va mai exista o dată viitoare pentru tine, Rază de Soare. Am fost un nebun să te-am lăsat să vii în incursiunea asta. N-o să se mai întâmple vreodată.

– Ha!

Sunetul răsună ca o palmă usturătoare pe piele. O mănușă peste față, o mănușă aruncată a provocare.

– Dă-mi sacul, spuse el și refuză să se lase angrenat într-un duel verbal. Apoi chiar trebuie să insist să te întorci acasă. Nu glumesc... ăsta nu e un joc, iar prezența ta continuă să mă pună în pericol.

Era o lovitură sub centură chiar în locul unde se simțea mai vulnerabilă. Totuși, avu efectul scontat.

– Î... înțeleg ce vrei să spui. Vocea ei era joasă și încordată. Îi mai trebui o fracțiune de secundă ca să adauge: Așa că plec. Dar numai până în grădină. Nu e nici un pericol dacă aștept acolo.

– Nu te amăgi, Sophie! Pericolul pândește la tot pasul, mai ales noaptea, când catifeaua neagră a beznei acoperă o mulțime de păcate. Cameron scoase o mască din buzunar și o înnodă în jurul ochilor.

– Și crezi că o fâșie subțire de mătase te face mai puțin vulnerabil în fața pericolului?

– N-am timp să mă cert, i-o întoarse el. Îți mai spun o dată – du-te acasă! Dacă vrei neapărat să primești vești noi, te aștept la coliba de piatră la ora unu după-amiază.

– Promiți?

– Da. Îți promit!

Cameron speră ca ea să nu sesizeze tresărirea ușoară din răsuflarea lui. De obicei, minciunile îi alunecau lin ca mătasea de pe buze.

Sophie se retrase la marginea porticului. Ieși din întunericul sumbru în pânza luminoasă a lunii. El și-ar fi dorit să poată să o trimită într-un car strălucitor, tras de bondari de aur – în sus, tot mai sus, spre ceruri de miere, aprinse de lumina soarelui. Spre un loc unde era întotdeauna cald, întotdeauna luminos. Întotdeauna sigur.

La naiba! Nu putea să își permită să se lase distras de astfel de gânduri. Nu aveau ce căuta în viața lui.

Ea șovăi, apoi se dizolvă printre umbre.

Cameron își sili privirea să revină înspre întuneric... și spre propriii demoni blestemați.

– Wolcott, Dudley, Morton, șopti el. E timpul să aflăm care este rolul grozavului meu frate vitreg în toată enigma asta.

Capitolul 10

– Unde te duci? Georgiana se uită curioasă la brioșele proaspăt coapte.

– Lui Neddy îi plac foarte mult prăjiturile doamnei Hodges, murmură Sophie acoperind cu o pânză în carouri produsele de patiserie încă aburinde din coș. M-am gândit că ar fi un gest frumos între vecini să îi duc câteva dacă tot merg în oraș.

– Reaprinzi o poveste de dragoste? o tachină sora ei.

– Nu fi absurdă, mormăi ea. Crede-mă, nu am nici o urmă de intenție amoroasă în minte.

Penelope, care dezvolta un obicei neliniștitor de a trage cu urechea pe la uși închise, băgă capul în cameră.

– Oh? Deci n-ai de gând să-i furi inima lui Neddy Wadsworth?

Sophie își stăpâni un pufnet. „Nu – de fapt, am de gând să șterpelesc un mecanism mult mai interesant din magazinul lui."

– Asta este groaznicul secret al lui Lady Avery? Faptul că taie organe vitale de la masculii luați prin surprindere și le vinde negustorului de napi?

Penelope răspunse cu un sunet deranjant.

– Este un pic cam devreme pentru vizite, nu-i așa? Georgiana aruncă o privire la ceas.

– O, Neddy se trezește în zori, iar unui om masiv îi este mereu foame. În plus, continuă ea nepăsătoare, simt nevoia să-mi întind picioarele, așa că am de gând să o iau pe drumul ocolit până în oraș.

– Serios? Arcuirea sprâncenei Georgianei nu sugeră tocmai suspiciune, dar era incomod de aproape. La Londra, te plângeai când trebuia să străbați distanța scurtă de pe Bond Street.

– Asta din cauza îmbulzelii oamenilor și a huruitului tuturor trăsurilor elegante. O plimbare lungă pe dealuri și văi liniștite e o schimbare bine-venită de peisaj.

– Ah! Și eu, care am rămas cu impresia că ai găsit și la Londra câteva peisaje care ți-au plăcut tare mult.

Sophie își miji ochii în semn de avertizare. Printr-un acord nerostit, subiectul Cameron Daggett nu fusese menționat de când reveniseră acasă. Doamne ferește, să audă Penelope despre pățania din Green Park.

Totuși, cea mai tânără dintre fetele Lawrance părea să simtă când intrigile pluteau în aer. Asemenea unui câine de vânătoare care își adulmeca prada, Penelope ridică nasul.

– *Ce* peisaj?

Indiferent de tachinările ei viclene, Georgiana nu avea nici un dram de răutate în ea.

– Grădinile Vauxhall, răspunse ea repede. Ne-am bucurat împreună de plimbările pe cărările luminate de felinare.

– Aș vrea ca și *eu* să explorez o grădină a plăcerilor, mormăi Penelope. Mi-ar *plăcea* să rătăcesc pe Cărarea Întunecată.

– N-ai părea atât de entuziasmată dacă un negustor de sclavi te-ar răpi la adăpostul umbrelor și te-ar expedia în vreun harem exotic.

– O, ptiu! Asta e doar o glumă prostească. Penelope își netezi o cută de pe fuste. Nu-i așa?

Părând un pic încrezută, Georgiana îi aruncă un coș.

– E rândul tău să aduni ouăle din coteț.

– Și eu am plecat, anunță Sophie privind-o pe sora ei mai mică ieșind cu pași apăsați din cameră. Am o serie de comisioane de făcut, așa că, probabil, voi lipsi în cea mai mare parte a zilei.

– Să te bucuri de plimbarea ta pitorească! Georgiana luă un vas de cupru din cui și o cutie de zahăr din dulap. O s-o ajut pe doamna Hodges să facă gemul de căpșune.

– Preferatul meu, murmură Sophie.

– Că tot veni vorba de preferat, dacă treci pe la magazinul doamnei Turner, îmi cumperi și mie o bucată de panglică roșu-aprins? Se va potrivi perfect cu cireșele de pe noua mea bonetă de paie.

– Desigur.

Dornică să scape de orice alte cereri suplimentare, Sophie ieși în grabă pe ușa din față și ocoli curtea spre locul unde o poartă vopsită în alb dădea spre un drum șerpuitor de țară. O plimbare de aproape un kilometru o conduse până la o căsuță cu acoperiș de ardezie, cu mai multe anexe mari aflate în jurul unei poieni. Zăngănitul ritmic al metalului pe metal plutea în aer, învăluit într-o buclă cenușie de fum.

– Sophie! Fierarul ridică privirea de la nicovala lui, apoi puse jos ciocanul și își șterse sudoarea de pe frunte. Nu te-am văzut de când era lupul cățel!

Menționarea câinilor îi impunse din nou conștiința. Nu era o senzație plăcută, căci gândurile la un anumit Cerber o bântuiseră toată noaptea.

– Bună, Neddy, răspunse ea și se chinui să schițeze un zâmbet.

– Cum a fost la Londra? întrebă el.

– Cald. Îndepărtă iute cu palma o scânteie mică și roșiatică ce îi ateriză pe mânecă. Aglomerat.

Neddy înmuie o cârpă în butoiul cu apă și tamponă cu atenție fărâma de funingine. Stai, lasă-mă să mă asigur că s-a curățat. Nu poți să fii niciodată prea atent în preajma focului. Scânteile pot să pară inofensive, dar puf!... Bătu din palmele lui mari, murdare de cărbune. Am văzut cum au izbucnit în flăcări în doi timpi și trei mișcări.

– Ptiu! repetă ea. Ei bine, cum aș prefera să nu joc vreun rol la noaptea focurilor de artificii Guy Fawkes, îți sunt recunoscătoare pentru grijă.

– Guy Fawkes... Neddy se încruntă pentru un moment. Oh! Fața lui întunecată fu pe dată luminată de un zâmbet alb. Ooo... Guy Fawkes! Ha, foarte inteligent, Sophie. Ai întotdeauna ceva sclipitor de spus.

Veselia lui inocentă îi făcu pântecul să se încordeze, de parcă ar fi înghițit o bucată de fier topit.

– Ți-am adus câteva dintre brioșele doamnei Hodges. Sunt calde încă.

– Tare drăguț din partea ta!

„Nu, nu sunt drăguță. Sunt vicleană."

– Ar trebui să le pui pe celelalte în bucătărie, sugeră ea, după ce îl privi cum înfulecă două brioșe într-o succesiune rapidă.

– O, stau bine aici. Le puse pe bancul de lucru în apropierea vetrei aprinse. Le ține calde, știi, ha, ha, ha!

– Nu, nu, protestă ea. Funinginea și nisipul o să le strice. Trebuie puse în cămară, unde vor fi bine păstrate. Insist!

Neddy o fixă cu o privire năucită.

– Poți să lași vătraiul jos. Am să fac ce-mi ceri fără alte insistențe.

– Era doar o glumă. Sophie agăță la loc în cârlig piesa ascuțită de fier. Ha, ha, ha!

Limbile de foc care se ridicau dinspre cărbunii aprinși parcă șuierară un reproș.

El strânse șervetul.

– Lipsesc doar minut. Să-ți aduc niște limonadă?

– Îți mulțumesc, dar nu. Chiar nu pot să stau mult. „Doar atât cât să profit de prietenia ta." Își feri privirea și mimă un interes subit pentru perechea de potcoave pe care el abia o terminase. „Fir-ar să fie – Cameron Daggett are o influență foarte, foarte proastă asupra mea. Firea lui de ducă-se-la-naiba-prudența m-a molipsit deja."

Nu putea să fie un lucru bun.

Când pașii lui Neddy se stinseră, Sophie se strecură spre dulapul mare unde fierarul își ținea proviziile. Răsuci mânerul, luă rapid ceva de pe raftul de sus... îi luă doar o clipă ca să ascundă în coșul ei obiectul învelit în mușama.

– Îmi pare așa de rău, Neddy! Dar totul pentru un scop nobil, mormăi ea și își ascunse fărădelegea în pliurile șervetului rămas. Mă îndrept, cel mai probabil, direct spre calea pierzaniei, și totuși nu există cale de întoarcere.

„Nu când amenințarea distrugerii e pe urmele mele."

– Gata. Trupul voluminos al lui Neddy aruncă brusc o umbră peste vatră. Ești mulțumită?

– O, da, pe deplin. Sophie se sili să zâmbească. Ei bine, chiar trebuie să plec acum.

Neddy se posomorî.

– De ce atâta grabă? Mai e până să se deschidă magazinele.

– O, hm, am de gând să merg spre oraș pe drumul ocolitor. Mi-a... mi-a fost dor să mă plimb pe dealuri.

– Da, și eu, ca tine, prefer plăcerile simple de la țară. Urmă o tăcere stânjenitoare pe care Sophie se prefăcu a nu o observa. Neddy își mișcă cizmele cu ținte și spulberă momentul trosnindu-și încheieturile. Să știi că avem multe lucruri în comun.

Sophie înghiți gustul acru al minciunii și se chinui să râdă veselă.

– Da! La fel ca tine, și mie îmi plac teribil brioșele.

– Vorbeam despre...

– Și gemul de căpșune, adăugă iute Sophie, în speranța să evite o conversație care să ia o turnură personală. Neddy părea să mai țină încă la ea, în ciuda tuturor încercărilor ei blânde de a-l descuraja. Georgie ajută să facă o serie proaspătă. O să mă asigur să-ți aducă vreo câteva borcane. Începu să se îndrepte spre ușă. Mi-a făcut plăcere să vorbim, dar nu vreau să te mai țin din treabă.

O umbră trecu pe fața lui Neddy, dar nu mai făcu altă încercare ca să o rețină.

– Să ai grijă pe creasta Hawthorne! Am auzit că trecerea este cam periculoasă pe lângă margine, din cauza unei căderi recente de pietre.

– Mă știi doar – mereu am grijă.

– Nu există om mai cu capul pe umeri decât tine, încuviință Neddy. Să te bucuri de plimbare! Și te rog să-i mulțumești doamnei Hodges pentru brioșe. Spune-i că o să-i fac un set nou de cârlige de bucătărie.

– Va fi încântată să audă.

– Și tu ai putea să primești niște vești bune, Sophie, izbucni Neddy chiar când ea dădu să plece. Am semnat învoiala pentru un loc de muncă foarte bun. Unul la care, cu voia lui Dumnezeu, voi fi plătit suficient cât să pot să asigur un trai liniștit pentru o soție.

– Ce veste minunată, mormăi ea. Ce fel de muncă?

– Nu pot să spun. Am jurat să păstrez secretul, răspunse el.

– Pare... foarte important.

– O, chiar este.

– Felicitări din nou pentru norocul tău.

Flutură un semn vag din mână, apoi ieși afară și inhală cu putere aerul curat ca să își curețe plămânii. Pucioasa Diavolului se încolăcea în jurul conștiinței ei, acră și mușcătoare, și îi era greu să respire.

Vinovăția se dovedi un tovarăș incomod câtă vreme merse grăbită pe panta abruptă a pajiștii. I se agăța fierbinte și grea de umeri și, în scurtă vreme, mărgeluțe de sudoare i se prelingeau pe șira spinării.

După ce urcă drumul sinuos și trecu de creasta măturată de vânt, rochia ei era umedă, iar ea avea o stare de spirit îngrozitoare.

Dacă ghicise bine...

Se strecură printr-un spațiu între pietre și intră într-un mic luminiș.

– Unde naiba crezi că te duci?

Cameron termină de legat sacul la șa înainte să se întoarcă.

– La Londra, răspunse el calm.

– Am avut o înțelegere. Mânia începu să clocotească înăuntrul ei. Ai promis. Și totuși, iată-te, te furișezi cu câteva ore înainte de întâlnirea stabilită.

Zâmbetul lui sardonic îi provocă o poftă grozavă de a-l plesni.

– Draga mea Rază de Soare, ți-am spus să nu ai încredere în nimic din ce spun.

Doi pași rapizi o aduseră aproape. Suficient de aproape cât să îl lovească tare cu coșul în piept.

– Au! Buzele lui se arcuiră. Ce cari acolo? Pietre?

– Nu. Sophie îl lovi din nou. Este Lecția Numărul Doi în lupta Răului cu Răul, iar tu – șarpe prefăcut și înșelător al păcatului – n-ai să te faci nevăzut fără să mă înveți ce vreau să știu!

– Ești mereu așa de țâfnoasă dimineața devreme?

Dispoziția ei era deja primejdios de proastă. Scăpând coșul – drept pe piciorul lui – Sophie ridică brațul și lovi cât de tare putu.

– Dacă ai de gând să lovești un bărbat acolo unde îl doare... Cameron o prinse de încheietură în aer, de parcă nu era decât un fluture diafan care bătea din aripi de mătase. Trebuie să știi mai multe lucruri.

Înfuriată de umilință, lovi din nou, hotărâtă să se elibereze.

– Acum e mult mai bine, murmură el și îi devie genunchiul dinspre zona lui intimă. Dar fă-o ca pe o răzbunare adevărată.

Sophie înjură și mai avântă o dată, sălbatic, o palmă spre fața lui.

– Așa mai vii de acasă, dar nu alege maxilarul – doar îți vei răni mâna. Cameron își desfăcu degetele cu atenție. Lovește la ochi și zgârie ca un diavol. Îi dădu drumul și făcu un pas înapoi, apoi își încrucișă brațele la piept. Hai, încearcă!

Ea rămase neclintită.

– Nu este o luptă corectă dacă nu te aperi.

–Lecția Numărul Trei – niciodată, dar niciodată să nu lupți corect.

–Tu ești, fără doar și poate, cel mai îngrozitor și mai exasperant om din toată creștinătatea. Sophie lovi cu piciorul în pământ și o ploaie de pietricele ricoșă în stânci. Ar trebui să-ți fac țăndări capul ăla pătrat. Dar nu prea pot să mă hotărăsc s-o fac.

–Scumpo...

–O, nu încerca să îndulcești adevărul. Sunt o proastă. Pietricelele împrăștiate risipiră iureșul de furie în ceva mult mai vag. Furia era ușor de înțeles. Lucrul acela – valul acela de emoție fierbinte și rece – era îngrozitor de tulburător. O nebună prostănacă și smintită pentru că am crezut că ar putea să iasă vreodată ceva din asta.

Sophie se întoarse, astfel încât el să nu-i vadă tremurul buzelor, și își ridică fustele.

–Așa că, du-te – dispari! Și nu te mai întoarce niciodată. Așa e cel mai bine. Nu mai am decât foarte puțin timp prețios ca să pun la cale un plan pentru a-i învinge pe Dudley și pe prietenul lui, Morton – și am să îi înving! Așa că nu-mi pot lăsa atenția distrasă de absolut nimic.

„Pe unde, pe unde?“ Nu putea să vadă din cauza înțepăturilor lacrimilor, dar nu mai conta decât să plece din locul acela blestemat. Începu să meargă, alunecând pe piatra sfărâmată, și ocoli aflorimentul de granit. În spatele ei nu se auzea nici un sunet de pași.

„La naiba cu ochii aceia frumoși și verzi ca marea! La naiba cu gura aceea înfiorătoare și zeflemitoare!“

–Un ticălos, mormăi ea, cu capul plecat, cu privirea ațintită spre pământul accidentat.

O lovitură mai apăsată trimise și mai multe pietricele în toate direcțiile. Nu era de mirare că mulți bărbați erau atât de pasionați de box. Să lovești ceva era extrem de satisfăcător, chiar dacă nu era vorba decât de un obiect micuț și lipsit de suflare.

–O canalie, un...

–Șarpe, continuă Cameron, când ea se ciocni cu capul de pieptul lui.

Trebuia să fie vreun duh al lămpii sau un nor de fum. Dar cu siguranță nici o creatură în carne și oase nu se putea strecura atât de repede, atât de ușor.

– Voiam să spun un om lipsit de scrupule. Vocea ei fu ușor înăbușită de cutele de pânză moale. Pentru cineva care nu dormise într-un pat, mirosea surprinzător de bine. Pământesc. Masculin. A lemn și a piele condimentate cu o notă de rom. De ce ești aici, și nu pe calul tău?

– Ai uitat asta. Cameron ridică ușor coșul ei. Poate ai nevoie de el ca să mai zdrobești câteva degete în drum spre casă.

Sophie își înăbuși un râs reticent.

– Fii recunoscător că nu ți-am zdrobit capul!

– Da, și sunt foarte recunoscător că nu l-ai îndreptat spre o parte mult mai sensibilă din anatomia mea.

– M-am gândit.

– Slavă Domnului pentru micile favoruri!

– Ar trebui să-ți numeri momentele de noroc. Sophie apucă mânerul coșului. Ar fi mai bine să restitui conținutul proprietarului său de drept.

– Lucruri furate? Mâna lui prinse mai tare răchita împletită. Prin ce pericole ai trecut?

– Nu contează. Aveam de gând să-ți cer sfatul, dar cum tu pari atât de al naibii de nerăbdător să te întorci la Londra, o să mă descurc și singură.

– Oh, foarte frumos, Sophie. El se apleca mai aproape. Devii înfiorător de bună la arta manipulării.

– Învăț.

Un chicotit ușor, discret și puțin răgușit stârni bătăi ciudate în pieptul ei. Maxilarul lui era acoperit de un strat de firicele scurte și închise la culoare. Imaginea perfectă a unui pirat – ușor sălbatic, ușor amenințător.

„Ademenitor ca păcatul."

– Nu sunt sigur dacă să râd sau să scrâșnesc din dinți pentru că ești așa o elevă talentată. Problema este că să știi puțin poate să fie mai periculos decât să nu știi deloc, murmură Cameron. Deci ai face mai bine să vii cu mine. Nu pot să te las baltă cu conștiința împăcată în mijlocul unei lecții.

– Nu ai o conștiință, sublinie Sophie. Sau așa ai spus.

– În rare ocazii, își scoate la vedere capul urât.

Părul vâlvoi de la vânt, pielea bronzată de soare, un zâmbet tăios și întunecat... frumusețea stătea în ochii privitorului.

– C... ce ai în minte? întrebă ea și descoperi că gâtul i se uscase.

– Greu de spus. Mai întâi, să vedem ce ai înfășurat în șervetul ăla elegant.

După ce așeză coșul pe masa din cabană, Sophie despături cu grijă mușamaua.

– Este o încuietoare.

– Da, observ. Cameron își frecă bărbia. „Dacă ar fi și labirintul încâlcit de angrenaje și mecanisme din mintea unei femei la fel de ușor de înțeles." Ce nu este la fel de clar este de ce o ai și ce anume ai de gând să faci cu ea.

Ochii ei se întunecară câteva nuanțe – iar asta nu era niciodată un semn bun la Sophie. Furtunile rareori îi agitau firea echilibrată. Atunci când se arătau norii, de cele mai multe ori prevesteau o furtună infernală.

– Aș fi zis că răspunsurile sunt evidente, spuse ea. Se aplecă înainte pe scaun și își așeză mâinile pe lemnul negeluit. Este un lacăt cu cifru, cum sunt cele care apără conacul Wolcott, și l-am împrumutat de la Neddy Wadsworth.

– Împrumutat?

– E un fel de a spune, răspunse ea.

– Ah!

– Vreau să învăț cum să-l deschid. Și, din moment ce noaptea trecută ai arătat o oarecare abilitate la capitolul ăsta, m-am gândit că ai fi cea mai potrivită persoană care să mă învețe.

– Nu, spuse el categoric.

– Bine. Strânse la loc șervetul.

La naiba, exista o nouă profunzime a tăriei ei de caracter pe care nu și-o închipuise. Era aceeași Sophie, și totuși o alta. Conturată de forțe pe care nu le știa.

– Ai dori să dezvolți subiectul? întrebă el.

– Nu.

Privirile li se încleștară aproape sonor. Pentru cineva nepriceput la deschiderea mecanismelor defensive de neînvins, se dovedea extraordinar de pricepută când alegea pârghiile potrivite pe care să le acționeze.

– Clic, murmură el și ridică din umeri în semn de capitulare șovăitoare. Se pare că ai un talent înnăscut pentru manipulare. Ai întors cheia potrivită de data asta. Dar numai pentru că, dacă te-aș lăsa de capul tău, s-ar putea să intri în mari buclucuri.

Umbrele se îndulciră și aruncară o sclipire ca să îi lumineze privirea. *Rază de Soare*. O pâlpâire aurie – un fir de zahăr care dansa prin aer ca o libelulă. Cum se putea ca un lucru atât de delicat să intre pe sub pielea lui de Cerber și să îi umple pieptul cu căldură?

Era o întrebare cu care nu voia să se confrunte în acel moment. „La naiba, trebuia să-mi iau tălpășița atunci când am avut ocazia." Pentru un prădător singuratic, logica rece și cinismul glacial erau esențiale supraviețuirii. Cu cât stătea mai aproape de Sophie, cu atât devenea mai periculos. Pentru ambii.

– Îți mulțumesc, Cam, răspunse Sophie. Dacă e să mă apăr, trebuie să știu cum să atac slăbiciunea adversarului.

Oricât ar fi părut de amenințătoare, Cameron se hotărî să nu-i ia în seamă cuvintele.

– O strategie înțeleaptă, în teorie. Cu toate acestea, dacă trebuie să te ajut s-o pui în aplicare, trebuie să știu un pic mai bine ce-ai de gând să faci.

Prudența reveni în ochii ei.

– S-ar putea să vină o vreme când îmi voi dori să arunc o privire într-un loc care este ținut sub cheie.

– Uite, îți admir curajul. Dar ascultă de rațiune...

– La naiba cu tine, Cameron Daggett! Ți-a trecut vreodată prin minte că m-am săturat să fiu rațională? Vocea îi era periculos de aproape de un strigăt, răgușită și dură de emoție. Cea mai mare parte din viață, am purtat rațiunea ca pe un corset, balenele ei neclintite și șnururile constrângătoare ținându-mă atât de strâns că uneori abia mai puteam să respir.

Cameron privi cum pieptul i se ridica și cobora.

– Și totuși, continuă ea, un tată bolnav și două surori îndrăznețe contau pe mine să fiu rațională. Rațională! Și așa, de fiecare dată când se ivea vreo criză, alegeam prudența. Scoase un suspin exasperat. În timp ce uită-te la tine – nu te-ai temut niciodată să-ți întâlnești adversarul direct și nu te-ai schimbat deloc.

– Doamne, Dumnezeule, Sophie, nu mă declara exemplul strălucit pentru cum să te ocupi de probleme. Cu greu pot fi considerat o mostră de înțelepciune atunci când vine vorba de luarea deciziilor corecte în viață.

– Dar îmi pare că omul mai degrabă regretă lucrurile pe care nu le-a făcut, spuse ea. Mai degrabă decât invers.

– Chiar așa? Binele și răul nu sunt niciodată doar în alb sau negru. Nu putem să controlăm întotdeauna consecințele acțiunilor noastre. Cameron îi întoarse manșeta și urmări ușor cu degetul o cicatrice micuță din partea de sus a încheieturii ei. Nu trebuie decât să te uiți aici. Mi s-a părut o mare distracție să mă strecor în livada moșierului Stoneleigh ca să îi fur merele neprețuite. Eram pregătit să suport orice consecință, dar când m-am împiedicat, și mastiful lui mi-a sărit la gât, tu ai fost cea care l-a ținut la distanță.

Sophie își eliberă mâna și o ascunse în grabă sub franjurii șalului.

– Nu se poate să negi că există un risc și atunci când nu faci nimic. N... nu știu cum să-ți explic, dar simt că am nevoie... Se ridică deodată și începu să se plimbe în spațiul îngust. De acțiune.

Urmărind grația mlădioasă a corpului ei în mișcare, Cameron se trezi fermecat de unduirea soldurilor înguste și de mișcarea subtilă a sânilor ei perfecți.

Dorința îl cuprinse și se împlântă în cele mai ascunse părți ale lui. Și cu asta hotărârea lui de a răspunde rațional la argumentele ei se duse pe apa sâmbetei.

Avu nevoie de o hotărâre de fier ca să-și recapete controlul trupului său nesupus.

– Mintea mi-a fost atât de zăpăcită ultimele luni, continuă ea. Am fost atât de confuză și incapabilă să gândesc clar... Și apoi primul tău sărut necugetat de la miezul nopții a părut parcă să dezlănțuie ceva. Și... Într-un iureș de fuste, Sophie se răsuci pe loc. Nu are sens nimic din ce zic, nu-i așa? Se strâmbă. Pălăvrăgesc aiurea.

– Îmi place să-ți aud vocea, murmură el.

Sophie se opri, și în cabană se așternu deodată o tăcere adâncă.

– Îmi place cum îți apleci bărbia și felul în care îți muști buza de jos atunci când te gândești la ceva.

Genele ei se ridicară încet, șovăitor.

– Stai jos, Rază de Soare! Viața este un amestec groaznic de păianjeni și șerpi, iar eu, dintre toți oamenii, pot să ofer prea puțină îndrumare despre cum să îl descâlcești. Lovi ușor cu degetul în încuietoare. Cu toate astea, pot să te ajut să descifrezi secretele acestui mecanism.

Ea șovăi înainte să se așeze din nou pe scaunul din fața lui.

– *Dacă* aleg eu să fac asta. Cameron ridică o mână ca să oprească protestul care era pe cale să zboare de pe buzele ei. E împotriva rațiunii mele, dar am s-o fac. În schimb, va trebui să-mi promiți un lucru. Înainte să-ți pui la încercare noile abilități, va trebui să-mi spui ce ai de gând.

– Tu o să-mi împărtășești planurile tale? i-o întoarse Sophie. Așa pare corect.

– Hmmm!

Ea se încruntă.

– Ce vrea să însemne asta?

– Că mă gândesc.

– Câtă vreme tu te gândești, am o altă întrebare. Ce căutai în biroul lordului Wolcott?

„Adevăr sau minciuni?“

– Căutam orice corespondență dintre Wolcott și Dudley sau Morton, îi spuse, alegând pentru moment să răspundă sincer. Este important să înțeleg legătura dintre ei. Își împreună vârfurile degetelor. Oricât de mult îmi displace Wolcott, mi-e greu să înțeleg de ce s-ar implica într-un șantaj atât de neînsemnat. Nu are nevoie de bani și de ce i-ar păsa de o greșeală veche făcută la biserică de tatăl tău?

– N... nu știu. Sophie își feri privirea, suficient cât să atragă atenția lui Cameron.

„Adevăr sau minciuni?“

– Eu cred, spuse Cameron încet, că nu-mi spui totul despre lordul Dudley și despre amenințarea pe care el și amicul lui Morton o fac să planeze asupra ta.

– C... ce te face să spui asta?

– Faptul că mi-am petrecut cea mai mare parte din viață având de-a face cu criminali cruzi și cu escroci iscusiți. Să simți până și cea mai mică urmă a unei note false este un lucru esențial ca să supraviețuiești în situații dificile.

– Văd că am multe de învățat despre lumea ascunsă a intrigilor, spuse Sophie încet.

Cameron scoase un oftat adânc.

– Este adevărat, nu ți-am dat toate detaliile. Dar n-am vrut să te amestec și mai mult în problemele mele, Cam, continuă ea în grabă. Doamne sfinte, dacă știam că Wolcott e băgat în complotul ăsta josnic, nu te-aș fi implicat nici în ruptul capului, de la bun început. Dacă nu eram eu, nu te întorceai la Terrington și nu erai în pericol.

– Pot să miros problemele, glumi el. O dâră de pericol este parfum pentru nările mele.

Sophie deveni și mai preocupată.

– Ce vrea Dudley de la mine nu este important. Dacă recuperez documentul ăla afurisit de la el, trebuie să-mi lase familia în pace.

– Subestimezi răul. Dacă un om ca Dudley își dorește ceva suficient de tare, nu se va opri, Sophie. Va găsi pur și simplu o altă slăbiciune, o altă țintă. Georgiana sau Penelope, poate.

Toată culoarea îi dispăru din obraji. Profitând fără milă de frica ei, Cameron insistă:

– Deci ai face bine să ai încredere că sunt cel mai bun judecător când vine vorba despre ce este important.

– Încredere, repetă Sophie. Îmi tot trimiți mesaje contradictorii. La un moment dat îmi ceri să am încredere în tine și apoi, în clipa imediat următoare, mă previi să nu cred un lucru din ce spui. De care Cameron ar trebui să ascult?

O întrebare bună.

– Asta depinde de cât de mult ești dispusă să riști, Rază de Soare, spuse el încet.

Sophie strânse între degete panglicile de la bonetă și dezlegă încet funda de sub bărbie.

– Foarte bine – aș putea să renunț la prudență. Boneta ateriză pe podeaua de pământ cu un pocnet ușor. Să trecem la afaceri, da?

Capitolul 11

Sophie slăbi câteva agrafe și lăsă câteva bucle să cadă în valuri.

– Cred că e mai bine fără toate constrângerile astea blestemate.

– Departe de mine gândul de-a mă opune, murmură Cameron.

Era amuzat? Era imposibil de spus ce emoții se ascundeau în spatele zâmbetului său pe jumătate batjocoritor.

– Acum, că ai înlăturat constrângerile, de ce nu nu-ți dai drumul și la limbă? Vreau să știu ce ai mai ascuns.

Ea se strâmbă.

– Și tu ar trebui să dezvălui câteva lucruri.

– Să dezvălui toate secretele noastre? El ridică dintr-o sprânceană. Discutăm despre asta mai târziu. Mai întâi, spune-mi despre Dudley.

O rafală de vânt făcu fereastra să zăngănească și un firicel de aer se strecură printr-o crăpătură din geam.

„Încredere, încredere“, o tachina el.

– După cum ți-am spus mai înainte, el și Morton caută niște documente de la biserică. Cred că tata ar putea ști ceva despre ele.

– Asta mi-ai spus. Continuă!

– Ți-am mai zis că amintirile lui *papa* sunt atât de neclare, încât, chiar dacă hârtia ar exista – lucru de care mă îndoiesc –, nu le-ar putea povesti nimic despre ea. Sophie preferă să urmărească firele de praf ce dansau în aer decât să întâlnească privirea lui Cameron. I-am convins în cele din urmă că nu mai judecă prea bine. Și totuși, refuză să creadă că nu știu nimic despre asta.

– Ce anume îi face să creadă că ai ști ceva despre asta?

Ea șovăi.

– Sophie?

– Tu, recunoscu ea. Par să știe că am fost prieteni și că am crescut împreună.

Expresia lui rămase de nepătruns. Asemenea Sfinxului, jumătate om, jumătate fiară, sculptat în piatră solidă.

– Ce fel de document? insistă Cameron.

– Nu mi-au spus, dar, alături de o cercetare minuțioasă despre tine și trecutul tău, întrebările lor au vizat registrele de căsătorie de la biserică. M-am prefăcut a nu avea nici cea mai vagă idee despre ce vorbesc.

– Ah!

Sunetul ăsta firav ar fi putut să însemne orice. Urmă o clipă de tăcere, dar, cu fiecare nerv din corpul ei întins la maximum, mai că putea să audă rotițele învârtindu-se în mintea lui.

– Cam... Nu vorbiseră despre subiectul acela decât o singură dată, atunci când refuzul lui Lord Wolcott de a plăti un medic din Londra care să o trateze pe mama lui îl făcuse pe Cameron să se simtă întru totul neajutorat. Furios pe cruzimea sorții, îi destăinuise un secret de familie...

–Cu siguranță că asta pune lucrurile într-o altă lumină, Rază de Soare, murmură el. În biroul lui Wolcott, era o scrisoare care îl menționa pe Morton, dar până acum mi-a părut lipsită de sens. El nu explică mai multe. Având în vedere ce mi-ai spus, este cu atât mai important să mă întorc la Londra și să încep să fac ceva investigații.

–Crezi că dovada căsătoriei mamei tale cu tatăl lui Wolcott, vechiul marchiz, chiar există? șopti ea.

–Până în ziua morții ei, a insistat că era soția lui, răspunse el. Dar fratele meu vitreg pretinde că nu a existat vreo astfel de înregistrare în documentele tatălui meu, făcându-mă pe mine doar un afurisit de fiu nelegitim. Am bănuit întotdeauna că a distrus dovada ca să își protejeze originea prețioasă și să evite a se afla că are sânge corcit.

Sophie știa că prima soție a fostului marchiz, mama actualului Lord Wolcott, fusese o femeie de viță nobilă. În vreme ce mama lui Cameron fusese o guvernantă obscură care îl întâlnise pe tatăl lui în timpul unei călătorii pe mare, pe când acesta se întorcea din Italia, unde căutase o iarnă mai blândă pentru starea lui precară de sănătate.

–Ce mă nedumerește, spuse ea încet, este cum de numele tatălui meu a ajuns să fie implicat în povestea asta. Era imposibil ca el să oficieze ceremonia, din moment ce a avut loc în străinătate.

–Sunt foarte multe enigme, răspunse Cameron. Și nu o vom rezolva pe nici una acum. Ridică lacătul și îl făcu să se deschidă. Chestia cu lacătele cu cifru este că, deși pot să pară îngrozitor de complicate, de îndată ce înțelegi unde se află pârghiile cifrului, le poți deschide foarte ușor.

–Arată-mi!

Cuvintele scăpară parcă din propria lor inițiativă.

Pentru o clipă, Cameron nu reacționă. Rămase neclintit, marginea întunecată a genelor sale accentuându-i umbrele negre de sub ochi.

–Greșelile pot fi costisitoare. O scăpare declanșează uneori un pericol ascuns. Am dat o dată peste un lacăt italian care scuipa acid dacă se mișca încuietoarea greșită. Apoi mai sunt inteligentele modele elvețiene care pornesc o alarmă în interiorul casei, astfel încât proprietarul poate să te întâmpine cu o pereche de pistoale.

– Sunt dispusă să-mi asum riscul, răspunse Sophie.

– Chiar?

O întrebare? *Nu, o provocare.*

Ea își dădu în mod ceremonios cu praf pe mâini și simți furnicături în tot trupul când palmele i se atinseră.

– Sunt gata să merg *mano a mano*, Cameron. În trecut, puteam să-ți țin piept la orice joc. „Adică, la aproape orice joc." Așa că să-i dăm drumul!

Bravada ei îl făcu pe Cameron să strâmbe involuntar din buze. Lăsă lacătul din mâini și își scoase încet haina.

– Foarte bine. Lavaliera îi alunecă într-o răsucire leneșă, și el o agăță de spătarul scaunului. Asemenea ție, îmi place mai mult să lucrez atunci când nu simt vreo constrângere vestimentară.

Încet, încet, își suflecă mânecile și dezvălui o pereche de brațe bronzate și musculoase.

Drept răspuns, Sophie desfăcu primii doi năsturași de la corsaj și își flutură o mână în dreptul feței.

– Mi se pare mie, sau aici este cald?

Chicotul lui gutural îi aprinse ei o flacără șicanatoare de căldură undeva jos, în interior. Își lipi strâns genunchii, își mișcă foarte puțin picioarele și își scutură ușor fustele.

– Fii atentă, Rază de Soare! Lecția e pe cale să înceapă. O licărire primejdioasă se aprinse în ochii lui. Un lacăt este ca o doamnă neprihănită. Desenă cu degetul un cerc în jurul găurii. Există o deschizătură specială care îți permite să te adâncești înăuntrul ei și să îi înveți secretele intime, dar este nevoie de o seducere atent regizată ca să reușești să pătrunzi acolo. Ea nu cedează în fața oricui. Trebuie să ai o atingere iscusită ca să o convingi să se deschidă. O alunecare stângace poate să-ți năruiască toate speranțele.

Sophie își simți obrajii îmbujorați.

Cameron chicoti din nou, iar obrajii ei se încinseră și mai tare.

– Să continui?

– Sunt numai ochi și urechi, spuse ea și încercă să răspundă pe același ton mieros.

– Îmi pare rău, dar trebuie să îți cer să folosești alte părți din corpul tău în exercițiul ăsta.

– Eu...

Spre disperarea ei, vocea îi sună gâtuită.

– *Mâna*, Sophie. Un rânjet diabolic. Întinde mâna, cu palma în sus, te rog! Degetele lui lungi și suple îi cuprinseră încheietura. Relaxează-te, murmură el. Încordarea îngreunează efectuarea unor manevre delicate.

– Ești, cu siguranță, un expert în domeniu, spuse ea pe un ton ușor iritat. Putem să continuăm?

– Of, ai dreptate. Un lacăt, spre deosebire de o doamnă, trebuie să fie deschis cât se poate de repede. Totuși, cucerirea lui presupune să știi mai mult decât puțină mecanică. Cameron scoase din cizmă un ax subțire de oțel și i-l puse cu grijă în mână. Presupune să simți.

Oțelul era neted și rece pe pielea ei.

Îndreptă axul spre gaura cheii și îi vârî vârful înăuntru.

– Închide ochii, mișcă metalul în cerc și spune-mi ce simți.

Ea făcu întocmai.

– Este neted... și tare.

– Hai, poți mai mult de atât.

Încruntată, ea încercă din nou.

– Sunt două muchii – ba nu, trei.

– E mai bine. Cameron împinse axul un pic mai mult. Dar acum?

– O serie de crestături.

– Apasă foarte ușor pe fiecare în parte. Simți vreo mișcare?

Sophie era surprinsă de cât de subtile puteau fi fisurile din oțel.

– C... cred.

– Excelent! Lacătele astea sunt înșelătoare, pentru că au câteva elemente suplimentare. Dar este un exercițiu bun. Acum, scutură ușor aici...

În următoarea oră, Cameron o învăță lucrurile de bază despre cum funcționau lacătele. Era dificil, necesita pregătire, multă răbdare și concentrare. Iar lui Sophie i se păru captivant. Îi plăcea să rezolve probleme, iar aici eforturile ei erau răsplătite foarte satisfăcător atunci când proceda cum trebuia.

– Nu-i rău, Rază de Soare, spuse el de îndată ce ea fu în stare să desfacă singură încuietoarea. Cunosc câțiva tâlhari în Londra care ar fi încântați să apeleze la serviciile tale, dacă te hotărăști vreodată să îți cauți de muncă.

– Parcă ar fi mult mai interesant decât să fii guvernanta unei cete de copii obraznici. Sophie își șterse fruntea. Recunoaște, mă pricep.

– Trufia prevestește prăbușirea. Cameron scoase un ceas de buzunar din haină și deschise carcasa. Este foarte bine să stăpânești un mecanism atunci când nu lucrezi sub presiune. Dar, atunci când este întuneric, iar timpul este esențial, sarcina devine mai dificilă.

El sprijini ceasul de un urcior din ceramică și înclină cadranul din porțelan alb înspre ea. Era un obiect frumos, elegant în simplitatea lui, și totodată minunat lucrat. Scump, ghici ea, observând gravura fină și patina somptuoasă în două tonuri de auriu.

– De unde îl ai? întrebă ea.

– Din Geneva, răspunse el nepăsător. Cetățenii de acolo sunt renumiți pentru priceperea lor la ceasornicărie.

– Trebuie să fi costat o avere.

El strâmbă din buze.

– Într-adevăr, suma cerută a fost foarte mare. Însă am fost în măsură să negociez prețul.

Ticăitul păru să capete un ton mai profund, mai întunecat. „Primejdie, primejdie."

Sophie ignoră avertismentul și insistă:

– Ce cred prietenii tăi despre activitățile tale ilegale?

Cameron ridică din umeri.

– Așa cum fac prietenii, Connor și Gryff îmi tolerează greșelile. Și, în vreme ce nu aprobă unele dintre faptele mele mai scandaloase, ei recunosc că am anumite calități salvatoare. Abilitățile mele s-au dovedit uneori utile pentru ca Binele să învingă Răul.

„Alb și negru." În vreme ce umbrele îi traversară chipul colțuros, Sophie îi studie profilul. Cât de ciudat – chiar dacă se schimbase într-o mie de feluri de-a lungul anilor, rămăsese în esență același. „Cameron. Isteț și misterios."

Opusul ei, și totuși un spirit înrudit.

Simțind examinarea ei minuțioasă, Cameron se întoarse brusc și lovi ușor cristalul ceasului.

– Înapoi la lecția noastră, Rază de Soare! Încearcă să deschizi lacătul în, să zicem, două minute.

Sophie privi cum se scurseră câteva secunde.

– E un timp groaznic de scurt.

– N-ai dreptul să încerci să o faci și în realitate până când nu reușești în jumătate din timpul ăsta.

Ea luă din nou axul și se apucă de treabă. *Tic, tic, tic.*

– Fir-ar! O mișcare bruscă armă una dintre încuietorile greșite și îngheță mecanismul.

Cameron afișă o expresie cam îngâmfată când eliberă încuietoarea dinăuntrul lacătului. „Prea îngâmfat."

– Hai să vedem cum o faci în mai puțin de un minut.

El se puse pe treabă, cu o relaxare înnebunitoare.

– Patruzeci și unu de secunde, pentru a fi mai exact.

– Pun pariu că nu poți s-o faci în treizeci de secunde, răspunse Sophie.

O pauză.

– Pe cât?

Costurile războiului se socoteau mai târziu. Fără tragere de inimă, ea clătină din cap.

– N-am buzunarul prea plin. Nu pot să pariez pe bani.

– Bine. O privi leneș, pe sub pleoape. Am să accept un alt gaj.

– Cum ar fi? I-am lăsat toate brioșele lui Neddy Wadsworth și mă îndoiesc că ți-ai dori agrafe de păr.

– Poți să păstrezi agrafele, recunoscu Cameron. Am să iau un articol de îmbrăcăminte la schimb. Eu aleg.

– Ești incorigibil! exclamă ea.

– Categoric, spuse el tărăgănat. Primejdios de... Se mișcă ușor, o mișcare subtilă, și totuși Sophie era profund conștientă de pulsația musculaturii masculine, de farmecul puternic și primitiv.

„Primejdios, într-adevăr."

– O incursiune spre partea întunecată a decenței e mai mult decât suficientă pentru azi. Ești isteață că refuzi pariul. Expresia lui nu se schimbă, dar ea simți că starea lui se modifică din nou brusc, asemenea argintului-viu care prevestea o furtună. Sophie ura când se retrăgea în el și nu mai lăsa la vedere decât carapacea unui străin.

– Întoarce-te înspre lumină, Rază de Soare, spuse el și se lăsă pe spate în scaunul lui. Este prea riscant pentru tine să stai aici cu mine.

Pentru încă o clipă, Sophie privi limbile ornate din oțel ale ceasului de buzunar.

– Dacă mă gândesc mai bine, am să accept termenii tăi.

*

„Ar trebui să o fac să plece." Cameron inspiră scurt și iute. „Să o fac să fugă înainte să fie atrasă și mai adânc în iadul meu întunecat și plin de demoni." Riscurile erau prea mari. Nu era doar amenințarea fizică, deși Dumnezeu știa că era și asta îndeajuns de înspăimântătoare. Mai rău era să știe că, dacă o lăsa să facă parte din viața lui sumbră, însemna să o atragă mai aproape de abisul distrugerii. Tot nu putea să îi ofere o viață respectabilă, așa că era greșit să retrăiască prietenia lor din tinerețe, când râdeau împreună în fața oricărui pericol.

Inima îi bătea gata să îi sară din piept. Cameron se întinse peste masă. Ceasul de buzunar nu era decât la câțiva centimetri depărtare. Îl închidea, iar jocul se termina.

„Dar eu sunt un diavol căruia nu îi pasă decât de propriile dorințe egoiste."

Degetele i se mișcară... și apucară axul.

– Spune-mi când să încep, zise el și rămase surd la vocile dojenitoare din capul lui.

– Acum, spuse Sophie, cu ochii ațintiți pe cadran.

Tic. Încuietoarea se deschise.

– Fir-ar!

– Cu cât e miza mai mare, cu atât degetele mele se mișcă mai repede, murmură el și savură culoarea ce se întindea pe pielea ei. Un rozaliu ușor auriu, exact nuanța unei piersici coapte și încălzite de soare. Hmm, lasă-mă să mă gândesc la opțiuni. Ce element să aleg? Un ciorap, poate?

Ea aruncă o privire plină de reproș spre ceasul de buzunar.

– Un domn te-ar lăsa să scapi ușor. Însă diavolul ar putea să aleagă rochia.

Pulsul îi era vizibil în zona gâtului.

– *N-ai face asta*.

– Ăsta, spuse tărăgănat Cameron, este punctul greșit în care să apeși când te joci cu un om care nu are nici măcar un dram de onoare. El făcu o mișcare simplă cu brațul, pe care-l avea dezgolit până la cot. Dă jos rochia! Dacă nu cumva, desigur, vrei să anulezi pariul.

– Și să recunosc că, de fapt, sunt fricoasă și lașă? comentă Sophie. Ha! Fie ca diavolul să primească lucrul ce i se cuvine.

Câteva smucituri grăbite eliberară bretelele de pe umeri. O ridicare din umeri, un legănat ușor și articolul de îmbrăcăminte alunecă deasupra capului ei și căzu la podea, creând un iaz catifelat de muselină la piciorul scaunului.

– Așa. I se făcu pielea de găină pe brațe din cauza vârtejului de aer creat care îi gâdilă pielea. În jocurile de noroc, celui care pierde i se dă întotdeauna șansa de a-și recupera pierderile, corect?

„Îndepărtează-te de ispită!"

– Da, răspunse el. Dar, cel mai adesea, decizia rațională este să-ți reduci pierderile și să ieși din joc.

– În primul rând, dacă îmi doream să fiu rațională, nu mă aflam aici, i-o întoarse Sophie. Douăzeci și cinci. Ai douăzeci și cinci de secunde. Dacă nu reușești, pierzi un obiect vestimentar.

– Accept, dar cu o mică modificare. În calitate de câștigător anterior, îmi rezerv dreptul de a decide ce îmbrăcăminte să dau jos.

– Cum dorești.

La semnalul ei, Cameron atacă din nou lacătul.

– O, uf! strigă ea și îl privi bâjbâind până ce se scurseră secundele. Ai dat greș în mod voit!

– Am totuși un strop de decență, răspunse el și își scoase cămașa. N-aș permite să stai acolo și să tremuri singură.

Sophie înghiți în sec și făcu ochii mari când se uită la pieptul lui.

– A... am văzut statuile din marmură ale lui Lord Elgin, dar cumva trunchiul gol al unui bărbat arată diferit în realitate.

– Mai întâi, totul – și vreau să spun totul – la ele este mai mic, spuse el încet.

Chipul ei se înroși.

– Sunt frumoase, într-un mod foarte abstract, continuă Cameron. Totuși, ceva se pierde la transpunerea cărnii în piatră.

– Un limbaj cu totul diferit, încuviință ea cu un semn din cap. Dar un tremur firav îi modulă vocea. Spre deosebire de sculpturile grecești, netede și solide, cumpătul ei părea pe punctul să se spulbere într-o mie de așchii mici.

– Să zicem că e remiză? Văpaia ajunsese în ochii ei, provocând remarca lui voit deocheată. Încă o înfrângere, și îți pierzi cămașa de corp, continuă Cameron. Învăluite numai într-un corset subțire, sfârcurile tale minunat s-ar putea întări și țuguia de frig.

– Fără pantaloni, părțile tale intime s-ar putea reduce simțitor, i-o întoarse Sophie.

Cameron izbucni în râs.

– Dar de unde știi detalii de-astea șocante despre anatomia masculină?

– Te-ai strecurat în mare să faci o baie, pe când aveai doisprezece ani, și m-ai lăsat să îți țin hainele.

Cameron uitase de acel moment, dar acum își aminti. În orice caz, împărtășiseră multe aventuri de-a lungul anilor.

– Doamne, cât de stânjenitor.

– Foarte.

Zâmbetul ei larg, lucind de o veselie reprimată, reduse la tăcere vocile de avertizare din mintea lui.

– Să înțeleg că mai vrei o rundă?

Ea încuviință din cap.

– Hai să facem lucrurile un pic mai interesante! El scoase un alt instrument din cizmă. Ai să primești o a doua încercare de un minut cu axul subțire. Dar eu va trebui să lucrez cu un cârlig, care este proiectat pentru un alt tip de mecanism. Asta ar trebui să anuleze avantajul meu.

– Porți mereu cu tine o asemenea varietate interesantă de unelte în încălțăminte? întrebă Sophie.

– Cel mai bine este să fii pregătit pentru neprevăzut. Deci da, am mereu câteva obiecte interesante ascunse în haine.

– Interesant. Privirea ei zăbovi pentru o clipă pe piciorul lui, apoi ea se aplecă în față și reajustă ceasul de buzunar, lucru care îi oferi lui Cameron o priveliște ademenitoare spre sânii ei rotunzi și spre adâncitura dintre ei. Era întunecată și îmbietoare – suficient de largă pentru ca o limbă să se afunde acolo și să guste o urmă de sare și condimente.

O muzică stranie și dulce începu să răsune în urechile lui. „Sophie sirena." Ademenind bărbatul să se avânte pe stâncile dorinței interzise.

„Nu." Cameron închise ochii pentru o clipă. „Nu te duce acolo. Ea este o Rază de Soare și eu sunt însăși Întunecimea Diavolului" – un bastard în ochii lumii, singurul adevăr care conta.

În trecut, nu fusese în măsură să îi ofere o viață decentă. Și, după zece ani, singurul lucru care se schimbase era că acum el era chiar mai periculos, mai nerespectabil. Sophie merita mai mult de atât. El era conștient de asta. Oh, da, era profund conștient.

– Gata? întrebă ea.

– Bineînțeles. Își astupă urechile în fața murmurului conștiinței și își împreună palmele. În runda asta, simplificăm regulile. Dacă deschizi încuietoarea în timpul alocat, câștigi și ajungi să alegi articolul de îmbrăcăminte la care trebuie să renunț. Dacă nu reușești, facem invers.

– Poate îți cer șarpele dacă am să câștig, murmură ea.

Privirea ei alunecă spre cercul mic de aur ce atârna din urechea lui. Era, de fapt, o cobră minusculă care își ținea coada în gură.

„După faptă și răsplată?"

– Încă un cuvânt de avertizare, Sophie! Nu face presupuneri și nu te gândi în avans! Când te afli în toiul unei acțiuni periculoase, nu te concentra decât asupra momentului prezent. În caz contrar, este posibil să faci greșeli mentale.

Capitolul 12

– Fără greșeli. Concentrarea este cheia. Sophie își frecă mâinile. Jur că, de data asta, am să mă descurc mai bine. Închise ochii pentru o clipă și își închipui că lacătul acela negru-albăstrui din oțel nu era decât un mecanism lipsit de viață și că, dacă îl manevra cu suficientă abilitate, putea să elibereze mai mult decât niște pârghii ingenioase și niște roți dințate.

– Timpul, spuse Cameron.

Axul părea să se miște de la sine. „Încredere." Hotărî să renunțe la gândirea conștientă și să aibă încredere în instinctele ei.

– He, he, ca să vezi! Păru un pic surprins când încuietoarea se predă, chiar înainte ca ultimele secunde să se scurgă.

– O cizmă, anunță ea.

– O umilă cizmă?

– Am de gând să profit la maximum de timpul meu, răspunse ea. Și nu vreau să îți înghețe părțile cele mai delicate.

– Ai grijă, Rază de Soare. Nu uita ce ți-am spus despre încrederea excesivă, spuse Cameron peste bufnitura scoasă de pielea care lovea podeaua de pământ. Zeilor nu le place nimic mai mult decât să umilească un muritor care dă dovadă de o mândrie nemăsurată. Luă cârligul. Douăzeci și cinci de secunde?

– Da, răspunse Sophie, convinsă că peste o jumătate de minut toate degetele lui de la picioare aveau să fie protejate doar de ciorapi. Timpul stabilit era imposibil.

Țac, țac, ȚAC.

Vijelioasele sunete metalice îi dovediră că se înșelase amarnic.

– Ha! Acum vedem noi cine îngheață.

– La naiba! Ea se strâmbă. Ultima dată, păreai să te fi mișcat cât puteai de repede.

– Este înțelept să îți ascunzi atât punctele slabe, cât și punctele forte, Sophie. Adversarul rămâne întotdeauna nesigur și merge pe ghicite.

– O lecție dureroasă ce trebuie învățată, răspunse ea și se supuse semnului prin care el îi indică să se dezbrace de cămașa de corp.

Brațele îi fură cuprinse de fiori când materialul din bumbac îi alunecă ușor pe piele. Însă nu atingerea țesăturii sau adierea ei era cea care îi stârnea reacția. Privirea lui galeșă era ca o atingere efectivă ce îi mângâia linia claviculei înainte să se avânte în jos, insistent și leneș, spre sânii pe jumătate dezgoliți.

Panglicile corsetului părură deodată să se strângă și să o lase fără aer în plămâni.

– Chiar dureros. Râsul discret îi mișcă ușor colțurile gurii. Îmi imaginez că scaunul este plin de așchii, care se pot dovedi al naibii de neplăcute pentru un posterior gol.

Sophie coborî privirea spre indispensabilii ei, care ofereau o protecție limitată în fața scândurilor aspre sau a privirilor rătăcitoare.

– Nu trebuie decât să mă asigur că nu pierd.

– Asta poate doar să întârzie inevitabilul, spuse Cameron. Dar nu deții controlul asupra propriului destin. Nu trebuie decât să câștig... – se opri ca să treacă iute în revistă puținul pe care îl mai avea pe ea – de șase ori și vei fi complet goală.

Un tremur se ciocni cu un val de căldură emanat de centrul feminității ei.

– Douăzeci și cinci ori șase fac o sută cincizeci de secunde – exact două minute și jumătate. Pocnetul degetelor lui o făcu să tresară. Au să treacă pe nesimțite.

– Presupunând că n-ai să faci o mișcare greșită, spuse ea. Nu prea mai ai multe de sacrificat, și, dacă îți înlătur eu prima toate hainele, jocul s-a terminat.

Cameron se aplecă peste masă, iar mușchii lui netezi și sculpturali străluciră ca bronzul lustruit în lumina scăpărătoare a soarelui.

– De fapt, n-am stabilit ce anume ar pune capăt jocului. Am inventat regulile din mers.

Se întinse ca o felină și atinse cârligul de prima panglică a corsetului ei.

– Lacătul a devenit cumplit de cunoscut. Ce se întâmplă dacă mut provocarea spre o nouă enigmă?

Zâmbetul lui șicanator ațâță încordarea tensionată din corpul lui Sophie. Aerul dintre ei sfârâia, încărcat de promisiuni.

Sophie nu trebuia decât să spună nu într-o mulțime de moduri subtile – să se retragă, să scuture din cap, să șoptească un cuvânt. O mai făcuse înainte, când alesese regulile în defavoarea nesăbuinței. La vremea aceea, fusese decizia corectă, indiferent de cât de mult duruse. Amândoi erau pe atunci mult prea tineri, iar familia ei avea prea multă nevoie de ea.

„Dar acum?"

O simplă fluturare a genelor, și el și-ar fi luat tălpășița – poate pentru totdeauna –, lăsând-o să înfrunte încă o interminabilă serie de zile mohorâte. O viață deposedată de orice culoare și înflăcărare.

Regulile, desigur, nu lăsau nici o îndoială privind alegerea ce trebuia făcută. Dar regulile nu înțelegeau regretul. Regulile nu întrerupeau incertitudinile. Regulile nu țineau dorul la distanță.

„O fracțiune de secundă." Cameron o prevenise că, sub presiunea primejdiei, nu puteai să eziți atunci când luai o decizie.

„Nu. Nu, nu, nu." Acum, Sophie era mai în vârstă și mai înțeleaptă. În inima ei, știa acum că orice viață care merita trăită implica riscuri.

Și, deodată, mica distanță care le despărțea buzele dispăru.

– Sophie, rosti el răgușit pe buzele ei. Gândește-te...

– O, te rog, Cam! Hai să lăsăm deoparte trecutul și viitorul și să ne bucurăm de prezent.

– Dacă ești sigură.

– Da. Nu fusese niciodată în viața ei mai sigură. Da.

– Atunci, Dumnezeu cu mila, căci am să fiu atât de egoist încât să îți accept hotărârea fără să mă împotrivesc. Îi cuprinse chipul cu ambele mâini și o cotropi cu o sărutare apăsată și lacomă. Chiar dacă un domn ar trebui să fie mai onorabil.

– Nu vreau să fii onorabil. Mâinile ei rătăciră pe conturul sculptural al coastelor lui provocându-i un geamăt răgușit. Vreau să fii al meu.

„Chiar și numai pentru o clipă."

Reținerea lui, ținută cu greu sub control, păru să se frângă. Câteva atingeri ușoare din cârligul lui iscusit, și funda corsetului se desfăcu într-o clipită. Sophie simți cum mâinile traseră de panglici îndepărtând materialul. Se ridică și își petrecu brațele în jurul gâtului lui Cameron atunci când el o trase mai aproape de el. Bufnitura mesei căzute fu urmată de cea a încălțărilor ei. Scoase din două mișcări, ele aterizară alene peste fustele ei mototolite.

Cameron se răsuci pe călcâie, gurile lor fiind în continuare prinse într-o sărutare pătimașă, și, din doi pași mari, o duse până la patul improvizat, unde întinsese câteva pături subțiri peste cadrul din lemn.

– Meriți mătase și șampanie, lumina lumânărilor și cristal, șopti el și întrerupse sărutul pentru a-și trece ușor buzele peste arcuirea gâtului ei. Nu este decât o cocioabă sărăcăcioasă.

Drept răspuns, Sophie găsi prohabul pantalonilor lui și îl deschise.

– Nu-mi pasă de fandoseli sofisticate, Cam. Nu sunt vreo doamnă de viță nobilă de la Londra, nici vreun diamant de primă calitate. Un cadru simplu e perfect, pentru că eu sunt... doar eu.

– Și lumina ta pură și scânteietoare, Rază de Soare, le face pe frumusețile din Londra să roșească.

„Ar trebui să fiu copleșită de rușine", își spuse Sophie, când pantalonii din piele de căprioară alunecară de pe coapsele lui. Ținut în frâu doar de țesătura subțire a indispensabililor din bumbac, mădularul lui întărit era extrem de pronunțat.

„Dar nu sunt."

Desfăcu șireturile și își apăsă cu putere mâna pe lungimea lui, savurând senzația căldurii lichide care vibra în palma ei.

Cameron răsuflă întretăiat și rămase încremenit câtă vreme ea explora conturul masculin. Oțel învăluit în catifea. Ademenitor, misterios, o enigmă plină de contraste – întocmai precum Cameron.

– Să mă ia naiba, spuse el cu un geamăt, apoi o cuprinse de talie și o lăsă ușor pe pat.

Gândul că putea să agite un asemenea vârtej de culoare topită în ochii lui trimise prin trupul lui Sophie un fior de încântare. Foc împestrițat cu aur, jad nuanțat cu fum – o mare senzuală. Întunecată, ademenitoare. Provocând-o să se arunce în adâncimile sale.

El azvârli deoparte pantalonii căzuți și își smulse cizma care-i mai rămăsese. Urmară indispensabilii, care alunecară la pământ cu un murmur sinuos. Și, deodată, i se înfățișă glorios de gol, numai mușchi încordați, scăldat în lumina dulce a dimineții.

– Mai gândește-te o dată dacă chiar vrei să faci asta, murmură el când se așeză în genunchi și îi trase jartierele și ciorapii. Căci, într-o clipă, dorința nu va mai asculta de rațiune.

– Nu vreau să mă gândesc, spuse Sophie și își aminti de cuvintele lui din noaptea ploioasă a întâlnirii lor din Londra. Nu vreau decât să *simt*.

Degetele i se încolăciră în părul lui lung și mătăsos.

„Vreau ca textura fină a pielii tale, mușchii tăi sculpturali, forma bărbăției tale să se imprime pentru totdeauna în corpul meu."

– Atinge-mă, Cam! Hai să profităm de clipa asta, indiferent de ce va fi după.

Era hotărâtă – avea de gând să profite acum și pentru totdeauna. Dragostea era prea prețioasă ca să îi mai scape încă o dată printre degete. Indiferent dacă urma să câștige sau să piardă împotriva Dudley și a lui Morton, avea să fie liberă să își urmeze chemarea inimii. Fie Georgie și Anthony aveau să îi ofere un cămin stabil și sigur pentru familie, fie ieșeau cu toții distruși, așa că nu mai conta dacă se asocia cu un pirat.

Ideea i se păru incredibil de eliberatoare.

– Sophie. Suspinul lui Cameron răsună catifelat ca satinul când mâinile îi alunecară în sus pe picioarele ei și îi despărțiră ușor coapsele. Doar păstrând amintirea ta dulce am reușit să supraviețuiesc în încercările sumbre și întunecate pe care viața mi le-a scos în cale de când am plecat din Terrington.

Ea se arcui în întâmpinarea lui și își petrecu brațele în jurul gâtului său. Umbrele dansau pe pielea lui, iar mirosul lui brut de mosc o ameți ușor. Îi simțea barba nerasă aspră pe obrazul ei, iar gura îi era acum insistentă și neclintită.

Cameron susținuse că nu voia să își împartă viața solitară cu nimeni, dar Sophie avea de gând să îl provoace. Cu siguranță, dragostea era mai puternică decât cinismul.

Abandonându-se nevoii lui – și a ei –, Sophie se pierdu nerăbdătoare în îmbrățișarea lui. Limbile li se încolăciră, iar dansul molatic și senzual al cărnii descătușă un val neașteptat de căldură înăuntrul ei.

„Oh, e necuviincios... și minunat."

Un mormăit de plăcere scăpă de pe buzele ei când Cameron își așeză trupul deasupra, topind, modelând carnea pe carne. Mădularul lui se apăsă între coapsele ei și dezmierdă ușor carnea alunecoasă ascunsă între ele.

– Am să încerc să mă mișc încet, Rază de Soare. Vocea îi era joasă și guturală. S-ar putea să simți o împunsătură de durere, dar îți promit că trece repede.

O durere splendidă se forma deja înăuntrul ei. Sophie își ridică șoldurile într-o îndemnare mută.

El îi răspunse cu un geamăt răgușit. Degetele lui – o, degetele acelea abile – se adânciră între pliurile ei feminine și găsiră perla ascunsă.

Un geamăt se formă în gâtul ei când Cameron mângâie și dezmierdă locul acela sensibil. Focul se zvârcolea sub atingerea lui, căldura devenea tot mai insuportabilă.

– Nu vorbi, iubito!

Cameron îi înăbuși scâncetele cu un sărut.

– Vreau... vreau...

– Știu ce vrei. Vârful mădularului lui se apăsa acum pe deschiderea ei. Iar Dumnezeu îmi e martor că și eu vreau același lucru. El se mai adânci un pic. Disperat, adăugă el printre dinții încleștați.

Sudoarea îi licărea pe frunte în mărgeluțe care îi umeziră părul încâlcit.

„Atât de bine, atât de bine."

O nevoie aprigă, prea nouă ca să poarte vreun nume, se dezlănțuia înăuntrul ei. Cu mâinile prinse strâns de umerii lui lați, Sophie nu mai putea suporta. Cu o arcuire în sus a șoldurilor, ea îl trase adânc în interiorul ei. Arsura trecătoare eliberă un val de senzații mult mai dulci. Simți cum se încordează în jurul lui și, pentru o clipă, parcă se topiră unul în celălalt. El făcea parte din ea – și făcuse întotdeauna.

Putea, în acel moment, să plângă de bucurie.

Cameron trase iute aer în piept și se retrase încet.

– Nu... strigă ea, doar ca să fie pătrunsă din nou de căldura lui dulce.

O altă apăsare, o altă retragere. Îmboldită de o intuiție primară, Sophie se potrivi cu ritmul lui, la început încet, dar frecarea trimise o pulsație puternică prin membrele ei. Răsuflarea ei se acceleră, la fel și respirația lui.

Pătrunderile lui Cameron deveneau mai grele, mai repezi.

Cu un geamăt, Sophie se ridică să îl întâlnească din nou, din nou și din nou.

„Mai sus, mai sus." Soarele în toată splendoarea lui incandescentă părea a pluti deasupra lor. Și apoi, într-o explozie aprinsă și strălucitoare de lumină, păru să se sfărâme într-o ploaie de scântei aurii.

Doar prin forța brută a voinței, Cameron nu se pierdu cu firea atunci când Sophie atinse culmile extazului în brațele lui.

Oh, în atâtea nopți întunecate și diavolești, visele îi fuseseră bântuite de acest moment. Abia dacă îndrăznea să creadă că sunetul vocii ei, mirosul pielii, focul pasiunii erau adevărate.

„Sophie." Ea era acum a lui, trup și suflet.

Cu strigătele orgasmului ei încă vibrând în aer, Cameron o pătrunse cu încrâncenare o ultimă dată. Propriul lui mormăit răgușit de exaltare se dezlănțui, apoi el se retrase, la timp ca să își verse sământa fără teamă.

– Rază de Soare.

Chipul ei era învăluit într-o strălucire plină de fericire. Și, pentru o clipă, întunericul dinăuntrul lui fu alungat de lumina dulce și duioasă a fericirii ei.

Complet epuizat, se prăbuși lângă ea și o strânse cu blândețe în brațe. Dintre toate riscurile primejdioase și nebune pe care și le asumase în viață, acela era probabil cel mai nesăbuit.

„Un bărbat ca mine trebuie să aibă o inimă de piatră.“ Și totuși, bătăile nebunești din pieptul lui îl avertizară că organul său primordial revenise la viață...

„Pasiune. Primejdie.“ Cumva, avea să o apere pe Sophie. Cât despre el...

Ea se agită și murmură ceva peste umăr.

– Rază de Soare, repetă Cameron, și mâna îi dezmierdă buclele ciufulite. Iartă-mă că m-am purtat ca un școlar gălăgios. A face dragoste înseamnă mai mult decât a te împerechea cu disperare, murmură el. Ar trebui să se întâmple încet, să savurezi senzațiile... așa cum faci cu un vin bun.

– Mmm, nu e de mirare că doamnele sunt prevenite să își păstreze buzele cât mai departe de sticla pasiunii, răspunse ea într-un murmur amețit. Această primă înghițitură este îmbătătoare. Întinzându-se ca o felină, își împleti picioarele cu ale lui. O revărsare efervescentă prin sânge, amețitoare ca păcatul.

Cameron simți că începea să se întărească la atingerea trupului ei. Înăbușind noul val al dorinței, se întinse și depuse un sărut ușor pe fruntea lui Sophie. „Am păcătuit destul pentru dimineața asta.“

– Indiferent de ce ar spune regulile, n-ai făcut nimic rău, Sophie. Cu toate astea, trebuie să avem grijă...

Un fornăit ușor, iar Cameron își dădu seama că ea ațipise.

– N-am să permit ca reputația ta să fie distrusă, continuă, rostind jurământul pentru el. În contul tuturor greșelilor mele din trecut, am să te păzesc de primejdie.

Sophie se trezi și, pentru o clipă, se regăsi plutind într-un nor de ceață și se întrebă dacă încântarea care îi învăluia trupul era vreo vrajă nepământeană.

„Magie neagră.“ Mânuită de un pirat cu părul ca întunericul...

Cameron se mișcă, iar trupul lui lung și mlădios îl atinse ușor pe al ei.

Nu, nu era magie. Era ceva infinit mai puternic.

„Iubire.“ Cu ochii întredeschiși, privi licăririle razelor care se strecurau prin acoperișul de paie decolorat. Cântecul unei păsări – un cânepar? – acoperi susurul ierburilor lungi care se legănau în adierea vântului. „Iubire.“ Îl iubea pe Cameron de când se știa.

Un zâmbet i se desenă pe buze. „Cred că am devenit o stricată, o târfă neobrăzată, pentru că am renunțat la virtutea mea." Regulile erau stricte la capitolul acesta – reguli inflexibile și intransigente –, iar ea le făcuse praf și pulbere.

– La naiba cu regulile, șopti ea.

„Bine și rău." Nu erau concepte simple de alb sau negru, ci îmbrăcau o gamă mult mai subtilă de nuanțe. În inima ei, știa că nu avea să resimtă nici un regret, indiferent de ce aducea viitorul.

Sophie închise ochii și își lăsă gândurile să rătăcească în voie. Chipul frumos al lui Cameron, ochii lui de un verde ca de jad, cercelul rotund de aur... straniu estompate de imagini cu încuietori și chei, și axuri din oțel strălucitor, subțiri precum acele.

„Încuietori." O imagine neclară se ivi de nicăieri și pluti spre marginile conștiinței sale. „Un dulap cu o gaură de cheie din fier forjat, bogat ornamentată?" Ceva la ea părea ciudat de familiar, dar, oricât încerca, nu putea să se concentreze asupra ei...

Cameron se agită din nou și ridică o pleoapă.

– Ai o expresie gânditoare pe față. La ce te gândești?

– La tine, răspunse ea sincer.

– Bine.

Un zâmbet leneș îi arcui gura senzuală.

Gândurile neclare cu un dulap vechi și ros de mucegai fură înlocuite de unele cu mult mai ispititoare. Din impuls, ea se aplecă și îi linse buza de jos.

– Ai un gust mai bun decât șampania.

– Iar tu... deprinzi mult prea multe abilități periculoase în dimineața asta. Cameron se rostogoli pe spate. Pot să mă gândesc la câteva moduri delicioase prin care să-ți ocup mintea doar cu gânduri despre mine. Dar, oricât mi-ar plăcea să stau și să-mi petrec ziua și noaptea învățându-te și mai multe despre plăcere, e prea periculos să lenevim mai mult pe aici. Se ridică și aruncă o privire piezișă pe fereastră. Oricât ar fi locul ăsta de retras, există riscul să treacă pe aici vreun cioban sau vreun vânător.

Cuvintele lui îi amintiră că interludiul, oricât de minunat, nu putea dura la infinit.

– Da, desigur. Simțindu-se deodată sfioasă din pricina goliciunii ei, Sophie se repezi la marginea patului și apucă de pe podea cămașa lui. O strânse în jurul sânilor, apoi continuă: Am o scuză pentru orele în care lipsesc, dar nu îndrăznesc să întrec măsura.

Cu o grație maiestuoasă, Cameron se ridică și își încordă mușchii, simțindu-se, în mod evident, în largul lui în propria piele.

Sophie nu putu să nu se uite lung la părul întunecat care se legăna pe arcuirea mlădioasă a umerilor lui. Pe jumătate sălbatic, pe jumătate civilizat – pe deplin masculin. Cum altfel putea să descrie aura de vitalitate brută pe care o radia prin fiecare por? Privirea îi alunecă în jos, printre buclele dese care îi acopereau pieptul, spre talia îngustă... și apoi tot mai jos.

Examinarea ei minuțioasă îl făcu să se încrunte.

– Ești șocată?

„Nu, intrigată."

Ea imită zâmbetul lui ațâțător.

– Cu greu. Dacă îți amintești, te-am văzut gol-goluț când aveai doisprezece.

El schiță o falsă grimasă.

– Cât de trist! S-a schimbat ceva?

– Hmm. Greu de spus. Amintirea aia a devenit un pic cam neclară.

– Obrăznicătură ce ești!

Când el începu să adune hainele lor, Sophie surprinse în treacăt o cicatrice pe coapsa lui stângă. Făcu ochii mari și întrebă:

– Este o...

– Rană de glonț? termină în locul ei. Da.

– Deci incursiunile tale nocturne nu sunt, de fapt, chiar atât de sigure pe cât m-ai făcut să cred.

– Întâmplarea face să o fi dobândit într-o urmărire mult mai nobilă decât activitățile mele obișnuite. Noua mireasă a lui Connor a fost răpită, și l-am ajutat să o salveze.

– Răpită!

– Este o poveste lungă, răspunse Cameron. E de ajuns să spun că Lady K. e la fel de curajoasă ca tine. Atunci când un dușman necunoscut a încercat să-l omoare pe Connor, a insistat să se joace de-a copoiul... O pauză. De fapt, nu contează detaliile. Așeză hainele lângă ea și schimbă iute subiectul. Hai, n-ar trebui să zăbovim! Am să ies din casă, să ai un pic de intimitate.

Când umbra lui se făcu nevăzută, Sophie începu să se îmbrace, un pic surprinsă că hainele cunoscute încă i se potriveau. Corpul ei se simțea complet schimbat.

– Sunt o persoană diferită, își spuse căzută pe gânduri și trase de șnururile de la corset. Dar măcar nu mi-au crescut coarne sau copite despicate.

Își studie mâinile, care încă purtau amintirea corpului lui Cameron. Poate că nu existau semne exterioare ale capitulării în fața păcatului, dar senzația de a-l simți lipit de ea avea să îi rămână imprimată pentru totdeauna în palme.

Prin câteva răsuciri rapide ale agrafelor aranjă și cele mai neascultătoare dintre bucle. Slavă Cerului pentru vântul nesuferit ce avea să îi servească drept scuză pentru aspectul ei dezordonat.

Cât despre buzele ei umflate de sărutări...

Legă panglicile bonetei și se strecură afară, pe ușa îngustă. Câte o provocare o dată. În clipa aceea, avântul ei pe calea spre pierzanie era mai puțin importantă decât pericolul de moarte care îl pândea pe Cameron. Necazurile ei îl aduseseră din nou în conflict cu marchizul de Wolcott – și înapoi într-o groaznică primejdie.

Așa că, indiferent de cât de abile erau mâinile lui viclene, Sophie nu avea nici în ruptul capului să îl lase să o ia pe sus și să o ascundă prin vreun loc uitat de lume, departe de acțiune, în vreme ce el își asuma toate riscurile.

Capitolul 13

– Mulțumesc, spuse Cameron când ea își alungă gândurile și îi întinse cămașa. Excentricitățile mele vestimentare sunt faimoase la Londra, dar încă n-am luat-o la plimbare pe Piccadilly Street cu pieptul dezgolit.

Gândul la toate frumusețile sofisticate de la oraș întorcându-și privirea după corpul lui îi distraseră pentru moment atenția lui Sophie. Stomacul i se încleștă, dar ea încercă să râdă.

– Fără îndoială că doamnele nu ar fi deranjate.

Cameron se întoarse și, cu o ridicare mută din umeri, își băgă cămașa în pantaloni și își trase haina pe el.

Dintr-odată, magia resimțită cu câteva clipe înainte fu înlocuită de jenă. Stânjenită și nesigură de ce trebuia să facă mai departe, Sophie coborî privirea spre fustele ei mototolite, simțindu-se deodată ca o femeiușcă naivă de la țară. Exista vreun protocol prin care îți luai rămas-bun de la un amant secret?

– Sophie?

Ridică privirea și constată că el venise destul de aproape – suficient de aproape cât să observe că ochii i se întunecaseră.

– Regret...

– O, te rog, Cam, îl întrerupse ea. Dacă începi să-ți ceri iertare, jur că îți înfig axul de oțel drept în ficat.

– În ficat? El ridică dintr-o sprânceană. Cât de amabil că îmi cruți un organ mai important!

– Nu-ți pune norocul la încercare, mormăi Sophie.

În ciuda glumei lui, expresia de pe chip îi rămase precaută.

– Voiam să spun că regret că trebuie să plec atât de repede. Un adevărat domn n-ar... ah, ei bine, nu contează. Un adevărat domn nu s-ar regăsi într-o asemenea situație. Îi atinse chipul cu vârful degetului și urmări ușor linia maxilarului ei. Am profitat cu nerușinare de încrederea ta... și sunt atât de bădăran încât n-am să spun că îmi pare rău pentru asta. Dar, oricum ar fi, sunt nevoit să mă întorc la Londra. Informația văzută în biroul lui Wolcott poate să îmi ofere o armă pe care să o folosesc împotriva lui Dudley și a lui Morton. Însă este esențial să mă mișc repede, pentru că amândoi știm că ceasul ticăie, și, până nu fac niște investigații, nu pot să fiu sigur.

– Nu trebuie să îți faci griji c-am să mă aștept să te ții după fustele mele după ce s-a întâmplat. Nimic nu s-a schimbat între noi. Sophie zâmbi trist. Cu excepția faptului că nu mai sunt virgină.

Un fior de tăcere agită aerul. Și apoi...

– Virginitatea este supraevaluată, răspunse Cameron ușor. Mă bucur să aud că nu îți faci iluzii de domnișoară legate de interludiul nostru.

Un pic iritată de tonul lui nepăsător, Sophie răspunse iute:

– Până la vârsta mea înaintată, iluziile de domnișoară au fost de mult îngropate în pod, alături de vechile mele șorțulețe cu dungi.

– Era o glumă, Rază de Soare, murmură el. Eu... Ezită. Te-am prevenit că nu iau nimic în serios, un lucru care îi deranjează până și pe cei mai apropiați dintre prietenii mei. Cu o mișcare neglijentă, își puse mănușile de York tăbăcite. Deci, încă o dată, nu mi-o lua în nume de rău, dar chiar trebuie să plec. După cum am spus, se poate să existe un indiciu important în oraș și, dacă vreau să te ajut, trebuie să-l descopăr fără întârziere.

– N-ai să mă auzi împotrivindu-mă. Ar mai fi un singur lucru înainte să îți iei zborul. Sophie se mișcă și se puse între Cameron și calul său. M-am gândit bine și, din moment ce suntem, de voie, de nevoie, parteneri în afacerea asta, am decis că e corect să împărtășim toate informațiile pe care le deținem. Astfel că mă văd nevoită să insist să-mi spui ce indiciu cauți.

Cererea ei provocă o încruntare.

– Sunt anumite lucruri pe care nu trebuie să le știi.

– Asta, spuse ea încet, este, probabil, cea mai odioasă, insuportabilă și condescendentă remarcă pe care mi-ai adresat-o vreodată.

– Încerc pur și simplu să te protejez de detaliile murdare...

– Să mă *protejezi* de detaliile murdare? Vocea ei se ridică din proprie voință. Asta e ca și cum ai încerca să încui grajdul după ce au fost furați caii. Ai uitat cumva că sunt deja atât de băgată în mizeria asta, că mai e un pic și-mi înfundă nările?

Încruntătura lui se adânci.

Sophie îi simți nehotărârea și continuă:

– Vreau să fiu mai mult decât... o parteneră de plăcere în pat, Cam. Un flirt de moment pe care îl lași în urmă de câte ori ți-o impun scopurile tale.

El își schimbă poziția, iar cizmele îi scârțâiră pe pietre.

– Nu mă aștept să îmi reciți poezioare romanțioase sau să-ți declari dragostea nemuritoare, spuse ea. Dar mă aștept să mă tratezi ca de la egal la egal. Îl privi direct în ochi. Și ca pe un tovarăș de aventură. La urma urmei, am trecut împreună prin niște experiențe îngrozitoare, și cred că merit măcar atâta respect. N-am făcut dovada tăriei mele de caracter?

Genele lui coborâră și îi feriră ochii de cercetarea ei scrutătoare. Vag și alunecos, Cameron era ca o arătare fantomatică de pe lumea cealaltă, o umbră de argint-viu care se răsucea și fugea mereu din calea luminii.

Vreme îndelungată, adierea vântului de dimineață și trilurile păsărilor se auziră vioi și nepăsător în tensiunea dintre ei. Sophie își ținu răsuflarea și așteptă, așteptă. O privire, un gest care putea să rupă singura legătură cu adevărat importantă dintre ei.

„Da sau nu." Ea era ori un prieten adevărat, ori un capriciu trecător.

În cele din urmă, un geamăt – sau poate un mârâit – i se ridică din gât .

– Și eu care mă credeam maestru în manipulare. Și totuși, limba ta este mult mai iscusită decât degetele mele. Cameron nu păru fericit să o recunoască. Mă tem c-am făcut o greșeală. Dar, oricum, viața mea a fost dominată de atât de multe decizii greșite, încât îmi imaginez că a devenit firesc să le fac.

– Nu prea este un vot de încredere, dar îți mulțumesc totuși, murmură Sophie. Acum, din moment ce timpul este absolut esențial, continuă și povestește-mi despre indiciu fără alte formalități.

El răsuflă aspru.

– Vreau să aflu mai multe despre linia de succesiune a titlului Wolcott. Actualul marchiz nu are frați – frați legitimi –, iar singurul său fiu are doar șapte ani.

– Ce legătură are asta cu șantajul lui Dudley? întrebă ea.

– Nu știu dacă are, recunoscu Cameron. Dar pe biroul lui Wolcott erau mai multe scrisori de la Frederick Morton, lucru care ridică o serie de întrebări interesante. Legătura dintre ei pare să fie mai apropiată decât am crezut.

„Wolcott și Morton."

Oare foșnetul frunzelor fusese cel care imprimase cuvintelor o notă sinistră?

Sophie înțelese cu repeziciune implicațiile cuvintelor sale.

– Dacă Morton ar fi următorul în linie pentru moștenirea titlului, după Lord Wolcott și orice alți urmași de sex bărbătesc pe care i-ar putea acesta avea, atunci crezi că e posibil să conspire ca să se asigure că băiatul pe care-l știu drept Cameron Fanning să nu apară niciodată cu dovada că el e în măsură să anuleze revendicarea lui Morton?

– Wolcott mă consideră o contaminare a sângelui său domnesc și prețios, iar Morton nu este genul de om care să rateze cu dragă inimă șansa de a moșteni un titlu și o avere. Cercelul în formă de șarpe din urechea lui Cameron păru să strălucească atunci când adierea îl răsuci. După spusele tale, sunt în relații suficient de strânse încât Morton să fie invitat la conac. Merită să investighez cât de departe merge prietenia lor.

– Ai grijă, Cam!

O platitudine, știa, dar îi alunecă de pe buze înainte să se poată gândi mai bine la ea.

Arcuirea cinică a gurii lui deveni și mai pronunțată.

– Am mereu grijă, Rază de Soare. Asta nu înseamnă că nu risc – recompensele se câștigă rareori fără riscuri. Cu toate astea, Cerberii sunt cunoscuți pentru talentul cu care întorc sorții de izbândă în favoarea lor.

– De-ar fi așa, n-ar trebui să accepți un astfel de joc teribil de noroc, șopti Sophie.

– În câteva săptămâni, tatăl tău va fi acuzat că a furat de la Biserică, răspunse el răspicat. O acuzație care are să distrugă reputația familiei tale și să năruiască orice șansă ca surorile tale să aibă parte de căsătorii rezonabile. Așa că nu este o opțiune să te dai acum de partea prudenței.

– Știu. Gâtul ei era uscat la fel ca frunzele moarte de sub picioare. Știu.

Cameron o ocoli și desprinse hățurile calului din ramura în care fuseseră agățate.

– Totul în viață este un joc de noroc, Sophie. Jocul cere o minte ascuțită și uneltiri șirete. Pielea hățurilor i se prinse deodată în jurul taliei ei, iar el o trase aproape de el. Și o dulce îmbrățișare de la Doamna Șansă.

– Sper că pe ea nu o săruți cu o asemenea ardoare, spuse Sophie, rămasă fără suflare când el îi eliberă, în cele din urmă, buzele.

– Nu trebuie să te temi că-mi va fura altcineva inima. Dacă aș avea una, ar fi a ta. Umbrele zimțate ale frunzelor făcură ca expresia de pe chipul lui să fie chiar mai impenetrabilă.

Încă un avertisment, o aluzie că pericolul nu era doar unul fizic.

– Cu alte cuvinte, un pirat nu-și poate permite să fie tras la fund de sentimente tandre, spuse ea nepăsătoare.

– Exact, spuse Cameron încet. Tu m-ai înțeles întotdeauna, Sophie.

„Mai bine decât crezi."

El își puse cizma în scăriță, apoi se opri, cu mâna pe șa.

– Ai să mă revezi cât de curând. Dar, dacă din anumite motive urgente trebuie să dai de mine, trimite o scrisoare adresată lui Lady Haddan, la Grosvenor Square. Nu vei atrage atenția nedorită dacă îi scrii altei femei, iar Gryff se va asigura că primesc orice misivă.

– O sugestie prudentă, răspunse ea. N-am să te bat la cap decât dacă este cu adevărat important.

Cameron dădu să mai spună ceva, dar apoi duse pur și simplu o mână la borul pălăriei lui într-un semn tăcut de bun-rămas.

Sophie îl privi plecând și așteptă până când silueta lui întunecată nu mai era decât un firicel de praf îndepărtat printre pietre, apoi se întoarse. Și ea trebuia să se grăbească, dar, în loc să se întoarcă pe cărare, se strecură înapoi în colibă și se așeză pe pat.

Cameron își lăsase hainele de țară împăturite pe raftul de deasupra pernelor. Sophie se întinse, trase cămașa și o strânse la piept. Inul mai păstra o urmă din colonia lui, iar despăturirea țesăturii trezi un vârtej de parfum. Ea trase adânc aerul în piept și își ținu răsuflarea, în speranța că avea să liniștească valul de emoții.

„O mare greșeală."

Parfumul pasiunii lor zăbovea în aer, moscul îi sâcâia pântecele într-o cutremurare molcomă și învârtejită.

Sophie clipi ca să își înăbușe lacrimile și se uită prelung la urmele lăsate de cizmele lui pe podeaua de pământ. Făcuse o mare greșeală? Se obișnuise cu viața fără Cameron. Era stabilă. Serioasă.

„Și acum?"

Iubirea era atât de confuză și de contradictorie. Sophie își atinse buzele cu degetele. Era înnebunitoare și complicată. Se mișcă ușor și simți o durere surdă între picioare. Putea să rănească. Și putea să vindece.

La ideea aceea, nu își putu reține un râs crispat.

– Of, fir-ar să fie, Cameron-Fanning-Daggett-Cerberul. Jur că ar trebui să se hrănească drăcușorii flămânzi ai Satanei cu pielea ta râioasă. Mă înfurii atât de tare, dar mă faci să mă simt și atât de vie.

În liniștea umbrită din colibă, piatra din jur părea să amplifice bătaia ușoară din pieptul ei. Ca o pasăre care dădea din aripi ca să se elibereze.

Sophie mai inspiră o dată parfumul cămășii lui și oftă. Cum avea ea să descâlcească toate enigmele? *Canalii. Iubiți. Datorie. Familie.* Nu era sigură că mai putea să aibă încredere în propria judecată.

Cântecul unui cânepar pluti agale înăuntru printr-o crăpătură din geam; trilurile lui erau dulci și clare, spre deosebire de propriul ei freamăt tulburat.

– Deci poate că ar trebui pur și simplu să mă încred cu totul în inima mea.

Îndrumându-și calul în jos, prin grozama țepoasă și verde spre cărarea șerpuitoare, Cameron își îndemnă armăsarul să meargă la galop.

– Hai, Lucifer, murmură el după ce strânse mai tare frâiele. Hai să călărim mai iute decât orice demoni care ar vrea să ne-o ia pe urme.

Calul scoase un pufnet spumegat și lungi pașii, copitele ridicând nori palizi de praf. Cameron se aplecă în șa și îl îndemnă să meargă mai rapid, în speranța că ritmul avea să înece vocile demonilor lui interiori.

„Secătură! Lașule!" Batjocura se auzea prea tare ca să fie ignorată.

„Am fost egoist", își mărturisi în sinea lui și înfruntă cu ochii pe jumătate deschiși bătaia vântului. „Slab. Nesăbuit." Disciplina și detașarea erau cheile supraviețuirii. Și totuși, abandona cu dragă inimă orice lecție învățată în ultimii zece ani de fiecare dată când Sophie se afla lângă el.

„La naiba, la naiba, la naiba!"

Tropăitului copitelor părea să i se alăture înjurăturile pe care și le spunea în gând.

Vocile interioare refuzau să se lase reduse la tăcere. „Recunoaște! Ești fermecat – și prostit – de iubire!"

– La naiba! Cameron își îndemnă armăsarul la un trap potolit și se îndreptă în șa. Râdeți cât vreți, strigă cu voce tare și luă prin surprindere două potârnichi ascunse într-un tufiș de prin apropiere. Da, sunt îndrăgostit de Sophie Lawrance! N-ar trebui să fiu, dar sunt. O, cum aveau a se prăpădi de râs tovarășii lui Cerberi auzindu-l urlând la lună. Îndrăznesc să spun că va trebui să mă târăsc în Vizuină cu coada între picioare, adăugă cu vocea mai joasă. Și cu săgeata lui Cupidon înfiptă în fund.

Cameron se strâmbă când se gândi la toată zeflemeaua usturătoare pe care avea să o îndure. „Dar ce-i corect e corect", recunoscu el. Și el se desfătase cu încântare și fără milă când îi înțepase din toate puterile. Nu prea putea să se plângă dacă de data aceasta colții se întorceau acum spre el.

Se cufundă într-o tăcere meditativă, își continuă drumul, iar gândurile sale se mutară de la prietenii lui la Sophie – un subiect mult mai complex și mai tulburător. Atracția fizică dintre ei era imposibil de tăgăduit. Asemenea scânteilor care fac uleiul să ia foc, flăcările se aprindeau de la prima atingere. Cât despre sentimentele ei mai profunde...

Scoase un oftat chinuit, apoi ridică privirea spre norii care se jucau de-a v-ați ascunselea cu soarele. Sophie își punea inima pe tavă. Întocmai ca el, ea învățase să își păstreze adevăratele sentimente bine ascunse. Și totuși, dincolo de spectacolul grijuliu al logicii, se văzuse o licărire a gândurilor ei cele mai intime.

O pâlpâire de soare, glorioasă și strălucitoare, care îl încălzise până în străfundul inimii.

„Iubire." Ar fi trebuit să fie simplu. Dar ce fel de viață putea să îi ofere? Era un bastard care își făcea veacul prin lumea crimelor clandestine, care aluneca printre umbre și secrete. „Cum să îi cer să trăiască într-un asemenea întuneric?" Sophie era o făptură de lumină și soare. Ar nega, dar, după un timp – o lună? un an? –, ar începe să se stingă treptat.

Parcă influențat de starea lui de spirit năvalnică, cerul se hotărî să elibereze deodată o ploaie torențială. Cameron ridică gulerul hainei și continuă să înainteze prin picăturile aspre și vânturile biciuitoare. În scurtă vreme, se transformară într-o ceață deasă combinată cu ploaie cu intermitențe. Când ajunse la Londra, era ud, îi era frig și era mort de oboseală.

Aburii ceții învăluiau caldarâmul, și o mare argintie de negură presărată ici-colo de lumina lunii îi împresura cizmele pătate de noroi. Zăbovi la un colț, gata să oprească o birjă care să îl treacă râul, când o schimbare bruscă de stare îi îndrumă pașii spre sud.

Răcoarea umedă deveni tot mai clară cu fiecare pas pe care îl făcea pe aleile întunecate. La fel se întâmpla și cu mirosurile fetide ale mahalalelor, o aluzie caustică la faptul că el și Sophie trăiau în lumi diferite. Își frecă barba zbârlită și se simți dintr-odată peste poate de obosit.

– Măi, măi, ia te uită cine-a apărut, spuse Sara în glumă când el intră în biroul ei și aruncă de pe el pelerina de ploaie. Arăți ca dracu'! Ai fost plecat într-una dintre scurtele tale aventuri?

– Poți să-i spui și așa, mormăi el și își masă gâtul înțepenit. Dacă nu te superi, mă duc să mă servesc din whisky-ul tău scoțian. Pune sticla pe nota de plată a lui Haddan.

– Este în dulap. A, și, înainte să uit, ai primit un pachet ieri. Cu o simplă mișcare din peniță, Sara indică dulapul de la intrare. Este acolo.

Obiectul era învelit în hârtie simplă maro și legat cu o sfoară obișnuită. Nu prea era genul de lucru care să cutremure de groază inima unui aventurier neînduplecat. Și totuși, Cameron simți un fior de teamă când apucă pachetul și întrezări scrisul fin.

Trecuse multă vreme – mai multă decât putea să își amintească – de când nu mai primise nici o informație de la *acea* persoană. Asemenea tuturor celorlalte însemne ale fostei sale vieți, și acea persoană fusese abandonată în praful drumurilor șerpuitoare din Norfolk.

„Se pare că trecutul m-a prins iarăși din urmă. Mai întâi Sophie, și acum..."

De peste biroul mic, Sara își ridică privirea dintr-un teanc de registre. Dintr-odată conștient că încremenise, Cameron își îndreptă privirea spre oglindă și își aranjată cu vădită exagerare cămașa udă înainte să se așeze lângă foc, uitând de whisky.

Scârțâitul peniței se auzi din nou când Sara reveni la verificarea registrelor lunare.

Cameron luă frumosul deschizător de scrisori – Connor îi oferise cadou Sarei nu doar pumnalul lui din Andaluzia, ci și Vizuina Lupului – și tăie sfoara. Se împrăștiară mai multe documente; hârtiile împăturite erau dominate de un pătrat din pergament gros și alb, cu un sigiliu de un roșu-aprins. Se uită la blazon și simți cum culoarea i se scurge din obraji.

„Fir-ar să fie!" Pentru o clipă, se gândi să o trimită – nedeschisă, necitită – direct în cărbunii din foc. Poate că vâlvătaia avea să producă o căldură de moment. Dar adevărul ar fi reapărut, ca pasărea phoenix din cenușă, doar ca să îl bântuie din nou.

Hotărî că era mai bine să o încheie o dată pentru totdeauna.

Ceara se dezlipi cu un zgomot sec, dar sonor. Calmul lui se dovedi aproape la fel de fragil – doar cu un mare efort reuși să înăbușe orice zgomot atunci când parcurse iute primele câteva rânduri. Nu știuse sigur la ce anume să se aștepte. Dar niciodată, nici măcar în cele mai îndrăznețe visuri ale lui, nu își imaginase...

– Daggett, ești bine? Sara lăsă baltă coloanele de cifre, o urmă de îngrijorare umbrindu-i chipul. Dumnezeule, nu te-am mai văzut atât de palid din noaptea în care tipul ăla diform și păros de la docurile din Indiile de Est a dat buzna aici și a amenințat că îți taie testiculele și le prăjește în ulei de măsline și boia de ardei.

– Oregano, spuse Cameron încet, făcând apel la tipicul umor sarcastic. Era oregano. De Cecci venea din Sicilia.

Dar, pentru prima dată, umorul caracteristic nu-i era de folos.

Ea se ridică și îi oferi iute un pahar din berea ei scumpă.

– Ia, bea asta! Arăți groaznic... de parcă ai fi văzut o stafie.

„Stafii obsedante, umbre sinistre." Se simți deodată bolnav.

– Daggett?

Ea îl atinse pe umăr.

„Doamne, măcar dacă era adevărat."

– Stafii... demoni... Ridică privirea în cele din urmă. Bănuiesc că Gryff ți-a împrumutat colecția lui de romane scrise de doamna Radcliffe. Tonul lui își recăpătă într-o anumită măsură siguranța, dar, când se întinse după scrisori, mâinile lui trădară un tremur ușor. Le îndesă în buzunarul de la haină, ridică paharul și luă o înghițitură. Sigur ești mult prea rațională ca să iei în serios scenele stupide, supranaturale.

– De fapt, mi se par destul de hazlii.

– Doar atâta vreme cât nu confunzi realitatea cu ficțiunea.

Sara ridică dintr-o sprânceană.

– Încerci să-mi spui ceva?

– Nu contează – nu e important. Cameron puse deoparte băutura. Trebuie să plec.

– Dar abia ai ajuns!

– Ah, dar știi că rareori rămân într-un singur loc mai mult timp, răspunse Cameron.

Sara nu părea dispusă să îl lase să scape. Trase iute aer în piept și eliberă cu un oftat.

–Atunci, șterge-o! Cu o fluturare bruscă a mâinii îi făcu semn să își vadă de drum. Dar sper că știi că poți oricând să mi te destăinuiești. Am înfruntat ceva mări tulburi împreună, și, fără ajutorul pe care mi l-ai dat în primele câteva luni în care am încercat să conduc singură afacerea asta, n-aș fi reușit să mă mențin pe linia de plutire. Mi-ar plăcea să îți întorc serviciul.

–Eu... Cameron își prinse cercelul de aur între degete, dorindu-și ca șarpelui micuț să îi crească aripi de dragon și ca acesta să îl poarte departe spre estul exotic, departe, departe de Anglia.

Dar nu ar fi însemnat decât că le abandona pe Sophie și pe familia ei în complotul josnic al lui Dudley și al lui Morton.

–Îți sunt recunoscător, Sara. Și am să mă străduiesc să-ți explic lucrurile mai bine cât de curând.

Dar, pentru moment, trebuia să se scufunde sau să înoate de unul singur.

Capitolul 14

–Tu...

Lui Sophie mai că îi sări inima din loc.

–... Începi să mă îngrijorezi, spuse Georgiana și închise cu atenție ușa în urma ei.

–N... nu te-am văzut, răspunse Sophie, apoi ridică pămătuful și se întoarse la șters praful de pe biblioteca de lângă vatră.

–Tu nu prea uiți, spuse sora ei.

–Ce-am uitat?

–Exact ce spuneam. Speram să-mi garnisesc noua bonetă cu panglica roșie de la magazinul doamnei Turner, îți amintești?

Sophie își mușcă buza.

–Of, Georgie, îmi pare rău! Am uitat cu totul.

–Așa cum s-a întâmplat cu multe alte lucruri. Doamna Hodges te-a rugat să iei niște prafuri de la drogherie, precum și niște ață și nasturi pentru haina de duminică a lui *papa*.

–Îmi pare rău, repetă ea.

– N-am vrut să spun nimic de față cu Pen, dar s-a întâmplat să arunc o privire în coșul tău, și era gol, continuă Georgiana. Ai făcut o plimbare groaznic de lungă ca să te întorci acasă cu mâna goală.

Sophie simți cum o pată de culoare i se întinse pe obraji.

– Mintea îmi umblă aiurea.

– Și ce anume făcea corpul tău în vreme ce mintea îți umbla aiurea? întrebă sora ei. Flirta cu vreun donjuan?

Sophie lăsă din mână pămătuful, se trânti pe scaunul de la birou al tatălui ei și își apăsă palmele pe frunte.

– Da. Georgiana era mult prea isteață ca să înghită o minciună. Și puteai să ai încredere în ea că avea să păstreze un secret. Cameron a fost aici pentru câteva zile, dar nimeni nu trebuie să știe. Lord Wolcott îi poartă pică. Dacă află vreodată că este viu și trăiește în Londra, autoritățile îl vor aresta și-l vor spânzura pentru furt.

– De asta a plecat din Norfolk?

– Da, răspunse ea.

Georgiana își lovi ușor vârful nasului.

– Parțial, se corectă Sophie.

– Toată povestea asta este întunecată și misterioasă, la fel ca *Groaznicul secret al lui Lady Avery*.

Sophie se crispă și se întrebă dacă nu cumva secretul din carte era că Lady Avery renunțase la virtutea ei pentru un amant desfrânat, într-o împreunare sexuală sălbatică și pasională.

– Și de ce s-a întors Cameron aici dacă știe de primejdie? insistă Georgiana.

În încăpere se lăsă dintr-odată o tăcere adâncă, de parcă toate cărțile legate în piele și hârtiile cu colțurile îndoite își țineau răsuflarea. Până și spanielul de Staffordshire de pe poliță păru să plece curios o ureche.

Sophie ezită, încercând să se convingă că ignoranța însemna fericire. Însă vocile revoltate din capul ei se grăbiră să se opună.

„Ipocrito!“ Nu îl mustrase ea pe Cameron pentru o atitudine la fel de insuportabilă?

Sophie recunoscu înfrângerea cu o răsuflare lentă și răspunse:

– Pentru că...

Fu întreruptă de pașii grăbiți ce veneau pe coridor. Un bufnet, și ușa se deschise.

– O, fir-ar să fie, Pen... se presupune că trebuie să bați înainte să dai buzna într-o încăpere, ca o fată prost crescută, o certă Georgiana. După ce studie atent îmbrăcămintea dezordonată și părul vâlvoi al Penelopei, adaugă: Doamne, arăți de parcă ai alergat printr-un tufiș de mărăcini.

Cu pieptul opintindu-se și cu fața roșie ca racul, Penelope avu nevoie de mai multe guri de aer înainte de-a putea spune:

– Tocmaim-amîntorsdinsatși...

– Mai rar, o sfătui Sophie și simți un junghi de teamă în piept când se ridică brusc de pe scaun. S-a întâmplat ceva cu *papa*?

Penelope negă din cap.

– Nu, nu. Încă o răsuflare șuierătoare. Este vorba despre Lord Wolcott!

– Ce-i cu el? întrebă Georgiana.

– A murit!

Sophie simți că i se taie răsuflarea.

– A murit? repetă ea.

– Înecat. Penelope își reveni suficient cât să ofere mai multe explicații. M-am întâlnit cu moșierul Ashmun pe drum, și el mi-a dat vestea. Iahtul de agrement al lui Wolcott a fost scufundat de o furtună. Și asta nu e tot...

Pauza dramatică o făcu pe Sophie să își promită că avea să taie din lecturile mai tinerei sale surori romanele acelea odioase.

– Soția și fiul marchizului au murit cu el, anunță Penelope. Satul este mut de uimire, nimeni nu știe sigur cine va fi următorul marchiz.

Lui Sophie i se înmuiară dintr-odată picioarele. „Doamne, Dumnezeule!“ Se așeză brusc, căci avea nevoie de un răgaz ca să își stăpânească emoțiile.

– Cum de este moșierul Ashmun atât de sigur? insistă ea. Marea este mare, și, dacă au fost martori, cu siguranță ar fi încercat să salveze oamenii de la bord.

– Se pare că nu încape îndoială, răspunse Penelope. La scurt timp după accident, o fregată a găsit un supraviețuitor din echipaj, agățat de catargul rupt. Membrul echipajului a spus că axurile cârmei s-au rupt în timpul unei vijelii și că a tras sub apă mare parte din căptușeala de lemn. Iahtul s-a umplut iute cu apă și s-a răsturnat. S-a dus la fund ca un bolovan, în câteva minute.

– Doamne Sfinte!

De data aceea, Sophie o spuse cu voce tare.

– Marchizul și familia lui se aflau sub punte. Cu cârma zdrobită și marea învolburată, n-a existat nici o șansă să scape din cabină.

– Chiar dacă reușeau să iasă, apele Mării Nordului sunt prea reci ca să poți să supraviețuiești mai mult de o scurtă perioadă de timp, spuse Georgiana încet.

– Fregata a căutat, dar n-a găsit nimic, cu excepția câtorva bucăți din epava iahtului, adăugă Penelope.

„Mort... marchizul este mort." Sophie fu asaltată de un val de amețeală.

– Sophie? Sophie? spuse Georgiana. Ești în regulă? Ești albă ca varul.

Sophie stăpâni vârtejul de greață și încuviință din cap.

– Da. Sunt doar un pic șocată, atâta tot. Toate... se întâmplă atât de repede. Stomacul i se mai strânse o dată. Doamne, Dumnezeule, nu puteau să fie negate implicațiile colosale pentru Cameron, dar, în clipa aceea, era cam prea copleșitor să încerce să le ordoneze în minte.

– Nu i se va simți lipsa lui Lord Wolcott, murmură Penelope. Nu era un om prea bun.

Georgiana se încruntă.

– Taci, Pen!

– Păi, e adevărat.

Încercând să își controleze propriile emoții clocotitoare, Sophie nu spuse nimic.

– Adevărat sau nu, nu trebuie să îi vorbești de rău pe morți, răspunse Georgiana. Drept pedeapsă, du-te și termină-ți treburile prin casă!

Penelope se strâmbă, dar păru să decidă că împotrivirea era inutilă.

– Ați putea să îmi mulțumiți că am venit într-un suflet ca să vă dau de veste, bombăni ea. Data viitoare când o să am un anunț important, mai întâi le spun puilor de găină.

Georgiana așteptă până când ușa se trânti, apoi oftă.

– Pen are dreptate. Puțini oameni vor plânge moartea lui Wolcott. Era un stăpân arogant și aspru. Să sperăm că noul marchiz se va purta mai bine cu arendașii lui.

– Da, spuse Sophie cu vocea slabă. Să sperăm.

Sora ei se încruntă întrebătoare.

– Te comporți ciudat.

„Mă simt ciudat." Mintea îi era încă ușor amorțită de șoc. Oricât era de greu de închipuit, se putea să existe posibilitatea...

– La drept vorbind, m-aș fi așteptat să simți o oarecare ușurare la aflarea veștii. Georgiana își coborî vocea într-o șoaptă. Odată cu moartea marchizului, Cameron va fi în afara oricărui pericol.

„Pericol."

– O, Doamne, Georgie, trebuie să iau numaidecât legătura cu Cam.

– Ai cum să îi trimiți o scrisoare?

O întrebare înțeleaptă, dar Sophie nu se simțea înțeleaptă.

– Da, dar mesajul nu poate să fie transmis prin cerneală și hârtie.

Avea nevoie să îl atingă, să îi simtă sângele clocotind sub piele.

– Sophie, n-ai vrea să-mi explici ce se întâmplă? spuse sora ei.

– Eram pe cale să o fac, înainte ca Pen să dea buzna aici cu vestea asta. Sau măcar să îți explic pe cât pot în clipa asta de ce a venit Cameron în Terrington.

Nu era de datoria ei să dezvăluie anumite secrete.

Georgiana se apleca în față și își propti coatele pe birou.

– S-a întors ca să vadă dacă putea să afle mai multe despre o posibilă legătură între Wolcott și... alți doi bărbați. Una care ar putea să facă mult rău.

– Și a reușit? întrebă Georgiana.

– Da și nu, răspunse Sophie. Da, există o legătură. Dar a fost nevoit să se întoarcă la Londra ca să urmărească un indiciu. De aceea trebuie să-l informez pe dată de moartea lui Wolcott.

– Crezi că el ar putea să fie în pericol.

Sophie se gândi la Dudley și la Morton, apoi încuviință din cap fără cuvinte.

– Sunt îndreptățită să presupun că pericolul despre care vorbești are ceva de-a face cu tine și cu vreun groaznic secret pe care îl ascunzi de mine?

Buzele i se arcuiră într-un zâmbet involuntar.

– Mă tem că da. Ridică o mână ca să prevină alte întrebări. Georgie, nu pot să-ți explic decât că amenință cineva să distrugă reputația lui *papa* și, odată cu ea, pe noi toți. Cameron încearcă să mă ajute să evităm lucrul ăsta.

Georgiana păli, căci înțelese implicațiile, dar rămase neclintită.

Slavă Domnului pentru mintea isteață a surorii ei și pentru curajul de care dădea dovadă.

– Cum pot să te ajut? întrebă ferm Georgiana.

– Am un plan, răspunse Sophie iute. Trebuie să ajung la Londra, fără să dau naștere la vreo bârfă. Reputațiile puteau să fie distruse la Terrington în aceeași măsură ca la Londra. Să călătoresc singură cu trăsura contravine regulilor. Totuși, dacă spunem că am luat de la Walton trăsura mătușii Hermione, atunci n-au să apară semne de întrebare. Iar de acolo pot să prind diligența fără să afle careva. În plus, absența mea nu va fi pusă sub semnul întrebării. Înainte ca Georgiana să apuce să deschidă gura, ea continuă: Cu toate astea, am nevoie de tine să stai aici și să ai grijă de Pen și de *papa*. „Dacă un romancier poate să înfrumusețeze primejdiile, eu de ce n-aș putea?“ Coborî vocea. Nu mă aștept să apară probleme, dar, dacă se întâmplă ceva, cineva trebuie să fie aici ca să îi apere.

Georgiana își înăbuși protestul.

– Poți conta pe mine. Își miji gânditoare ochii și îi deschise o clipă mai târziu. Aș putea să îl chem pe Anthony. Ar rupe cu mare drag vreo câteva picioare, la nevoie.

– Nu, nu, cel mai bine este să îl lăsăm pe Anthony afară din povestea asta, spuse Sophie. Cameron se descurcă foarte bine cu o sabie. Își simți chipul înflăcărat și adăugă repede: Și cu rezolvarea enigmelor. Trebuie să îl lăsăm pe el să se ocupe.

– Foarte bine. Reticența răsună în vocea Georgianei, dar nu insistă ca logodnicul ei să fie prezent. Ai bani de drum?

– Mătușa Hermione și unchiul Edward mi-au dat niște bani pe care să îi folosesc în caz de urgență, spuse Sophie. Am să călătoresc cu diligența noaptea, așa că nu va trebui să cheltuiesc nimic pe cazare. Bineînțeles că am să stau la ei, odată ajunsă în oraș, și ei mă vor trimite acasă. Deci sunt puține cheltuieli... și puține riscuri pentru reputația mea, de îndată ce ajungem la Walton.

– Du-te și fă-ți valiza, iar eu merg să îi spun doamnei Hodges că plecăm la oraș. Cel mai bine ar fi să plecăm înainte să se întoarcă Pen, adăugă sora ei. De acolo, îl punem pe domnul Stellings să ne ducă la Walton și să te lase la The Grapes Inn – alături de mine, ceea ce este foarte respectabil. De îndată ce plecăm, poți să te furișezi până la The Brass Spyglass, unde oprește diligența.

– Pare că te pricepi de minune la intrigi, observă Sophie.

Georgiana schiță un zâmbet.

– Înveți multe citind.

– Îți mulțumesc că ai venit. Bătrânul avocat rearanjă teancul de documente, iar cuvintele abia dacă fură rostite mai tare decât murmurul hârtiilor. Nu mă aștept să vrei să îți ofer condoleanțele mele, așa că n-am s-o fac... Lord Wolcott.

Cameron își ridică brusc capul. Se aștepta să îl vadă pe fratele lui vitreg dând buzna pe ușile duble, urlând cu vocea lui baritonală și imperioasă sau lovind de cizmele sale lustruite bastonul acela infernal cu cap de argint. Genul de om care se închipuia impunător, marchizului îi plăcea să își facă simțită prezența. Chiar și-n partea cealaltă a lumii, fuseseră momente când Cameron se trezise scăldat într-o sudoare înghețată din pricina amintirii încă vii a răcnetului mânios care îi răsuna în minte...

Se trezi uitându-se prelung la niște lambriuri tăcute, făcute din lemn de stejar.

Marchizul *acela* era mort. Împreună cu unicul său fiu.

– Nu poți să îmi spui așa. Nu există nici o dovadă, spuse ferm Cameron. Și, dacă a existat, Wolcott a distrus-o cu mult timp în urmă.

– Tatăl tău m-a asigurat pe patul de moarte că ești fiul său legitim și, cum fostul marchiz a fost pe deplin sincer cu mine în toți cei patruzeci de ani în care l-am cunoscut, chiar cred asta, spuse avocatul. Din păcate, s-a stins din viață exact atunci când începea să-mi spună despre căsătoria cu mama ta. Se temea că fiul său mai mare nu avea să fie mulțumit. Așa că a luat măsuri de precauție.

– Lucru care n-a ajutat cu nimic, mormăi Cameron.

– Nu sunt de acord. Am făcut tot posibilul să am grijă de tine și de mama ta. Îmi doresc să fi făcut mai mult.

Cameron era conștient de cât de multe făcuse Griggs pentru ei de-a lungul anilor. Avocatul îl silise pe Wolcott să le ofere o cabană modestă și un stipendiu, precum și să îi recunoască public pe Cameron și pe mama lui ca fiind niște rude sărace... chiar dacă, în privat, fratele lui vitreg se referise întotdeauna la ei ca la „prostituata" și „bastardul".

–Îți sunt recunoscător pentru amabilitate, Griggs, spuse Cameron printre dinții încleștați. Știu că mama ar fi fost gonită fără nici un ban dacă nu l-ai fi amenințat pe fratele meu vitreg cu iscarea unui scandal anunțând public că aveai de gând să scotocești prin registre.

–Știa că era o amenințare zadarnică... Nici măcar mama ta nu avea vreo idee clară despre locul în care s-ar fi găsit documentele. Dar, fiind un mare încuiat, nu a vrut ca numele Wolcott să fie pătat de vreo urmă de indecență. Griggs își împreună degetele osoase și își plecă ușor capul. Fratele tău vitreg a fost un om dur și încăpățânat. La cum îl știam eu, sunt sigur că a șters până și cele mai mici urme.

Cameron scoase un oftat. Nici în iad nu exista atâta mânie pe câtă avusese Augustus Aiden George Rowland. Fără îndoială că marchizul tunase și fulgerase în vreme ce iahtul de agrement se scufundase sub valuri. Dar, la urma urmelor, nici mândria, nici rangul, nici originea nu valoraseră nici cât negru sub unghie în fața urgiei naturii. Se întrebă dacă Wolcott înțelesese ironia situației când fusese înghițit de mormântul de ape.

Avea îndoieli. Introspecția nu era o calitate pe care răposatul lui frate să o fi admirat prea tare.

Cameron se foi în scaunul lui și își țuguie buzele.

–Ești sigur că fiul marchizului era la bord, Griggs?

–Absolut sigur. Nu aș fi trimis pachetul dacă exista până și cea mai mică îndoială, spuse apăsat avocatul. Un singur membru al echipajului a fost salvat de o fregată aflată în trecere. El a confirmat că băiatul și mama lui s-au prăpădit odată cu marchizul.

–La naiba, mormăi Cameron. Una era să își dorească să îi fie recunoscută moștenirea de drept și cu totul altceva era să se confrunte cu complicațiile neașteptate ale acestei întorsături. Nu mi-a plăcut și nu l-am respectat pe fratele meu vitreg, dar nu mi-aș fi dorit niciodată ca el și familia lui să piară într-un mod atât de groaznic. Înecul nu este o moarte plăcută.

–Groaznic, într-adevăr. Griggs tuși. Mai ales în lumina unor informații tulburătoare care abia au ieșit la suprafață.

Un fior de gheață îl străbătu pe Cam.

–Ce informații?

–Ajungem imediat și la această chestiune. Dar, în primul rând, cred că este important pentru noi să discutăm despre noua ta poziție.

–Care este una teribil de ciudată.

Griggs întâmpină sarcasmul printr-o ridicare ușoară din umeri.

–Pentru moment, da. Dar aș dori să mă mișc iute, ca să schimbăm situația.

–De ce atâta blestemată de grabă? întrebă Cameron. Eu...

–Te rog să mă asculți, îl întrerupse Griggs. Am să-ți explic pe scurt. În orice caz, trebuie mai întâi să iei câteva decizii importante, și mi-ar plăcea să le iei cu inima deschisă.

Cameron își reținu o remarcă acidă, încuviință din cap și îl invită pe avocat să continue.

–Acum, că marchizul – fostul marchiz – a plecat la cele sfinte, sunt în stare, ca să spunem așa, să te repun mai ușor în drepturi, îi explică Griggs. Chiar și fără documentele de căsătorie, pot să îmi dau public cuvântul că tatăl tău a jurat solemn în privința veridicității drepturilor tale. Asta va implica o serie de demersuri și manevre legale ceva mai complicate. Însă am motive să cred că avem șanse bune să reușim.

Cameron răspunse cam necioplit:

–Eu nu pot să pretind că ți-am înțeles vreodată acțiunile din ultimul deceniu. Cu toate acestea, am respectat înțelegerea pe care am făcut-o, atât în litera, cât și în spiritul legii.

De îndată ce fugise de Wolcott, Cameron luase legătura cu avocatul ca să se asigure că mama lui nu urma să aibă de suferit. Griggs îi promisese ca avea să se ocupe ca ea să fie luată în grijă, în schimbul unei adrese la care putea să îl contacteze.

–Lucru pentru care îți sunt recunoscător, murmură el.

–Nici măcar o dată n-am lăsat-o pe mama ta să afle că mă țineai ocazional la curent cu privire la călătoriile tale, continuă avocatul.

„Ea a înțeles de ce am plecat“, își spuse Cameron în gând. „Știa că mânia mea tinerească și mândria ar fi ajuns să mă distrugă.“ Și, chiar dacă nu îi scrisese, îi trimisese alte semne care să îi dea de veste că era în viață.

–Ba, mai mult, după cum ai cerut, nu te-am contactat decât în situații de urgență. Avocatul își drese glasul. M-am gândit că boala mamei tale era o urgență.

– Am văzut-o, Griggs, șopti Cameron. În noaptea de dinainte să moară.

– Dar...

– Sunt foarte priceput la a mă furișa fără să fiu observat.

Privirile li se întâlniră.

– În calitate de nou marchiz de Wolcott, probabil un asemenea anonimat îți va deveni imposibil pe viitor. Oamenii vor avea grijă să îți controleze fiecare mișcare.

„Presupunând că sunt de acord să ies din întuneric."

– Am nevoie să semnezi mai multe documente, milord. Împinse un teanc de hârtii peste registrul din piele. O simplă formalitate, pentru moment, sir, dar în cazul în care demersul nostru este acceptat, regulile trebuie urmate.

Înfloriturile elegante de pe manuscrisul arămiu i se părură asemănătoare răsucirii unui laț de spânzurătoare.

Zvăpăiatul Cameron Daggett era pe cale să își găsească un sfârșit prematur. În locul lui avea să rămână un străin, un aristocrat rigid, care nu semăna deloc cu escrocul blestemat care se simțea mai acasă într-o crâșmă din Southwark decât într-un salon din Mayfair.

– Și dacă refuz? Cameron se opri cu penița în mână. De ce mama naibii ar trebui să renunț la libertatea mea și să mă leg de mâini și de picioare?

– Există două motive pentru care ar trebui să te întorci la conacul Wolcott, spuse avocatul. În primul rând, pentru că te-am văzut crescând pe pământurile alea. Pescuiai în râurile de acolo, vânai pe dealuri, îți omorai calul galopând peste pășunile sale. Îndrăznesc să spun că ai furat primul sărut pe undeva prin pădurile de pe acolo.

– N-a fost niciodată casa mea, spuse Cameron.

– Ai iubit-o mai mult decât a făcut-o vreodată fratele tău vitreg. Este casa ta și are nevoie ca tu să o administrezi. Pocnetul moale al hârtiilor adăugă o mustrare mută. Nu crezi că a venit vremea să nu mai fugi de nu știu ce greșeală din tinerețe...

– Să te ia naiba! N-am fugit decât de mândria plină de ură a fratelui meu vitreg, mârâi Cameron. Lovitura pumnului său sublinie cuvintele rostite. Ziua în care am ieșit pe porțile conacului a fost cea mai fericită din viața mea.

– Ah. Și ești fericit acum?

– Foarte.

Sprâncenele argintii ale avocatului se ridicară în semn de neîncredere.

Cameron își întoarse privirea spre ferestrele cu menouri. Dacă devenea un bărbat onorabil, ar fi în stare să îi ofere lui Sophie... Nu, nu îndrăznea să se gândească la așa ceva.

– Al doilea motiv ar trebui să fie mai convingător decât primul.

– O, este. După tine, al doilea la succesiune este vărul tău de-al doilea, Frederick Morton.

„Ah, în sfârșit și niște informații bine-venite."

– Tocmai aveam de gând să întreb despre succesiune. Curios să afle opinia avocatului despre Morton, Cameron spuse: Poate că ar fi un marchiz mai bun. De când am părăsit conacul, am acumulat experiență în diverse domenii – nu ți-ai dori să știi despre majoritatea. Este suficient să spunem că a fi un nobil încrezut și plin de sine nu se află printre ele. N-am acordat niciodată prea multă atenție ideii de a fi marchiz. N-am nici cea mai vagă idee ce ar presupune asta.

– Crede-mă, domnule, indiferent de greșelile tale evidente, ești de departe cel mai mic rău dintre două rele, răspunse Griggs. Consecințele acordării titlului lui Morton sunt fără doar și poate sumbre. Mi-a făcut o vizită ieri ca să-mi prezinte documentele familiei sale și să facă o cerere formală ca procedura de confirmare a faptului că el este noul marchiz să fie începută. De asemenea, m-a informat că are de gând să îi deposedeze pe jumătate dintre arendași de fermele lor și să vândă pământul. Cele mai multe dintre familii sunt acolo de generații.

– Dar moștenirea...

– Există un pasaj final în alocarea inițială care permite ca moștenirea să fie ruptă. Toți foștii marchizi s-au simțit obligați de onoare să respecte tradițiile conacului Wolcott.

– Și ruda mea a fost suficient de vicleană cât să descopere portița asta?

– Morton nu este un vulpoi viclean, pufni Griggs. Este o nevăstuică. Și asta denigrează o întreagă specie de paraziți. Avocatul îl fixă cu o privire piezișă. Să nu uiți, marchizul de Wolcott are puterea de a influența foarte multe vieți.

– Faci apel la vanitatea mea? întrebă Cameron.

– Nu, fac apel la conștiința ta.

– Cei mai mulți dintre cunoscuții mei te-ar asigura că nu am așa ceva.

– Dar eu te cunosc mai bine ca ei. Griggs împinse documentele atât cât să se apropie de el. Am încredere că vei face alegerea potrivită, milord.

– La naiba, nu mi te mai adresa cu titlul ăsta pompos, murmură el. Încă nu m-am obișnuit cu realitatea acestei situații.

– Mă tem că va trebui să te obișnuiești. Oare doar i se păru sau Griggs chiar își permise o ușoară arcuire a buzelor? Să îți reamintesc că nu cuvintele îl fac pe om, sir?

– Scutește-mă de alte platitudini. Tu și morala ta nechibzuită ați făcut destul rău pentru o singură zi. Cameron inspiră adânc și își mâzgăli semnătura pe hârtia curată. Gata, am făcut-o. Forța din mâna lui aruncă în aer stropi de cerneală. O pată pe caietul familiei, după cum îi plăcea atât de mult fratelui meu vitreg să spună.

Griggs presără puțin nisip pe document.

„Cenușă la cenușă. Țărână în țărână." La urma urmei, era un fel de înmormântare.

După ce se asigură că totul era în ordine, avocatul ridică privirea.

– Cred că vei lua prin surprindere o mulțime de oameni.

– Asta este o afirmație al naibii de modestă, mormăi Cameron.

De data aceasta, nu există nici o îndoială în privința zâmbetului. Dar zăbovi doar o fracțiune de secundă, apoi buzele i se strânseră într-o linie sinistră.

– Ce informații?

Griggs își împreună degetele.

– Membrul din echipaj care a fost salvat jură că iahtul fratelui tău vitreg a fost întotdeauna păstrat în stare perfectă. El crede că singurul mod în care cârma și placajul de lemn puteau să cedeze este printr-un act de sabotaj deliberat.

– Wolcott a fost ucis? întrebă înmărmurit Cameron.

„Încă o direcție perfidă în care să pornesc."

– Este o posibilitate, spuse avocatul. Nu există nici o dovadă, dar m-am gândit că ar trebui să știi.

– Într-adevăr.

– Să fii cu băgare de seamă, milord! După cum am spus, Morton este o nevăstuică vicleană.

Cameron se ridică.

– Atunci e bine că am experiență cu paraziții.

Capitolul 15

– Domnișoară *Lawrance?* Zgomotul scos de peniță pe hârtie încetă. Ce surpriză... și, să fiu sinceră, nu este una prea bine-venită.

– Iertați-mă, domnișoară Hawkins, spuse Sophie și închizând în urma ei ușa de la biroul Sarei. Știu că n-ar trebui să abuzez de bunăvoința dumitale, dar trebuie neapărat să vorbesc cu o... o cunoștință comună.

Cererea atrase de la sine o privire scăpărătoare.

– Domnul Daggett, continuă Sophie, refuzând să se lase intimidată. Nu sunt aici ca să creez probleme, chiar nu. Trebuie să-l previn de ceva.

– Ce vă face să credeți că domnul Daggett ar putea fi aici?

Cu siguranță, Sara era o femeie șireată – deloc surprinzător, dat fiind domeniul în care lucra –, dar era și extrem de protectoare cu prietenii ei, lucru care o făcu pe Sophie să o placă și mai mult.

– Pentru că a menționat că vă consideră o prietenă, răspunse ea.

– Acum mă consideră o prietenă? Sara o cercetă din priviri vreme îndelungată, expresia ei fiind indescifrabilă în lumina palidă a lămpii. Măi să fie, ce interesant! Și spuneți că vă cunoașteți? Cum așa?

Dat fiind că tovarășii Cerberi ai lui Cameron știau deja despre copilăria lui, Sophie hotărî că nu era ca și cum ar fi dezvăluit un secret.

– De fapt, am crescut împreună. El mă ajută cu o problemă de familie, iar eu am descoperit niște informații care pot... Șovăiala ei nu durà decât o fracțiune de secundă... Să-l țină departe de primejdie.

– Ha! Sara scoase un râs sec. Fără supărare, domnișoară Lawrance, dar ar fi nevoie de intervenția Celui de Sus ca să se întâmple o asemenea minune.

– Posibil. Dar măcar pot să încerc.

– Aveți tărie de caracter. Și curaj, recunosc. Sara se ridică și își ocoli biroul. Domnul Daggett este într-adevăr aici, dar s-a baricadat într-o sală cu niște băieți tare necinstiți, și, ultima dată când m-am uitat, discutau tare înflăcărat. Atunci când lucrezi atâta amar de vreme într-un loc ca Vizuina, știi pur și simplu când nu e un moment potrivit să întrerupi o discuție.

– Pot să aștept? întrebă Sophie.

Sara strâmbă ușor din buze.

– Vă rog. Este foarte important. Sophie puse jos valiza și o împinse în spatele dulapului vechi. De îndată ce ajung la reședința unchiului și a mătușii mele, îmi va fi tare greu să scap.

– Sunteți încăpățânată, așa-i?

– Foarte, murmură Sophie.

Spusele ei provocară un zâmbet invidios.

– Problema este că prea mulți oameni intră și ies de aici. Și toate saloanele sunt ocupate. Cu toate acestea, mai este biroul micuț de la capătul coridorului... Sara își lovi ușor cu degetul vârful bărbiei. Puneți-vă gluga... măcar ați fost suficient de isteață încât să purtați o mantie închisă la culoare. Va trebui să vă mișcați iute.

– Mulțumesc. Eu...

– Șșștt. Un șuierat o preveni să tacă. Sara întredeschise ușa, aruncă o privire de-a lungul și de-a latul coridorului, apoi îi făcu semn lui Sophie să o urmeze.

Șoapte pluteau din spatele ușilor închise, sunetul amestecându-se cu fumul de trabuc și cu pâlpâirile roșietice ale flăcărilor lămpilor. Un aer de necunoscut părea să planeze în spațiul acela îngust. „Întunecat, neplăcut."

Sophie își simți pulsul accelerând când se cufundă tot mai adânc în umbrele mișcătoare. Lambriurile de culoarea ciocolatei accentuau nuanțele miezului de noapte. Rămase aproape de pereți și se grăbi să țină pasul cu mersul furișat al Sarei.

O licărire bruscă de lumină venită din față atrase de la sine o înjurătură șoptită.

– La naiba! Sara se întoarse pe loc și o apucă de braț. Pe aici.

Cu o apăsare rapidă, deschise o ușă ascunsă în lemnul sculptat.

Sophie se trezi împinsă într-un spațiu întunecat ca smoala. Auzi cum zăvorul se închise ușor la loc.

– Să fiți cu băgare de seamă, șopti Sara. La dreapta, sunt niște scări în spirală foarte strâmte. Pentru numele lui Dumnezeu, încercați să nu cădeți.

Urcară, și fustele atinseră ușor pereții pasajului. În capul scărilor, Sara deschise încă o ușă.

– Repede, repede!

Coridorul acela era mult mai elegant decât cel de jos – Sophie surprinse o umbră vișinie înainte să fie împinsă în camera aflată în fața scărilor secrete.

– Jur că sunt prea bătrână pentru asemenea intrigi, bolborosi Sara și scoase o cutie de chibrituri dintr-un buzunar ascuns în mânecă. Se auzi frecușul fosforului și Sara aprinse lumânările de pe noptieră. Domnul Daggett îmi rămâne dator cu multe mulțumiri... nu că el și-ar plăti vreodată nota.

Ochii lui Sophie se măriră în vreme ce se adaptau la lumină.

– Dar este un escroc fermecător, în ciuda nenumăratelor defecte, adăugă Sara. Se întoarse și făcu o grimasă când zări chipul lui Sophie. Îmi cer scuze că vă bag într-o Odaie a Păcatului, dar, cum nu putem să ajungem la un birou mai respectabil din spate, ăsta e singurul loc în care nu veți fi văzută. Sper să nu fiți din cale-afară de șocată.

– Mă tem că sensibilitățile mele nu sunt așa delicate pe cât ar trebui, răspunse Sophie. De fapt, este chiar... fascinant. N-am fost niciodată până acum în dormitoarele unui bordel.

– La naiba, sper și eu că nu, răspunse Sara, arătând cam chinuită. Jur că am să-l muștruluiesc zdravăn pe domnul Daggett pentru că vă expune la o asemenea frivolitate.

– Nu e vina lui. Am hotărât singură să vin aici.

– Hmm. Sara îi aruncă o privire scrutătoare, apoi se întoarse și începu să verifice zăvoarele bogat ornamentate ale ușii. Totul pare să funcționeze bine aici. Trebuie să mă întorc la clienții mei. Îl trimit sus pe domnul Daggett cât pot de repede, dar, între timp, trebuie să-mi promiteți că rămâneți aici cu ușa încuiată. Metalul zăngăni pe metal când ea încercă mânerul. Și trebuie să fiți tăcută ca un mormânt.

Sophie înghiți în sec. Nervii ei erau deja întinși la maximum, așa că metafora nu i se păru chiar încurajatoare.

– Sper că nu au loc decese la Vizuina Lupului.

Sara schiță un zâmbet strâmb.

– Ei bine, știți, francezii numesc orgasmul unei femei „*la petite morte*“, așa că... Ea se opri la jumătatea frazei. Hopa! Scuze, am uitat că sunteți o Inocentă.

„De fapt, nu sunt", își spuse Sophie în gând. „Chiar dacă n-am multă experiență cu păcatul."

Fără să știe cum anume să răspundă, Sophie rămase tăcută. Dar ceva din expresia ei trebuie să fi dat de gol adevărul, căci zâmbetul Sarei fu înlocuit de o încruntare și de o privire pătrunzătoare.

– Oh, spuneți-mi că ticălosul n-a...

Sophie simți cum obrajii i se aprinseră.

– Acum, nu doar că am să-l muștruluiesc zdravăn pe chipeșul domn Daggett, ci am să îi sparg căpățâna cu un clopot mare din alamă, spuse sumbru Sara. Este un hoț al naibii de bun, dar are destulă minte cât să nu fure virtutea unei lady.

„Oh, nu a furat-o." Ea își feri privirea. „I-am oferit-o pe tavă."

– Știu. Sara pufni încet. Ei bine, le rezolvăm pe toate astea mai târziu. Acum trebuie să plec. Nu uitați să încuiați ușa și să nu lăsați pe nimeni înăuntru, cu excepția mea și a Cerberului.

Sophie răsuci supusă cheile, apoi se întoarse să cerceteze în amănunt tot ce se afla în jur.

„Doamne sfinte, e ca și cum aș fi pășit într-un basm exotic."

Se îndreptă spre centrul camerei și se răsuci lent. *Peștera cu comori a lui Aladdin.* Exotic, da. *Și erotic.* Felinare mari, în formă de stea, cu brațe din alamă lustruită gravate cu modele complicate, atârnau peste un pat imens cu patru piloni. O mulțime de perne somptuos brodate zăceau îngrămădite pe tăblia colorată, desenele reprezentând...

– Oh! Sophie clipi uimită și se aplecă pentru a se uita mai bine. Hmm. Sigur trebuia să fii un acrobat de la circul Astley ca să îți contorsionezi corpul în poziția aceea.

Urmări cu mâna cuvertura bogată, din catifea de culoarea prunei, apoi se îndreptă spre piciorul patului. Ornamentele lui sculptate în alamă erau concepute în forma a doi șerpi care se încolăceau în linii elegante și șerpuitoare. Metalul era neted și rece la atingere.

– Doamne, e îngrozitor de cald aici, murmură ea și își dezlegă panglica de la mantie. Focul din vatră transformase lemnele în cărbuni de un roșu-portocaliu care pocneau ușor, aruncând scântei de aur. Deși bănuiesc că e foarte confortabil dacă nu ai nici o haină pe tine. Se mișcă până ce lâna împâslită îi alunecă de pe umeri și își aruncă haina pe măsuța de toaletă.

Se întoarse înapoi spre ușă și își lipi urechea de lambriu. Un râs puternic vibră prin lemnul gros, prea aproape pentru liniștea ei sufletească. Sophie se trase înspre pat și începu să se plimbe înainte și înapoi, pe covorul gros din Turcia.

„Înainte și înapoi, înainte și înapoi."

– Ce naiba îl reține pe Cameron?

Pe măsură ce minutele zburau, mersul ei începea să șovăie. Călătoria o obosise, se simțea încordată...

Dintr-un impuls, Sophie se urcă pe o saltea groasă. Zări pe noptieră un recipient de sticlă plin cu chibrituri; aprinse lămpile de deasupra capului și se lăsă pe spate ca să se uite la licăririle capricioase de lumină care se unduiau pe tavan.

Ochii ei urmăriră strălucirea scânteietoare sinuoasă până spre masa unde lumina se întindea și dansa peste fațetele de cristal ale unei sticle de parfum de lux.

Sophie se trase spre marginea patului, o ridică și îi scoase dopul de sticlă.

Un nor de parfum îmbătător îi umplu nările. „Ușor dulce. Cu note de mosc. Puțin obraznic." Inspiră adânc, îl ținu în piept vreme îndelungată și se bucură de gâdilătura condimentată pe care-o simți înlăuntrul ei.

– Ei bine, nu mai pot să pretind că nu mi s-a întâmplat nimic incitant, șopti ea după ce scoase un oftat parfumat. Lui Sophie de acum câteva săptămâni gândul i s-ar fi părut înspăimântător, dar de atunci, eu... am impresia că am devenit o altă persoană. Ea adulmecă din nou. O persoană mai îndrăzneață. La fel ca pe vremuri.

Agitate de suflul de aer, felinarele se legănară ușor și desenară pe chipul ei norișori delicați de lumină.

– Sunt mai degrabă ca lampa din povestea lui Aladdin – când este frecat, trupul meu pare să dezlănțuie o misterioasă forță a naturii ascunsă înăuntrul lui.

O dâră sinuoasă de parfum se ridică din flaconul de sticlă.

Sophie își desfăcu primii doi nasturi de la rochia cu guler înalt și își tamponă o urmă generoasă de parfum pe gât, apoi pe încheieturile mâinilor.

După ce puse flaconul jos, ea observă două vase micuțe de porțelan și un pahar de argint pe colțul îndepărtat al mesei din abanos. Curioasă, trase cu ochiul.

„Fard de ochi întunecat ca noaptea și un roșu delicios pentru buze."

– Oh, la naiba... când am să mai am vreodată șansa să explorez din nou un bordel? O pată de culoare neagră, un dram de carmin. Arăt ca o stricată nerușinată, murmură Sophie după ce își privi reflexia din mai multe unghiuri. Poate că puțin din spiritul asta depravat mi se transmite și mie. Mai desfăcu un nasture. Ultimul obiect de pe masă era o carafă plină cu un lichid de culoarea chihlimbarului. În pâlpâirile șovăitoare ale luminii lumânărilor arăta precum focul lichid.

„Coniac? Sau vin de Porto?" Nu exista decât un singur mod de a afla.

– Daggett, îți promit că o să am banii în curând și cu un bonus generos, dacă ești de acord să ai răbdare, declară Dudley. Zornăitul de zaruri și înjurăturile strigate la mesele de joc erau pe jumătate estompate de draperia trasă, care separa firida de salonul principal. Totuși, era greu să îi auzi vocea clar. Mai așteaptă doar un pic.

– Cât de mult? întrebă Cameron și îl ignoră intenționat pe Morton, care era așezat lângă viconte. Bărbatul nu îl recunoscu, ceea ce, dat fiind trecutul lor, îl făcu să se amuze în sinea lui.

– O lună cel mult.

Dudley aruncă o privire rapidă spre prietenul său, care păru să îi confirme spusele cu o simplă fluturare a genelor.

– Răbdarea nu este una dintre virtuțile mele, spuse tărăgănat Cameron. Cum nu e nici încrederea. Am făcut niște investigații despre finanțele tale, iar răspunsurile nu sunt prea încurajatoare. De ce ar trebui să cred că situația ta s-ar schimba?

Dudley își umezi buzele.

– Pentru că...

Altă privire piezișă.

– Pentru că, răspunse Morton, mă aștept la o schimbare consistentă de avere, iar eu sunt dispus să garantez pentru datoria prietenului meu.

– Chiar așa? Cameron schiță un zâmbet batjocoritor. Ce surpriză! Fără titlu. Fără proprietăți, fără vreo avere moștenită... Potrivit surselor mele, așteptările tale sunt modeste, în cel mai bun caz.

Furia încordă mușchii din falca lui Morton, dar el reuși să scoată un râset înfundat.

– Sursele tale se înșală. Își trase scaunul un pic mai aproape de masă și continuă: Poate că n-au auzit că marchizul de Wolcott și fiul lui au avut un nefericit accident cu barca.

– Știu de moartea lui Wolcott. Cameron sorbi alene din coniac și savură jocul de-a șoarecele și pisica pe care îl punea în scenă. „S-or paria sume importante aici, însă miza acestei discuții e cu mult mai mare." Dar nu văd cum te influențează pe tine asta.

– Nu? Unica flacără a lumânării surprinse rânjetul tăios al lui Morton. Atunci poate că nu ești așa bine informat pe cât crezi, Daggett. Dacă te-ai uita mai atent la liniile de succesiune ale familiei, ai putea vedea că oi fi eu momentan un simplu „domn", dar având în vedere că fiul lui Wolcott e mort, eu sunt următorul lui urmaș.

Cameron ridică dintr-o sprânceană.

– Dimpotrivă, sunt foarte bine informat. Așa că sunt la curent cu faptul că revendicarea titlului s-ar putea să nu fie un lucru chiar atât de sigur pe cât spui tu. Există zvonuri cum că marchizul care tocmai a murit avea un frate mai mic.

– De unde dracului știi tu asta? spuse gâfâit Dudley. Eu...

Morton îl reduse la tăcere cu o încruntătură amenințătoare. Reveni la Cameron și răspunse:

– Ștrengarul ăla – dacă într-adevăr există – e un bastard. Deci nu prea este vreun motiv de îngrijorare.

– Nu asta am auzit. Venise timpul să îi atragă pe cei doi bărbați într-o capcană. Și departe de Sophie. Am auzit zvonuri că ar exista un document care să schimbe complet situația.

– La dracu'! Dudley scrâșni din dinți. Cum...

– Consider că este de datoria mea să știu toate secretele sordide ale înaltei societăți, îl întrerupse Cameron. Se opri și privi cum Morton începu să bată ușor cu degetele în masă. Mi se pare că merită să fii informat.

Dudley își umplu iar paharul cu coniac și îl bău dintr-o singură înghițitură.

Morton nu era atât de speriat.

– Da, spuse el încet, am auzit că-ți câștigi pâinea profitând de slăbiciunile altora, Daggett.

Cameron schiță un surâs afectat.

– Râde ciob de oală spartă, nu?

Morton îi ignoră gluma și îi aruncă o privire care nu spunea nimic. Semăna cu un șarpe care așteaptă ca prada lui să se apropie la o distanță convenabilă.

– Poate. Dar mă gândesc că, dacă ne unim talentele, ca să zic așa, am putea scoate amândoi o recompensă frumoasă.

– Dețin deja o sumă frumușică. Cameron luă cambia. De ce ar trebui să depun un efort în plus ca să obțin ceva ce este deja al meu?

– Pentru că am să dublez suma.

Se prefăcu a se gândi la ofertă.

– Tripleaz-o, spuse el, după un răstimp.

– Ah, bastard nenorocit..., mârâi Dudley.

– Bastard? repetă ușor Cameron. Ai grijă, nu primesc cu dragă inimă insulte de la scursuri.

Vicontele dădu să se ridice de pe scaun. Morton întinse o mână ca să îl oprească, dar Cameron îi lovise deja picioarele lui Dudley și îl trântise la podea.

– Ar fi o greșeală gravă să mă provoci la luptă, murmură el, în vreme ce vicontele se ridica de la pământ.

– Abține-te, Dudley! Daggett are dreptate... Hai să ne folosim mai curând creierele decât pumnii, mârâi Morton. Își țuguie buzele și spuse: Sunt de acord cu cererea ta, Daggett, dacă faci astfel încât problema fratelui... să dispară. Începu să vorbească în șoaptă: Am motive să cred că o fată bătrână de pe acolo, pe numele ei Lawrance, știe ceva despre documentul care ar putea să ne strice planurile. Taică-său e pe jumătate nebun, dar ea...

– Uitați de familia Lawrance, i-o tăie Cameron. Din întâmplare, știu sigur că nu e la ei.

– Cred că te înșeli, se opuse Dudley. Domnișoara Lawrance ascunde ceva. O simt.

– Poate că ai mâncat niște pește stricat și aia simți de fapt, îl batjocori Cameron. Se uită la Morton. N-am de gând să îmi mai pierd vremea cu asta. O secundă de tăcere. Deci gândește-te pe care din noi îl consideri mai iscusit la activități clandestine, astfel încât să îi încredințezi viitorul – pe mine sau pe Dudley.

Zvâcnirea din gâtul lui Morton dădu de înțeles că înghițise momeala.

– Foarte bine, Daggett, accept termenii. Ia loc și hai să negociem detaliile...

Gustul de coniac era un pic dezamăgitor. Arsura lui îi lăsă gura ca pârjolită, dar, pe de altă parte, stârni o căldură plăcută în pântecele ei. Sophie mai sorbi câteva înghițituri mici, apoi puse la loc carafa și paharul.

– Penelope m-ar adora dacă aș îndrăzni să îi zic, spuse ea spre felinarele de alamă.

Modelele în roșu-auriu de lumină tremurară cu un râs tăcut.

– Mi-am pictat fața, am băut tărie, m-am culcat pe un pat al plăcerilor interzise...

Un ciocănit ascuțit o trezi din reveriile ei.

– Ah, fir-ar! Îi trebui o clipă ca să se desprindă de cuvertura de catifea. Picioarele ei găsiră în cele din urmă covorul – își scosese cizmulițele cu ceva timp înainte. Se grăbi spre ușă.

– La naiba! Vocea lui Cameron răsună încordată ca un arc întins. Deschide ușa!

Sophie orbecăi pe la zăvoare și deschise până la urmă încuietoarea.

El întredeschise ușa atât cât să se strecoare înăuntru și o închise iute la loc.

– Doamne Sfinte, Sophie, de ce te-ai hazarda să vii... cuvintele lui se stinseră când ridică privirea. Doamne Sfinte, repetă el.

Abia în clipa aceea se întrezări Sophie în oglinda mare de pe măsuța de toaletă. „Părul revărsat peste umeri, corsetul deschis, fața pictată care rivaliza cu Jezebel, prințesa feniciană..."

– Doamne Sfinte, repetă ea.

– Ce ți s-a întâmplat? o întrebă el. Ți-ai pierdut până și ultimul dram de minte pe care l-ai avut vreodată?

„TU ești ceea ce mi s-a întâmplat. Te-ai întors și ai adus la viață doruri sălbatice."

– Nu mi s-a părut nimic rău în a experimenta un pic, spuse Sophie în apărarea ei. M-ai lăsat să aștept aici o veșnicie.

– Dacă știam că ești aici, mormăi el, o puneam pe Sara să îți ceară să pleci. Asta nu e o afurisită de joacă, Sophie.

– Știu asta. Poate că arăt ca o nebună în clipa asta, dar nu mi-am pierdut mințile cu totul. Există un motiv foarte important pentru care am venit aici, îi răspunse ea. Lord Wolcott a murit. Trebuia să afli asta înainte să te adâncești prea tare în primejdie.

Era greu de zis, în umbrele întunecoase de acolo, dar expresia lui păru să se îmblânzească.

– Ți-ai făcut griji pentru siguranța mea?

– Da, prostănacule! Nu eram sigură c-ai să afli veștile, răspunse Sophie cu înflăcărare.

– Adevărul fie spus, le-am aflat noaptea trecută, spuse el.

Sophie începu să se simtă stânjenită.

– Iartă-mă că am dat buzna aici ca să-ți salvez pielea țâfnoasă, mormăi ea.

Cameron făcu un pas în cameră.

– Cum ai ajuns aici?

– Cu diligența. Ea se retrase înspre pat, nesigură de ceea ce însemna strălucirea stranie din ochii lui. Și apoi, cu o birjă închiriată. Am avut o mantie cu glugă care mă acoperea cu totul, așa că să nu îndrăznești să mă acuzi că sunt o nătângă. O privire în oglinda mare o făcu să adauge: Chiar dacă arăt ca o femeie ușoară, cu mintea de găină.

Ghetele lui alunecară fără zgomot pe covor.

– Asta nu e chiar descrierea pe care aș face-o eu.

Sophie simți cum trupul începu să i se înfioare atunci când Cameron veni mai aproape. Sigur coniacul o făcea să se simtă atât de amețită. Sau, poate, parfumul puternic.

– Tu...

Indiferent de ce era pe cale să spună, Cameron fu întrerupt de un bufnet strident în ușa încăperii.

Cameron se răsuci pe călcâie.

Se auzi un nou bufnet, urmat de un zgâlțâit al zăvorului.

– Nenorocita asta de cameră trebuia să fie liberă, se auzi o voce beată. Sally și-a verificat registrul mai devreme.

Spre groaza ei, Sophie își dădu seama că încuietoarea rămăsese deschisă.

Tronc.

Printr-o mișcare rapidă, se simți ridicată în brațe și lipită de perete.

– Nu scoate un cuvânt, o avertiză Cameron. Și apoi îi acoperi gura cu un sărut apăsat.

Capitolul 16

Tronc. Ușa cedă loviturii puternice a unui umăr.

–Ar trebui unse balamalele, mormăi vocea mâhnită a unui bărbat.

Răspunsul veni sub forma unor chicoteli stridente.

–O, nu-ți face griji, drăguțule! Aici la Vizuină ținem unse toate lucrurile cu adevărat importante.

–Ha, ha, ha... Râsul se stinse repede. Ă, ce-i asta? Nu-mi amintesc să fi solicitat un *ménage à quatre*... ă, nu că m-aș opune să încerc ceva nou, dar îmi imaginez că ar costa un bănuț în plus.

–Nu, nu, nu e pe listă, spuse cocota și păru oarecum amuzată. Tu tre' să fii fata nouă, drăguță, zise ea spre umbrele de pe perete. Tre' să te asiguri că Sal îți repartizează o cameră, ca să nu aibă loc vreo întâlnire stânjenitoare.

Rămânând cu spatele la intruși, Cameron le făcu semn să plece cu un mârâit fără cuvinte.

–Vezi, unii tipi preferă intimitatea, explică cocota. Ai să înveți tu cât de curând. Urmă un târșâit de pași când ea îl întoarse pe clientul ei beat. Hai, drăguțule! Găsim noi un locșor frumos și liniștit doar pentru noi.

Și ușa se închise cu un bufnet.

Sophie își eliberă buzele din sărutarea lui.

–C... cred că au plecat, șopti ea.

Cameron își păstră trupul lipit de al ei pentru încă o clipă, vrând să se asigure. „O mică greșeală – o mică alunecare." Se lăsase distras de ochii întunecați ca noaptea și de buzele păcătoase. Data viitoare, putea să fie vorba despre ceva mai mult decât o întâlnire stânjenitoare. Putea să fie vorba despre diferența dintre viață și moarte.

Teama imprimă sprinteneală mișcărilor lui, iar Cameron se retrase și se avântă grăbit să răsucească zăvorul încuietorii.

–Ei bine, nu s-a întâmplat nimic, murmură Sophie și păru mult prea veselă pentru situația întâmpinată.

–Am scăpat ca prin urechile acului, răspunse el.

– Mmm, ai urechi frumoase, murmură ea. Și îmi place că gura ta are gust de fum și de foc. Mă face să mă simt delicios de înfierbântată peste tot.

„Fir-ar să fie!“ O căldură involuntară și nedorită se ivi deodată în părțile lui intime.

Cameron își trecu limba pe interiorul obrazului.

– Ai băut coniac, murmură el și își dădu seama cu o tresărire de ce dulceața gustului ei picant era ușor diferită.

Râsul scăzut și catifelat era atipic pentru Sophie.

– Doar un pic, recunoscu ea. E puțin cam tare, dar poate că gustul se cultivă.

– Nu de către tine, spuse el răgușit și încercă să își stăpânească asprimea din glas.

Doamne sfinte – fațeta asta de nimfă a plăcerii era puțin îngrijorătoare. Și extrem de excitantă.

„Ușurel acum“, se avertiză în gând. Numai o bestie de ultimă speță ar fi avut gânduri necurate cu o Inocentă între pereții unui bordel.

„Dar ea nu este Inocentă, mulțumită ție“, râse răutăcios unul dintre demonii dinăuntrul lui.

Un motiv în plus ca să își țină sub control emoțiile.

– Hai, Sophie, spuse el un pic mai calm. Trebuie să te scot de aici cât se poate de repede. Din doi pași iuți, el reveni lângă ea. Unde este mantia ta?

Sophie făcu un semn înspre pat.

– Am lăsat-o acolo.

Își abătu privirea de la pernele tentant de pufoase și o luă de mână.

– Hai. Să. O. Găsim, spuse el sacadat printre dinți.

– Știu, știu. Cu un oftat, Sophie se prăbuși spre el. Arăt caraghios. Eu, o Domniță a Dorințelor? Își țuguie buzele înroșite de poftă. Ha... și porcii pot să zboare.

– Nu arăți caraghios, mormăi Cameron. Dacă vrei să știi, arăți fermecător.

– D... da? Flutură din gene. Îmi place cum arată ochii mei când sunt așa pictați.

– Da, încuviință el. Sunt... seducători precum păcatul. Zarva mare iscată pe coridor dincolo de ușă îi distrase atenția de la nuanțele fascinant de întunecate. Își întoarse brusc capul într-o parte și ascultă câteva momente, apoi rosti șoptit o înjurătură. La naiba, ar fi mai bine să mai așteptăm un pic înainte să pleci.

Mai multe voci suspecte de bărbați se învălmășeau într-un cor indecent, eforturile fiindu-le încurajate de chicoteli de femeie și de solicitarea unui alt refren. După câte se părea, spectacolul putea să mai dureze o vreme.

Sophie se lăsă pe spate pe salteaua acoperită cu catifea și ridică privirea spre felinarele de alamă care se legănau ușor.

– E chiar plăcut aici.

– Da, păi, așa trebuie să fie.

– Și patul este extraordinar de confortabil. Se bățăi pe marginea lui. L-ai încercat?

Dacă ar fi venit de la oricine altcineva decât Sophie, comentariul ar fi sunat ca o invitație grosolană. Însă ea nu putea fi conștientă de ceea ce spunea.

Sau era?

Flutură o mână peste decolteul adânc al corsajului și se întinse ca o pisicuță.

– Nu-ți este cald în haina aia? De ce nu o scoți de pe tine?

– Pentru că plecăm de aici în câteva clipe, răspunse Cameron și încercă să nu urmărească alunecarea muselinei care se strângea pe sânii ei.

El traversă covorul și o luă de braț.

– De ce atâta grabă? întrebă ea și se smuci din strânsoarea lui. M-am tot gândit și, dacă apar la ușa unchiului meu la ora asta târzie din noapte, m-ar asalta cu întrebări nedorite. Poate ar trebui să stăm aici peste noapte și să plec dimineață.

„Sigur Dumnezeu mă pedepsește pentru nenumăratele mele ticăloșii."

– Sophie, ăsta nu este un han, ci un bordel.

Mâinile ei se așezară pe umerii lui și alunecară ușor spre interior.

– Da, la drept vorbind, mi se pare chiar incitant. Un oftat gâdilă gâtul lui Cameron. Am făcut atât de rar ceva nesăbuit, ceva necuviincios.

Cameron inspiră adânc și furios când ea își afundă degetele în părul lui. Era pe punctul de a-și pierde stăpânirea de sine.

– În vreme ce eu, pe de altă parte, mi-am petrecut toată viața încălcând cele mai multe reguli.

– Păi, mai încalcă una, șopti Sophie.

Îi întâlni privirea și văzu dorința care dansa în albastrul ochilor ei, nuanța lor fiind accentuată de o altă emoție pe care Cameron nu o putea numi.

– Te rog! În curând am să revin la viața mea drept Sophie cea serioasă și prudentă, așa că mi-ar plăcea să am câteva amintiri care să mă aline. Un zâmbet nesigur. La urma urmei, ai spus că vei face dragoste cu mine pe un pat adevărat, iar trupurile noastre vor fi scăldate în lumina lumânărilor. M... mă îndoiesc că vom avea vreodată o șansă mai bună ca asta.

Flăcările de culoarea chihlimbarului se unduiră într-un dans senzual și seducător pe chipul ei.

– Sophie... O dâră de parfum, excitant și transformat în lichid de dorință, îi gâdilă nările.

„Lucifer, aruncă-mă în flăcări!" Licărirea se descătușă într-o învolburare de scântei.

– Dumnezeu să mă ajute, ar trebui să fiu mai puternic, scrâșni el și își atinse buzele de fruntea ei. Dar sunt un Cerber egoist, lacom și lipsit de voință.

– Mmm. Sophie lăsă capul pe spate, iar gura ei alunecă ușor de pe vârful bărbiei lui spre rotunjimea buzei de jos. Atunci e bine... Îl mușcă ușor... că am o afinitate pentru câini.

– Cred că am dezlănțuit demonul dinăuntrul tău, murmură Cameron. O atingere ușoară a limbii lui îi provocă lui Sophie un zâmbet ușor. Încă un păcat întunecat ca iadul pe sufletul meu.

Ea își coborî mâinile spre nodul lavalierei lui și începu să-l desfacă.

– Hai să nu vorbim despre întuneric, Cam! Aș prefera să umplem acest moment trecător doar cu lumină sclipitoare.

„Întuneric și lumină." Trăise atât de mult în umbră, că tentația era mult prea mare ca să o lase să scape.

– Foarte bine, Rază de Soare. Hai să ne aruncăm în flăcări!

Sophie se înfioră când limba lui Cameron dezmierdă linia maxilarului ei. Ciudat, nu se gândise la bărbia ei ca la un loc deosebit de sensibil, dar atingerea lui părea să îi facă până și cea mai banală parte din trupul ei să se simtă erotică.

Trase cu degetele de lavaliera lui, teribil de conștientă de faptul că materialul delicat dezvăluia pielea de pe gâtul lui acoperit de o brumă de păr. Dornică să exploreze interesantele texturi masculine, Sophie se grăbi să îi descheie cămașa și își strecură mâinile înăuntru.

Mușchi netezi, cârlionți aspri de păr...

– Ușurel, scumpo, murmură el. De data asta, nu grăbim lucrurile. Decât să ne bem plăcerea dintr-o sorbitură mare, hai să savurăm fiecare înghițitură, ca la cel mai bun vin.

Ideea era... îmbătătoare.

– Mai întâi, ți-am promis șampanie, nu-i așa?

– Din păcate, nu avem decât un strop de coniac pe tava cu băuturi...

Un râs gâlgâi în gâtul lui Cameron.

– N-avea grijă. Aceste camere ale plăcerii rămân rareori pe uscat. Își scoase iute cămașa, se îndreptă spre un dulăpior mic și lăcuit așezat în colțul camerei și deschise ușa de culoarea scorțișoarei.

– A, excelent! Se întoarse și ridică o frapieră din argint lucrată cu migală. Strălucirea felinarelor dezvăluiau gâtul subțire al unei sticle de un verde-închis, care ieșea din scânteieri de gheață. Sara servește șampanie franțuzească *à la russe*. Rece ca tundra siberiană.

Un trosnet efervescent punctă cuvintele lui.

Cameron turnă iute vinul spumant în două pahare din cristal și le aduse la pat. Împreună cu sticla.

– Când Dom Pérignon, călugărul care a descoperit secretul bulelor din șampanie, a gustat pentru prima oară din noul lui vin, se presupune că ar fi zis: „Cred că beau stele". Așa că hai să facem un toast pentru Soare și pentru Lună!

Ea sorbi prelung și simți cum efervescența dansa asemenea unor pumnale pe limba ei. Senzația trimise fiori care i se prelinseră pe șira spinării.

Cameron se apropie mai mult. Pieptul lui gol căpătă culoarea bronzului în umbrele tremurătoare. Își linse o așchie de gheață de pe degete, apoi umplu din nou paharul și îl ridică în lumină.

– Și cupa de șampanie are o poveste interesantă. Se spune că forma ei a fost modelată după sânul stâng la Dianei de Poitiers – deși unii spun că era doamna de Pompadour, amanta lui Ludovic al XV-lea, sau poate era Maria Antoaneta.

– Pari un expert desăvârșit al vinului.

O sclipire a dinților, licărirea sidefie a unui cercel.

– Sunt expert la mult mai multe capitole, scumpo.

– Și femeile, printre ele? întrebă ea, încurajată de vin.

– Am trăit o viață în focurile iadului – și să nu-mi tăgăduiești experiențele, Rază de Soare. Dar nu au fost decât fantezii trecătoare.

„Așa cum sunt și eu." Sophie își reprimă o tresărire de gelozie și se forță să zâmbească. Urma să aibă destul timp în viitor pentru meditații sentimentale. Nu avea să permită ca astfel de gânduri să strice magia acelui moment.

Cameron roti piciorul paharului între degetele lui lungi și subțiri. Bulele micuțe erau asemenea unor scântei lichide înăuntrul paharului, o explozie șoptită de lumină albă-aurie.

– Părerea mea este că sânul tău stâng are o formă mult mai plăcută – puțin mai plin, puțin mai rotund.

Ea începu să simtă furnicături prin tot corpul când el se întinse și desfăcu nasturii de la corsajul ei.

– Să supunem părerea mea la un test?

Era necuviincios, era desfrânat... și totuși, Sophie simți un fior de fierbințeală când rochia căzu de pe ea.

Cameron își bău vinul și puse paharul jos.

– Asta, murmură el, cere o atingere delicată. Un corsaj este groaznic de complicat. Panglicile de sus se desfăcură. Cam ca o încuietoare.

Mângâierea aerului rece dezmierdă adâncitura dintre sânii ei.

– Vezi tu, de îndată ce înțelegi mecanismul, e ușor să îl deschizi.

Sophie simți cum corsetul alunecă în jos.

– Foarte inteligent, glumi ea.

Cameron împinse corsetul la o parte.

– O, nici măcar nu am început să fiu cu adevărat deștept. Asta vine un pic mai târziu. Flutură ușor arătătorul. Acum dăm jos și cămașa de corp.

„Să rămân goală ca o nimfă, doar cu jartierele și ciorapii pe mine?"

Ridică privirea spre felinare și se întrebă dacă nu cumva imaginația ei le făcea să se rotească încet pe lanțurile lor.

– Pot s-o fac eu pentru tine dacă vrei. Dar aș prefera să îți dezvălui singură splendoarea glorioasă a corpului.

„Glorioasă? Splendoare?" Cuvintele erau asemenea mierii pe pielea ei, și cumva bumbacul subțire păru să se îndepărteze de bunăvoie.

Aerul ieși precipitat printre buzele lui Cameron.

– Ești atât de frumoasă, Rază de Soare! Imaginea pură și perfectă a bunătății aurite.

Întregul corp îi fu cuprins de îmbujorare, fierbinte și fremătătoare în toate locurile intime.

– Te rog, vreau și eu să te văd gol!

– Ce-i corect e corect. Ghetele, pantalonii, lenjeria, ciorapii – toate zburară într-o clipită. Se întoarse cu fața spre ea, dezbrăcat până la esența masculină a mușchilor netezi, a tendoanelor sculpturale, a părului cârlionțat și...

Nu se putea abține să nu se holbeze.

În pâlpâirile flăcărilor de la lumânări, excitația lui căpătă o strălucire roșiatică și rumenă când se ridică dintre cârlionții aspri.

– Și tu, Cam, ești uluitor. Un corsar orbitor și nepăsător. Un prinț al piraților.

„Sălbatic. Liber." Navigând oriunde în cele patru zări.

– Mă preocupă unele lucruri, scumpo, spuse el pe un ton misterios și gutural. Cu multă patimă, chiar.

Sophie voia să întrebe de ce, dar, în secunda următoare, Cameron își răsturnă paharul de vin și marginea rece și netedă luă forma sânului ei... și orice gând rațional se risipi pur și simplu.

– A, da, exact cum mă gândeam. Afișă un rânjet diabolic. Ești mult mai frumos proporționată decât orice franțuzoaică.

O ultimă picătură de șampanie rece ca gheața ateriză pe vârful sfârcului ei și îi provocă un geamăt șoptit.

– E rece? Lăsă paharul să cadă pe covor. Uite, lasă-mă să văd dacă pot să îți încălzesc trupul.

Își coborî capul, apoi prinse mugurele roz între dinți și trase delicat de el.

– Cam!

Supse carnea sensibilă, din nou, din nou și din nou.

Sângele lui Sophie fierbea, clocotea prin trupul ei – o, sigur avea să îi topească pielea.

Cameron scoase un chicot răgușit și se întinse după sticlă. Câțiva stropi de șampanie se prelinseră pe areola ei, senzația de rece îmblânzind înflăcărarea când el linse lichidul de un auriu pal.

Sophie suspină din nou, dar vocea părea să sune de foarte departe. Senzațiile – foc și gheață, foc și gheață – erau insuportabil de senzuale. Într-o clipă, se temu că avea să se destrame în mii de cioburi cristaline.

El își ridică gura, doar ca să treacă la sânul drept.

Deodată, își simți trupul fără oase și, cu un suspin, Sophie simți cum începu să alunece. Cameron o prinse și se poziționă între picioarele ei larg depărtate, apoi o așeză ușor pe cuvertura de catifea.

„Tare, moale, aspru, lin“ – o multitudine de senzații diferite îi învăluiră trupul. Gura lui făcea niște lucruri atât de încântătoare, dar mădularul lui...

Căldura izbucni în centrul ei când mădularul lui sărută pliurile feminității ei. Sophie se arcui în sus și se deschise mai mult.

– Da, strigă ea. O, da!

– Da, repetă el, venind mai aproape pentru ca vârful bărbăției lui să se împingă un pic mai adânc.

„Atât de aproape, atât de aproape.“ Sophie își ridică mai sus șoldurile.

Cu un strigăt răgușit, Cameron se avântă înainte și se împinse mai adânc înăuntrul ei.

Se învârtea – întreaga ei ființă se învârtea, se învârtea. Se roti și se roti în vreme ce trupurile lor se contopiră într-unul singur.

„Tunet“ – sau nu era decât bătaia nebunească a inimii ei când simți că își luă zborul.

Propria lui eliberare stropi catifeaua întunecată, apoi trupul lui îl acoperi pe al ei, cu pielea caldă și sărutată de sudoare, cu pulsul vibrând într-o armonie nebună alături de al ei.

– Asta, murmură ea după câteva momente prelungi și molatice, a fost minunat – prea grozav ca să fie descris în cuvinte.

– Atunci, nu vorbi, șopti Cameron. Își schimbă poziția astfel încât trupurile lor obosite să se întindă pe toată lungimea patului. Pur și simplu simte.

O cuprinse în brațe și o trase mai aproape. Sophie își cuibări capul pe umărul lui.

– Mmm, data viitoare... „O, te rog să fie o dată viitoare." Mi-ar plăcea să te simt, să te explorez și să descopăr mai multe dintre secretele trupului tău.

Buzele lui se apăsară ușor ca o adiere pe ceafa ei.

– Mai sunt multe ore până în zori. Mai mult decât de-ajuns ca să mai dezvăluim alte câteva dintre misterele dorinței.

Cameron deschise un ochi și trase adânc în piept un parfum cu note picante. Parfumul pasiunii lor se simțea încă puternic, luminând întunericul cu amintirile nopții.

Un zâmbet trecător, apoi simți un junghi în pântece când vina se răfui cu exaltarea. „Era mult prea al naibii de periculos..."

Sophie se foi și se întinse.

– E dimineață? întrebă ea și păru amețită de somn și de pasiune. E greu să ții seama de timp când nu poți să vezi nici o frântură din lumea reală.

– Ăsta e și scopul, spuse el tărăgănat. După ce o sărută pe frunte, își descolăci picioarele și se ridică. E devreme, murmură el după ce se uită la ceasul micuț care era ascuns discret în sertarul mesei de toaletă. Dar ar fi bine să ne pregătim de plecare.

– Chiar trebuie? întrebă ea căscând, apoi afișă un zâmbet leneș.

„O, nu mă tenta."

– O pun pe una dintre fete să-ți aducă cufărul sus, răspunse Cameron, în vreme ce își strânse la repezeală hainele și se îmbrăcă. Și o rog pe Sara să ne pregătească o cadă cu apă caldă, dacă vrei.

– O baie ar fi minunată, murmură Sophie.

– Foarte bine. Te las să te îmbraci liniștită.

Închise ușa și se îndreptă spre scări, unde zorii roșietici ai zilei încheiaseră în cele din urmă orgiile nopții. Coridoarele erau liniștite, iar el își croi drum spre biroul Sarei.

–Poate că s-a retras, murmură ca pentru el, și-o să rezolv treaba cu McTavish.

Nu avu însă un asemenea noroc.

După cum se temea, ea îl aștepta și nu părea deloc încântată de ce se întâmpla.

–Ar trebui să îți fie rușine, îi zise printre dinții încleștați. Să aduci o Inocentă aici și să o tratezi ca pe o cocotă.

–Nu am adus-o eu aici, sublinie el.

Sara flutură un deget în semn de avertizare.

–Nu încerca să glumești cu asta, altfel îți tai... limba.

–Nu clarific situația. Nu am avut de ales decât să petrecem noaptea aici. În apărarea mea, lucrurile au fost cam animate sus. Ar fi fost periculos să încerc să o fac nevăzută pe domnișoara Lawrance. Dacă se întâmpla ca Dudley sau Morton să o descopere, ar fi ieșit un mare circ.

Sara se încruntă.

–Asta nu te scutește de toată vina. Lucrez în afacerea asta de suficientă vreme cât să citesc pe fața unei fete la fel de ușor pe cât prietenul nostru Haddan citește în cărțile lui dichisite. Și e scris limpede în trăsăturile domnișoarei Lawrance că sunteți amanți.

Cameron nu voi să insulte prietenia lor și să nege. În speranța că îi distrăgea atenția de la greșelile lui, se grăbi să întrebe:

–Ești drăguță să trimiți sus hainele și să pregătești o baie? Cu cât își face toaleta mai repede, cu atât mai iute pot să o scot de aici.

–Lucy se ocupă deja de asta. Sara își încrucișă brațele la piept, refuzând să renunțe la discuția lor. Și, mă rog, care anume îți sunt intențiile? Un domn...

–Uiți că nu sunt un domn... „La naiba, ba chiar sunt“, își dădu Cameron seama cu întârziere. Orice s-ar întâmpla, se repezi el, poți să fii sigură că voi avea grijă ca domnișoara Lawrance să nu sufere în nici un fel de pe urma acestei seri.

–Ai de gând să te însori cu ea?

O clipă de tăcere.

–Ce te face să crezi că ar zice da dacă aș întreba-o?

–Ticălos nebun ce ești! Pentru că e îndrăgostită de tine – deși numai Dumnezeu știe de ce. Nu ai nevoie de ochelari ca să citești pe chipul ei ca într-o carte deschisă.

Cameron refuză să îi întâlnească privirea.

– Și tu – tu nu ești așa dârz pe cât vrei să pari, continuă Sara. Poate că a venit vremea să îți lași partea mai bună să iasă din ascunzătoare.

– Nu fi așa sigură că am una.

Până și pentru el zeflemeaua lui cinică sună cam deplasat.

Sara scoase un sunet grosolan.

– Latră tu cât vrei, dar ești un prost de zile mari dacă permiți ca mândria să stea în calea fericirii.

„Pot să o fac fericită pe Sophie?"

Cameron și-ar fi dorit să fie sigur. Dar, înainte ca măcar să ia în calcul o asemenea chestiune spinoasă, trebuia să rezolve problema moștenirii lui – și amenințarea la adresa familiei Lawrance.

– Nu e o chestiune de mândrie, Sara. Este mult mai complicat de atât. Răsuflă adânc. Nu pot să-ți spun decât asta pentru moment.

– Ptiu! Privirea ei sfredelitoare se îmbună. Am să încetez să te iau la rost. Dar te previn că, dacă nu iei aminte la sfatul meu, ai să fii izgonit din Vizuină.

– Doamne ferește, soarta asta ar fi mai rea ca moartea. Unde altundeva aș mai bea eu pe degeaba?

– Afară. Sara luă cuțitul de deschis scrisori și făcu un semn de concediere cu lama de oțel. Du-te în salonul domnilor și fă-te prezentabil. Dar te previn că îi pun pe Lup și pe Haddan să te jupoaie de viu dacă nu faci ce trebuie cu domnișoara Lawrance.

Cameron plecă, fericit că scăpase, nefiind însă convins că o confruntare cu propria lui imagine în oglindă n-ar fi fost un chin și mai mare.

„Să faci ce trebuie cu domnișoara Lawrance."

Ar fi vrut el să știe ce trebuia să facă. Până de curând, nu existase vreo îndoială – vechea lui viață ar fi înăbușit toată lumina din Sophie.

Dar acum?

Își atinse cercelul și își lăsă degetele să zăbovească pe perla catifelată. Acum se simțea de parcă plutea undeva între iad și rai.

Urmărit de trecut și de viitor.

Putea un om să își schimbe firea? Cameron se uită în oglindă și studie vreme îndelungată reflexia tulbure.

– Griggs pare să creadă că sunt în stare să fiu... mai mult decât sunt acum, murmură Cameron.

„Deci poate că răspunsul depinde de mine."

Capitolul 17

O baie bine-venită și o ceașcă de ciocolată caldă reușiră să îndepărteze din mintea lui Sophie ceața seducătoare a șampaniei și a sexului. Nu că o minte atât de limpede era prea bine-venită. În vreme ce coborî scările din spate, purtând mantia cu glugă astfel încât să îi ascundă identitatea, deveni stânjenitor de conștientă de cât de mult trecuse peste limitele decenței.

„Sunt probabil la jumătatea drumului spre iad", glumi în sinea ei. „Poate pe la trei sferturi."

Totuși, Sophie nu regreta aventura ei pe Tărâmul Păcatului.

– După cum zice Cam, „virginitatea este supraevaluată". Oftă, dar nu putu să își rețină un zâmbet. „E foarte posibil să-mi trăiesc restul vieții ca o fată bătrână și virtuoasă, așa că sunt fericită că am noaptea asta pe care să o păstrez cu drag în amintire."

Cameron o aștepta la parter, vegheat de Sara, care stătea în pragul ușii de la biroul ei. Expresia de pe chipul acesteia o făcu pe Sophie să se simtă și mai nesigură.

„Sunt undeva între ciocan și nicovală."

– M... mulțumesc pentru ospitalitate, spuse ea șovăitoare, conștientă deodată de cât de ridicole părură acele cuvinte.

Sara strânse buzele într-un soi de zâmbet trecător.

– Sunteți o tânără domnișoară foarte drăguță și îndrăzneață, domnișoară Lawrance. Așa că nu mi-o luați în nume de rău dacă vă spun că sper să nu vă mai văd niciodată noaptea pe aici. Îi aruncă lui Cameron o privire tăioasă. Unii indivizi ar trebui să dea dovadă de mai multă rațiune.

El își drese glasul.

– Că tot veni vorba despre rațiune, am decis o schimbare de planuri, Sophie. M-am gândit și cred că ar fi cel mai bine să te întorci direct la Norfolk. Mătușa și unchiul tău n-au de ce să afle de vizita ta aici.

– Dar...

Ea își mușcă buza. Dacă nu revenea acasă cu trăsura unchiului ei, întoarcerea ei nu prea avea cum să nu ridice întrebări nedorite.

– Eu și Sara am pus la punct un plan care ar trebui să satisfacă absolut toate restricțiile înaltei societăți. Am angajat o trăsură de încredere și un vizitiu, iar Lucy te va însoți. Nu trebuie decât să spui că trăsurii unchiului tău i-a crăpat o osie și ai amânat vizita la Londra. Din moment ce reparația ar dura mai multe zile, te-a trimis acasă cu un vizitiu de prin locurile alea și cu o slujitoare de la cârciumă.

– Da, ar trebui să meargă, recunoscu Sophie, ușurată că nu era nevoită să născocească o poveste pentru mătușa Hermione. Dar încă nu am vorbit despre...

Din nou, Cameron îi anticipă îngrijorarea.

– Am să călătoresc cu tine pentru o scurtă vreme, ca să putem discuta despre întreaga situație.

Sara scoase un sunet gâtuit.

„Un mârâit de avertizare?“ Indiferent de mesaj, Cameron alese să nu îl ia în seamă.

– Trăsura așteaptă afară. Hai să mergem!

De îndată ce se așeză pe bancheta capitonată, Sophie își aranjă cu grijă pliurile fustei. Lucy se așezase pe bancheta vizitiului, așa că intimitatea nu era o problemă. Totuși, se simți ușor nervoasă când văzu distanța care despărțea cele două banchete.

– P... presupun că trebuia să ne ocupăm de treburi mai înainte de a face orice azi-noapte, dar mintea nu-mi funcționa prea bine.

– Nici eu nu pot să spun că gândeam prea limpede, zise el încet. Sophie, înainte să vorbim despre Dudley, Morton și Wolcott, ar fi mai bine să ne ocupăm de propria noastră problemă.

– Așa o vezi – *ca pe o problemă?* întrebă ea și încercă să-și mascheze tresărirea de spaimă din voce.

– Da. Una gravă, răspunse el. Nu mai putem să continuăm cu întâlnirile astea în secret. E prea riscant. Iau măsuri de precauție, dar există mereu pericolul unei greșeli. Și, dacă te arunc într-un scandal și în dizgrație, toate eforturile noastre de a ne opune lui Dudley și lui Morton vor fi în van. Mă îndoiesc că părinții lui Anthony i-ar permite să se însoare cu Georgiana.

Sophie simți un nod dureros în gât. Avea dreptate – până când căsătoria surorii ei nu era un fapt împlinit, erau nevoiți să evite dezastrul. Dar după aceea... În mintea ei, hotărâse deja că era dispusă să riște totul din dragoste. Totuși, pentru moment, cu atâtea lucruri încă nerezolvate, nu îndrăznea să își exprime sentimentele cu voce tare. În schimb, răspunse distantă:

– Lasă asta, înțeleg ce vrei să spui. Am să mă străduiesc să judec mai bine.

Dacă Cameron observase nota tăioasă din vocea ei, nu se trădă în nici un fel.

– Eu ar trebui să judec mai bine. De acum înainte, am să-mi țin pofta în frâu.

Sophie simți un fior de dezamăgire în piept.

– Da, bineînțeles. Ăsta ar fi cel mai înțelept lucru de făcut. Geamul trăsurii se zgudui când trăsura hurducăi pe caldarâm și înăuntru se strecură o adiere de vânt care îi răcori obrajii. Păi, acum, că am rezolvat-o cu problemele personale, hai să trecem la adevărata amenințare!

În semiîntuneric, expresia de pe chipul lui era imposibil de descifrat. Ca o reacție la cuvintele ei el ridică ușor din umeri. Chiar și așa, urmă un moment de tăcere, de parcă și-ar fi adunat gândurile.

Sau poate exila amintirea nopții ce trecuse într-un cotlon al minții.

„O, nu fi tristă", își spuse. „El a fost mereu sincer în privința naturii trecătoare pe care o au sentimentele lui." Pirații călătoreau spre locurile în care îi purtau vântul și valul. Dacă renunța la orice prudență și pleca pe urmele lor, trebuia să fie pregătită ca propria corabie să se poticnească pe tărâmuri neexplorate.

– După cum ți-am spus, murmură Cameron când începu, în cele din urmă, să vorbească, am fost informat de moartea lui Wolcott de la una dintre sursele mele. Am aflat și că Morton este cel care ar moșteni totul, în cazul în care, desigur, eu aș fi ori fiu ilegitim, ori mort.

Sophie nu reuși să își înăbușe tresărirea.

– O, sigur nu este atât de corupt încât să se gândească la crimă.

– Am motive întemeiate să cred contrariul, răspunse Cameron. Potrivit sursei mele, există dovezi convingătoare care sugerează că iahtul lui Wolcott a fost sabotat.

Dezvăluirea o lăsă fără grai.

– Și, cu cât mă gândesc mai mult, cu atât are mai mult sens, continuă Cameron. Am săpat puțin. După cum se știe, Morton este un bărbat inteligent care simte că o naștere accidentală și injustă l-a deposedat de banii și de poziția în societate care vin la pachet cu titlul Wolcott. A pus la cale un plan inteligent – apoi a descoperit zvonurile despre mine. Cameron își încrucișă picioarele și scutură un fir de praf de pe gheata lui. A fost un detaliu minor, pe care i l-a pasat prietenului său, Dudley.

– Pare imposibil, protestă ea. În primul rând, Morton ar fi trebuit să afle când anume plănuia Wolcott o croazieră cu iahtul alături de familia lui.

Albul dinților lui licări în întuneric.

– O, dar știa. Mai ții minte corespondența pe care am văzut-o pe biroul lui Wolcott? Chiar dacă nu am înțeles semnificația pe moment, în mai multe scrisori se vorbea despre itinerar. Vezi tu, se pare că Morton este un marinar priceput și cunoaște Marea Nordului mult prea bine. Wolcott i-a cerut sfaturi despre locurile de ancorare.

– Doamne Sfinte! exclamă Sophie, de parcă ar fi fost pătrunsă de semnificația spuselor lui Cameron. Vrei să spui că Morton...

– Știe cum să procedeze ca un iaht să se scufunde pe vreme rea? încheie el pentru ea. Da, fără îndoială.

Sophie răsuflă întretăiat și încercă să își stăpânească freamătul din stomac.

– Asta înseamnă că ești în mare pericol.

– Ba dimpotrivă, îi răspunse el. Pentru Morton și Dudley, eu sunt pur și simplu Daggett, un Cerber cu o morală mai mult decât discutabilă și despre care se știe că își murdărește ghearele în tot felul de acțiuni neplăcute. De fapt... O urmă de amuzament îi nuanță vocea. Am fost angajat de cei doi ca să elimin supărătoarea problemă a fratelui de mult pierdut al lui Wolcott.

– Cam...

O reduse la tăcere când îi atinse genunchiul.

– Nu îți face griji, Rază de Soare! Trebuie să ai încredere că știu ce fac. Le-am dat de înțeles că știu unde se află actul de căsătorie, lucru care are să îl țină pe Dudley la distanță de tine.

Sophie își strânse pumnii atât de tare, că unghiile i se înfipseră în piele.

– Ba, mai mult, am aranjat o întâlnire săptămâna asta acasă la Morton, pe coastă lângă Fens – și cred că e foarte posibil să găsesc ascunse pe acolo hârtiile care îl incriminează pe tatăl tău și poate vreo dovadă a trădării fratelui meu vitreg.

– Cum de s-au întâmplat toate astea? întrebă ea.

– I-am întâlnit noaptea trecută la Vizuină. De aceea am venit cu întârziere la tine.

Sophie se încruntă și încercă să găsească o modalitate prin care să îl convingă să renunțe la un plan atât de periculos.

– Tu singur cu ticăloșii ăia doi? E prea riscant. Trebuie să existe o soluție mai bună. Nu poți pur și simplu să te strecori în reședința lui Morton și să furi dovezile împotriva tatălui meu?

– Aș putea, admise el. Dar nu rezolv și cealaltă infracțiune a lor.

– Și dacă te duci la autorități? insistă Sophie.

El ridică dintr-o sprânceană.

– Nu există nici o dovadă în acest moment, doar presupuneri. Și fii sigură că orice afirmație din partea mea n-o să fie prea tare băgată în seamă de așa-zisele puteri. Nu suntem, fără să exagerez, în cei mai prietenoși termeni.

– Cum pot să te ajut? întrebă Sophie, simțindu-se jalnic pentru că îl atrăsese într-o mocirlă mai groaznică decât orice și-ar fi imaginat.

Nu mai părea amuzat.

– Promite-mi că ai să rămâi acasă în Norfolk pentru moment. Am un plan în minte, dar, dacă trebuie să îmi fac griji pentru siguranța ta, n-am să mă pot concentra cum trebuie.

Învinsă, Sophie se lăsă pe spate.

– Ce aș putea replica în situația asta? spuse ea pe un ton jos. Ai cuvântul meu. Totuși, în schimb, trebuie să juri că nu îți vei asuma riscuri exagerate. Gândul pierderii lui îi strângea inima ca într-o menghină. Nimic – nici titlul, nici averile, nici evitarea unui scandal de familie – nu valorează cât viața ta, Cam.

Genele lui fluturară și stârniră o scânteie ciudată, care fu iute înghițită de umbre.

– Încă n-am de gând să dau ortul popii, Rază de Soare. Am mereu grijă, așa că nu trebuie să te neliniștești.

Cuvintele lui nu potoliră în nici un fel grijile lui Sophie. Își mușcă buza, apoi întoarse privirea spre clădirile învăluite în ceață.

– Trebuie să te las aici, spuse el și ciocăni ușor în trapă ca să îi facă semn vizitiului. Mai sunt lucruri de făcut ca să aranjez capcana.

Sophie încuviință din cap și clipi ca să oprească înțepătura lacrimilor.

– Ai să mă ții la curent?

– Locul de refugiu al lui Morton nu este departe de Terrington. Voi veni la tine după vizita mea acolo...

„Presupunând că vei mai fi în viață", se gândi ea.

– ... Când nu va mai exista vreun pericol pentru familia ta.

O lacrimă se prelinse pe obrazul ei când Cameron o mângâie ușor pe spate.

– Dar dacă... dacă... Nu reușea să se adune ca să își rostească adevărata teamă. Dacă trebuie să îți scriu?

Cameron rămase tăcut mai multă vreme.

– Dacă este ceva urgent, lasă-mi un semn la colibă. Nu un bilețel – trebuie să avem mare grijă. Pur și simplu, pune o piatră în centrul mesei. Am să verific locul în drum spre Terrington și, dacă ai nevoie de mine, am să te găsesc eu.

– C... cum?

El râse încetișor.

– Dacă ții tu minte, mă pricepeam de minune când te trezeam din somn ca să mi te alături în vreo aventură nocturnă dezlănțuită.

– Da, îmi amintesc.

Ea nu îndrăzni să se întoarcă. Reflexia neclară a chipului său avea să fie ultima imagine imprimată în amintire.

– Drum bun, Cam!

– Drum bun și ție, Sophie! El șovăi. Nu îți face griji! Oi fi un Cerber, dar, întocmai ca o pisică, am nouă vieți și îndrăznesc să spun că mai am vreo câteva din ele.

O pală de aer rece flutură în spatele ei, și ușa se închise.

Era trecut cu mult de miezul nopții, dar o lumină încă licărea prin ferestrele fațetate ale bibliotecii de la etajul trei. Cameron deschise ușor poarta din spate a grădinii îngrădite și trecu de tufișurile ornamentale, apoi intră pe ușa negustorilor. Scările din spate de lângă cămară dădeau într-un coridor care ducea la bibliotecă.

– Să știi că ușa din față e în perfectă stare de funcționare. Gryff ridică privirea de la scrierile lui ca răspuns la salutul discret. Ai putea să încerci să bați.

– Şi să îl trezesc pe majordom? E deja îmbufnat pe mine pentru că am sustras câteva dintre cărțile tale rare, răspunse Cameron. Apropo, chiar ar trebui să îți schimbi încuietorile.

– Aş face-o dacă aş şti că asta te descurajează.

Se duse la bufet şi îşi turnă un pahar de coniac. Dar nu bău, ci pur şi simplu învârti în palme paharul de cristal.

– De ce te-ai întors la oraş? întrebă el deodată şi lăsă pe mai târziu adevăratul motiv pentru care venise.

Nu îi era uşor să ceară o favoare.

Gryff puse penița jos şi se lăsă pe spate în scaunul său.

– Încă vreo câteva revizuiri la versiunea finală, apoi cartea va fi în sfârşit gata pentru tipar.

– Eliza nu a venit cu tine?

– Nu. Nu s-a simțit prea bine în ultima vreme, şi am hotărât că e mai înțelept să nu plece la drum.

Cameron îl privi atent şi insistent pe prietenul lui.

– Intenționezi să îți deschizi o creşă?

– E prea devreme ca să ştim sigur. Dar da, cred că da. Pe chipul lui Gryff înflori un zâmbet larg. Şi, dacă mai faci una dintre remarcile alea răutăcioase despre câinii domesticiți, în următoarele două săptămâni ai să-ți scoți din gâtlej cioburile de cristal de la paharul ăla.

Cum, mai nou, obişnuitele lui replici tăioase nu-i mai veneau cu uşurință, Cameron îşi ridică pur şi simplu paharul ca pentru a toasta.

– Felicitări!

Picioarele scaunului loviră covorul cu un zgomot surd.

– Eşti cumva bolnav?

– Pur şi simplu, îngrijorat. Îşi atinse cercelul cu degetele. Adevărul este că speram să îmi dai un sfat.

Gryff ridică din sprâncene.

– Despre?

– Despre aristocrați şi toate regulile şi regulamentele lor încâlcite, răspunse Cameron.

– Este un subiect destul de vast. Mă tem că va trebui să fii un pic mai specific.

Păşi spre vatră, îşi puse o mână pe poliță şi începu să pună un şuvoi neîntrerupt de întrebări.

– Nu mai mormăi înspre cărbuni, îl întrerupse prietenul lui. Ai spus „marchiz"? Dacă da, sper să nu fi fost vreun comentariu necuviincios la adresa mea. Am trudit ore întregi la eseurile astea, și umorul meu nu e în cea mai bună formă.

„Mă simt dezbrăcat cu totul", se gândi Cameron. Era al naibii de greu să scape de solzii pe care îi purtase o viață și să-și expună pielea sensibilă de sub ei. „Și vulnerabil."

Cameron își stăpâni nevoia de a se face nevăzut și de a găsi refugiu în singurătate, apoi răsuflă măsurat și reuși să scoată o explicație clară despre întâlnirea lui cu Griggs și despre adevărul legat de moștenirea lui.

– Ca să vezi! Gryff își țuguie buzele și păru gânditor. Tu, un domn? Următorul lucru pe care ai să mi-l spui este că luna e făcută din brânză verde. Miji ochii. Asta nu e o glumă, nu? Pentru că, în clipa asta, nu am timp de farse puerile.

Cameron scutură din cap.

– Nu e nici o glumă. Am la mine câteva documente privind treaba asta de la avocatul răposatului meu tată. Scoase un pachet din haină și îl aruncă pe birou. Mă asigură că a strâns documentele necesare și, chiar dacă actele căsătoriei nu au fost încă găsite, cu declarațiile lui, crede că petiția ar fi semnată. Totuși, date fiind circumstanțele, rezolvarea chestiunilor legale necesare se anunță mai degrabă complicată. Pentru început, habar n-am de unde să încep. Dar, și mai important...

– Da? îl încurajă prietenul lui când văzu că șovăiala se prelungea.

– Mai important, Sophie – adică domnișoara Lawrance – este prinsă într-o treabă urâtă de șantaj, în principal din cauza prieteniei noastre din copilărie. Trebuie să mă ocup de asta, și, oricât de abile mi-ar fi degetele, mi se pare că nu pot să jonglez cu ambele bile în același timp.

– Dacă aș fi un măgar, spuse ușor Gryff, aș face un comentariu sarcastic despre cum colții propriilor cuvinte meschine despre iubire ale unui Cerber s-au întors să muște din el. Gryff flutură tăcut din degete, mimând un câine ce mușcă. Totuși, oricât m-ar amuza să știu că ai un punct sensibil ascuns sub blana ta râioasă, am să mă abțin să-mi înfig colții acolo.

Cameron acceptă tachinarea tăioasă cu grație.

– Bănuiesc că merit ca tu și Connor să vă arătați puțin colții. De îndată ce Sophie este în siguranță, puteți să vă repeziți asupra mea.

Rânjetul prietenului său se transformă într-o linie sumbră.

– Ce vrei să fac?

– Să îl ajuți pe Griggs să treacă prin orice proces ar fi necesar. Sper să ai ceva influență în Camera Lorzilor. Este important să primesc cât mai repede confirmarea titlului. Dar și mai important este ca pe la cluburile domnilor să înceapă să circule zvonuri cum că a fost găsit moștenitorul de mult pierdut al lui Wolcott și că se pregătește să facă un pas înainte. Vreau ca ticăloșii să fie nervoși când îi întâlnesc data viitoare – frica aduce adesea cu sine greșeli neglijente.

– Să înțeleg că Dudley este bărbatul care o amenință pe domnișoara Lawrance a ta? întrebă Gryff. Și de aceea l-ai rugat pe Connor să câștige la cărți și să te lase pe tine să te descurci mai departe.

Cameron șovăi. În trecut, ar fi ignorat întrebarea, căci nimănui, nici măcar celor mai apropiați tovarăși, nu îi era îngăduit să îi afle gândurile sau sentimentele lăuntrice. Dar în ultima vreme ajunsese să își dea seama că adevărul nu era o slăbiciune, ci o forță.

– Da, răspunse el încet. Faptul că îl știu dator mi-a permis să concep un plan. Dar principalul vinovat este prietenul lui apropiat, Frederick Morton. Și se dovedește că, dacă îl înfrâng pe el, nu doar că Sophie va fi în siguranță, dar și eu voi reuși să mă răzbun. Să fiu recunoscut ca marchiz legitim este o asigurare în plus că nu vor avea nici o putere să le facă rău lui Sophie și familiei ei. Dacă sunt respectabil... Cameron nu putu să recunoască ideea care i se înfiripase în minte.

„Trebuie să mă ocup de prezent înainte să mă gândesc la viitor."

În schimb, încheie printr-o explicație scurtă despre perfidia lui Dudley și a lui Morton.

– Nu îmi cere să-ți dau mai multe detalii acum, căci trebuie să ajung la Norfolk în seara asta.

Gryff îi făcu semn să își vadă de drum.

– Lasă Camera Lorzilor în seama mea. Câțiva dintre nobili au să-mi întoarcă niște favoruri. Cât despre bârfe, poți să fii sigur că au să se împrăștie ca focul prin cluburile private.

– Mulțumesc. Legătura cu Sophie deblocase probabil cu abilitate toate încuietorile apărării sale interioare, căci deodată nu i se mai păru atât de al naibii de greu să își arate recunoștința pentru prietenia neclintită a tovarășului său.

– Dumnezeule, aș fi crezut că suferi de vreo boală a creierului dacă nu aș ști că suferi de altă nenorocire, spuse Gryff în glumă. Dar gata cu gluma! Presupun că pleci să te ocupi singur de neaveniții ăia, nu?

Cameron încuviință din cap.

– Morton are o moșie la țară, pe coasta de nord a Holbeach-ului. Mă întâlnesc cu ei ca să îmi pun la cale propriul deces. Un lucru pe care umorul meu cinic îl găsește extrem de amuzant.

Prietenul lui nu schiță nici un zâmbet.

– Dacă bărbații ăștia au ucis o dată, n-au să ezite să o facă din nou. Ești sigur că nu vrei să îți țină cineva spatele? Connor s-a întors în oraș în după-amiaza asta. Ne-am putea întâlni cu tine în apropierea coastei.

– Poftim? Și să vă îndepărtez pe amândoi de la cărțile și treburile voastre? Alungă sugestia cu o fluturare bruscă a mâinii. Apreciez propunerea. Totuși, singur lucrez cel mai bine. Cameron văzu că Gryff era gata să deschidă gura ca să se opună și adăugă iute: În plus, minunata ta soție are în continuare sentimente contradictorii în ceea ce mă privește. Dacă dau peste cap publicarea, am să fiu *persona non grata* pentru totdeauna.

Remarca zeflemitoare aduse o grimasă înciudată pe chipul prietenului său.

– Atunci, bat în retragere. Dar doar pentru că se pare că ai un talent nemaivăzut de a ieși nevătămat din cele mai infernale primejdii, care i-ar face părul măciucă diavolului însuși.

– Ai încredere în mine, cele două odrasle ale Satanei au să se rumenească pe tăciunii propriilor intrigi.

– Un ultim lucru, Cam.

Se opri în prag și se uită înapoi, prin lumina pâlpâitoare a lămpii și prin umbre.

– Succes! Flacăra pâlpâi o clipă, îmblânzind zâmbetul lui Gryff. Și nu mai părea așa de al naibii de îngrozit. Noi, dulăii bătrâni, putem să învățăm trucuri noi – cum ar fi să le permitem altora să intre în inimile noastre. Să fii îndrăgostit nu e un lucru așa rău.

„Îndrăgostit?"

Cuvântul șoptit, ușor ca pașii lui sprinteni, îl urmări de-a lungul coridorului.

– Îndrăgostit, murmură Cameron și coborî treptele întunecate două câte două.

În mod destul de ciudat, cuvântul devenea din ce în ce mai ușor de zis. Și, tot în mod destul de ciudat, părea că, în sfârșit, reducea la tăcere șuierul și pufnetul micilor demoni care îi sălășluiseră în minte atâta vreme.

„Fără furci care împung, fără miros greu și sulfuros, fără rânjete cinice."

Poate că Gryff avea dreptate. Poate că unui Cerber îi era cu putință să deprindă mișcări noi.

„Atâta vreme cât prima mișcare când îi voi întâlni pe Morton și pe Dudley nu va fi să mă întind pe spate și să fac pe mortul."

Capitolul 18

Încuietoarea scoase un geamăt ruginit când cheia se răsuci...

După cină, tatăl lor se retrase, iar Penelope își deschise cartea și începu să citească tare un nou capitol din *Groaznicul secret al lui Lady Avery*.

Sophie zăbovi în umbră, ascultând cu jumătate de ureche povestea gotică despre temnițe subterane, secrete păcătoase și ticăloși nelegiuiți.

O grimasă i se desenă pe buze. „În clipa asta, propria mea viață este cu mult mai sinistră."

Mai așteptă câteva pagini, apoi se strecură afară din salon, nerăbdătoare să petreacă măcar câteva clipe de una singură. Acoperi flacăra de la lumânare, merse tiptil pe coridorul întunecat și își căută refugiu în biroul pustiu al tatălui ei.

Trebuia să își pună în ordine gândurile învolburate. Măcar călătoria înapoi spre casă – inclusiv petrecerea nopții la un han respectabil – avusese loc fără incidente, iar explicația ei despre schimbarea de planuri fusese acceptată fără probleme de vecinii ei.

– Sunt obișnuiți să fiu Sophie Lawrance, cea cinstită și cu capul pe umeri, mormăi ea în șoaptă. Presupun că ar trebui să îi fiu recunoscătoare Celui de Sus că nu mi-a tatuat pe frunte, cu litere mari și roșii, cuvântul „MINCINOASĂ". Un oftat. Nu pot să existe semne exterioare că m-am schimbat iremediabil. Dar...

– Vorbești singură? Georgiana se ivi în încăperea slab luminată și se uită în jur. Sau e cineva aici cu tine?

– Doar diavolul, glumi Sophie. Dar eram pe cale să-i cer să plece.

– Ești într-o stare ciudată.

Sophie evită intenționat privirea surorii ei. Era pentru prima dată de la sosirea ei înapoi când aveau posibilitatea să discute între patru ochi. Și era hotărâtă ca acest moment să dureze cât mai puțin posibil.

– Lucrurile n-au mers bine la Londra? întrebă Georgiana. Nu l-ai găsit pe Cameron?

– Ba da, ne-am întâlnit, și fusese informat despre moartea lui Wolcott. Deci nu era nevoie să mă deranjez – afurisitul pare să aibă o capacitate nefirească de a adulmeca probleme singur-singurel.

– Există vreun motiv pentru care să fii atât de îngrozitor de supărată din pricina asta?

„Nu sunt îngrozitor de supărată. Sunt îngrozitor de confuză – în privința atâtor lucruri."

– Nici unul despre care să vreau să vorbesc, zise Sophie, în speranța că răspunsul ei acru avea să o facă pe Georgiana să se retragă.

Totuși, sora ei refuză să se supună. Georgiana se așeză pe fotoliul din față și își împreună degetele.

– Asta îmi pare de rău augur – cam ca ultimul capitol din *Groaznicul secret al lui Lady Avery.*

Sophie scoase un chicot chinuit.

– Mi-e teamă că adevărul poate să fie uneori mai ciudat decât romanele tale odioase.

– Și mai groaznic?

Lacrimile i se iviră în colțurile ochilor. Se uită pieziș în întuneric și se prefăcu pierdută în gânduri. Nu era greu – dintr-odată, evenimentele din ultimele câteva săptămâni parcă se rostogoliră și se învârtejiră în mintea ei.

– Sophie? insistă Georgiana după o clipă de tăcere. Sophie?

Ochii i se îngustară, și vocea surorii ei se stinse într-un fel de bâzâit de fundal.

– Sophie?

– Doamne Sfinte, izbucni Sophie și se ridică de pe scaun. De ce nu m-am gândit la asta până acum?

– La ce? Alarmată, Georgiana o apucă de mânecă. Așază-te! Trimit să îl cheme pe spițer.

– Nu, nu, nu sunt bolnavă sau nebună. Făcu un gest spre colțul opus al camerei, unde un dulăpior din lemn de stejar, înnegrit de timp, era așezat sub rafturile de pe perete, pe jumătate ascuns de draperii. Amintirile de familie ale lui *papa*!

Sora ei păru derutată.

– Spanielul de Staffordshire?

– Nu, dulăpiorul!

– Chestia aia veche și prăfuită? Dar n-a mai fost deschisă de ani în șir, sublinie Georgiana.

– Exact!

– Lasă-mă să îți fac o infuzie, murmură sora ei. Sau poate o băuturică pentru nervi. Cred că ești extenuată.

Ea se smuci din mâna surorii ei.

– Georgie, e posibil ca dulăpiorul să conțină un document esențial. După cum ai spus și tu, n-a mai fost deschis de ani în șir, iar bucata de hârtie a fost probabil pusă din greșeală acolo, cu ani în urmă, apoi s-a uitat de existența ei. Nu doar că are să-l ajute pe Cameron să înlăture amenințarea îndreptată asupra familiei noastre, dar va și dezvălui un secret foarte important, care va influența viața multora de aici.

– Acum vorbești și mai afectat ca într-un roman.

– Știu, știu. Încântarea îi umplu pieptul. Dar jur că e adevărat.

Dacă reușea să găsească o dovadă cum că dragul de Cameron era moștenitorul de drept al titlului Wolcott...

„Știi că asta are să-l îndepărteze, la mare distanță de atingerea ta", șopti o voce în mintea ei.

Un pirat putea să mai fure câteva momente de plăcere cu o fată bătrână de la țară. Dar un aristocrat cu titlu? Desigur, se va aștepta de la Cameron să se însoare cu o femeie de rangul lui. O bijuterie lustruită de la Londra, unul dintre diamantele acelea strălucitoare de primă mână, mai degrabă decât cu o bucată necioplită de granit...

– Dar cheia a dispărut de mult, spuse Georgiana, și sprâncenele i se încruntară de spaimă.

Sophie alungă gândurile acelea descurajante și își puse degetele în mișcare.

– Du-te degrabă la bucătărie și caută niște bețe de frigărui.

– De ce?

Sophie se afla deja la biroul tatălui ei și scotocea prin sertare după un briceag.

– Te rog, Georgie, fă-o pur și simplu.

După scurtă vreme, cu uneltele frumos așezate pe o tavă de cositor, Sophie îngenunche pe covor și trase draperiile scoțând la iveală lemnul încastrat în fier. Se gândise să o trimită la plimbare pe Georgiana, dar hotărî să nu o facă. Sora ei se dovedise un aliat curajos și ferm și îi câștigase încrederea. Adevărat, exista încă un secret care nu putea fi dezvăluit, dar numai pentru că nu era dreptul ei să îl împărtășească.

– Adu lumânarea un pic mai aproape, murmură ea și se uită la gaura cheii.

Ghemuită, Georgiana aduse aproape flacăra.

– Hmm!

Examină pentru un moment diferitele instrumente de oțel. Se hotărî să îl aleagă pe cel mai subțire și îl introduse cu atenție în deschizătură, apoi mișcă ușor. Nimic. Îl ținu pe loc, luă un al doilea băț și îl băgă mai sus.

De data aceasta, tremurul fu recompensat de un zgomot discret.

Sora ei scoase un fluierat ușor.

– De unde ai învățat să faci asta?

– De la Cam. Sophie se apucă să lucreze și la al doilea zăvor. Are niște mâini teribil de iscusite.

– Pun pariu că așa este, murmură sec Georgiana, cu o scânteie de răutate în ochi.

– Șșștt, nu-mi distrage atenția.

Bătăile nebunești ale inimii ei răsunau în urechi mai tare ca salvele de tunuri.

Georgiana se aplecă nerăbdătoare.

Poc!

– O, bravo! exclamă sora ei când Sophie întoarse încet mânerul și ușa se deschise.

Înăuntru erau mai multe teancuri groase de hârtii, care miroseau a praf și a mucegai. Le duse la birou.

– Știi ce cauți? întrebă Georgiana.

– Da.

Suflă norul de pânze de păianjen și păianjenii morți de pe primul dosar și îi frunzări conținutul. *„Predici vechi, programe de cor, liste cu cărțile de la prezbiteriu...“*

Îl puse deoparte și îl luă pe următorul. Dar conținutul său se dovedi la fel de neimportant.

– La naiba! Sophie simți un junghi de dezamăgire când văzu că primele câteva documente din ultimul dosar nu reprezentau decât inventarul cu veșmintele bisericești.

„Gata și cu inspirația divină.“

Descurajată, frunzări repede prin noianul de hârtii și fu cât pe ce să le arunce deoparte, când atinse cu degetele o bucată mai groasă și mai netedă de hârtie. Ținându-și respirația, o scoase și o ridică la lumină.

– Deci? întrebă Georgiana. Ăsta este *secretul*?

– Da. Cu mare grijă, Sophie îl așeză pe marginea biroului. Și, pentru moment, tu nu trebuie să sufli nimănui o vorbă despre ce am descoperit. Ar putea să fie o chestiune de viață și de moarte.

Sora ei făcu ochii mari.

– Vorbesc foarte serios, Georgie, nici o vorbă. Adună dosarele și le puse la loc în dulăpior. După ce încuie la loc ușița și trase draperia la locul ei, Sophie luă tava. Te rog să le duci înapoi la bucătărie. Din instinct, luă cel mai subțire băț și îl lăsă să alunece în buzunarul de la șorț. Dacă Pen întreabă ceva, spune-i că zăvorul de la geam era blocat, dar am reușit să-l reparăm.

– Nu o să-mi spui care este *secretul*?

– Pentru siguranța ta, cel mai bine este să nu știi. Văzând încruntarea lui Georgie, adăugă în grabă: Nu trebuie să spun eu secretul ăsta. Dar îți promit că vei afla toate detaliile foarte curând. Ea împături documentul și îl ascunse în corsaj. Într-o săptămână, dacă totul merge bine.

„Dacă totul merge bine.“ Oare doar faptul că avea nervii întinși făcuse ca foșnetul slab al hârtiei să pară un râs batjocoritor?

Ridică lumânarea, inspiră întretăiat și adânc de câteva ori, apoi o luă pe urmele surorii ei de-a lungul coridorului.

Cameron trase de frâu ca să se oprească în vârful dealului. Ținând cu putere pălăria împotriva rafalei aspre și încărcate de sare, privi marea. În lumina difuză a zilei, valurile învolburate erau lipsite de culoare, griul lor posac fiind accentuat de norii întunecați și clocotitori care se desenau în orizontul îndepărtat.

„Ca loviturile violente." O metaforă potrivită, decise el și ascultă zgomotul surd pe care îl scoteau valurile pe prundișul pietros. Moartea și înșelătoriile se învolburau în curenții de dedesubt. Nu simțise nici un fel de iubire pentru extraordinar de arogantul lui frate vitreg, dar nici un om nu merita o astfel de soartă: să se scufunde împreună cu familia lui într-un mormânt de ape. Indiferent de cât de rele fuseseră păcatele lui Wolcott, ale lui Morton și ale lui Dudley erau cu mult mai groaznice.

– Și am să-i opresc, jură el. Deși gândul ca eu – un tip care și-a trăit o mare parte din viață de partea întunecată – să devin un cavaler al luptei Binelui împotrivă Răului este chiar ironic.

Își feri ochii de mușcătura aprigă a vântului și mai cercetă țărmul pentru o vreme, apoi, cum înserarea se lăsa peste împrejurimi, Cameron o porni pe drumul care ducea în jos spre coastă.

Nu găsise nici un semn de la Sophie în coliba de piatră. O ușurare, recunoscu el, cel puțin pentru moment. Probabil că el călătorise mult mai repede decât ea, așa că avea să verifice din nou mai târziu, dacă situația i-o permitea. Dar, dacă Sophie se ținuse de promisiune – iar ea era mai mult decât corectă –, nu trebuia să aibă nevoie urgentă de ajutorul lui.

Adevărat, aveau multe de discutat. Multe de rezolvat. Dar, la fel ca apele oceanului, și între ei exista un amalgam de griuri. Era mai bine să aștepte până când anumite lucruri se făceau ori albe, ori negre.

Chiar dacă propriile lui gânduri erau încă atât de tulburi.

„Dacă spune din nou nu?"

Cameron își simți măruntaiele încleștându-se. Un titlu elegant nu avea să ascundă multele sale defecte. Nu de Sophie, care îl cunoștea mult prea bine. Oare putea ea avea încredere că inima lui – despre care el pretindea că era tare ca piatra – revenise la viață? Avea să îl creadă că primejdiile nechibzuite nu îl mai ademeneau în nici un fel?

– Lasă-mă, mai întâi, să înving doi criminali vicleni și ticăloși, murmură el și schiță un zâmbet pieziș. Asta se poate să fie cea mai ușoară din cele două provocări.

Drept înainte, abia vizibil prin crângul cu copaci subțiratici, Cameron reperă contururile întunecate ale unui debarcader care se întrezărea în negura nopții ce se apropia. Descălecă, dezlegă un săculeț cu unelte de la șa și se apropie pe jos de clădire.

Nu se vedea nici o licărire de lumină în interior, iar ușile duble erau încuiate. O examinare rapidă îi dădu de înțeles că docul era pustiu, cu excepția unei pisici tigrate care țâșni dinspre trestii. Legat de stâlpii de alamă se afla un iaht mare, grațios, ale cărui funii de ancorare vibrau scârțâind în același ritm cu legănarea blândă a valurilor. Lângă el se afla o ambarcațiune de curse, ceva mai mică, un vas elegant destinat pentru viteză și o manevrare ușoară.

„O imagine frumoasă." Refugiul de pe coastă al lui Frederick Morton era un loc idilic. Dar ascundea oare și adevăruri neplăcute?

– În ciuda reputației mele de om nesăbuit, chiar sunt un tip foarte precaut, murmură Cameron când se retrase spre debarcader și se plimbă agale de-a lungul lui, ca să se asigure că era singur.

Două grajduri din spatele clădirii adăposteau bobine de cânepă și mai multe ancore ruginite, dar nici aici nu era nimeni.

Satisfăcut, reveni spre intrare. Zăvorul era mai complicat decât se așteptase, dar îl dădu iute gata.

Odată ajuns înăuntru, Cameron aprinse o lampă micuță după ce trase obloanele și se uită rapid prin toate colțurile întunecate la lumina ei discretă. Un suport mare de lemn domina interiorul clădirii, picioarele lui înclinate fiind menite să suporte carena unui vas adus pentru reparații. Nimic ieșit din comun acolo, constată el, apoi își îndreptă repede atenția spre bancurile de lucru aliniate de-a lungul peretelui îndepărtat.

Pașii lui agili peste podeaua de pământ foșneau pe așchiile de lemn, impregnate cu parfumul de stejar și cu mirosurile mai înțepătoare de gudron de pin și de ulei de in. În lumina pâlpâitoare a lămpii, o multitudine de instrumente agățate deasupra bancurilor de lucru aruncau siluete amenințătoare pe perete căptușit cu scânduri – ciocane cu vârful spintecat, topoare ascuțite și fierăstraie cu zimții mari ca dinții de dragon.

– Atelierul Diavolului, mormăi Cameron și începu să verifice metodic crăpăturile și fisurile.

Soarta fu potrivnică găsirii vreunei dovezi legate de implicarea lui Morton în moartea lui Wolcott, dar experiența îl învățase să nu treacă nimic cu vederea atunci când încerca să descopere slăbiciunea unui adversar.

Indiferent de cât erau de vicleni, cei mai mulți oameni erau suficient de neatenți cât să lase vreun indiciu care să îi dea de gol și care putea să fie folosit împotriva lor.

Încet, încet, ajunse la porțiunea de sertare și unghere ascunse.

„Fără noroc."

Ajuns la capătul bancurilor de lucru, Cameron se opri și mai cercetă o dată locul la lumina lămpii. Un raft cu vergi proaspăt lăcuite și cu pânze stricate de intemperii se afla într-o nișă îngustă. Hotărî că merita să arunce o privire, se strecură în spațiul înghesuit și căută rapid prin pânzele grele.

„Doar dâre nisipoase de sare de mare."

Nici bucățile netede de molid nu trădară nimic.

Abia când se ridică din poziția lui ghemuită lumina ateriză pe o bucată de hârtie mototolită care zăcea în spațiul îngust dintre vergi. Se întinse în întuneric, luă hârtia și îi netezi cutele.

– Ca să vezi...

Erau două schițe făcute în creion – cea de sus detalia cârma unei ambarcațiuni și sistemele de fixare, cea de jos reda schema de prindere a bolțurilor în carenă.

– Interesant. Poate că nu era o dovadă clară pentru o instanță de judecată, ci doar o frântură de dovadă. Cameron puse în buzunar schițele, nefiind nici el sigur dacă fratele lui vitreg chiar fusese ucis.

A doua zi dimineață, avea să se ducă la întâlnirea cu Morton și Dudley, care se avântaseră într-un nechibzuit joc de noroc și credeau că aveau mâna câștigătoare.

„Dar cărțile finale încă nu fuseseră jucate."

După micul dejun, Sophie își luă în grabă mantia și boneta, recunoscătoare că Georgiana acceptase să îi distragă atenția lui Penelope asaltând-o cu treburi. Cu toate problemele sale, era bucuroasă să evite întrebările incomode despre motivul pentru care pleca la plimbare atât de devreme dimineața.

– Nu lipsesc mult, murmură ea și se furișă în cămară pentru a mai discuta puțin cu confidenta ei de intrigi înainte să plece.

– Ești sigură că nu vrei să vin cu tine? întrebă Georgiana.

– Nu este nevoie. Nu fac decât să îi las lui Cam un semn la coliba fostului cioban.

Hotărâse să îi povestească surorii ei câteva dintre detaliile planului pe care îl avea. Așa părea cinstit – Georgiana chiar se dovedise un aliat curajos.

„Va trebui să încetez să o văd ca pe copil", se gândi Sophie. „La urma urmei, la vârsta ei eu eram deja obligată să fac alegeri importante de viață..."

– Ai grijă!

Atenționarea tăioasă a surorii ei îi întrerupse gândurile.

– Am mers pe jos pe dealuri aproape în fiecare zi. Știu unde sunt porțiunile surpate din potecă.

Georgiana nu zâmbi.

– Vorbesc serios.

– Nu lua fleacul ăsta prea în serios, Georgie, murmură ea. Cam este în pericol. Nu pot decât să îi țin pumnii și să mă rog să nu i se întâmple nimic rău.

– Am impresia că poate să aibă grijă singur de el, răspunse Georgiana. Un zâmbet îi încolți pe buze. Nu e nevoie să-l salvezi din peșteri pline cu lilieci sau din mlaștini urât mirositoare.

– O, la naiba, noroiul ăla chiar mirosea urât. Sophie își permise un zâmbet trecător la amintirea întâmplării. Ai avut dreptate – am avut nevoie de o săptămână ca să spălăm duhoarea.

– Ba chiar două. Georgiana strâmbă din nas și luă niște cârpe de praf și o sticlă cu ulei de lămâie. Mai bine mă duc să o pun pe Pen la treabă.

Sophie așteptă câteva momente înainte să meargă în direcția opusă și să iasă pe ușa de la spălătorie. Picăturile de rouă sclipeau în soarele dimineții, strălucitoare ca diamantele în iarba verde. Se uită în treacăt la micile scântei, apoi se grăbi peste peluza laterală și își făcu drum spre pajiște, dorindu-și ca și starea ei de spirit să absoarbă un pic din lumina scânteietoare.

„Măcar dacă gândurile mele n-ar fi atât de întunecate de îndoieli." Nu putea să nu se întrebe dacă Cameron ar considera noua lui poziție în societate o binecuvântare sau un blestem. În tinerețe, el fusese revoltat de nedreptatea făcută mamei sale. Dar acum? Își înjghebase un refugiu – desigur, plin cu umbre întunecate și cu coridoare întortocheate, dar îl făcuse totuși cu mâna lui. Pentru sufletul lui.

„Poate că e greșit să intervin în destinul lui." La urma urmei, e și o zicală din bătrâni despre câinii pe care nu trebuie să îi trezești dacă dorm...

Un marchiz avea responsabilități. Cum urma să se comporte Cameron în privința asta? Dacă lăsa totul de izbeliște ori de câte ori își dorea să pornească într-o nouă aventură, putea să afecteze pământurile vaste ale proprietății și pe numeroșii lor arendași.

Încetini mersul în vreme ce se întreba dacă nu cumva trebuia să se întoarcă și să se gândească mai bine la întreaga situație. Dar șovăiala nu dură decât o clipă, apoi propria ei viziune despre bine și rău o împinse înainte.

Cameron trăise prea multă vreme în infernul minciunilor. Adevărul, oricât era de provocator, trebuia să iasă la lumină.

– Nu eu trebuie să iau decizia asta, își spuse ea. Cam trebuie să se acomodeze singur cu noua situație.

Sophie ridică privirea și văzu că se apropia deja de căsuța lui Neddy. Imaginea fumului care se înălța de la forja lui o făcu să simtă o remușcare. Se considera un pic vinovată pentru că abuzase de bunăvoința lui. Lacătul cu cifru fusese restituit, fără ca el să fi descoperit șiretlicul ei. Totuși, faptul că își înșelase un prieten îi lăsase un gust neplăcut. Mai ales că se părea că Neddy tot ținea la ea, în ciuda eforturilor ei blânde cu care încercase să descurajeze atenția lui în ultimii ani.

Înghiți în sec și înteți pasul. Cărarea care ducea spre vârfurile dealurilor era chiar după colț...

Tufișurile dese și încărcate cu păducel și trandafiri sălbatici de un roz pal se agitau în vânt, iar foșnetul frunzelor elibera un parfum dulce în aer. Sophie își umplu plămânii cu parfum și căută să își liniștească nervii încordați, așa că îi luă ceva până să își dea seama că sunetul ramurilor care se legănau în vânt începea să se audă din ce în ce mai tare.

Trezită din reverie, văzu că o trăsură huruia de-a lungul drumului. Își umbri ochii, o urmări apropiindu-se și încercă să descopere vreun semn distinctiv. Caii negri și tâmplăria întunecată îi erau necunoscute, la fel și vizitiul. Cu pălăria trasă bine peste ochi și cu gulerul hainei ridicat, în ciuda zilei senine, stătea ghemuit pe capra trăsurii fără să salute.

Sophie păși dincolo de marginea drumului, în porțiunea acoperită cu iarbă ca să lase trăsura să treacă.

Totuși, caii se opriră cu o smucitură bruscă.

– Aveți nevoie de indicații? întrebă ea.

Fără doar și poate, individul se pierduse, și astfel se explica starea lui morocănoasă.

O lovitură iute de bici veni în semn de răspuns, pielea tăbăcită arătă spre una din părțile laterale ale trăsurii.

„Ce ciudat!" Și teribil de nepoliticos. Sophie își înăbuși un răspuns aspru și ocoli caii care pufneau și loveau din copite.

Zăvorul de alamă se mișcă ușor și ușa se întredeschise.

– Aveți nevoie de indicații? repetă ea și se uită prelung în beznă.

Draperiile erau trase la ferestre, ceea ce făcea ca întunericul dinăuntrul trăsurii să fie mai adânc ca noaptea. Nu putea decât să ghicească o siluetă – cizme de călărie, haină cu capă, o pălărie cu borul lat.

„Un domn." Deși era unul ale cărui maniere lăsau de dorit, constată Sophie în vreme ce el veni mai aproape și scoase un mârâit înăbușit de eșarfa înfășurată în jurul părții de jos a feței.

– Îmi pare rău, domnule, dar va trebui să vorbiți mai clar. Poate că suferea de guturai. Dacă sunteți în căutarea drumului principal spre Lynn Regis, ați ratat curba. Era ușor să ratezi bifurcația drumului de lângă râu. Dacă vă întoarceți la moară...

O mișcare bruscă în umbrele de un cenușiu apăsător îi transformă cuvintele într-un geamăt înăbușit. Clipind neîncrezătoare, Sophie se pomeni cu privirea ațintită la țeava unui pistol.

– Intră în trăsură, domnișoară Lawrance. Cuvintele nu mai erau slabe sau neclare. Acum!

– N... nu înțeleg, se bâlbâi ea.

– O, ba eu cred că înțelegi. Eșarfa alunecă ușor și dezvălui chipul sumbru al lui Lord Dudley. Poate te crezi tare isteață, dar te-am văzut cu canalia aia nenorocită de Daggett la Vizuina Lupului. El scoase un rânjet chinuit. Cu toată imaginea ta îngrijită și cuviincioasă, se pare că nu ești decât o curvă banală.

– Dar...

Cu mintea năucită, Sophie nu reuși să găsească nimic de spus.

– Urcă, îi ordonă Dudley. Sau ai prefera să mă duc la surorile tale și să le cer să ni se alăture? Cea mai mare e o bucățică tare frumușică.

Sophie se urcă în trăsură. Inima îi bătea atât de tare, că se temea că avea să îi spargă pieptul. Lasă-le în pace sau...

– Sau ce? pufni el. O lovitură în trapă îi semnală vizitiului că putea să o ia din loc.

– Sau are să-ți pară rău. Era, recunoscu în gând, o amenințare destul de ridicolă, dar o ajută să-și adune curajul.

– Ție are să-ți pară rău dacă nu începi să vorbești... și rapid. Nu știu ce jocuri faceți tu și Daggett, declară Dudley. Dar am de gând să aflu.

– N-am nimic nou să-ți spun, domnule. Mai bine să nu încerce să joace la cacealma, hotărî ea. Nu avea mare lucru de pierdut. Știu ce vrei, dar nu e la mine. Și n-am nici cea mai vagă idee unde poate să fie.

Pistolul era acum la doar câțiva centimetri depărtare de pieptul ei.

– Atunci de ce erai cu Daggett?

– Pentru că și el încearcă să mă șantajeze ca să-i spun unde este afurisita aia de hârtie! îi servi ea iute o minciună. M-a văzut cu tine la prima mea vizită la Vizuină și m-a obligat să-i spun de ce. Pare să creadă că, dacă obține hârtia înaintea ta, ar putea să o vândă domnului Morton pentru o sumă frumoasă.

– Minți.

Dar o pâlpâire de îndoială îi tulbură privirea întunecată.

Sophie păstră cu încăpățânare tăcerea. „Nu te clinti, nu te clinti." Gândul la Cameron și la stăpânirea de sine de care dădea dovadă în situații complicate o întări.

– Dacă nu ești în cârdășie cu el, cum îmi explici ce făceați împreună acum câteva nopți în aripa plăcerilor de la Vizuină?

– Foarte simplu, răspunse Sophie, cu un râs sumbru. Din cauza ta, nu am cu ce să plătesc cererea unui șantajist – poate exceptând corpul meu.

Dudley se încruntă, dar, înainte să răspundă, trăsura se clătină și se opri brusc.

– De ce ne oprim? întrebă ea.

– Ai să vezi într-o clipă.

Ea auzi pași afară și bufnitura unui sac care era aruncat în compartimentul pentru bagaje. Apoi, zăvorul făcu clic și ușa se deschise.

Un suspin adânc scăpă printre buzele ei când o rază de soare căzu pe chipul familiar.

– Fă-te comodă, domnișoară Lawrance, spuse apăsat Dudley. Noi trei mergem la o mică plimbare.

Capitolul 19

– Un pahar de coniac, Daggett? Morton ridică o carafă de cristal. Sau ai prefera niște bere scoțiană?

Cameron privi licărirea razelor de soare prin tăria ca de chihlimbar.

– Coniac, răspunse el și își atinse cercelul cu degetele. Alesese replica după perla lui Sophie ca un simbol al dreptății poetice. „După faptă, și răsplată." Este mult mai civilizat, nu crezi?

Morton privi lung spre lavaliera de mătase de un verde jad prinsă cu un nod impecabil la gâtul lui Cameron și ridică dintr-o sprânceană cu dispreț.

– Și, rogu-te, ce știi tu despre purtarea civilizată? Sursele mele mi-au spus că nu te miști prin cercurile înaltei societăți, asta dacă nu cumva cei doi prieteni ai tăi cu titlu nu ți-au pus o lesă și nu te-au invitat să te plimbi la pas cu ei.

Cameron scoase un râs răgușit.

– Adevărat. Nu emit vreo pretenție că aș fi un domn. Sunt cine sunt. Se opri ca să accepte băutura. Și, spre deosebire de tine, eu nu poftesc așa mult la pielea altui om încât să-l omor pentru ea.

O roșeață întunecată se desenă în obrajii lui Morton.

– Ce vrei să spui?

– *Moi?* Cameron sorbi o înghițitură lungă de coniac, apoi ridică nepăsător din umeri. Numai că eu am grijă să ascult șoaptele care plutesc prin oraș. Își coborî vocea. Și, crede-mă, auzi lucruri mult mai interesante în mahalale decât în cluburile fandosite ale domnilor. Acolo sălășluiesc secretele.

Privirea lui Morton trădă o tresărire de panică.

– Nu că aș da eu o ceapă degerată pe ce ai făcut – sau pe ce nu. Banii sunt moneda moralității mele. Avem o afacere care promite să mă răsplătească generos. El își înclină capul. Deci să bem pentru tovărășia noastră. Aștept cu nerăbdare ca amândoi să ne primim recompensele.

– Chiar așa. Masca de aroganță a lui Morton reveni. Să sperăm că reputația ta de hoț iscusit nu este supraevaluată, Daggett. Aș fi groaznic de dezamăgit daca te-ai întoarce cu mâinile goale.

– După cum aș fi și eu. Răspunsul îi fu cu intenție criptic. Cameron trecu pe lângă gazda lui și se plimbă spre balustrada terasei, apoi își propti șoldul de piatra netedă. Ce priveliște frumoasă, spuse el, cu privirea ațintită spre mare. În ziua aceea, apa era de un albastru strălucitor presărat cu vârfuri albe. Și oceanul mi se pare atractiv. Este atât de imprevizibil, lucru pe care îl găsesc interesant.

Clinchetul de cristal dădu de înțeles că Morton își umplea din nou paharul.

– Cunoașteți picturile domnului Turner? continuă Cameron, văzând că trăncăneala lui enerva gazda. Se pricepe să surprindă stările mereu schimbătoare ale mării.

– Nu te-am invitat aici ca să vorbim despre artă, Daggett, îl întrerupse tăios Morton. Nu-mi pasă decât de o singură bucată de hârtie, și nu e stropită cu vopsea. Luă grăbit o înghițitură de băutură. Din moment ce tu ai sugerat să ne întâlnim, bănuiesc că ai ceva care merită spus despre asta. Fii sigur că altfel nu te-aș fi primit.

Cameron scutură un fir de praf de pe mânecă, și buzele i se arcuiră în sus. Să petreacă o noapte la reședința de la țară a lui Morton fusese parte din planul lui – o parte poate nesăbuită, recunoscu el în vreme ce urmărea cum gazda lui se îndreaptă spre ușile de la terasă și îi ordonă ceva unuia dintre servitorii săi. După cum sugerase Sophie, o cercetare amănunțită a locului, pe cont propriu, era ușor de făcut. „Înăuntru și afară, cu documentul incriminator al tatălui ei aflat la adăpost în buzunarul lui."

Totuși, în cazul acela, nu își dorea să folosească doar furtul ca armă. În războiul peninsular, el și tovarășii lui Cerberi învățaseră din experiențe brutale că, pentru eliminarea celor mai periculoși dușmani, cel mai bine era să mergi *mano a mano*. Lupta corp la corp. „O, n-am să înfig un pumnal în inimile lor negre, dar am să mă bucur teribil să îi manevrez astfel încât să facă o greșeală fatală." De îndată ce afla toate detaliile despre sabotarea iahtului

lui Wolcott, avea să găsească o modalitate prin care să transmită informațiile autorităților.

– Dar bineînțeles că am informații, răspunse el, după ce Morton reveni pe terasă. Nu câștig nimic dacă-mi irosesc timpul.

Morton păru oarecum domolit.

– Bun.

– Dar, vorbind de câștig, mă văd nevoit să solicit un semn de bună-credință înainte să mă supun primejdiilor ducerii la bun sfârșit a cererii tale. Să zicem, un sfert din sumă înainte. Nu că n-aș avea încredere în tine. Dar, în lumea mea, spre deosebire de a ta, care este dominată de codul onoarei, preferăm să discutăm despre lucruri palpabile, nu de promisiuni abstracte.

– La naiba cu tine! scuipă Morton. N-ai zis că ai să ai nevoie de bani în avans.

– M-am răzgândit. Cameron întinse paharul gol. Apropo, coniacul este excelent.

Cu mâinile tremurând de furie, Morton îi umplu din nou paharul.

– Să nu te joci cu mine, Daggett! Nu știi cu cine ai de-a face.

„O, ba da. Știu. Dar nu se poate spune același lucru și despre tine."

– Asta-i bună, asta-i bună! Este o amenințare? întrebă Cameron, pe un ton moale ca de mătase. Ai putea, desigur, să refuzi cererile mele. Cu toate acestea, ai rămâne dependent de priceperea prietenului tău Dudley. Și, până acum, nu s-a arătat prea priceput la a găsi ce vrei.

O expirație ascuțită.

– Javră ordinară de Cerber ce ești!

– Da, dar am un nas numai bun pentru mirosit obiectele de valoare, în timp ce Dudley e pe urme greșite.

Morton se răsuci pe călcâie și începu să se plimbe de-a lungul terasei.

Cameron sorbi indiferent din coniac, pe moment mulțumit să îl lase pe nenorocit să fiarbă în suc propriu. Avea să lase lucrurile să clocotească după aceea.

– De unde te aștepți să fac rost de fonduri aici, în Norfolk? întrebă Morton în cele din urmă. Pentru asta, trebuie să mă întorc la Londra. Târșâitul cizmelor lui pe dale deveni din ce în ce mai agitat. Are să dureze, și, cu fiecare întârziere, pierdem din avantaj. După încă vreo câțiva pași, adăugă: Chiar înainte să plec din oraș, am auzit zvonuri cum că un rival la titlul Wolcott stă să iasă din umbră. Aș prefera să înlăturăm o astfel de pacoste, înainte să facă vreun rău.

Flux și reflux – ca marea, subterfugiul avea un ritm firesc de a se împinge înainte.

– Da, înțeleg cum asta ar fi în avantajul nostru, încuviință Cameron. Poate că putem să aranjăm un troc, mai degrabă decât un schimb de bani.

Morton se opri din mers.

– La ce te gândești?

– Am aflat că Dudley are o ascunzătoare cu bijuterii valoroase, răspunse Cameron. Pe care le-a câștigat de curând la un joc de cărți. Lăsă ca informația să își facă efectul pentru un moment înainte să adauge un alt neadevăr: Vizuina Lupului nu este singurul loc prin care bântuie pe la mesele de joc. Nu știi că el joacă pentru mize mari în Seven Dials, la Cazanul Satanei?

Morton strânse din dinți auzind minciuna.

– Nu mi-a spus nimic despre asta.

– Deloc surprinzător, zise tărăgănat Cameron. La fel ca majoritatea oportuniștilor, dorește să se înfrupte din generozitatea ta, dar nu este dispus să își împartă propriile câștiguri necinstite.

O înjurătură mormăită.

– Din moment ce datoria lui la joc m-a atras în afacerea asta, mi se pare corect ca el să plătească șansa de a face parte din succesul tău. Cameron se îndreptă spre masa din fier forjat și se servi cu o țigară de foi indiană din cutia din lemn de cedru. Acum, că semănase sământa discordiei, poate că putea să culeagă câteva informații utile. La urma urmei, ce a făcut el până acum pentru tine?

– A fost de-ajutor, mormăi Morton, părând cumva să se apere. Nimănui nu îi plăcea să arate ca un prost. A găsit un document care i-a permis să șantajeze familia Lawrance...

Cameron îl întrerupse cu un sunet nepoliticos.

– Și ce a investit în treaba asta? Câteva mărunțișuri?

– A mai găsit și un om isteț care să facă o serie de mici modificări la iahtul lui Wolcott, spuse Morton cu voce joasă.

– Asta este, îți garantez, o ispravă de toată lauda. Scoase un cerc perfect de fum și îl privi cum plutește și dispare încet în vânt. Cu toate astea, ar trebui să fie dispus să investească mai mult decât vorbe goale ca să se asigure de îndeplinirea planurilor tale. De ce să îți asumi tu toate riscurile?

Gazda lui își miji ochii gânditor.

– Știi, dacă aș fi în locul tău, m-aș asigura că am dovezi despre implicarea lui Dudley în povestea cu iahtul. „Continuă să vorbești, continuă să vorbești – lasă-ți cuvintele să se înfășoare în jurul gâtului ca un laț de spânzurătoare." În felul ăsta, ai să ai mâna câștigătoare dacă el caută vreodată să te tragă pe sfoară.

– Știu numele complicelui său. Asta ar trebui să asigure cooperarea lui Dudley.

– Poate, zise Cameron cu scepticism. Să vedem dacă este suficient pentru a stoarce ceva informații prețioase de la prietenul tău prins la cotitură.

– Dudley trebuie să ajungă aici în scurt timp, mormăi Morton.

– Știi, dacă îmi împărtășești numele individului, l-ai putea presa cât să-l faci să se dea de gol, sugeră el.

Cu un martor, autoritățile ar fi avut mai mult decât simple suspiciuni vagi ca să continue ancheta.

– Da, înțeleg ce vrei să spui. Morton păru să se gândească la propunerea lui.

Cameron păstră nepăsător tăcerea și pufăi din țigara lui de foi în vreme ce se uita la rotocoalele pe care le desenau deasupra lor pescărușii de mare.

– Da, repetă Morton și scoase un râs sec. Să vedem cum are să se simtă dacă e prins într-o menghină a viciilor, ha, ha, ha!

– Ha, ha, ha, repetă Cameron și își ciuli urechea ca să audă numele esențial.

– Individul este...

O bătaie în ușa cu geamuri de sticlă îl făcu pe Morton să se oprească.

– Ce este? strigă el și îi făcu semn servitorului să li se alăture.

– Iertați-mă, domnule! Lordul Dudley a sosit. Bărbatul își drese glasul. Și nu este singur.

Pe măsură ce orele se scurgeau, Sophie rămase ghemuită într-un colț al trăsurii, afundată într-un somn tulburat. Pe primii câțiva kilometri, Dudley încercase să scoată informații de la ea, dar fata refuzase să vorbească. Nu era exclus să fi recurs la forță fizică dacă al treilea pasager nu l-ar fi îndemnat din vorbe să se oprească.

„N-are decât să amenințe, să facă scandal sau să mă lovească – n-am să mă mai las intimidată de el", își spusese ea în gând.

Dudley renunță în cele din urmă și se cufundă într-o tăcere morocănoasă, întreruptă din când în când de un mârâit amenințător și de lovirea pumnului în palmă. Și însoțitorul lui abandonase încercarea de a o atrage într-o conversație, iar acum stătea sprijinit pe perne și sforăia încet.

Ea își închise strâns ochii și încercă să îndepărteze vălul de panică din mintea ei. „Trebuie să judec limpede – trebuie să existe o cale de ieșire din buclucul ăsta..."

Dar inspirația refuză să apară. Cu huruitul batjocoritor al roților răsunându-i în urechi, alunecase într-o moțăială intermitentă.

Ordinul tăios al lui Dudley o trezi.

– Scoală! Am ajuns.

Picioarele îi erau amorțite, o durea capul, iar Sophie se împiedică atunci când coborî din trăsură.

O mână se întinse ca să o țină în picioare.

– Ai grijă, Sophie! Când Dudley se duse să discute cu vizitiul său, vocea coborî în șoaptă: Nu complica lucrurile pentru tine sau pentru familia ta. Dă-i ce vrea el și...

– Și ce, Neddy? își fixă vechiul prieten cu o privire scrutătoare. Are să mă trimită acasă cu o mângâiere pe creștet și o pungă de bomboane pe care să le împart cu surorile mele?

Neddy avu cuviința de-a roși.

– Dudley mi-a promis că, dacă ai să cooperezi, nimeni n-o să mai aibă de suferit. Îl ajută pe un prieten să se asigure că ceea ce i se cuvine de drept nu îi este furat de sub nas.

– Ce i se cuvine? repetă Sophie, înspăimântată de raționamentul lui Neddy. Iartă-mă că analizez în detaliu, dar mi se pare că dreptul lui Lord Wolcott la titlu n-a fost niciodată pus în discuție.

În momentul acela, înfățișarea lui Neddy se înăspri.

– Wolcott era fiul arogant și scârbos al unei scroafe.

– Adevărat. Dar asta nu înseamnă că avem dreptul să omorâm pe oricine ni se pare neplăcut.

– Era un pungaș ieftin și un mincinos, răspunse prietenul ei. Am muncit pe rupte și am montat încuietori scumpe și imposibil de spart la conac, și știi ce-a făcut? Vocea lui căpătă o notă stridentă. A refuzat să-mi plătească mai mult decât un fleac, spunând că marfa era de proastă calitate, chiar dacă eu aveam toate chitanțele. Și nu doar mie are să-mi fie mai bine fără el – o groază de oameni din Terrington o să aibă o viață mai bună cu un nou marchiz care să se îngrijească de pământuri.

„Unul care este un criminal conspirator?"

Sophie își înghiți replica sarcastică și hotărî că era mai bine să afle tot ce putea despre planul lor meschin.

– Spune-mi, zise ea încet, cum de-ai ajuns să fii atras în povestea asta?

– Dudley și Morton erau în vizită la conac când eu lucram acolo. Mi-au complimentat abilitățile, spuse el, și mi-au apreciat talentele... mult mai mult decât fandositul de marchiz. Chiar m-au adus la Londra și au aranjat să montez încuietori la reședința din oraș a ducelui de Linonia, pentru care am fost plătit foarte generos.

Sophie scoase un oftat discret, dându-și seama cât de ușor fusese pentru cei doi domni din înalta societate să îl momească pe vechiul ei prieten. El trudise neștiut de nimeni, un om simplu, obișnuit, înzestrat cu prea puține la capitolul înfățișare, farmec sau imaginație ca să se evidențieze.

„Of, până și eu l-am refuzat."

Dar remușcarea ei se stinse repede atunci când își aminti că șase oameni – marchizul și familia lui, împreună cu trei membri ai echipajului – fuseseră înghițiți de mormântul de ape pentru că Neddy se lăsase manipulat.

– M-au dus și la Café Royal, unde am stat la masă cu spuma societății și am băut șampanie, continuă Neddy. Și mă plătesc generos. Suficient cât să-mi iau o nevastă și să trăiesc liniștit.

Milă și dezgust, în egală măsură, clocotiră înăuntrul ei. Sophie îl cunoștea de o viață întreagă, și totuși bărbatul din fața ei era un necunoscut.

– Sophie... Vocea lui deveni mai stăruitoare când zgomotul scos de pietriș dădu de înțeles că Morton se întorcea. Eu pot să te ajut, dar numai dacă asculți de sfatul meu și faci cum îți cere Dudley.

– Nu pot, șopti ea și nu avu remușcări când minți printre dinți: Pentru că n-am ce vrea el.

Neddy nu avu șansa să răspundă, căci Dudley ocoli partea din spate a trăsurii, cu pistolul încă în mână, și o apucă brutal de braț.

– Hai! Să vedem dacă Morton poate să-ți descoasă limba.

„Sunt la casa de la țară a lui Morton?" Fu cutremurată de un fior.

Un servitor îi conduse prin coridorul întunecat de la intrare, dominat de lambriuri din lemn de culoare închisă și de picturi cu rame de aur ce reprezentau scene de vânătoare. Sophie își întoarse privirea de la cerbul însângerat și căută să își țină în frâu pulsul care o luase la goană. Dacă și Cameron se afla acolo...

„Atunci am dat de naiba."

Slavă Domnului că mai avea câteva momente de răgaz ca să se gândească... să se gândească...

– Mișcă! Dudley își sublinie ordinul mârâit prin apăsarea armei de oțel în spatele lui Sophie.

Drept înainte, la capătul coridorului, ea văzu lucirea razelor de soare prin ușile franceze întredeschise. Sunetul mării – sau erau doar bătăile pulsului ei – se ridica în valuri și îi umplea urechile, înecând totul într-un bâzâit slab de voci.

Sophie închise ochii pentru o clipă, dornică să își păstreze calmul.

– Ce naiba înseamnă asta? O voce necunoscută, cel mai probabil Morton. La dracu', explică-te, Dudley!

– De fapt, de ce să nu-i lăsăm pe haimanaua de Daggett și pe curva lui să vorbească?

„Improvizează, improvizează!" Era important să îi transmită cumva lui Cameron cât mai mult posibil din ce știa despre Dudley.

Se întoarse cu fața spre Dudley și făcu apel la talentul actoricesc pentru a se arăta tulburată.

– Eu nu sunt, așa cum spui tu, curva lui. Da, am fost obligată să îi suport avansurile la Vizuina Lupului, dar doar pentru că și el mă șantaja. Aruncă o privire repezită spre Cameron, care pufăia cu nonșalanță din țigara de foi urât mirositoare, apoi adăugă: Bărbații! Să vă ia naiba pe toți! Sunt hărțuită și amenințată pentru informații pe care nu le dețin. Și despre care nici măcar nu se știe sigur că ar exista.

Neddy vorbi cel dintâi.

– Eu o cred! spuse el și îi sări în apărare. Sophie nu este o curvă.

– Taci din gură, îi porunci tăios Dudley. Pistolul se îndreptă pentru un moment spre pieptul lui Neddy, apoi desenă un șirag de mărgele spre Cameron.

– Deci tu ce ai de spus, Daggett?

– Despre ce? întrebă tărăgănat Cameron, deși gura i se uscase cu totul când o văzuse pe Sophie împinsă pe terasă.

– Ne trag pe sfoară, Morton, mârâi Dudley. După ce ai plecat de la Vizuina Lupului, m-am dus sus ca să gust puțină plăcere, și pe cine crezi că am zărit într-una din camere? Pistolul desenă un gest obscen. Cerberu' ăsta și cățeaua lui care se giugiuleau un pic. Deci nu pot să nu mă întreb ce joc joacă ei aici.

Morton strânse din dinți.

– Ei bine, Daggett?

– Lord Dudley nu este singurul căruia îi place să tragă cu ochiul la întâlnirile private de la Vizuină, răspunse el. Am spionat o întâlnire anterioară între el și domnișoara Lawrance, așa că am decis că erau bani de scos din indiferent ce se întâmpla acolo. El scutură un pic de scrum din vârful strălucitor al țigării lui. Din păcate, domnișoara Lawrance nu avea nimic de valoare de dat la schimb, cu excepția fermecătorului ei trup. Și, cum nu sunt potrivnic plăcerilor cărnii – mai ales atunci când sunt oferite de bunăvoie –, mi-am luat porția mea de plăcere, ca să spunem așa.

Un mârâit vui din gâtul lui Neddy.

– Trebuie să spun că e destul de excitant să deflorezi o inocentă într-un bordel. Cameron aruncă un zâmbet lacom spre Sophie. Și, din moment ce părea să te fi bucurat de experiență, poate că putem să o facem din nou...

Scoțând un urlet incoerent, Neddy își repezi corpul musculos înainte, iar mâinile lui uriașe îi căutară gâtul lui Cameron.

Însă Cameron îl evită printr-o răsucire iute și își înfipse genunchiul în vintrele lui Neddy.

– Se pare că mai aveți un admirator, domnișoară Lawrance, observă el când fierarul se prăbuși la podea, cu vocea transformată într-un geamăt plângăreț. Dar se pare că el a fost mult mai domn ca mine.

Chipul lui Morton se relaxă ușor.

– Ești un ticălos corect, nu-i așa, Daggett?

– Un fapt ce ar trebui să te încânte, răspunse Cameron indiferent. Îi întinse o mână lui Neddy, care încă gemea. Fără resentimente, Wadsworth. Dacă știam că ții la fată, mi-aș fi stăpânit limba.

– Nemernicule, șuieră Neddy printre dinți când acceptă ajutorul oferit și se ridică în picioare.

Cei doi rămaseră față în față timp îndelungat.

„O greșeală tactică“, își dădu Cameron seama și privi cum ochii celuilalt om se îngustară într-o linie severă.

– Nemernicule, repetă Neddy, și recunoașterea se oglindi pe trăsăturile lui grosolane. Dar, vai, este Cam Fanning – cel pe care l-am bănuit cu toții că era bastardul răposatului Wolcott. Scoase un rânjet sumbru, apoi se întoarse spre Morton și Dudley. Numele lui nu e Daggett, ci Fanning. Este iubitul de demult al lui Sophie... și omul pe care îl vânați.

Cameron nu așteptă reacția celor doi. Îl împinse tare pe Neddy în Dudley, se repezi înainte și, cu un pumn puternic în falcă, îl puse la pământ pe Morton.

Văzându-i pe cei trei bărbați amețiți și prăbușiți, el o prinse pe Sophie de mână și o înghionti spre balustrada terasei.

– Ține-te bine, Rază de Soare, murmură el și o luă în brațe. Este timpul să ne luăm zborul.

Capitolul 20

Sophie se agăță de umerii lui Cameron și, pentru o clipă, trupul solid și puterea lui topiră groaza rece ca gheața pe care o simțea în oase.

Era viu și teafăr – nu mai conta nimic altceva, se gândi ea când loviră pământul cu o bufnitură discordantă.

Cameron se ridică, apoi o apucă de mână și porni într-o fugă nebună.

Siguranța... siguranța se afla la doar câțiva pași rapizi și fermi mai încolo.

Dar, o clipă mai târziu, iluzia fu spulberată de pocnetul unui foc de pistol.

– Cam! Sophie țipă când el se împiedică și aproape se dezechilibră pe cărarea abruptă care ducea în jos, de-a lungul pantei împădurite. Ea se aplecă, crengile biciuindu-i obrajii, și reperă o rană adâncă și urâtă în piciorul drept, chiar sub genunchi; pielea sfâșiată a pantalonilor era pătată de un roșu-aprins. Cam!

– E doar o zgârietură, iubito, spuse el printre dinți. Continuă să o strângă tare de mână și se avântă spre pâlcul de copaci. Pe aici... Dacă reușim să ajungem în vârful dealului, putem să ne întoarcem la grajduri.

Mărăcinii se agățau de fustele ei, rădăcinile se încolăceau de pantofii ei grei. Gâfâind, Sophie încercă să se elibereze din strânsoare. Nu mai mâncase din zori și, cu picioarele încă amorțite după călătoria cu trăsura, descoperi că puterea îi scădea cu repeziciune.

– Du-te! imploră ea. Du-te fără mine!

El răspunse cu o înjurătură.

– Te rog, Cam! Au să te omoare dacă te prind. Dar mie... mie n-are să mi se întâmple nimic.

– Să te las la mila lor? Scoase un râs trist când o trase peste un copac prăbușit la pământ. Ai o părere mult prea bună despre natura umană, Sophie. Oamenii ăștia sunt extrem de nemiloși și nu se vor opri de la nimic – *nimic* – ca să își atingă scopurile.

Răsună un alt foc de armă.

– Continuă să te miști, îi ceru Cameron și își încetini ritmul ca să o tragă prin tufișurile dese.

Sophie se chinui să țină pasul cu el. Plămânii îi ardeau, picioarele o dureau.

– Cam...

Oricât încerca, părea incapabilă să se miște mai repede.

El se întoarse cu fața spre ea și murmură o altă încurajare.

– Așa, Rază de Soare. Te țin de mână și nu-ți dau drumul.

Cu răsuflarea întreruptă de suspine neregulate, Sophie ridică privirea ca să riposteze.

– *Cam!*

Strigătul ei de avertizare veni o secundă prea târziu.

Ramura de stejar îl lovi pe Cameron în cap cu un zgomot îngrozitor.

– Așa îi trebuie nemernicului! Neddy aruncă arma improvizată și se uită cu o satisfacție sumbră la trupul încovoiat al lui Cameron.

Javra neobrăzată! Chiar și atunci când eram puștani, Fanning se ținea mereu după fustele tale și căuta să își depășească statutul. Ridicând privirea, prietenul ei de odinioară zâmbi. Sigur acum îți dai seama că nu e decât o nevăstuică ticăloasă. Te-a folosit! Ți-a distrus reputația!

Sophie se prăbuși în genunchi și așeză cu blândețe capul lui Cameron în poală.

– Doamne, fii milostiv!

– O, nu dispera, Sophie... căderea ta în dizgrație nu mi-a schimbat cu nimic sentimentele! o asigură Neddy. Am să te accept oricum și, cu banii pe care îi câștig aici, o să avem destul ca să ducem o viață liniștită împreună.

Oare dorința lui zadarnică îi sucise complet mințile?

– Domnul să aibă milă nu de sufletul meu, Neddy, ci de al tău! răspunse ea tăios. Lacrimile i se prelingeau pe obraji. Am crezut că îmi ești prieten, dar, în realitate, te-ai transformat într-un monstru.

– Sophie!

Sophie ignoră rugămintea și atinse rana vineție, apoi scoase un oftat când simți cum Cameron se agită sub degetele ei tremurânde.

– O, slavă Domnului! Trăiește.

– Dar nu pentru mult timp. Cu frunzele moarte trosnindu-i sub cizme, Morton coborî povârnișul dinspre scurtătura ascunsă de copaci. Bravo, Wadsworth! Ridică-l și du-l înapoi în casă! El își afundă brutal degetele în părul despletit al lui Sophie. În vreme ce tu... vii cu mine.

– C... ce-ai de gând să faci? întrebă Neddy.

– Să îmi dau seama care este cea mai bună cale pentru a scăpa de scandalagiii ăștia doi. Un zâmbet batjocoritor. De fapt, îi datorez scuze lui Dudley. A fost o idee strălucită s-o aducă aici pe domnișoara Lawrance. Împuști doi iepuri dintr-un singur foc, așa se zice, nu?

– Dar și cel care râde la urmă râde mai bine, nu? șopti Sophie.

El o strânse mai tare și o trase înapoi, gest care ei îi provocă o durere de cap.

– Tacă-ți fleanca!

– N-am să-ți permit să îi faci vreun rău lui Sophie, declară Neddy și îl privi amenințător pe Morton. Lord Dudley a promis că n-are să i se întâmple nimic rău.

Dudley, care dispăruse de pe terasă, apăru dintre tufișuri și se opri fără suflu.

– Așa am promis, așa am promis. Și poți fi sigur că prietenul meu îmi va respecta cuvântul dat.

Pentru o clipă, Morton se uită țintă la oamenii lui, apoi ridică din umeri.

– Da, desigur, ai dreptate. O promisiune este o promisiune.

Domolit, Neddy îl ridică pe Cameron și se avântă înainte.

„Promisiuni, promisiuni."

Sophie nu se lăsa atât de ușor înșelată. Întrezărise un rânjet încolțind pe buzele lui Morton înainte să îi fi vorbit. Ei bine, ticăloșii ăștia nu erau singurii care puteau face promisiuni false. Cameron susținea că singura cheie a supraviețuirii era să rămâi singur și distant. *Fiecare om pentru el.* Totuși, ea avea o strategie diferită – intenționa să lupte cu fiecare armă pe care o avea ca să îl țină în viață.

„Mă rog Domnului ca noua dibăcie a mâinilor mele să îmi molipsească și limba."

– Știi, Cameron nu este lipsit de prieteni în lumea bună. Lord Killingworth și Lord Haddan sunt la curent cu planurile lui de a veni aici, îi avertiză ea. Și, fără doar și poate, nu vor permite ca asasinarea lui să fie trecută cu vederea.

Morton o sili să se ridice, îi dădu drumul și făcu un pas înapoi.

– Vor fi nevoiți să dovedească faptul că a fost crimă, i-o întoarse el, dar spasmul abia perceptibil din surâsul său disprețuitor nu se potrivea cu bravada lui.

– Are să fie destul de greu de justificat trei cadavre, răspunse ea, convinsă că intenționau să îl arunce pe Neddy alături de ei în mormânt. Mai ales după ce s-a întâmplat cu marchizul și cu familia lui.

– Poate, contracară Dudley. Dar, date fiind mizele, merită cu vârf și îndesat să-ți încerci norocul.

– Și totuși, spuse Sophie cu răceală, Cameron mi-a spus că nu ești foarte bun la jocurile de noroc.

Dudley ridică mâna ca să o lovească, dar Morton îl împiedică.

– Nici Daggett, nici Fanning nu și-au jucat cărțile foarte bine. Nu pot să nu mă întreb de ce s-a deranjat să vină până aici. Pericolele sunt evidente, și nu pot să înțeleg ce spera să câștige.

– Răspunsul este simplu. A venit să caute hârtia pe care o ai, aceea care sugerează că tatăl meu a fost implicat într-o nelegiuire, spuse Sophie.

– Te aștepți să credem că acționează din prea multă generozitate? replică Dudley. Ha! N-ai bani.

– Nu. Ea zâmbi. Dar am avut un document foarte valoros pe care să i-l ofer la schimb.

Pistolul lui Dudley reapăru dinăuntrul buzunarului de la haină.

– Unde...

– Nu vă obosiți cu amenințările! Sophie trase iute aer în piept și se avântă în cacealmaua ei. E prea târziu pentru asta. I-am dat deja documentul, iar el i l-a dat prietenului său, Lord Haddan, ca să îl păstreze în siguranță până când ne încheiem afacerea.

Replica ei îi făcu pe cei doi bărbați să se privească fix în ochi.

– E posibil să spună adevărul, mormăi Dudley. S-au auzit zvonuri prin cluburile private cum că moștenitorul lui Wolcott stă să iasă la lumină.

Sophie se grăbi să profite de avantajul obținut.

– Ești un om deștept, Morton... Sigur îți dai seama că nu poți să câștigi, spuse ea. De ce să nu iei lucrurile așa cum sunt și să-ți salvezi pielea? Dă-ne drumul și pleacă pe continent înainte să apară întrebări despre moartea lui Wolcott. Dată fiind lipsa dovezilor, cel mai probabil ai să scapi nepedepsit. Se opri ca să își lase sugestia să își facă efectul. Însă, dacă și actualul marchiz este găsit mort, chiar crezi că poți scăpa de justiție?

Sophie observă cum sprâncenele lui Dudley se încruntară pentru o clipă.

– Poate...

– Liniște!

Expresia lui Morton se înăspri, cu pomeții ascuțiți ca niște lame de cuțit pe sub pielea palidă.

Sophie așteptă, simțind cum tensiunea trosnea în aer.

– Mișcă, spuse el brusc și îi dădu cu putere un brânci. Apoi adăugă spre Dudley: Au fost deștepți. Dar nu este totul pierdut. Am o idee.

– Au!

Cameron se strâmbă când Sophie apăsă bucata de pânză pe tâmpla lui zdrelită.

– Nu te mișca! Trebuie să îți curăț rana. Ea rupse altă fâșie din fustele ei. Apoi trebuie să îți îngrijesc piciorul. Slavă Domnului că nu este decât o tăietură. După ce o bandajez, ar trebui să te simți mai bine.

– Da, păi de ce nu comandăm niște chiftele de homar și șampanie ca să ne simțim cu adevărat bine? glumi el.

Sophie coborî privirea spre încheieturile lui prinse în cătușele de fier și scoase un oftat.

– Măcar i-am convins să nu îți pună și gleznele în cătușe.

– Ai fost tare convingătoare, recunoscu el.

– Aș fi fost așa dacă te convingeam să mă asculți. Trebuia să fugi când ai avut ocazia.

– Și să las o domniță la mila ticăloșilor ăstora josnici, a lanțurilor lor zornăitoare și a temnițelor întunecate? Erau, de fapt, închiși într-o pivniță rece, luminată doar de o singură făclie prinsă de jgheaburi. Doamne ferește! Georgiana și Penelope nu m-ar fi lăsat să scap prea ușor. Se strâmbă din nou. Nu că încercarea mea de a face bine ar fi fost de vreun folos. Neddy Wadsworth a fost întotdeauna o brută diformă, dar acum e mai degrabă ca un taur – un creier cât o nucă și o lovitură strașnică.

– Asta nu este o chestie de râs, Cam, spuse Sophie.

– Știu, Rază de Soare. Avea noduri în stomac încă de când o văzuse în ghearele lui Dudley. Dar, de îndată ce ajungi la cizma mea și iei șperaclul, mă eliberez din fiarele astea și deschid ușa închisorii noastre.

Ea atinse cu mare grijă pielea sfâșiată.

– Nu e aici... trebuie să fi căzut în timpul urmăririi.

– La naiba! Privirea lui cercetă podeaua de piatră și pereții. Nimic în afară de bălți de apă sălcie făcute de picăturile ce cădeau constant din tavan.

– Dar nu face nimic. Sophie își ridică fustele și începu să pipăie una dintre cusături. Am adus cu mine unul de rezervă.

Oscilând între amuzament și vină, Cameron privi cum ea începu să scoată o țepușă subțire de oțel dintr-un buzunar ascuns.

– Te-am inițiat într-o serie șocantă de obiceiuri rele.

– Chiar așa. Ai avut mereu o influență foarte proastă asupra mea, răspunse Sophie fără să ridice privirea de la ce făcea. În urmă cu doar câteva luni, nici n-aș fi visat să sărut un pirat misterios, să dau o spargere sau să beau coniac.

Cameron și-ar fi dorit să îi vadă ochii.

– Și niciodată, dar absolut niciodată, n-aș fi făcut dragoste pasional într-una dintre cele mai exotice încăperi ale plăcerii din cel mai cunoscut bordel din Londra.

„Încă un păcat pe lista mea." Cameron se simți cutremurat de o tresărire. „Atotputernicul sigur nu mai are unde să înregistreze litania nelegiuirii mele."

– Asta nu e o chestie de râs, Sophie. Se trezi repetând dojana ei de mai devreme. Nu doar că te-am corupt, dar ți-am pus și viața în pericol. Vocea i se umplu de dezgust. Dacă eram cu adevărat un domn...

– De fapt, chiar ești unul.

– Poftim? Piatra udă și unghiurile inegale ale încăperii grosolane dădeau un ecou distorsionat cuvintelor lor.

– De fapt, chiar ești unul, repetă Sophie. Un domn, adică. Umbrele fluturară și se așezară peste piatră brută. Am găsit dovada.

Cameron deschise gura, dar constată că nu putea să se gândească la o replică sarcastică potrivită.

– Oh!

Acesta păru să fie singurul sunet de care era în stare.

Se chinui să se ridice și încercă să îi deslușească expresia printre modelele desenate de întuneric și lumină.

– Era în dulapul vechi din biroul lui *papa*, continuă ea. Unul care n-a mai fost deschis de ani întregi pentru că i se pierduse cheia. Presupun că lecția despre încuietori mi-a trezit o vagă amintire, și s-a întâmplat ca seara trecută să mă aflu în cameră... Colțurile gurii ei se arcuiră în sus. Așa că obiceiurile proaste recent deprinse au dat rezultate bune până la urmă.

Cameron tot nu reușea să rostească vreun cuvânt. Ciudat, dar, cum trăise toată viața în dubiu, certitudinea bruscă păru straniu de ireală.

– Atașată documentului era o notiță destul de incoerentă adresată de tatăl tău tatălui meu. Sophie se opri să își clătească bucățica de cârpă în castronul mic pe care îl lăsaseră răpitorii. Nu a explicat foarte clar detaliile căsătoriei lui cu mama ta, ci doar a menționat că a avut loc pe insula Madeira.

– Chiar ai găsit dovada?

Cameron se simți ușor amețit de acea descoperire.

– Da. În mod ironic, mă duceam la colibă să îți las un semn atunci când Dudley m-a răpit.

– Se pare că ironia a jucat un rol foarte important în viața mea. Trase adânc aer în piept. Sau poate să îi spun farsă.

Sophie clătină din cap.

– A fost o întorsătură nefericită a sorții ca un astfel de schimb important să fi avut loc între doi bărbați cu minți nu foarte ascuțite. Scoase un oftat. Îmi amintesc că mama spunea încă de pe atunci că mintea tatei o cam luase pe câmpii... era mereu cu capul în nori și nu își aducea niciodată aminte lucrurile importante. Iar scrisoarea pe care i-a scris-o tatăl tău arată clar că boala îi întunecase judecata. Aparent, era preocupat de reacția la căsătorie a fratelui tău vitreg și îngrijorat de cum avea să primească mama ta vestea. Dar mă întreb de ce nu i-a trimis documentul domnului Griggs.

– Nu știu, spuse Cameron încet. Și Griggs a fost la fel de nedumerit pentru că tata nu i-a spus niciodată nimic despre asta. Mi-a zis că s-a întrebat mereu dacă nu cumva tatăl tău primise vreo scrisoare. Se pare că erau prieteni și se întâlneau adesea ca să discute despre arta și filosofia greacă. Schiță o grimasă. Dacă nu s-ar fi pierdut amândoi în idei abstracte.

– Dacă mama ar fi dat peste corespondența asta, ar fi știut să i-o transmită avocatului marchizului, cugetă Sophie. În schimb, *papa* a pus-o deoparte în biroul său, alături de un teanc de registre contabile obișnuite... și acolo a rămas uitat.

– În blestemata asta de poveste sunt atât de mulți „dacă“, spuse Cameron. Dacă tatăl meu nu ar fi fost atât de bolnav. Dacă fratele meu vitreg nu ar fi fost atât de mândru. Dacă mama mea nu ar fi fost atât de timidă...

– Mărturisesc că m-am întrebat mereu de ce mama ta nu a vorbi răspicat și nu a cerut să fii recunoscut ca fiul de drept al fostului marchiz.

– Ți-o amintești pe mama – era extrem de blândă, dar îi era frică și de umbra ei. O grimasă îi agită buzele. Uneori mă întreb dacă nu cumva ăsta e motivul pentru care m-am născut cu atâta îndrăzneală încât să ajungă pentru două persoane.

Sophie își permise să schițeze un zâmbet.

–Bănuiesc că în mare parte trecutul ei a fost de vină. Provenea dintr-o familie săracă, reluă Cameron, explicând parcă mai mult pentru el decât pentru ea. Și se temea că lumea bună nu avea să o creadă în veci. Părăsiseră vasul în Madeira și își stabiliseră reședința acolo, căci tata crezuse că clima îi putea alina boala de plămâni. Moartea lui a intervenit brusc, așa că, atunci când mama a revenit în Anglia, singură și însărcinată, a locuit împreună cu unchiul ei, care o avertizase că putea să fie urmărită în justiție pentru afirmații false dacă făcea prea multă gălăgie. Așa că a dus o viață liniștită, de văduvă cu un copil mic, mulțumită cu situația ei modestă, până când a murit unchiul ei și ne-a lăsat lefteri.

Cameron își mușcă buzele pentru o clipă.

–Atunci când aveam șapte ani, ne-am mutat la Terrington, unde a rămas la mila fratelui meu vitreg. Se pare că el a vrut să o alunge cu coada între picioare, dar Griggs a intervenit și l-a obligat să îi ofere o căsuță și o alocație mică. S-a spus că eram niște rude sărace... lucru pe care l-am crezut și eu. O fracțiune de secundă de pauză. După cum știi, abia când aveam cincisprezece ani și-a permis să spună adevărul. Dacă ar fi...

–Hai să nu mai insistăm asupra tuturor greșelilor din trecut, spuse Sophie hotărâtă. Oricare ar fi vechile greșeli, le poți îndrepta. Flacăra singuratică de la felinar surprinse o fluturare de emoție trecătoare pe sub genele plecate. Mai bine mai târziu decât niciodată.

Se putea oare să fie un indiciu indirect cum că nu era totul pierdut între ei? Nu îndrăzni să își lase speranța să prindă viață. O privire piezișă în jur era îndeajuns ca să potolească orice tentativă de romantism.

Măcar nu apăruseră șobolani... deocamdată.

–De îndată ce înlăturăm cătușele de la încheieturile tale și deschidem ușa asta îngrozitoare, ai un plan de evadare?

Trezit brusc din gândurile lui, Cameron își roti umerii.

–În astfel de situații, este o pierdere de vreme să te obosești măcar să faci un plan. Lucrurile nu merg niciodată așa cum te aștepți, deci cel mai bine este să improvizezi pur și simplu.

–Să improvizezi, spuse Sophie. Devin din ce în ce mai familiarizată cu acest verb.

–Îmi pare rău, murmură el. Am întors lumea ta liniștită și rațională cu susul în jos.

– Sau o altă parte, mai intimă a anatomiei mele, răspunse ea, și o îmbujorare rozalie îi coloră obrajii. Nu spune că îți pare rău, Cam... Mie nu-mi pare. Da, viața mea e o succesiune de salturi nebunești în ultima vreme. Dar a fost extraordinar. Mă simt atât de vie.

– Aș vrea să rămâi așa, spuse el și simți cum pieptul i se strânse când flacăra felinarului lumină zâmbetul lui Sophie. „Sophie... ea fusese întotdeauna lumina vieții lui." Uită de piciorul meu și hai să ne apucăm de treabă la afurisitele astea de cătușe. Modelul ăsta în special îți cere să împingi tare în sus de îndată ce ai băgat vârful șperaclului între primele două pârghii.

Ea introduse vârful de oțel în gaura cheii și zgâlțâi ușor.

– Pari teribil de familiarizat cu îngrădirile din metal.

– După ce am scăpat din închisorile a șase principate europene diferite, mă consider întru câtva expert în domeniu... Da, da, ăsta e locul, Rază de Soare, dar trebuie să apeși mai tare. Cameron își plecă o ureche. Mai tare.

În cele din urmă, cătușa cedă cu un zăngănit șovăitor.

– Dă-mi șperaclul.

Sophie i-l întinse, dar, în loc să își deschidă și cealaltă cătușă, el ascunse unealta în cizma lui bună.

– De ce? întrebă ea.

– Opțiuni, Rază de Soare. Ne oferă opțiuni. A existat un chinez viclean care a scris o carte despre arta războiului, și acolo subliniază că elementul-surpriză este o armă foarte eficientă.

Ecoul afirmației lui fu amplificat de zgomotul de pași care coborau scările înspre pivniță.

Cameron puse iute cătușa în jurul încheieturii când o cheie zăngăni în încuietoarea de la intrare.

– Dă-te înapoi, ordonă Morton, înainte să deschidă ușa cu o lovitură. Intră în încăpere, cu câte un pistol în fiecare mână, urmat de Dudley și de Neddy.

„Trei adversari, două arme și puțin spațiu de manevră." Cam hotărî să aștepte și să vadă ce aveau de gând răpitorii. O mișcare ușoară a corpului său îi permise să își apese genunchiul în coapsa lui Sophie.

Ea încuviință discret din cap, recunoscându-i semnalul subtil.

– Ce tablou emoționant, comentă ironic Dudley. Domnița loială care alină ultimele ore de viață ale iubitului ei. Aruncă o privire răutăcioasă spre Neddy, apoi scoate un cotcodăcit urât. Vezi, ce ți-am spus eu, Wadsworth? Femeile nu merită să plângi după ele. În adâncul lor, nu sunt decât niște curve...

Neddy se răsuci, cu capul lui mare plecat, și se foi de pe un picior pe altul, de parcă era un taur care tocmai fusese însemnat cu un fier încins.

– Sophie nu este o curvă.

– Ba bineînțeles că este, îl tachină Dudley. O curvă. O pupăză. O buleandră. Ha, ha, ha!

– Liniște... amândoi! le ordonă Morton.

Văzând cum colaborarea dintre conspiratori începea să se destrame, Cameron adăugă iute propriile cuvinte tăioase:

– Doar nu crezi că filfizonii ăștia doi chiar aveau de gând să te lase să trăiești fericit până la adânci bătrâneți cu Sophie, nu-i așa, Neddy? Cel mai probabil nu fac decât să pună la cale un scenariu în care vei lua asupra ta vina pentru crimele lor.

– Taci din gură, Daggett! urlă Morton. Ridică-te! Cele două umbre ale pistoalelor dansară pe peretele pătat de apă. Și dumneata, domnișoară Lawrance.

– De fapt, mă simt foarte bine așa cum sunt, spuse tărăgănat Cameron. Deși o pătură în plus sau două ar fi bine-venite. Și, poate, o sticlă de șampanie, din moment ce apa are un gust cam neplăcut.

– Lasă-mă să-l împușc acum, mârâi Dudley și își mișcă mâna în buzunarul de la haină. Și să terminăm odată.

– Liniște! urlă Morton și își armă ambele pistoale. Primul care mai scoate un sunet primește un glonț în creier.

Văzând că fluturarea țevilor de la pistoale devenea chiar mai haotică, Cameron decise că își provocase suficient răpitorii. Plecă supus capul și rămase tăcut.

Spre cinstea ei, Sophie nu intrase în panică în timpul schimbului de replici. Fără lacrimi, fără bocete. La fel ca în aventurile lor din copilărie, când fusese întotdeauna curajoasă și descurcăreață. Cutezătoare până în măduva oaselor.

„Am să o scot din primejdia asta groaznică“, își promise el în gând. „Și apoi...“

– Scoală, Daggett! Satisfăcut că redevenise stăpân pe situație, Morton slăbi strânsoarea mâinii pe pistoale. Încet. Faci o mișcare, și domnișoara Lawrance are să fie cea care suferă.

Cameron se ridică în picioare și încuviință supus din cap.

– Docil ca un șoricel, așa sunt eu.

– Acum, și domnișoara Lawrance.

– Eu zic că ar trebui să tragem un glonț în pielea lui râioasă, mormăi Dudley. Marea înghite un corp fără a lăsa urme.

– De aia trebuie să mă lași pe mine să gândesc, i-o întoarse Morton. Nu câștigăm nimic dacă el dispare pur și simplu... titlul Wolcott și averea ar putea fi prinse în chestiuni birocratice ani în șir. Buzele lui palide se întinseră într-un zâmbet. Nu, nu, am un plan mai bun.

– Chiar așa? murmură Cameron când trecu șchiopătând pe lângă el. Ai face bine să te rogi să fie așa. Pentru că, până acum, eforturile tale n-au fost prea impresionante.

Un ghiont îl împinse pe ușă afară.

– Mișcă-te, mârâi Dudley.

– Du-i la trăsură, Wadsworth, ordonă Morton. Eu și Dudley venim într-o clipă.

– Deci aici și-a ascuțit dinții tovarășul nostru Cerber? Connor își umbri ochii în fața soarelui strălucitor, își struni calul să se oprească și studie încet dealurile abrupte și pajiștile bătute de vânt, care se revărsau până la mare.

– Da, orașul Terrington se află în spatele următoarei creste, răspunse Gryff.

– Mărturisesc că sunt un pic dezamăgit. Aș fi preferat să-l știu pe Cam drept un spiriduș din altă lume, un nor colorat de fum decât un reprezentant obișnuit în carne și oase al rasei umane.

– Ha, ha, ha, chicoti Gryff. Îndrăznesc să spun că va fi obligat să facă foarte multe transformări în zilele următoare, deși este îndoielnic că are să devină vreodată un tip banal.

– Cam, un lord? Încă îmi sună ciudat, spuse Connor. Dumnezeu să ajute nobilimea!

– Ne-a supraviețuit nouă, așa că îmi închipui că poate să tolereze excentricitățile lui Cam. În plus, cred că domnișoara Lawrance va avea o influență pozitivă asupra lui.

– Este greu să-mi imaginez că are să își pună laba în capcana parohului.

Un alt chicot.

– S-au întâmplat și lucruri mai ciudate.

Connor își permise să schițeze un zâmbet.

– De fapt, mă simt chiar ofensat. Metehnele lui Cam sunt cu mult mai ciudate decât ale mele.

– Hai să spunem că nici unul dintre noi nu poate să pretindă că este un model de decență.

Gryff se foi în șa.

– Potrivit hangiului de la ultima oprire, căsuța familiei Lawrance se află într-un cătun micuț, cam la o jumătate de kilometru de aici. Hai să le facem o vizită și să vedem dacă se știe ceva despre ce pune la cale prietenul nostru!

O plimbare scurtă îi aduse la un drum îngust, cu tufișuri înalte amestecate cu trandafiri sălbatici. O luară de-a lungul potecii unduitoare și continuară agale la trap până când zăriră o căsuță solitară vopsită în alb, ascunsă în spatele unui pâlc de meri.

– Bună ziua, domnișoară Georgiana, spuse Gryff, care o recunoscu imediat pe tânăra suplă care tocmai ieșea pe poarta grădinii și se grăbea spre pajiște. Eram în trecere prin zonă...

Ajunseseră acum suficient de aproape cât să îi vadă chipul.

– S-a întâmplat ceva? întrebă el din scurt.

– Eu... Eu... Ea șovăi, cu ochii întunecați de neliniște. Nu sunt sigură că ar trebui să spun ceva până când unchiul și mătușa mea nu ajung aici, milord. Buzele îi tremurară. Cu voia lui Dumnezeu, ar trebui să ajungă în această după-amiază.

Cuvintele ei provocară o încruntare pe chipul lui Gryff.

– Vă apreciez prudența, domnișoară Georgiana. Dar, dacă e vreo problemă, trebuie să fiți sigură că putem fi de ajutor.

– Adevărul este că eram în trecere prin zonă pentru că avem impresia că domnul Daggett ar putea fi într-o situație primejdioasă, adaugă Connor. În cazul în care și sora dumneavoastră este cumva implicată...

Auzind de sora ei, îndârjirea ei se spulberă.

– A fost răpită.

– Mai rar, domnișoară Georgiana, o sfătui Connor. Respirați adânc și luați-o de la capăt!

Mai multe răsuflări rapide reușiră să îi potolească nervii.

– Sophie a fost răpită.

– Când? întrebă Connor.

– I... ieri.

– Ați văzut cine a făcut-o? întrebă la repezeală Gryff.

Georgiana își mușcă buza.

– Nu chiar. Adică am văzut că s-a oprit o trăsură mare – era neagră, cu roți și decorații vișinii – și am zărit un bărbat cu un pistol care i-a ordonat să se urce în ea. Altă răsuflare furioasă. Am urmărit-o pentru că știam că voia să îi lase un semn lui Cam – am descoperit ceva important...

– Domnișoară Georgiana, începu Gryff.

– Dar asta nu e tot, continuă ea. Trăsura s-a oprit după aceea acasă la Neddy Wadsworth, și Neddy a urcat în ea.

Connor se încruntă.

– Cine, mă rog, este Neddy?

– Este fierarul de aici și... și e îndrăgostit de Sophie de ani întregi, chiar dacă ea a refuzat cererea lui în căsătorie.

– Eu cred, îi spuse Gryff prietenului său, că ar fi cazul să plecăm ca vântul și ca gândul înspre Holbeach. Știu...

Zgomotul unui tropăit de copite care se apropia iute îl obligă să se oprească. Coborî o mână la sacul legat în spatele șeii, scoase un pistol și îl ascunse înăuntrul hainei.

Connor făcu asemenea.

– Mătușa Hermione! Unchiul Edward! Georgiana scoase un oftat de ușurare când trăsura își făcu huruind apariția. Le-am trimis imediat vorbă mătușii și unchiului despre ce s-a întâmplat, le explică ea. Dar, până soseau, m-am gândit că era cel mai bine să nu spun nimănui nimic. Sophie m-a avertizat să fiu prudentă.

– Ați făcut foarte bine, domnișoară Georgiana, spuse Gryff.

El și Connor rămaseră tăcuți câtă vreme Georgiana făcu o primire cu lacrimi în ochi și o prezentare mai detaliată a celor întâmplate. Doar atunci când unchiul ei privi în jur, cu chipul întunecat de griji, Gryff se prezentă și îi oferi propria sa explicație.

– Am venit aici pentru că avem motive să bănuim că prietenul nostru Daggett ar putea avea probleme.

– Și avem o idee unde să îi căutăm pe el și pe nepoata dumneavoastră, adaugă Connor. Nu vă temeți, îi găsim noi și îi aducem teferi înapoi.

– În timp ce ne așteptați aici, noi ne vom îndrepta spre Wash, începu Gryff.

–Cu tot respectul, domnule, dar venim cu dumneavoastră, îl întrerupse Hermione. Și asta nu se discută.

–Chiar așa, întări soțul ei.

Gryff se încruntă.

–Dar...

–Serios, domnule. Ați putea avea nevoie de o trăsură, afirmă Georgiana. Sau de cineva care să se ocupe de... orice sarcini utile.

–Nu vă vom sta în cale, promise Edward. Sophie și surorile ei îmi sunt dragi de parcă ar fi fiicele mele. Cu siguranță înțelegeți de ce ne simțim obligați să fim aproape de inima acțiunii.

–Este un han în apropiere de Holbeach, murmură Connor.

–Ah, bine – cu cât mai mulți, cu atât mai bine, presupun, glumi Gryff și făcu o grimasă. Îmi dau seama că orice discuție în contradictoriu n-are decât să consume timp prețios. Noi o luăm înainte și ne întâlnim la han după ce vom avea ocazia să cercetăm împrejurimile. Cu puțin noroc, ne întoarcem cu domnișoara Lawrance. Strânse hățurile și își întoarse armăsarul spre drum. Hai, Connor! Să le arătăm acestor ticăloși că Cerberii mai au încă vreo câțiva dinți.

Capitolul 21

Sophie acceptă cu recunoștință de la Neddy o bucată de pâine și niște brânză, în timp ce așteptau înăuntrul trăsurii.

–Ar fi trebuit să te las să mori de foame, ticălos nenorocit, murmură el înainte să îi întindă în silă lui Cameron o parte din mâncare.

–Îmi voi aminti de bunătatea ta când devin stăpân la conac, răspunse Cameron vesel. Asta dacă Morton te lasă să trăiești. Metalul scrâșni atunci când ridică mâinile încătușate ca să ia o mușcătură din cașcaval. Ceea ce este foarte puțin probabil. Acum, că i-ai ajutat cu treburile lor murdare, nu le mai ești de nici un ajutor.

–Cam are dreptate, spuse Sophie. Oamenii ăștia sunt obișnuiți cu cruzimea, Neddy, și te-au făcut să te bagi într-un lucru îngrozitor. Văzu tresărirea de pe chipul lui și insistă. O femeie nevinovată și un copil inocent se aflau pe iahtul ăla.

– N... nu am știut, șopti el. Jur!

– Când autoritățile au să afle cum ai fost manipulat, se vor arăta indulgenți, spuse ea. Nu-i așa, Cam?

– Am să fac tot ce pot pentru tine, Wadsworth, răspunse el. Am și niște prieteni influenți care ne vor ajuta. Își înghiți ultima îmbucătură de mâncare. Și, spre deosebire de ticăloșii cu care te-ai înhăitat, eu chiar îmi respect promisiunile.

Trăsura se zdruncină ușor când vizitiul urcă la locul lui.

– Gândește-te la asta, murmură Cameron printre scârțâitul hamurilor din piele și tropăitul apăsat al copitelor.

Un moment mai târziu, Morton și Dudley li se alăturară înăuntru. Îl împinseră pe Cameron la mijlocul banchetei, și fiecare se așeză de-o parte și de alta.

– Poți să stai lângă curvă ta, îi spuse Dudley lui Neddy.

Încruntat, fierarul făcu întocmai.

– He, he, suntem un grup tare vesel, observă Cameron când o lovitură de bici puse caii în mișcare. Poate reușim să ne oprim și să ne bucurăm de un picnic cu vederea la mare?

– Numai dacă pot să mă înfrupt din capul tău de pe tavă, răspunse Dudley.

Sophie încercă să îi atragă atenția lui Cameron, îngrijorată că sarcasmul lui putea să îl întărâte peste măsură pe vreunul dintre tâlhari. La cum stăteau lucrurile, el dansa pe o lamă de cuțit. O alunecare ușoară, și putea să se trezească transformat în carne tocată.

Privirea ei nu reuși să pătrundă bezna adâncă. Tot ce putea să vadă era părul lui întunecat și încâlcit și licărirea discretă a luminii sidefii. Cameron purta replica cercelului de la mama ei, își dădu Sophie seama. Un talisman? O flacără de speranță, chiar dacă lucrurile păreau teribil de întunecate?

Se agăță de căldura din zâmbetul lui Cameron atunci când îi spunea „Rază de Soare" și se lăsă pe spate în pernuțe. „Răbdare, răbdare!" Și perseverență. Sigur Cameron avea să treacă la acțiune atunci când ea se aștepta mai puțin și trebuia să fie pregătită să țină pasul cu el.

Dar cu mișcarea legănată a trăsurii era greu să rămâi în alertă. Se regăsi plutind prin vise întrerupte... *Georgiana și Penelope înnebunite de griji... Sara Hawkins de la Vizuina Lupului agitând dojenitor un deget... Diavolul jubilând și făcându-i semn ei să i se alăture în flăcările veșnice ale iadului...*

Se trezi cu o tresărire, când trăsura se opri brusc.

– Nu-i scăpați din ochi pe prizonieri, spuse Morton spre Dudley și Neddy. Nu ne oprim mult. Trebuie să recuperez ceva de la debarcader, apoi o pornim iar la drum.

Ea văzu cum Cameron își întinse gâtul ca să arunce o privire prin crăpătura îngustă din draperiile de la geam.

– Apropo, adăugă Morton când ajunse la zăvorul ușii, vrei să știi cum ai să-ți întâlnești moartea?

Dudley scoase un râs dezgustător.

– Să spunem că accidentele de trăsură sunt foarte des întâlnite pe drumurile nordice și abrupte care duc spre Scoția.

– Vizitiii buni sunt tare greu de găsit, spuse Cameron. De aceea, eu prefer alte mijloace de transport.

– Ce păcat pentru tine că alegerea nu ține de tine! Cu acea ultimă înțepătură, Morton coborî și închise ușa în urma lui.

Cameron mai așteptă câteva clipe înainte să se răsucească ușor.

– De fapt, m-am hotărât că ține de mine.

Cu o mișcare rapidă își eliberă încheietura din cătușa deschisă. O a doua mișcare iute a celeilalte mâini trimise cu putere fierul atârnând în fruntea lui Dudley. Năucit, acesta se prăbuși pe spate; pistolul îi căzu din mână și alunecă pe podea.

Sophie îl azvârli departe din raza de acțiune a lui Neddy.

– Hai, Rază de Soare! E timpul să plecăm. Se uită la Neddy, care nu se clintise. Nu mă face să mă lupt și cu tine, Wadsworth. Ți-aș crăpa căpățâna, dar aș prefera să nu pierd vremea.

Neddy coborî privirea în podea.

– Îți mulțumesc, nu voi uita.

– Nici eu, adăugă Sophie și se opri pentru a arunca o ultimă privire spre chipul posomorât al vechiului ei prieten, apoi îl urmă pe Cameron afară pe ușă.

– Nu cred că putem să le-o luăm înainte, îl avertiză ea și se poticni în pământul pietros.

– De acord. El se aplecă și se adăposti în spatele uneia dintre magazii. Ia-o pe urmele mele!

Sophie trase brusc aer în piept când porniră în direcția mării.

– Sper că nu plănuiești să înotăm, mormăi ea. Sângele încă îmi îngheață în vene când îmi amintesc cum ne-am aruncat în râul Ouse ca să scăpăm de mânia moșierului Coxe.

– Merele furate au meritat efortul.

Cameron se opri ca să arunce o privire pe după colțul clădirii.

– Vorbește pentru tine, mormăi ea.

– Nu va fi nevoie să înotăm... decât în ultimă instanță. Făcu un semn spre doc. Avem pur și simplu să navigăm departe de necazuri.

Doi stâlpi tulburător de înalți se ridicau pe cerul întunecat de nori.

– Știi cum să mânuiești o corabie așa mare? întrebă ea și se gândi la luntrele pe care le construiseră din pânzele vechi, pe vremea când erau copii.

Cameron îi făcu cu ochiul.

– Desigur. Sunt pirat, ai uitat? Ținând-o de mână, se mișcară în zigzag printre copaci și o luară de-a dreptul printre pilonii vărgați de sare. Iar tu, iubirea mea, ești o comoară greu câștigată de care n-am de gând să mă despart.

„Iubirea mea?“ Țipătul pescărușilor, zdrăngănitul pârghiilor, rafalele de vânt – sunetul sigur nu ieșise de pe buzele lui Cameron, se gândi Sophie când el o coborî în cabina unei mici ambarcațiuni de curse. „Iubire?“ Iubirea era un sentiment mult prea blând pentru un pirat neînfricat. Cu siguranță se distrase cu prințese exotice, dansase cu frumuseți ademenitoare, cinase cu curtezane atrăgătoare.

Cum putea ea să se compare cu asemenea plăceri? „Eu sunt pur și simplu Sophie.“

– Sophie! O parâmă grea de Manila, lipicioasă și urât mirositoare de la algele marine, ateriză în poala ei. Nu mai visa cu ochii deschiși și dezleagă frânghia! strigă Cameron. Și pregătește-te să ridici vela când îți spun eu. După ce înjură ca un docher când cătușele care atârnau îl loviră în falcă, adăugă: Iau eu cârma de îndată ce ne îndepărtăm de chei.

Pocnetul ascuțit al unui foc de armă împrăștie stolul de păsări marine. Sophie se crispă, dar continuă să dezlege funiile.

– Te rog, grăbește-te, îi strigă lui Cameron, temându-se că, în clipa imediat următoare, un tropăit de pași avea să răsune de-a lungul aleii cu piloni.

Scoicile zgâriară partea laterală a micii ambarcațiuni când Cameron îndreptă prova spre mareea în reflux. Un ultim avânt puternic, și el sări pe vas chiar când acesta se îndepărta de stâlpi.

Prinse cârma și îi făcu vesel cu mâna.

– Să ridicăm ancora, Rază de Soare, și să ne lăsăm purtați încotro ne va duce vântul!

Cu valurile în creștere și cu rafalele de vânt tot mai puternice, Sophie nu mai avu timp să se gândească, ci doar se repezi să execute ordinul urlat de Cameron. Un șir amenințător de nori de furtună plutea la orizont, cenușiul lor întunecat sufocând lumina apusului de soare.

– Se pare că o furtună vine înspre noi, strigă ea și simți cum o rafală de picături de apă sărată îi înțepă fața când se întoarse.

Cameron încuviință mohorât din cap.

– Mai rău decât o furtună, mă tem. Aruncă o privire peste umăr. Dar nu îți face griji! Nu glumeam când am spus că sunt pirat. După ce am plecat din Terrington, am petrecut ceva vreme explorând mările în lung și în lat, alături de o bandă de contrabandiști, așa că știu cum să manevrez un vas pe vreme de furtună.

Sophie se ținu bine, apoi se ridică o clipă și privi cu coada ochiului prin beznă. Ceața plutea în cârcei subțiri peste apele pictate în alb și estompa linia țărmului care se îndepărta cu repeziciune. Măcar singurul inamic cu care se confruntau acum era vremea, se gândi ea.

– Am scăpat de urmărire... O pâlpâire palidă printre umbrele care goneau iute o făcu să ezite. Nu-i așa?

El nu răspunse.

– Cam?

– Du-te jos, îi spuse calm, și vezi dacă poți găsi niște hărți. Probabil sunt stivuite pe undeva.

Sophie se grăbi să se conformeze. Găsi hărțile și se întoarse repede la Cam.

– Poți să găsești una cu orașul „Wrangle“ marcat pe ea și să o întinzi pe bancă?

Cameron fu nevoit să ridice vocea ca să fie auzit prin șuieratul vântului.

– Poftim! Sophie netezi harta. Se încumetă să arunce o privire dincolo de el și zări silueta de neconfundat a unei vele care se deslușea prin ceață.

– Ei sunt? întrebă ea.

El încuviință din cap.

– Să înceapă vânătoarea. Când își ridică brațul, cătușele de fier se învârtiră într-un cerc sălbatic. Ajută-mă să scap de astea. Apoi am să-ți arăt că un pirat are întotdeauna câteva trucuri în mânecă.

– Are să trăiască? întrebă Connor și reveni din inspecție în momentul când Gryff ieși din debarcader.

– Nu. Glonțul i s-a implântat prea aproape de inimă. A dat deja ortu' popii. Gryff își șterse sângele de pe mâini cu o bucată de pânză veche de in, apoi își întoarse privirea spre marea furioasă. Domnul Wadsworth a rămas conștient atât cât să-și mărturisească rolul jucat în scufundarea iahtului lui Wolcott și să spună că Morton și Dudley au fost cei care au pus crima la cale.

– Nimic surprinzător, mormăi Connor.

– De acord. Cu toate acestea, a mai furnizat unele informații utile. Cameron și domnișoara Lawrance se pare că au scăpat de răpitorii lor și au fugit cu una dintre bărcile cu pânze ale lui Morton.

– Cam știe să navigheze? întrebă Connor.

– Este foarte posibil ca prietenul nostru să poată conduce barca lui Charon peste râul Styx dacă este nevoie, răspunse sec Gryff. Numai Dumnezeu știe unde a dobândit o asemenea abilitate, dar eu sper că nu într-un iaz. Se apropie vremea rea și bănuiesc că are să fie și mai rea în timpul nopții.

– Fir-ar să fie, înjură Connor.

– Drăcia dracului s-ar potrivi mai bine, răspunse Gryff, pentru că Morton și Dudley au plecat pe urmele lor.

– Și acum ce se întâmplă?

– Se pare că domnișoara Georgiana avea dreptate când a zis că am putea avea nevoie de o trăsură. Vântul suflă ca naiba, așa că, pe apele astea furtunoase, nu pot să se îndrepte decât spre nord. Picături de ploaie începură să răpăie printre frunze. Deci eu sugerez că ar trebui să ne îndreptăm spre han și să ne pregătim să urmăm același curs de-a lungul coastei.

În lumina lunii care tot apărea și dispărea, Cameron studie harta. Din experiență știa că era întotdeauna un avantaj în luptă să cunoști bine zona. Deocamdată, valurile și vântul nu le permiteau să caute refugiu într-unul dintre porturile care punctau linia de coastă. Dar forma suplă a ambarcațiunii trebuia să le permită să se îndepărteze de urmăritorii lor. „Atâta timp cât vremea nu se înrăutățea prea tare." Pe mările învolburate, iahturile mai mari și mai grele ieșeau în avantaj.

Ridică privirea spre norii care se mișcau cu repeziciune și simți prima picătură de ploaie.

– Am găsit niște pelerine de ploaie jos, spuse Sophie, ieșind prin trapă și dându-i unul dintre veșmintele cu capișon.

Ea se ghemui la adăpostul cabinei.

– Mi se pare mie sau se apropie de noi?

– Ne prind din urmă, îi confirmă Cameron. Trase iute de eche. Avem o ambarcațiune mai ușoară și mai rapidă, dar, pe furtună, iahtul e în avantaj. Din cauza greutății sale, poate să treacă prin valuri mai bine decât noi.

– Ce ne vor face dacă ne prind din urmă? Nu au tunuri, nu?

– Nu, n-au să tragă nici o salvă, dar cel mai probabil au muschete sau puști de vânătoare, răspunse el. Părerea mea este că vor să ne ia la bord.

– Nu va fi mai greu, cu furtuna asta?

– Morton este un marinar priceput.

Sophie își coborî genele stropite de ploaie și încercă să-și ascundă îngrijorarea din ochi.

– Dar și eu sunt, Rază de Soare.

– Nu te strădui să pui într-o lumină bună situația asta neagră, răspunse ea cu un zâmbet abia schițat. Îmi dau seama că situația noastră nu este chiar bună.

– Crede-mă, am trecut prin situații mai rele. Își lovi ușor bărbia. A fost povestea din largul coastei de la Tripoli, când, împreună cu prietenii mei, am dat peste două corăbii de corsari, puternic înarmate, care navigau în căutarea prăzii. Noi transportam o încărcătură de mătăsuri de contrabandă, mirodenii și uleiuri de la Veneția spre coasta engleză.

– Dumnezeule, și ce ați făcut?

– Am folosit inteligența pe post de armă. Cu încărcătura noastră, nu puteam să le-o luăm înainte, și, când s-au apropiat, au îndreptat tunurile spre noi.

Sophie făcu ochii mari.

– Și?

– Și apoi, m-am gândit să scurgem în apă tot uleiul pe care îl transportam.

– În speranța că aveați să îi încetiniți?

– Nu, în speranța că aveam să îi trimitem direct în Împărăția Cerurilor. Cameron zâmbi, distrăgându-i intenționat atenția de la propriile probleme grave. Am așteptat până când au ajuns chiar în mijloc, iar apoi Jem, șeful nostru de echipaj din Yorkshire și fost braconier, a luat arcul și, cu câteva săgeți aprinse bine țintite, a dat foc uleiului. Velele s-au aprins și mai multe dintre tunurile lor au explodat.

– Tu, spuse ea, ești extraordinar de inventiv. Și extraordinar de nebun.

– Sunt, încuviință el, încântat să vadă că Sophie nu mai arăta atât de groaznic de palidă. Asta nu este decât una dintre micile noastre aventuri îndrăznețe. Și trebuie să spun că o prefer de departe celei cu lilieci.

Râsul lui Sophie stârni un vârtej de căldură în pieptul lui.

– Eu îndrăznesc să spun că Georgiana și Penelope vor găsi această poveste mult mai palpitantă, spuse Sophie. Poate că reușești să îl convingi pe prietenul tău, Lord Haddan, să scrie un roman de groază, de îndată ce își încheie eseurile.

– Poate. Gryff este un tip foarte creativ. Când o rază subțire a lunii străpunse norii, Cameron mai aruncă o privire la hartă și apoi la busola amplasată în mijlocul cabinei. Interesant, murmură el după un moment în care cercetă vântul și curenții.

Sophie se trase un pic mai aproape.

– Ce-i?

– Vezi asta? El îi arătă o linie cu puncte negre care se răsucea spre orașul Skegness. E un recif, situat la ceva distanță de coastă. Conform notației de aici, la maree înaltă, este bine acoperit de apă. Dar, cu marea în reflux, așa cum este acum, rocile sunt un pericol pentru unele vase mai mari.

Ea se încruntă.

– Suntem în pericol?

Cameron se uită înapoi la iaht. Acum era destul de aproape încât să poată vedea mai multe siluete care se chinuiau să mai ridice o velă. „La naiba!“ Unii membri din echipajul lui Morton lucrau probabil la debarcader, căci barca părea să aibă destui oameni la bord.

– Nu, nu noi. Avem o ambarcațiune mică, dar urmăritorii noștri nu. El schimbă cursul de mers. Poți să ții cârma în echilibru câtă vreme strâng velele? Trebuie să ne mișcăm cu câteva noduri mai repede...

Apa întunecată spumega peste balustrade în vreme ce ambarcațiunea se înclina și prindea viteză. Vântul biciuia parâmele, ceața fină se răsucea în aerul rece, sarea și ploaia îi înțepau chipul.

– Câștigă teren, strigă Sophie.

– Tot ce trebuie să facem este să trecem de recif înaintea lor. Dacă nu cumva sunt proști făcuți grămadă, vor fi nevoiți să îl ocolească și, cu vântul ăsta, le va lua ceva timp ca să evite pericolul. Până când vor reuși, noi vom fi cu mult înaintea lor și ne vom pierde în furtună.

O rafală de vânt o lovi din plin, dar ea se agăță ferm de cârmă.

„Să îndrăznesc să mai trag de această ambarcațiune?“ Cameron aruncă o privire piezișă în sus. Catargul se înclina deja periculos.

– Ai intrat în horă, trebuie să joci, murmură el și mai trase într-o jumătate de rotire frânghia. Lemnul lăcuit gemu, dar rezistă.

Cam reveni la cârmă.

Prin ceața învolburată, nu putea decât să ghicească o urmă din linia întunecată din mijlocul apei alburii care se întindea înaintea lor.

– Trebuie să ne îndreptăm spre centru, murmură el printre dinții încleștați. Rugându-se ca instinctele lui de pirat să fi rămas ascuțite, înclină vasul pentru a se strecura printre valuri.

Lovite de contracurenți, valurile se înălțară și loviră corpul vasului. Ambarcațiunea se cutremură, iar Cameron văzu cum Sophie se încovoaie pe sub pelerina ei cu glugă, ca o țestoasă care se retrage în carapace.

În ciuda propriei lui frământări interioare, el reuși să schițeze un zâmbet încurajator.

– Amintește-mi să-ți spun despre fuga de pe insula Madagascar.

– Poate să aștepte până când ajungem pe pământ uscat? îi replică ea. Aș prefera...

Restul cuvintelor ei se înecară în bubuitul unui tunet.

O explozie strălucitoare de fulgere sfâșie cerul și, pentru o clipă, cele două ambarcațiuni cu vele care se întreceau pe marea învolburată fură luminate în culori aprinse. Când Cameron reveni să preia cârma, îl zări pe Morton pe puntea sfărâmată a iahtului, încercând să țintească printr-o pușcă de vânătoare înainte ca întunericul să înghită din nou totul.

Brațele îl dureau îngrozitor de la lupta cu curenții, dar reuși cumva să țină direcția. Lovind din plin creasta unui val, ambarcațiunea fu propulsată înainte și trecu razant prin gaura dintre rocile înșelătoare. *Un scârțâit, o izbitură, un fior.* Și apoi, dintr-odată, trecură de pericol și reveniră în largul mării.

Sophie țipă de bucurie.

– O, ai reușit, Cam! Ești însuși Prințul Piraților.

– Sunt doar un marchiz, răspunse el pe un ton sec.

Cu vânturile puternice care îl scoteau cu forța din mare, Cameron fu nevoit să schimbe direcția înainte de a arunca o privire înapoi.

– La naiba, nici măcar *eu* n-aș fi atât de nesăbuit, murmură el.

Cu velele șuierând în vânt și carena ieșind la suprafață prin apele învolburate, iahtul o luă pe urmele ambarcațiunii. Catargul său înalt și închis la culoare tăie cu sălbăticie ceața, ca o sabie care aplica o lovitură mortală unui dușman.

Pentru un moment, Cameron se simți descurajat. Fără arme și în număr redus, el și Sophie aveau puține speranțe să riposteze în fața unui atac de la mică distanță.

Și apoi...

Și apoi, cu un trosnet înfiorător, catargul iahtului se rupse. Într-un amestec de vele și frânghii, se prăbuși în mare făcând iahtul să se rotească în derivă. Scăpată de sub control, carena navei se sparse din cauza impactului cu o rocă scufundată, iar catargul fu spulberat în mii de fărâme. Și carena începu să se scufunde într-o învălmășeală de parâme chiar în momentul când un val mare se ridică și se sparse peste punte.

Spuma zbură prin aer și brăzdă întunericul cu stropi fantomatici. O clipă mai târziu, se scufundă și ce mai rămăsese din iahtul sfărâmat.

– Dumnezeule! Sophie scoase un bolborosit îngrozit când epava dispăru sub apele învolburate.

– S-a făcut dreptate, presupun, murmură Cameron în timp ce se uita în întuneric. N-am mințit când am spus că am avut motive personale să te ajut în lupta împotriva acestor indivizi, adăugă el după un răstimp. Asta a fost a doua oară când Morton a încercat să mă distrugă. El era nemernicul care o bătea pe fata de la cârciumă – nenorocitul slugarnic căruia i-am luat punga și care mai apoi a fugit la Wolcott ca să mă declare hoț. Vârtejul apei negre precum cerneala nu contenea. Dacă navighezi prin viață folosind drept busolă lăcomia și răutatea, meriți să te scufunzi lovit de roci ascunse în mare.

Sophie încuviință din cap.

– Nu pot să-i plâng pe Dudley și pe Morton, spuse cu vocea crispată. Dar, totuși, ar trebui să ne uităm după supraviețuitori.

– Dacă aș putea, aș face-o, Rază de Soare. Dar pur și simplu nu e posibil să navighezi pe furtuna asta, răspunse Cameron. Deja vântul s-a întețit. Trebuie să ne lăsăm purtați de el și, chiar și așa, va trebui să luptăm din răsputeri ca să ne menținem pe linia de plutire. Văzând expresia ei îndurerată, adăugă: Șansele să găsim pe cineva în viață în vijelia asta sunt aproape nule.

– Bietul Neddy, murmură ea încet.

Cameron nu se simțea la fel de mărinimos.

– Cu toții trebuie să trăim – sau să murim – cu alegerile pe care le facem. Wadsworth știa diferența dintre bine și rău. Deci n-are decât să accepte consecințele pentru acțiunile sale. Își scutură o șuviță de păr ud de pe frunte. Așa cum am spus, dacă trăiești alegând să iei prin violență ce nu este de drept al tău, trebuie să fii pregătit să mori de sabie.

– Știi, cu toată fanfaronada ta, ești onoarea întruchipată. Ea se întoarse și își încolăci brațele în jurul lui într-o îmbrățișare teribilă. Un erou în adevăratul sens al cuvântului.

– Nu-mi exagera noblețea, Sophie!

Și totuși, simți cum cuvintele ei îi stârniră o căldură ciudată într-o anumită parte din piept.

„Devii un sentimental blajin“, îl luă în râs unul din demonii din mintea lui.

„Da, și ce este atât de greșit în asta?“ replică el.

Spre surprinderea lui, demonii și diavolii nu răspunseră. Se furișară departe, iar furcile lor roșii și fierbinți se topiră încet, dispărând în cele mai întunecate colțuri ale minții sale.

– Ești nobil, spuse ea și își apăsă buzele pe obrazul lui neras, și am hârtia care să o dovedească.

– N-am crezut niciodată c-am să trăiesc să văd ziua asta... Valurile se ridicară, și cârma se lovi de el, mai să îi arunce pe amândoi peste bord. Și e posibil să nu ajung să o trăiesc dacă nu ne concentrăm pe furtuna asta. Cameron depuse un sărut pe fruntea ei, apoi îi dădu drumul fără tragere de inimă. Mă tem că vijelia are să fie urâtă. Va trebui să ne folosim puterile ca să ne menținem pe linia de plutire.

Bombănind, Gryff își croi drum peste grămezile de scoici sparte și se întoarse grăbit la trăsură.

– N-avem noroc nici aici? întrebă unchiul lui Sophie și încercă să își ascundă dezamăgirea din voce.

– Pescarii din Lincolnshire și din Yorkshire par cu toții diabolic de încântați să-mi spună că nici o corabie nu ar putea să ajungă la țărm pe furtuna asta, bombăni Gryff. Cu toții erau obosiți și țâfnoși. Călătoriseră cu greu în ultimele două zile, urmăriseră linia de coastă, făcând doar câteva opriri prețioase pentru odihnă sau hrană. Potrivit tovarășilor din acest port, oricine ar fi fost pe apă când a început furtuna a ajuns cel mai probabil în insulele Shetland – sau în portul înghețat de la Spitzbergen.

– Trebuie să ne continuăm drumul spre nord, spuse hotărâtă Georgiana. Furtuna trebuie să se oprească la un moment dat, și, când se oprește, Sophie și Cameron vor găsi un port sigur.

Hermione încercă să zâmbească, dar grijile îi erau gravate în jurul ochilor.

Gryff și Connor făcură un schimb de priviri, fără care vreunul din ei să dea glas faptului tot mai evident că violența continuă a oceanului scufunda cu repeziciune orice șansă de supraviețuire.

– Hmm, domnul Daggett este un marinar iscusit? întrebă Edward.

– Are o serie întreagă de abilități diferite, răspunse răspicat Connor.

Tăcere.

– N-ați spus că navigația e una dintre ele, sublinie Georgiana.

Gryff își drese glasul tușind.

– Haideți să poposim la un han de aici cât să aranjăm să luăm alți cai. Apoi, dacă aș putea fi atât de îndrăzneț încât să fac o sugestie...

– Vă rugăm, domnule, spuse Edward.

– Iată ce propun. Aruncă o privire piezișă spre cerul plumburiu, care nu dădea semne că s-ar limpezi. Ne îndreptăm cu toții spre granița scoțiană. Dacă încă nu i-am găsit pe domnișoara Lawrance și pe Daggett până atunci, voi trei ar trebui să reveniți la Terrington să așteptați vești, în vreme ce eu și Connor continuăm căutarea călare în Ținuturile Înalte. Drumurile de acolo abia dacă sunt potrivite pentru niște căruțe, iar trăsura dumneavoastră ar avea de suferit.

Edward încuviință din cap fără prea mare tragere de inimă.

– Este un plan rezonabil, domnule, și, oricât mă doare să mă dau deoparte, nu pot să nu recunosc că am fi mai mult un obstacol decât un ajutor.

Hermione scoase un oftat.

– Nu se poate altfel, draga mea, spuse soțul ei.

– Ei bine, eu, una, nu mi-am pierdut speranța, anunță Georgiana. Dacă ați ști câteva dintre încercările prin care au trecut Sophie și Cam, ați avea mai multă încredere în șansa lor.

Gryff chicoti la spusele ei – primul semn de amuzament de când începuse călătoria.

– Destul de corect, domnișoară Georgiana. Fiind extrem de familiarizat cu abilitatea misterioasă a lui Daggett de a fi mereu cu un pas înaintea dezastrului, și eu, la fel ca dumneavoastră, îmi păstrez optimismul.

Spre disperarea lui Cameron, predicția lui cu privire la puterea furtunii se dovedi dureros de adevărată. În ziua și noaptea ce urmară, el și Sophie se luptară cu natura implacabilă: ploaia, vântul și apele învolburate se amestecară într-o ceață de un cenușiu metalic. Uzi, înghețați, epuizați, se chinuiră să mențină velele pentru ca ambarcațiunea să nu fie înghițită de valuri, supraviețuiră cu biscuiți vechi, brânză mucegăită și cu un butoiaș de cidru pe care Sophie îl găsise într-unul dintre dulapuri.

„Gri, gri și mai mult gri“ – părea să nu existe sfârșit pentru furtuna violentă care se vedea la orizont.

Amețit din cauza lipsei de somn, Cameron habar nu avea unde se aflau, ci doar urmărea acul busolei, care indica necontenit spre nord. Frecându-și ochii înroșiți de sare, simți că era pe punctul de a adormi, în ciuda zgomotului făcut de vântul care lovea pânza întinsă.

– Du-te jos și trage un pui de somn, insistă Sophie. Pot să rămân eu la cârmă pentru o vreme.

– Poate doar pentru puțin timp, mormăi el.

– Du-te! îi ceru ea, iar de data aceasta el nu se împotrivi.

Ar fi fost mult prea periculos să adoarmă la cârmă.

Cameron nu știa cât timp dormise, dar se trezi brusc cu o tresărire, conștient că mișcarea ambarcațiunii se modificase simțitor. Ridică trapa și fu asaltat de o lumină strălucitoare ca diamantele. Vântul devenise o ușoară adiere, iar apa licărea în nuanțe de albastru.

– Privește... o, privește! Sophie arăta spre o linie slab vizibilă de stânci cenușii, undeva în depărtare. Pământ!

„Terra firma."

Vederea uscatului nu-l bucurase niciodată mai mult ca acum.

– Hai să mai tragem de pânzele astea și să ne îndreptăm spre țărm. Cameron își frecă mâinile dezmorțite, se îndreptă spre cârmă și schimbă cursul ambarcațiunii. Nu știu tu, dar pentru mine o cană de cafea, fierbinte și tare ca focul iadului, ar fi de-a dreptul divină.

Capitolul 22

– Arăt ca un bizam murat. Sophie coborî privirea spre rochia ei zdrențuită și se strâmbă în vreme ce ambarcațiunea alunecă pe apele liniștite ale golfului. Muselina acoperită de sare era presărată cu gudron de la velatură. Iar părul îmi e, pesemne, mai hidos decât un amestec de alge urât mirositoare.

Cameron își frecă barba nerasă.

– Sinceritatea mă obligă să recunosc că nu strălucești cu lumina ta obișnuită, Rază de Soare.

Nici el nu era întruchiparea perfecțiunii, observă Sophie. Și totuși, înfățișarea lui dezordonată – cu barba zbârlită, cămașa ruptă, părul vâlvoi, cercelul îndrăzneț – arăta mai curând păcătos de neînfricat decât teribil de monoton.

– Sper să nu-i speriem pe localnici, murmură ea. Ar putea să creadă că suntem niște demoni ai mării alungați din împărăția de sub ape de către Neptun ca să își verse răul aici, pe pământ.

– Sunt convins că au văzut lucruri mult mai groaznice de atât, glumi el. Ca, de exemplu, vikingi păroși pe monstruoasele lor corăbii.

– Bănuiesc că nu suntem chiar atât de amenințători. Își înăbuși un căscat. Ai idee unde am ajuns?

– Nici cea mai vagă idee, răspunse Cameron. Ambarcațiunea ajunsese la un debarcader decolorat, plin de plase de pescuit și de capcane pentru anghile. În clipa asta, întrebarea ta nu este de o importanță capitală. Din partea mea, atâta timp cât există un pat și pături – de preferință lipsite de purici –, am putea să fim și în Xanadu sau Hyderabad.

– Un pat, repetă Sophie cu un oftat melancolic. Sunt atât de obosită, că aș putea pur și simplu să mă ghemuiesc pe sacii ăia de pânză groasă și să dorm o zi... sau poate o săptămână. Mintea îi deveni alertă de îndată ce făcu acea mențiune. O, Doamne! Dar primul lucru pe care trebuie să îl fac este să îi scriu lui Georgie...

– Fii sigură că am să trimit un mesaj, dar nu înainte de-a te vedea în pat, îi spuse Cameron și ridică trupul ei docil spre pasarela cu piloni.

– O, nu pot să mă gândesc la o propunere mai potrivită.

Și, chiar dacă ar fi vrut, Sophie era prea obosită să se împotrivească.

– Nu? Sprâncenele lui se arcuiră sugestiv. Ar trebui să-ți reîmprospătez memoria. Dar și asta poate să aștepte până mai târziu. Termină de înfășurat frânghiile în jurul unor piloni și o luă de mână.

– Hai, mi s-a părut că văd un han peste drum.

Fericită să lase toate deciziile în seama lui, Sophie îl urmă alene, copleșită de oboseală și complet nepăsătoare la privirile curioase ale oamenilor din oraș, care se adunaseră la tarabele din piața din port. Negocierile lui Cameron cu hangiul nu fură pentru urechile ei decât un zumzet vag... și nu avea habar cum de reușise să își miște picioarele în sus pe scări. Nu știa decât că cizmele ei fură îndepărtate și o pătură moale de lână îi acoperi umerii.

Și apoi, somnul – minunatul, prea minunatul somn – îi învălui trupul obosit.

Era imposibil de zis cât timp lenevise în dulcea uitare de sine. Nu știa decât că încăperea era presărată de lumina răsăritului când se trezi.

– A, te-ai întors din brațele lui Morfeu? murmură Cameron și o strânse la piept.

– Mmm. Se întinse un pic. Da, dar am visat așa frumos!

– Da? Îi mușcă ușor lobul urechii. Despre?

– Ouă prăjite, o felie de șuncă, biscuiți fierbinți cu unt și dulceață, murmură ea. Și un ocean aburind de ceai fierbinte... deși, ca să fiu sinceră, dacă nu mai văd niciodată un ocean, n-am să fiu dezamăgită.

– Și eu care speram ca fanteziile tale să se abată spre alte pofte.

Sophie simți cum fața îi fu cuprinsă de flăcări, conștientă deodată de faptul că el era în pat cu ea și că nu purta decât lenjeria de corp.

– Acum, că menționezi asta..., dădu ea să spună.

– Șșștt. O reduse la tăcere cu atingerea ușoară a buzelor lui. Oricât de mult mi-ar plăcea să te ispitesc la păcat, am o desfătare și mai senzuală pentru tine. Așteaptă aici!

El se ridică și se îndreptă spre lavoarul așezat în umbra unui dulap pictat.

Vesela zornăi și eliberă arome dumnezeiești. O clipă mai târziu, el reveni în pat cu o tavă mare pe care erau îngrămădite mâncare și băutură.

– Cam! Cuvântul fu înăbușit de îmbucătura de brioșă. Prietenii tăi au dreptate – ești o creatură cu puteri supraomenești. Cine, dacă nu un vrăjitor, ar putea să facă să apară ca prin minune un ospăț dintr-un urcior cu apă rece?

– Există o explicație mult mai lumească. Soției hangiului i s-a făcut milă de noi, copii amărâți și pierduți! Îi întinse o farfurie cu ouă și cu pâine prăjită. Apropo, am cerut să ni se pregătească și baia. Bănuiesc că ți-ar plăcea să-ți cureți sarea și apa de mare de pe piele.

– Chiar ești un vrăjitor. Sophie răsuflă ușor după ce sorbi din ceai. Acum, dacă ai putea să fluturi din baghetă și să faci să apară din nimic și o rochie proaspăt spălată.

– Scuze! Asta îmi depășește sfera abilităților, răspunse Cameron. Dar te-ai mulțumi cu veșminte noi? Nu prea ai ce alege în magazinele de aici, dar am găsit o nuanță de albastru mai închis care se va potrivi de minune cu ochii tăi. Scoase de sub pat un pachet învelit în hârtie. Am mai adăugat și câteva lucruri esențiale. Am estimat din ochi măsura.

Un zâmbet ștrengăresc. Pe care Sophie îl acoperi cu un sărut pudrat de scorțișoară.

– Nu sunt sigură ce e mai delicios, murmură ea. Tu sau biscuitul.

– Eu am să rămân pe aici multă vreme după ce vei fi înghițit ultima stafidă.

„O, cât mi-aș dori să rămâi alături de mine... pentru totdeauna."

I se puse un nod în gât, iar dulceața se transformă în cenușă. Cameron o făcea să râdă. Și în curând avea să o facă să plângă. Urma să se întoarcă la căsuța familiei ei, și el avea să dispară spre... locul pe care un prinț al piraților îl numea acasă.

Se sili să își înghită amărăciunea și ridică privirea.

– Mulțumesc pentru haine.

Sprâncenele lui se arcuiră, dar, înainte să apuce să spună ceva, se auzi o bătaie în ușă.

Cameron își trase pe el pantalonii și cămașa – își cumpărase și lui haine noi –, apoi se duse să deschidă ușa.

Două slujitoare tinere aduseră găleți cu apă caldă, și, după câteva drumuri dus-întors la bucătărie, cada de cupru din spatele paravanului era plină. Fetele se retraseră îmbujorate și chicotind după ce Cameron le făcu cu ochiul și lăsară în urma lor un nor de abur dulce și parfumat care se ridică spre tavan.

– Jur, ai putea să îl ademenești și pe șarpele diavolului să iasă din pielea lui solzoasă, spuse Sophie privind cum foșnetul fustelor dispăru și ușa se închise.

– Aș prefera să te conving pe tine să scapi de cârpa aia plină de sare pe care o porți. Cred că te mănâncă îngrozitor.

Începea să o furnice pielea sub privirea lui leneșă. Trase adânc în piept aerul umed și se bucură de parfumul subtil de rozmarin și iarbă-neagră.

– N-ai să fii nevoit să o scoți cu forța.

– Ce păcat! Așteptam cu nerăbdare să te ating.

– Mă îndoiesc că lupta cu o vrăjitoare a mării murdară toată ar fi prea plăcută. Ușor rușinată, Sophie se ridică de pe pat și strânse pătura la piept. Mirosul de apă sărată și de solzi nu mi se pare un afrodiziac.

– Am cumpărat niște săpun făcut din iarbă-neagră și miere, murmură Cameron. Și un burete moale. Sunt toate lângă cadă.

Un susur de dorință scăpă printre buzele ei.

– Dacă pare absurd de necuviincios să te dezbraci în fața mea, poți s-o faci după paravan. N-am să mă uit. Se opri. Ei bine, poate doar am să arunc o privire.

Sophie se afla deja la adăpostul paravanului.

– Cum Dumnezeu ai făcut rost de toate obiectele astea de lux? întrebă ea în vreme ce-și trăgea peste cap rochia zdrențuită și o arunca într-un colț. Mi-am lăsat gentuța de mână în trăsura lui Morton, iar punga ta cu bani s-a pierdut în mare. Urmă cămașa de corp.

În afară de bănuțul pe care l-ai găsit rătăcit în buzunarul tău, nu avem altceva.

– Sunt un tip foarte convingător, răspunse Cameron. Și am un talent deosebit când vine vorba despre inventat povești. Odată, când eram în portul din Genova, n-aveam o lețcaie, dar am reușit să-l conving pe unul dintre cei mai bogați negustori de acolo că eram fiul unui prinț habsburg, răpit în copilărie de pirații berberi. Fascinat de descrierea detaliată a fugii mele dintr-un palat din deșert și a confiscării ulterioare a unei corăbii de corsari cu care mi-am înfrânt urmăritorii înainte să mă scufund în cele din urmă în apropiere de coasta italiană, mi-a împrumutat o sumă imensă ca să îmi continui călătoria înapoi spre casă, la Viena.

– Se pare că limba ta e la fel de abilă ca degetele tale când vine vorba de apăsat toate pârghiile și rotițele potrivite, spuse ea sec.

– Cu toată modestia din lume, pot să născocesc o poveste de necrezut – cu ticăloși lași, o aventură periculoasă și un moștenitor căruia i s-a pierdut de mult urma – care să rivalizeze cu poveștile doamnei Radcliffe.

– Păcat că nu le-ai scris! Date fiind gusturile pentru lectură din acest moment, Georgie și Pen ar fi captivate de o asemenea poveste. Sophie scoase un geamăt de plăcere când trupul ei gol se lăsă învăluit de apa aburindă. O, Doamne, că tot veni vorba despre surorile mele...

– Un mesaj a fost trimis spre Terrington.

– Mulțumesc, Cam. Sophie luă săpunul și buretele, apoi făcu o spumă cu bule care mirosea delicios și îl stoarse, lăsând ca o ploaie măruntă să i se prelingă printre sâni. „O, extaz!" Ce m-aș face fără tine? murmură ea coborând cu buretele pe gâtul grațios. Este dumnezeiesc – e posibil să stau aici ore întregi, pentru că am de gând să curăț fiecare părticică din pielea mea.

– Hmm, atunci mă văd nevoit să-mi ofer serviciile. Păși în spatele paravanului. Nu poți să ajungi prea bine la mijlocul spatelui.

Sophie se cufundă sub bule.

– Ce propunere obraznică, îl certă ea. Știi, chiar n-ar trebui să vii aici. Ne-am întors în lumea reală acum și trebuie să avem grijă să respectăm regulile stricte ale societății.

– N-ar trebui să fac multe lucruri, Rază de Soare. Dar ai aflat deja că sunt incorigibil.

– Păcătos de incorigibil, spuse Sophie.

Și, oricum, se simți și ea puțin păcătoasă când zări sclipirea din ochii lui Cameron. La naiba cu decența! Regulile puteau să aștepte până se întorcea ea acasă. Pentru moment, putea să se prefacă a fi într-un ținut exotic, unde obiceiurile și regulile stricte erau altele decât în Anglia.

Ridică un picior și plimbă ușor buretele de-a lungul lui.

– Tu, spuse el cu vocea ușor răgușită, inviți Necazul să se ocupe de toaleta ta.

Da, și Necazul nu a sunat niciodată atât de ademenitor.

– Păi, în cazul ăsta, ar putea Necazul să ajungă la locul ăla enervant de pe spatele meu? întrebă ea. Începe să mă mănânce.

– Hmm. Cameron își scoase cămașa cea nouă. Asta ar putea necesita ceva manevre. Se duse în spatele ei, și Sophie auzi sunetul pantalonilor lui alunecându-i peste coapse.

„Sunt o fată rea. Foarte rea."

– Dă-mi buretele, Rază de Soare!

Ea i-l întinse, cu pielea deja fremătând de nerăbdare.

Clăbucii săpunului declanșară un susur diafan.

– Va trebui să te ridici și să te apleci în față, spuse Cameron și își propti șoldul pe marginea căzii.

Sophie se simți minunat de decadentă și făcu exact cum i se ceruse. Știa – o, da, știa – că era un păcat să savureze asemenea intimități. Dar...

„Dar nu regret. Nici măcar pentru o clipă."

– Mâncărimea e aici? întrebă Cameron și trecu buretele peste omoplatul ei stâng. Sau aici?

Atingerea lui o tachină de-a lungul coloanei.

– Mmm. Trupul ei vibra de plăcere. Nu-mi amintesc.

– Atunci, ar fi mai bine să mă asigur că ajung peste tot. Buzele lui, calde și umede de la rotocoalele de abur, se apăsară pe ceafa ei. Ar fi bine să te miști doar un pic, ca să ajung...

Sophie își ținu răsuflarea când mâinile lui alunecară de-a lungul liniei umerilor înspumați și o trase mai aproape. Zăbovi o clipă la brațele ei, apoi îi dezmierdă coastele ca să îi cuprindă sânii.

– N-ar trebui să neglijăm nici partea din față, murmură el. Și apoi, să mă ocup de fiecare părticică din pielea ta, presupune să ajung inclusiv la degetele de la picioare.

Sunetul gutural se transformă într-un geamăt.

Cameron chicoti.

– Dar degetele pot aștepta. Îi dădu drumul atât cât să găsească săpunul. „Aspru și fin." Textura lui îi tachină sfârcul și trimise fiori de foc în centrul feminității ei. Cameron trecu la celălalt sfârc și repetă mișcarea.

– Gata cu algele și cu sarea, șopti el. Miroși a iarbă-neagră și a miere. Inspiră adânc și adăugă: Mă face să mă gândesc la dansul razelor de soare printre ierburile sălbatice din luncă.

Fuioarele de abur se încolăciră în șuvițele ondulate ale părului lui.

– Iar tu, răspunse ea, miroși a loțiune de dafin și... Simt cumva coniac în respirația ta?

– Whisky-ul local, o corectă Cameron cu un chicot răgușit. Hangiul a insistat să mă alături lui la un pahar din băutura lui specială, în vreme ce asculta povestea călătoriilor noastre. Cât despre colonia de dafin – care, apropo, este de la Floris, faimosul parfumier din Londra –, a fost uitată de unul dintre oaspeții de dinainte. Domnul McGregor a insistat să o folosesc atunci când mi-a aranjat baia mai devreme într-una dintre camerele libere de la han. N-am vrut să te trezesc.

– Există cineva care să nu poată fi fermecat de limba ta? întrebă Sophie și lăsă capul pe spate ca să inspire încă o adiere din parfumul lui seducător.

Cameron îi prinse gura într-un sărut lung și pasional.

– Limba mea, spuse el după o pauză foarte lungă, nu vrea să vrăjească decât o singură persoană. Reușește?

Sophie își atinse buzele de ale lui.

– Întreabă-mă mai târziu.

După altă pauză destul de îndelungată, apa se agită într-un vârtej strălucitor când ea se răsuci în cada de cupru și își trase genunchii sub ea ca să stea cu fața la el. Pieptul lui strălucea de la umezeală, picăturile se agățau de cârlionții întunecați și arătau ca niște perle în lumina argintie. Sophie își apăsă palmele pe conturul sculptural al coastelor lui, se aplecă și linse o mărgea de apă de pe pielea lui bronzată.

O voce profund masculină vui în pieptul lui.

– Îmi plac gemetele tale, spuse ea și îl linse din nou.

– Sophie! Cameron îi prinse chipul între mâini. Dacă ai să continui așa, am să încep să urlu la lună.

– Îmi plac și urletele tale, răspunse ea. Căldura lui se simțea atât de bine. „Atât de bine." Mâna îi alunecă pe abdomenul lui plat și ea îi încercui buricul cu un deget. Chiar și lătraturile tale.

Când el inspiră, răsună mai curând ceva ca un geamăt.

Cu un râs gutural, Sophie își coborî palma.

– Nu. Mă. Tenta. El se ridică și o trase în sus cu el într-o spumă de stropi de apă și bule multicolore.

– De ce nu? întrebă ea, căci știa că interludiul acela fermecat avea să se termine în curând și că Sophie-sirena urma să redevină Sophie-fata-bătrână.

– Pentru că..., spuse el răgușit. Prinse repede un prosop și începu să îi șteargă umerii uzi. Pentru că trebuie să ne întâlnim cu cineva. Și, dacă nu ne grăbim și nu ne îmbrăcăm, întârziem.

O întâlnire? Nu suna bine. Un avocat, poate? Sau poate o diligență care se îndrepta spre casă? Gândul ar fi trebuit să o bucure, dar nu reuși decât să o facă să simtă un ghem în stomac.

– D... dar nu știm pe nimeni aici în... în... Sophie își dădu seama că încă habar nu avea unde se găseau. În locul ăsta necunoscut.

– Suntem în Scoția, Sophie, răspunse el.

„În Scoția? Ca să vezi!" Scoase un râs tremurat și se gândi la povestea lor.

– Ca să vezi! N-aș fi ghicit niciodată că am ajuns până la granița de nord.

– Da, vânturile furtunii au fost foarte puternice. Vocea lui era ciudat de monotonă când se apucă să îi șteargă gâtul. Dar pescarii de aici zic că nu este neobișnuit pentru perioada asta din an.

– Chiar așa? Discuția despre vreme nu făcea decât să întârzie întâlnirea stabilită. Trebuie să fi fost una dintre furtunile venite dinspre Marea Nordului și pornită de pe coasta Danemarcei. Cred că există și un nume pentru acest fenomen, dar nu mi-l amintesc. Știa că bătea câmpii, dar nu îi păsa. Ar fi făcut orice ca să amâne revenirea în lumea reală. Indiferent de nume, e cert că ne-a purtat la mare distanță de drumul nostru.

– Ba dimpotrivă, spuse Cameron ușor. Aș spune că soarta ne-a adus exact acolo unde trebuia să fim.

Scântei ciudate se adânceau și dansau în privirea lui.

– Ai băut cumva prea multe înghițituri din whisky-ul hangiului? întrebă Sophie. Nu are nici un sens ce zici.

Gura lui se arcui într-un zâmbet discret.

– Ba chiar are sens, Sophie. Prosopul căzu pe podea când o cuprinse în brațe. Te-am mai rugat o dată să fugi cu mine în Scoția – și ai avut dreptate când ai refuzat. Dar acum sper că te vei răzgândi. Sunt mai în vârstă și, chiar dacă nu pot să pretind că sunt mai înțelept, măcar am învățat din greșelile impetuoase ale tinereții mele.

„Îmi cere pentru a doua oară să mă mărit cu el?“

– Am vorbit cu preotul de aici azi, la prima oră. După cum știi, nu e nevoie de un cleric pentru a te căsători și nici nu trebuie să faci anunțul căsătoriei. Nu trebuie decât să ne declarăm intențiile în fața a doi martori și se întocmește documentul. Dar bănuiesc că un certificat de la biserică ar fi bine văzut de familia ta.

Pământul parcă se mișca deodată sub picioarele ei, asemenea punții ambarcațiunii cu care se avântaseră în furtună.

– Ne așteaptă în bisericuța de după pajiștea satului. Domnul McGregor și soția lui au acceptat cu amabilitate să ne fie martori. Într-o jumătate de oră putem deveni soț și soție.

Inima ei începu să cânte. Dar numai pentru o clipă. Un sunet mai adânc și mai întunecat se ridică și umbri bucuria ei inițială.

– Nu poți să te însori cu mine, Cam. Ești un domn cu rang acum și trebuie să alegi pe cineva pe măsura ta. O doamnă care să știe cum să fie o marchiză.

– A, și de când mă supun eu convențiilor? răspunse Cameron cu un zâmbet strâmb. Remarca lui fu iute înlocuită de una mai serioasă: Viața care mă așteaptă e și așa destul de înfricoșătoare. Nu mă pot imagina alături de o marchiză de mucava – cineva care a fost atent pregătită pentru a se descurca într-o asemenea poziție, dar care să fie lipsită de inimă și de substanță. Se întinse ca să îi cuprindă chipul între mâini. Suntem suflete asemănătoare, Sophie, și am îndrăznit să ne aruncăm împreună în câteva aventuri nebunești în trecut. Sper că ai să-mi fii alături și în aventurile viitoare.

O, cât își dorea să spună da. *Și totuși...*

– N-am mai multă experiență decât tine când vine vorba despre viața de aristocrat, continuă el. Ai însușirile perfecte – ești bună, grijulie, plină de compasiune. Ca să nu mai spun că ești cu capul pe umeri și practică.

Sophie simți o strângere de inimă. Desigur, complimentele o măguleau. Dar nu astea erau cuvintele pe care își dorea să le audă.

El șovăi și folosi clipa de tăcere ca să tragă adânc aer în piept. Și, printre genele-i întunecate, Sophie întrezări o pâlpâire de vulnerabilitate.

– Dar, mai presus de toate, te iubesc, Sophie. Am rătăcit printr-o lume a umbrelor de când te-am părăsit, am fost prea prost, prea mândru... prea speriat de eșecul altei încercări de a-ți cuceri inima. Și apoi hazardul ne-a adus împreună.

– N-a fost hazardul, șopti ea. N-a fost soarta, nici norocul.

– Știu, știu. Pentru un cinic e greu să o recunoască, răspunse el. Dar ai dreptate – iubirea a fost cea care m-a îndrumat prin labirintul întunericului.

O grimasă arcui buzele lui Cameron.

– Așa c-am să mă obișnuiesc să o spun, Rază de Soare, chiar dacă tovarășii mei Cerberi au să moară de râs când mă vor auzi. Nu că n-aș merita-o, pentru toate bătăile de cap pe care le-am provocat de-a lungul anilor.

– Iubirea, repetă Sophie și savură ecoul acelui cuvânt.

– Iubirea. Cameron desfăcu ușor cercelul de aur cu perlă și i-l puse în palmă. Nu am un inel de logodnă, așa că vom folosi acest cercel ca simbol al legământului meu. Sper să nu te superi. Vom alege ceva mai potrivit de îndată ce revenim la Londra.

Sophie privi pâlpâirile aurii ale bijuteriei. „Aur de pirat." O comoară mai valoroasă ca orice.

– Va fi o slujbă simplă. O pauză. Sper că nu-ți doreai o ceremonie la St. George, în Hanover Square, cu toată lumea bună invitată.

– Doamne ferește, nu! Asemenea extravaganțe nu sunt stilul meu. Sunt pur și simplu...

– Pur și simplu Sophie, zise Cameron și o reduse la tăcere cu un sărut. Lumina vieții mele. O rază de soare care este perfectă exact așa cum e ea.

Un nou șirag de picături sărate îi alunecă pe obraji.

– Acum, te rog spune da, Sophie. Sau trebuie să plec cu tine pe o corabie spre vreo insulă pustie și să te țin prizonieră până te înduplеci?

– O, te rog, nu mai vreau călătorii pe mare. Oricât de ademenitor ar suna insula pustie, mai bine spun da, murmură ea. Da. Da. Da.

– O decizie foarte înțeleaptă, comentă Cameron. Următoarea amenințare de pe lista mea era să te închid într-o vilă bântuită din Italia, împreună cu un călugăr nebun pe post de temnicer.

– Probabil că Georgie și Pen n-au să mă ierte că ratează o asemenea aventură.

– Mă voi revanșa când le cumpăr toate romanele de groază de pe rafturile de la Hatchards. Zâmbetul lui deveni ușor nesigur. Nu mă tachinezi, nu-i așa, Rază de Soare? Răspunsul tău chiar este da?

– Da, spuse Sophie. Adevărul este că te-am iubit de când mi-ai salvat ariciul din ghearele buldogului moșierului Mather.

– Au! El se strâmbă. Încă am cicatricile alea pe încheieturi.

– Ceea ce nu demonstrează decât că, în ciuda afirmațiilor tale contrare, ai avut mereu un suflet nobil.

– Îmi acorzi prea mult credit. Un alt sărut. Dar am să încerc să nu te dezamăgesc.

– Niciodată, Cam. Sophie îi îndepărtă o șuviță udă și ondulată de pe frunte. Niciodată.

Pentru câteva clipe, singurul sunet din încăpere fu trilul unei păsări de afară amestecat cu susurul apei care picura de pe trupul încă umed al lui Sophie.

– Oricât de mult mi-ar plăcea să-ți simt membrele dezgolite lipite de mine, murmură Cameron după ce desenă săruturi pe gâtul ei arcuit, tu tremuri – iar noi suntem în întârziere. Chiar trebuie să ne îmbrăcăm. Îi întinse un prosop curat. Ar fi tare indolent din partea noastră să îi facem pe toți să aștepte chiar la propria noastră nuntă. Dar fii sigură că vom relua această încântătoare discuție între patru ochi când ne întoarcem.

„Nunta noastră." Sophie se pregăti în continuare cufundată într-o ceață argintie.

– Gata? strigă Cameron și își netezi nodul lavalierei lui cu dungi roșii și albe.

Cumva, în ciuda ofertei limitate din acel sătuc, Cam reușise să surprindă măcar puțin din esența lui de om rebel.

Sophie acceptă mâna întinsă și zâmbi.

– N-am să aștept să mă întrebi de două ori.

*

–Așteaptă aici o clipă. Ignorând privirea uluită a lui Sophie, Cameron se îndepărtă de cărare și ocoli un petic de grozamă înțepătoare.

–Credeam că îți faci griji că întârziem, strigă ea.

–Nu îmi ia mai mult de o secundă. Se întoarse spre locul în care se afla ea, făcu o plecăciune ușoară și, cu o reverență, îi oferi un buchet de flori sălbatice. Fiecare mireasă trebuie să aibă un buchet de flori, nu?

–O, sunt frumoase! exclamă ea.

Lui Cameron i se tăie răsuflarea când ea ridică florile în lumină și zâmbi. Rozul pal al trandafirilor se potrivea de minune cu culoarea obrajilor ei, iar albăstrelele aveau aceeași nuanță ca ochii ei de safir.

–Frumusețea lor pălește în comparație cu splendoarea ta naturală, murmură el.

O pată de soare accentuă îmbujorarea rozalie de pe chipul ei.

–Poate că ar trebui să te apuci de scris poezii, precum și povești cu aventuri periculoase.

–N-aș vrea să i-o iau înainte lui Gryff – el este liricul, literarul Cerber. Țuguie buzele când se opriră din mers. Hmm, Connor a devenit crescător de capre... Bănuiesc că ar trebui să îmi aleg și eu vreo profesie respectabilă cu care să-mi ocup timpul. Ceea ce e mare păcat. Aș prefera să mă bucur de activitățile mele sub acoperire.

O spuse în glumă, dar Sophie deveni gânditoare.

–Și ești foarte bun la ce faci. Poate că există o cale prin care să-ți pui talentele extraordinare în serviciul unei cauze mai bune.

–O cauză mai bună? Încă nu mi-ai văzut colecția de opere de artă, glumi el. Înainte să spui vreun cuvânt, să știi că n-am de gând să o returnez pe nici una dintre ele.

–Nu la asta mă gândeam.

Cameron mai că reuși să vadă cum rotițele se învârteau în mintea ei. Îi plăcea enorm că Sophie considera enigmele o provocare interesantă.

–Mă gândeam, spuse ea încet, că poate Coroanei i s-ar părea utile serviciile tale.

–Vrei să spui... să lucrez cot la cot cu guvernul? Ideea era interesantă – și nu se gândise niciodată la asta.

–Dată fiind pregătirea ta militară – presupun că nu glumeai despre priceperea ta cu sabia –, pare o legătură logică.

– Am impresia, spuse Cameron căzut pe gânduri, că ne așteaptă ceva aventuri fascinante.

– Acum, că mă descurc bine cu încuietorile, mi-ar plăcea să învăț cum să escaladez zidul unui conac.

– Vom vorbi noi despre asta... Ridică privirea și zări bisericuța de piatră chiar în fața lor, așezată în mijlocul unui pâlc de stejari falnici. Dar gata cu pălăvrăgeala despre activitățile noastre clandestine. Nu este chiar genul de discuție pe care o doamnă și-o dorește în ziua nunții ei.

– După cum bine ai subliniat, nu suntem un cuplu convențional, spuse Sophie.

– Așa să rămână. Amin!

Pășiră în afara cărării, apoi începură să se grăbească prin iarba proaspăt cosită.

– Preotul pare să aștepte la intrare, spuse ea oarecum îngrijorată. Sper că n-am întârziat prea tare.

Cameron o luă de mână și, grăbind pasul, își întoarse capul și îi făcu cu ochiul.

– Mai bine mai târziu decât niciodată, Rază de Soare.

Capitolul 23

„Soț și soție." Cuvintele preotului încă răsunau în mintea ei, hârtia oficială ieșea ușor din buzunarul lui Connor și totuși totul continua să pară oarecum ireal. Poate, se gândi Sophie cu tristețe, pentru că nu era încă destul de sigură de noul ei nume. Nu mai încăpea îndoială că soțul ei era fiul legitim al lui Rowland. Totuși, legitimitatea nu fusese confirmată deocamdată. Cameron șovăise doar o fracțiune de secundă înainte să semneze certificatul.

Mâzgălitura lui fusese greu de descifrat.

– Ce nume să dau când sunt întrebată cine sunt? murmură ea pe drumul înapoi spre han.

– Lady Wolcott, răspunse el ferm.

– O, dar mă simt ca o impostoare.

– Nu ești, o asigură Cameron. În plus, fetele de la cârciumă ar fi teribil de dezamăgite dacă nu ar putea să facă reverențe și să îți spună „milady". Le-am încântat cu pericolele prin care ai trecut înainte ca iubirea să le învingă pe toate și doresc să sărbătorească alături de noi.

– Mă cutremur când îmi imaginez ce le-oi fi povestit.

El zâmbi larg.

– Poate c-am înfrumusețat un pic lucrurile, dar trebuie să recunoști că adevărul este în sine o poveste de necrezut.

– Poate chiar mai plin de suspans decât *Groaznicul secret al lui Lady Avery*. Sophie îl strânse un pic mai tare de braț și se bucură să îl simtă aproape. Deși trebuie să spun că tocmai mi-am dat seama că ambele povești au în comun un element-cheie.

– Și care ar fi acesta?

– Ambele au un erou cutezător, răspunse Sophie cu un zâmbet larg.

– Cum poți să fii sigură? N-ai auzit sfârșitul cărții Georgianei, comentă Cameron.

– Știm cu toții că trebuie să se termine cu un „și au trăit fericiți până la adânci bătrâneți...", deci trebuie să existe un erou. Își permise să facă o pauză răutăcioasă. Chiar dacă amândoi știm că eroina e perfect capabilă să se salveze singură, e frumos să vezi cum un cavaler în armură strălucitoare vine călare pentru a o salva.

Cameron scoase un oftat chinuit.

– De ce doamnelor li se pare atractiv un costum de oțel? Îl face pe bărbat să pară... îndesat. Și scârțâie mai rău decât corsetul prințului regent.

– Prea bine, poți să porți în continuare ținuta de pirat, spuse Sophie. La urma urmei, coiful ți-ar ascunde cercelul. Ridică mâna și simți un tremur de bucurie când văzu sclipirea aurului și a perlei pe deget. Și exact licărirea asta de metal prețios mi-a atras mai întâi atenția când m-ai găsit pe aleea întunecată.

– Și eu care credeam că ai fost fascinată de inteligența mea sclipitoare și de zâmbetul meu strălucitor.

– Și de ele, recunoscu Sophie. De fapt, ador aproape totul la tine, Cam. Ea se uită la cămașa lui. Mai puțin lavaliera asta bătătoare la ochi.

– Nu-ți place? Alternativa era o nuanță îngrozitoare de maro-roșcat. Și albul părea o alegere mult prea comună. Zâmbetul lui indolent trimise fiori molcomi și șerpuitori prin tot trupul ei. Totuși, sunt mai mult decât dispus să o dau jos.

Când deschise ușa hanului și o conduse în sus pe scări, Sophie auzi chicoteli, urmate de târșâitul grăbit al fustelor dând colțul pe coridor. Dar, înainte să pună vreo întrebare, Cameron o ridică în brațe și deschise cu umărul ușa de la camera lor.

Sophie clipi uluită și rămase fără cuvinte. Vorbiseră despre istorioare imaginare. Dar asta – asta era un basm! Zeci de lumânări de culoarea mierii licăreau în fiecare colț al camerei, flăcările lor unduitoare scăldând lambriurile de pin într-o strălucire aurie. O dâră de petale de trandafir de un roz pal ducea spre pat, unde două cupe de sticlă erau umplute cu șampanie.

– Văd că fetele au luat în serios rugămintea mea pentru un cadru romantic, observă el și o lăsă jos.

– Este... Sophie aruncă o privire spre crenguțele de iarbă-neagră proaspăt tăiate care decorau minunat pervazul. Este cel mai frumos cadru pe care l-am văzut. Mă simt ca o prințesă.

– Să sperăm că nu mă transform în broască atunci când mă săruți.

– Va trebuie să ne asumăm riscul ăsta, spuse ea, apoi îl cuprinse în brațe și își apăsă buzele pe ale lui.

Protestul lui se topi iute într-un râs ușor. Iar apoi... se făcu liniște. Atingând, tachinând, gustând – acela era singurul limbaj de care aveau nevoie. Mâinile și limba lui făceau lucruri delicios de necuviincioase pe trupul ei.

– Hai să nu șifonăm rochia cea nouă. Panglicile fură slăbite, nasturii micuți fură descheiați. L-am convins pe negustor să-mi dea îmbrăcămintea pe credit, dar nu vreau să-mi forțez norocul.

– Într-adevăr, nu. Nu trebuie... Sophie se strecură afară din muselină. ... Să profităm de bunătatea lui. Deznodă lavaliera lui Cameron, apoi îi desfăcu și cămașa. El reuși să așeze frumos hainele pe singurul scaun din încăpere, apoi o răsuci înspre pat.

– *Sláinte*. Îi întinse una din cupe. Ăsta e un toast tradițional galic care se traduce prin „Fie ca potirul tău să fie plin de fericire, acum și pentru totdeauna".

– *Sláinte*, repetă Sophie.

Se putea să fie mai fericită de atât? se întrebă și savură efervescența șampaniei care îi dansă pe limbă.

Primi răspunsul o clipă mai târziu.

Cameron zâmbi și sorbi prelung din băutura lui, apoi, cu gura încă dulce de la lichidul de un auriu pal, își coborî capul și îi cuprinse sfârcul ascuns în cămașă.

Oh! Fu cuprinsă de un val amețitor de plăcere. Oh, oh, oh!

Dezmierdarea pânzei și șampania rece aprinseră un foc înfiorător.

– Sunt, răsuflă ea întretăiat, teribil de necuviincioasă și desfrânată dacă vreau să mă săruți așa în mijlocul zilei?

– O, crede-mă, Rază de Soare, sunt lucruri mult mai necuviincioase și mai desfrânate pe care putem să le facem împreună. Trupul ei se sprijini de perne, iar corpul lui cald și puternic îi sărută carnea. Asta.

O flacără tremurătoare se aprinse până în vârful picioarelor ei.

– Și asta.

Căldura sfârâi în interiorul coapselor ei.

– Sau am putea să încercăm...

Sophie își înăbuși un țipăt de încântare când degetele lui desenară scântei înfiorate pe măsură ce se adânciră în cea mai intimă dorință.

– Nu. Te. Opri.

– Dorința ta îmi este poruncă. Pentru că, fie noapte, fie zi, acum pot, fără vreo problemă, să fac dragoste nebunește cu soția mea.

Înserarea proiecta peste mlaștini un violaceu tulbure când Cameron se trezi din somnul lui fericit.

Se trase cu grijă de sub brațul lui Sophie, se întoarse pe spate și se trezi zâmbind în vreme ce privea umbrele diafane care se jucau pe tavanul vopsit în alb.

Zâmbi – la nimic și la totul în același timp.

Trilurile îndepărtate ale unei privighetori, fluturarea molcomă a draperiei în adierea vântului, chicotelile vagi ce veneau de la dugheana de dedesubt – în clipa aceea, lumea părea în perfectă armonie cu liniștea lui profundă.

„Turte de ovăz trecute prin miere de flori sălbatice." Avea să ceară ceva dulce ca să ronțăie Sophie după ce se trezea. Pentru el, vin de Porto și brânză de Stilton. Poate câteva pere și alune...

Un zdrăngănit venit din curte îi întrerupse brusc reveria. Veneau alți călători în satul acela de coastă izolat?

– Fix asta lipsea, murmură el, deloc fericit că interludiul lor privat era întrerupt de străini. Dar poate că pur și simplu vor să ceară indicații, adăugă el plin de speranță.

Oftând, se ridică și se duse la fereastră ca să arunce o privire.

– Fir-ar să fie! Cum dracului... Strâmbă din buze, ezitând între un zâmbet larg și o grimasă în vreme ce urmărea câțiva oameni coborând dintr-o trăsură mare. Speram ca mesajul meu să ajungă la ei repede, dar se pare că poșta regală folosește unicorni înaripați pe traseele din sud.

– Ai spus ceva?

Sophie, minunat de ciufulită, ridică ușor capul de pe pernă.

– Da. Cameron se întoarse. Ar fi bine să pui niște haine pe tine.

Ea se ridică neliniștită.

– Avem musafiri, adăugă el și se întinse să își ia cămașa.

– Doamne Sfinte, nu-mi spune că Morton și Dudley au supraviețuit...

– Nu, nu. Pe chip i se desenă o grimasă. Nu e nici un dușman. Rochia lui Sophie îi fu aruncată cu blândețe în brațe. Ai face bine să te grăbești.

Fără să mai adauge ceva, Cameron trase pe el pantalonii și, cu o înjurătură, începu să își caute cizmele. Însă cuvintele se transformară într-un chicot.

„Prieteni și familie – sunt obișnuit să trăiesc asemenea unei năluci solitare, dar acum trebuie să ies din întuneric." În trecut, ideea asta fusese de neconceput. Dar acum...

Bum, bum, bum!

Avertismentul lui nu venise prea devreme, căci un pumn începu să bată în ușă.

Când văzu că Sophie își prinse ultima agrafă în păr, Cameron descuie încuietoarea și deschise ușa.

– Îți aduc la cunoștință că am dat cu susul în jos jumătate de Anglie pentru voi, îl informă Gryff. Totuși, am să mă abțin să vă muștruluiesc din moment ce suntem al naibii de bucuroși să vă găsim în viață. Înclină pălăria spre Sophie. Mai ales pe dumneata, domnișoară Lawrance.

– Sophie! strigară Georgiana, Hermione și Edward în același timp.

Gryff îl înghionti pe Connor într-o parte și se mișcă discret ca să blocheze vederea în cameră pentru familia lui Sophie.

– Știi, Cam, spuse el în șoaptă, dacă ar fi să-ți fac o sugestie, chiar cred că ar trebui să faci ceea ce trebuie...

– Abține-te! Lucrurile nu sunt chiar așa scandaloase pe cât par, îl întrerupse Cameron cu un zâmbet larg. Apoi, cu vocea mai stridentă, adăugă: Cât este de minunat să vă vedem pe toți! Dacă am fi știut că veneați, am fi amânat ceremonia de nuntă. Dar, la cum stă treaba, permiteți-mi să v-o prezint pe soția mea, Lady Wolcott – vreau să spun, cea care va deveni în curând Lady Wolcott.

Hermione și soțul ei schimbară priviri pline de fericire și de ușurare.

Georgiana își exprimă sentimentele un pic mai vocal.

– Uraaa! Era și timpul să-ți bagi mințile în cap, Cam.

Sophie lăsă capul în jos ca să își ascundă roșeața din obraji.

– Excelent, excelent, spuse Gryff. Trebuie să sărbătorim! Am să cer niște sticle de șampanie din pivniță, o masă îmbelșugată și un salon privat ca să luăm împreună o minunată cină de nuntă.

– Chiar aveam alte planuri pentru astă-seară..., spuse tărăgănat Cameron.

Culoarea din obrajii lui Sophie se transformă în roșu-aprins.

– Dar, din moment ce tot sunteți aici, continuă el, petrecerea este o sugestie minunată.

Dădură cu toții buzna la parter și, în scurtă vreme, vinul și râsetele curgeau din belșug.

Sophie, așezată în capul mesei, își înăbuși lacrimile și se lăsă învăluită de voia bună din jurul ei.

Cameron se aplecă pentru a-i îndepărta o șuviță de păr de pe obraz.

– Ești fericită? o întrebă el.

– Peste măsură.

– N-am să mă plâng decât de un lucru, anunță tare Georgiana, care tocmai terminase al doilea pahar de șampanie. Sunt dezamăgită că Anthony a ratat toată aventura și nu a avut ocazia să arate ce erou cutezător este el.

– O, nu-ți face griji, îi spuse Cameron. Sunt convins că sărmanul va avea o mulțime de aventuri sfâșietoare și pe cont propriu.

Gluma lui fu întâmpinată cu o veselie zgomotoasă, și, după o încruntare trecătoare, Georgiana își permise un zâmbet reticent.

– Sunt atât de îngrozitoare?

– Unele lucruri sunt prea periculoase pentru a fi dorite, răspunse Sophie și îi aruncă o privire piezișă soțului ei. Dar, dacă-ți dai frâu liber pornirilor, recompensa merită cu vârf și îndesat riscul.

„Ha, ți-am spus eu“, îngână sora ei.

„Și ai avut mare dreptate“, se gândi Sophie.

După un schimb de șoapte cu Connor, Gryff se ridică și înălță paharul.

– Permiteți-mi un întârziat toast de nuntă.

Sophie observă că soțul ei se uita la prietenii lor cu un aer de amuzament precaut. Erau, bănuia ea, prea manierați ca să spună ceva cu totul nepotrivit. Dar era de așteptat să îi tachineze.

El îi surprinse privirea și ridică din umeri.

– Ah, ei bine, șopti el atât de tare cât să audă ea, dacă mânuiești o sabie verbală, trebuie să te aștepți ca, din când în când, lama să fluture prin jurul tău și să te înțepe în fund.

– Liniște, îl dojeni Connor.

– Scuzele mele, murmură Cameron. Vă rog să continuați!

– Pentru prieteni! Pentru familie! spuse apăsat Gryff.

Ciocniră paharele.

– Pentru Cerberi... Urmă o pauză în care făcu o plecăciune elegantă spre Sophie. Și, mai ales, pentru doamnele minunate care au scos la lumină cele mai de preț atuuri ale lor.

Georgiana scoase un oftat emoționat când Hermione își duse batista la ochi.

– Mărturisesc că nu m-am gândit niciodată că am să îl văd pe cinicul Cameron Daggett îmblânzit de dragoste, continuă Gryff. Dintre noi trei, poate că el este cel mai neînduplecat. Dar, din fericire pentru el, o tânără cutezătoare a reușit să reziste remarcilor mușcătoare și mârâitului lui.

– Este, fără îndoială, curajoasă și abilă, murmură Connor. Dar rămâne un mic semn de întrebare în ceea ce privește alegerea ei în materie de bărbați.

– Ha, ha, ha, spuse Cameron. Am să-mi păstrez riposta pentru data viitoare când mă întâlnesc cu Lady K.

Gryff potoli râsetele cu o lovitură ușoară în paharul lui.

– Am încredere că prietenul nostru știe că este un câine foarte norocos. Dar, lăsând gluma la o parte, să facem un toast din inimă – pentru Sophie! Pentru Cameron!

Sophie zâmbi și privi cum lumina lumânărilor dansa în ochii soțului ei. „Gata cu umbrele, gata cu întunericul!“

Se ridică și înălță paharul de șampanie.

– Și pentru iubire. Această forță minunată și fermecată care ne aduce împreună – soți și soții, familie și prieteni.

– Pentru iubire, repetă Georgiana, care veni să o cuprindă într-o îmbrățișare drăgăstoasă. Nu ți-am spus eu că dragul de Cam are să se dovedească un nabab cu rang și are să te ia cu el? adăugă ea șoptit, tremurând de bucurie. Dar unde ascunde tigrul alb?

Nu existau nici un tigru alb, nici un elefant exotic, nici un castel făcut din rubine și smaralde.

Nu exista decât Cameron. Periculosul și impetuosul Cameron... singurul pe care inima ei și-l dorise dintotdeauna.

În aceeași colecție
au apărut:

Johanna Lindsey, *Când inima dictează*

Stephanie Laurens, *Patimile iubirii*

Victoria Alexander, *Micile minciuni ale dragostei*

Julie Garwood, *Mireasa îndărătnică,*

Elizabeth Hoyt, *Înger și demon*

Julie Garwood, *O nuntă de vis*

Stephanie Laurens, *Pasiunile inimii*

Stephanie Laurens, *Prizoniera dragostei*

Victoria Alexander, *Căile nebănuite ale iubirii*

Christina Dodd, *Dragoste și abandon,*

Julie Garwood, *Secretele unei doamne*

Christina Dodd, *Logodnă în înalta societate*

Elizabeth Hoyt, *O dragoste nepotrivită*

Karen Robards, *Atracție scandaloasă*

Christina Dodd, *Legile iubirii*

Elizabeth Hoyt, *Inocență pierdută*

Stephanie Laurens, *Pețitoarea*

Karen Robards, *Suflete captive*

Samantha James, *Păcatele vicontelui Sutherland*

Karen Robards, *Înfruntarea inimilor*

Elizabeth Hoyt, *Dorințe ascunse*

Johanna Lindsey, *Când dragostea așteaptă*

Victoria Alexander, *Dragoste de probă*

Victoria Alexander, *Duelul sentimentelor*

Stephanie Laurens, *Totul sau nimic*

Johanna Lindsey, *Mireasa prizonieră*

Stephanie Laurens, *Provocarea*

Johanna Lindsey, *Îngerul de argint*

Sarah MacLean, *O soție potrivită pentru un marchiz*

Christina Dodd, *În cele mai nebunești visuri*

Sarah MacLean, *O iubită potrivită pentru un conte*

Johanna Lindsey, *Promisiunea*

Christina Dodd, *Ispita*

Johanna Lindsey, *Prizonierul dorințelor mele*

Teresa Medeiros, *Lecții de seducție*

Christina Dodd, *Mireasa mea favorită*

Teresa Medeiros, *Un sărut de neuitat*

Christina Dodd, *Arta iubirii*

Vicky Dreiling, *Cum să cucerești un Diavol*

Elizabeth Hoyt, *Plăceri vinovate*

Elizabeth Hoyt, *O pasiune imposibilă*

Elizabeth Thornton, *A doua șansă la dragoste*

Elizabeth Thornton, *Frumoasa trădătoare*

Christina Dodd, *Suflete pereche*

Sarah MacLean, *Un târg potrivit pentru un duce*

Cara Elliott, *Tentația fructului oprit*

Johanna Lindsey, *Flăcări și gheață*

Sarah MacLean, *Nouă reguli de nesocotit*

Christina Dodd, *Aleasa prințului*

Teresa Medeiros, *O noapte compromițătoare*

Julie Garwood, *Un altfel de Făt-Frumos*

Loretta Chase, *Scandalul poartă satin*

Teresa Medeiros, *Mireasa și Bestia*

Victoria Alexander, *Cum să alegi soțul potrivit*

Loretta Chase, *O lady aproape perfectă*

Johanna Lindsey, *Iubești doar o dată*

Elizabeth Hoyt, *Fantoma din St. Giles*
Sarah MacLean, *Zece feluri de a fi adorată*
Julie Garwood, *Dorințe rebele*
Sarah MacLean, *Unsprezece scandaluri de evitat*
Johanna Lindsey, *Pasiune și tandrețe*
Victoria Alexander, *Lecția de dragoste*
Elizabeth Hoyt, *Lordul Întunericului*
Teresa Medeiros, *A ta până în zori*
Loretta Chase, *Un gentleman imposibil*
Johanna Lindsey, *Jocul seducției*
Elizabeth Hoyt, *Ducele nopții*
Anne Barton, *Păcătoasa*
Lorraine Heath, *Ispitirea unui lord*
Sabrina Jeffries, *O dragoste periculoasă*
Teresa Medeiros, *Mireasa răpită*
Johanna Lindsey, *Inimi aprinse*
Sabrina Jeffries, *O iubire celebră*
Jennifer Blake, *Răsplata unui rege*
Sarah MacLean, *Sezonul pasiunilor*
Elle Daniels, *Un aranjament neașteptat*
Jennifer Blake, *Capcana inimii*
Victoria Alexander, *Șarada*
Vicky Dreiling, *Dorințele unui conte*
Victoria Alexander, *Înălțimea Sa, soția mea*
Sabrina Jeffries, *O răpire cu urmări neașteptate*
Teresa Medeiros, *Savoarea unui sărut*
Victoria Alexander, *Îndrăgostită de soțul potrivit*
Elizabeth Hoyt, *Dragul meu necunoscut*
Vicky Dreiling, *Dorințele unui libertin*
Jennifer Blake, *Cavalerul de aur*
Victoria Alexander, *Avantajul de a fi păcătos*

Johanna Lindsey, *Suflet vrăjit*

Vanessa Kelly, *Farmecul unei relații interzise*

Sabrina Jeffries, *Dansul seducției*

Lorraine Heath, *Lordul ispitei*

Kate Noble, *Rămășagul*

Victoria Alexander, *Mărturisirea*

Jennifer Delamere, *Moștenitoarea*

Ashleen Macnamara, *O propunere scandaloasă*

Johanna Lindsey, *Spune-mi că mă iubești*

Lorraine Heath, *Doamna de companie*

Meredith Duran, *Anotimpul pasiunii*

Tessa Dare, *Un dans cu un duce,*

Victoria Alexander, *Aventuri compromițătoare*

Meredith Duran, *Amăgirea*

Lorraine Heath, *Provocarea dragostei*

Vanessa Kelly, *O cerere în căsătorie*

Tessa Dare, *Dublă tentație*

Marina Fiorato, *Fecioara din Siena*

Elizabeth Hoyt, *Bravul meu căpitan*

Johanna Lindsey, *Jurnalul unei iubiri*

Heather Webb, *Cum să devii împărăteasă*

Tessa Dare, *Trei nopți de dorințe*

Sabrina Jeffries, *Măritată cu un viconte*

Kelly Bowen, *Un duce doar pentru mine*

Lorraine Heath, *Un pact cu diavolul*

Johanna Lindsey, *Un libertin îndrăgostit*

Sabrina Jeffries, *Arta de a păcătui*

Christina Dodd, *Înșelătoria*

Joanna Shupe, *Ducesa curtezană*

Kelly Bowen ,*Capcana dragostei*

Johanna Lindsey ,*Înlănțuită de iubire*

Lorraine Heath ,*Între diavol și dorință*

Cheryl Holt, *O propunere tentantă*

Teresa Medeiros, *Hoțul de inimi*

Johanna Lindsey, *Seducția*

Joanna Shupe, *Contesa libertină*

Christina Dodd, *Vraja unui sărut*

Karen Robards, *Foc și gheață*

Lorraine Heath, *Doamna și nelegiuitul*

Johanna Lindsey, *Perechea perfectă*

Teresa Medeiros, *Blestemul frumuseții*

Ashlyn Macnamara, *Doar dragostea contează*

Cheryl Holt, *Mai presus de dorință*

Lorraine Heath, *Cum să te însori cu o moștenitoare*

Jo Beverley, *Infama mea doamnă*

Joanna Shupe, *Un viconte pentru o lady*

Johanna Lindsey, *Pasiuni mistuitoare*

Elizabeth Hoyt, *Cel mai tandru libertin*

Teresa Medeiros, *Șoaptele trandafirilor*

Caroline Linden, *Dragostea și alte povești scandaloase*

Lorraine Heath, *Gentlemanul seducător*

Cheryl Holt, *Plăcere absolută*

Caroline Linden, *Între rațiune și scandal*

Kelly Bowen, *Tu ești contele dorit*

Lorraine Heath, *Invitație la seducție*

Anna Harrington, *Un duce pentru totdeauna*

Kelly Bowen, *Stăpânul inimii mele*

Valerie Bowman, *Ducesă din întâmplare*

Sarah MacLean, *Aparențe înșelătoare*

Johanna Lindsey, *Văpaia din brațele lui*

Valerie Bowman, *Contesă fără voie*

Teresa Medeiros, *Ispita atingerii tale*

Mia Marlowe, *Seducție la prima vedere*

Caroline Linden, *Iubiri și scandaluri*

Valerie Bowman, *Dincolo de rațiune*

Sarah MacLean, *Cucerirea unui libertin*

Elizabeth Hoyt, *Gustul ispitei*

Anna Harrington, *Secrete și tentații*

Valerie Bowman, *Un burlac irezistibil*

Mia Marlowe, *Pretențiile unui crai*

Lorraine Heath, *În căutarea plăcerilor interzise*

Elizabeth Hoyt, *Seducerea unui păcătos*

Lorraine Heath, *Plăcerile nopții*

Lenora Bell, *Cucerirea unui duce*

Alissa Johnson, *Aproape o lady*

Elizabeth Hoyt, *Îmblânzirea Bestiei*

Lorraine Heath, *Ultimul rebel*

Mia Marlowe, *Darul atingerii*

Elizabeth Hoyt, *Inimă sălbatică*

Caroline Linden, *Scandaluri ascunse*

Johanna Lindsey, *Sub asediul iubirii*

Cara Elliott, *Tentația păcatului*

Alissa Johnson, *O întâlnire neașteptată*

Lorraine Heath, *Intenții vinovate*

Vicky Dreiling, *Cum să seduci un ticălos*

Elizabeth Hoyt, *Ducele păcatului*

Lenora Bell, *Dacă aș avea un duce*

Lorraine Heath, *Iubire fără mască*

vor apărea:

Kelly Bowen, *Un duce de neuitat*
Lorraine Heath, *O șansă la dragoste*